SOLOTHURN SPIELT MIT DEM FEUER

Christof Gasser, geboren 1960 in Solothurn, war lange in leitender Funktion in einem Industriekonzern tätig, unter anderem während zwölf Jahren als Betriebsleiter in Südostasien. Heute arbeitet er als freier Autor und nebenamtlich als Dozent an der Fachhochschule Nordwestschweiz. Seine bereits veröffentlichten Romane mit dem Solothurner Ermittler Dominik Dornach und Staatsanwältin Angela Casagrande landeten auf Anhieb ganz vorne auf den schweizerischen Bestsellerlisten. Im Herbst 2017 erschien sein dritter Roman «Schwarzbubenland» mit der Journalistin Cora Johannis.
www.christofgasser.ch
www.facebook.com/solothurnkrimi

CHRISTOF GASSER

SOLOTHURN SPIELT MIT DEM FEUER

Kriminalroman

emons:

© Emons Verlag GmbH
Cäcilienstraße 48, 50667 Köln
info@emons-verlag.de
Alle Rechte vorbehalten
Umschlagmotiv: mauritius images/MARKA/Alamy
Umschlaggestaltung: Nina Schäfer, nach einem Konzept
von Leonardo Magrelli und Nina Schäfer
Umsetzung: Tobias Doetsch
Gestaltung Innenteil: César Satz & Grafik GmbH, Köln
Lektorat: Irène Kost, Biel/Bienne (CH)
Druck und Bindung: sourc-e GmbH, Köln
Printed in Europe 2026
Erstausgabe 2018
ISBN 978-3-7408-0305-6
Originalausgabe

Unser Newsletter informiert Sie
regelmässig über Neues von emons:
Kostenlos bestellen unter
www.emons-verlag.de

Dieser Roman wurde vermittelt durch die Agentur Editio Dialog,
Dr. Michael Wenzel (www.editio-dialog.com).

Die automatisierte Analyse des Werkes, um daraus Informationen
insbesondere über Muster, Trends und Korrelationen gemäß
§ 44b UrhG (»Text und Data Mining«) zu gewinnen, ist untersagt.

Herr, die Not ist gross!
Die ich rief, die Geister
Werd ich nun nicht los.
Aus «Der Zauberlehrling» von
Johann Wolfgang von Goethe (1749–1832)

Die Schuld eines Menschen ist schwer zu wiegen.
Wir streben unser Leben lang nach Glück. Aber
manchmal verlieren wir uns, und die Dinge gehen schief.
Dann trennt uns nur noch das Recht vom Chaos: eine dünne
Schicht aus Eis, darunter ist es kalt, und man stirbt schnell.
Aus «Schuld» von Ferdinand von Schirach

Prolog

Der Wind legte zu. Der lose Schweif des gelben Signalbandes flatterte in einem Winkel von nahezu fünfundvierzig Grad zur Vertikale der Stange, an der der Schütze es in der Nacht zuvor festgemacht hatte. Die Brise von der nahen Nordsee würde den Drall des Projektils verstärken. Um ihn auszugleichen, schraubte er am Diopter des Präzisionsgewehres. Die Distanz betrug wenig mehr als hundertfünfzig Meter. Er hatte schon schwierigere Ziele aus grösseren Entfernungen und unter schlechteren Bedingungen getroffen. Ein prüfender Blick auf den Swiss Army Chronographen bestätigte, dass er im Zeitplan lag. Die Zielperson musste jeden Moment zur Tür hinaustreten. Die Lichtverhältnisse waren günstig. Der Wind schob eine niedrige Wolkendecke von der Küste landeinwärts. Kein Sonnenlicht, das in den nächsten Minuten blenden würde. Auf dem Flachdach, wo er Position eingenommen hatte, herrschte eine erträglich kühle Temperatur. Die schwarze Wollmaske exponierte die Augen und den Mund. Sie hielt das Gesicht warm, ohne dass er darunter schwitzte. Das Schweissband lag unbenutzt in einer Segeltuchtasche mit den Wechselkleidern.

Hinter ihm, an der Kante des Aufbaus mit den Klimaaggregaten, war eine Sicherheitskamera angebracht. Die Linse des Objektivs starrte ihn blind an. Ein Schmunzeln huschte über seine Lippen. In diesem Moment versuchten die Informatik-Spezialisten im Gebäude verzweifelt, den Virus von den Systemen zu entfernen, den er mittels eines Trojaners in den Hostserver geschleust hatte. Der Schaden, den die Malware anrichtete, war nicht der Rede wert, bis auf den Umstand, dass die Bildaufzeichnungen der letzten vierundzwanzig Stunden permanent gelöscht sein würden, sobald das System erneut normal funktionierte.

Die Brise frischte weiter auf. Nach einem Blick durch das

Zielfernrohr auf das Signalband drehte der Schütze am Diopter. Er kontrollierte den Sitz des Magazins, das fünf Patronen fasste. Wenn alles nach Plan lief, benötigte er nicht mehr als zwei davon. Er hatte nur den einen Versuch. Die Personenschützer der Zielperson waren erfahren und kompetent. Er rechnete damit, dass sein Standort innert Sekunden entdeckt werden würde.

Er schwenkte das Gewehr nach links. Zwischen ihm und dem Zielbereich hatten die Städtebauer einen kreisförmigen Teich angelegt, durch den die Einfahrt zur Tiefgarage des Hotels führte. Der Schütze nahm die Eingangstür des Gerichtsgebäudes ins Visier, atmete ein und liess für einen Moment Erinnerungen vor dem geistigen Auge vorbeiziehen, Bilder von Leid, Schmerz und Verrat. Sie verbanden ihn mit dem Mann, der in wenigen Augenblicken ins Fadenkreuz treten würde. Heute würde dieser Teufel in Menschengestalt sterben.

Der Schütze sah Bewegung hinter dem Glas der Eingangstür jenseits der Gewehrmündung. Die Türflügel glitten zur Seite und gaben den Weg frei für einen breitschultrigen Mann mittleren Alters mit kurz geschorenem Haar. Der Schütze erkannte die Ausbeulung der Schulterhalfter unter dem Jackett seines grauen Anzugs. Hinter dem Breitschultrigen trat sein jüngerer Klon heraus. Er trug denselben Anzug wie sein Kollege, nur enger geschnitten. Das Holster zeichnete sich deutlicher ab. Die Personenschützer tasteten das Gelände mit zusammengekniffenen Augen ab. Ihre Blicke schweiften über das Hotelgebäude. Sie konnten den Schützen nicht sehen – noch nicht. Der Ältere drehte seinen Kopf zur Eingangstür und nickte. Der Jüngere winkte eine abseits wartende Limousine heran.

Drei Personen – ein Mann, flankiert von einem distinguiert aussehenden Herrn mit weissen Haaren und einer jungen Frau – traten ins Freie. Der Schütze interessierte sich nur für den Mann in der Mitte. Die Frau gehörte zu dessen Anwaltsteam. Sie war Mutter einer einjährigen Tochter. Wenn alles nach Plan verlief, würde sie an diesem Abend zu Kind und Mann zurückkehren, unter Schock und später als üblich, aber am Leben.

Die letzten Monate hatten bei der Zielperson Spuren hinterlassen. Das schwarze Haar war ergraut. Der Mann, der vorgab, ein moderner Kreuzritter des Christentums zu sein, war gealtert. Hatten ihn die Seelen der unschuldigen Frauen, Kinder und alten Menschen eingeholt, die er im Namen Gottes, in Wahrheit jedoch aus reiner Macht- und Geldgier abgeschlachtet hatte? Der Schütze beobachtete, wie er die Anwältin umarmte. Mit einer übergriffigen Geste liess er seine Hände über den eng anliegenden Stoff an ihrer Hüfte gleiten. Slavko Vukovic hatte seine Raubtierinstinkte nicht verloren. Er blieb eine Ausgeburt des Bösen. Vor seinem geistigen Auge sah der Schütze Vasil. Er war nur neun Monate alt geworden. Vukovic hatte ihn an eine Wand geschleudert, weil er zu laut geweint hatte. Der Schütze schluckte die Wut und Trauer hinunter, die erneut in ihm aufzusteigen drohten.

Es schien, dass die Verhandlung gut für Vukovic verlaufen war. Er, den man den «Wolf» nannte, verliess das Gericht als freier Mann. Dem Schützen blieben nur Sekunden freies Schussfeld, bevor Vukovic die Limousine bestieg. Er hielt den Atem an und schloss die Augen. Einen Herzschlag später öffnete er sie. Er glaubte, die schwarze Glut in Vukovics Blick zu erkennen. Für einen kurzen Augenblick war ihm, dass er ihn anstarrte. Der Schütze zog den Abzug bis zum Druckpunkt, atmete aus, schoss. Er atmete wieder ein, fasste den Druckpunkt noch einmal, zielte, atmete aus und zog erneut durch.

Die sanften Erschütterungen des Rückstosses an der Wange bestätigten, dass beide Projektile mit einer Geschwindigkeit von mehr als sechshundert Metern pro Sekunde aus dem Lauf schossen. Er verharrte nur kurz, um das Ergebnis seines Tuns zu betrachten. Vukovic sackte zusammen. Anstelle des verhassten Gesichts sah der Schütze einen blutigen Wulst aus Knochensplittern und Gehirnmasse. Der Wolf war gestorben, bevor sein Körper zu Boden ging – ein gnädiger Tod für ein Monster. Mit schreckgeweiteten Augen kauerte die Anwältin im blutbespritzten Deux-Pièces einen Meter neben ihm. Sie hatte den Mund aufgerissen. Ihre schrillen Schreie drangen erst in diesem

Moment an die Ohren des Schützen. Der weisshaarige Kollege der Frau stand vor Schock gelähmt und totenbleich daneben.

Mit raschen, präzisen Handgriffen zerlegte der Schütze das Gewehr, sammelte die automatisch ausgestossenen Patronenhülsen auf und verstaute sie zusammen mit der Waffe in der schwarzen Sporttasche. Geduckt, ohne zu rennen, eilte er zum Eingang des Treppenhauses, wo er rasch die Kleider wechseln wollte. Er vermutete, dass die Personenschützer ihn bereits entdeckt hatten.

Im Gegensatz zum Tageslicht war die Treppenflucht nur dämmrig erhellt. Der Schütze legte kurz die Stirn auf den kühlen Stahl der Türe. Das Herz raste, die Hände zitterten. Er wandte sich der Treppe zu und erstarrte.

EINS

Am höchsten Punkt der Rütimatt, bevor er in das Dorf Balm bei Günsberg hineinfuhr, durchdrang der XC60 die Nebelwand und rollte in die gleissenden Sonnenschein. Lang gezogene Wolkenreste der vergangenen Gewitternacht klammerten sich an die Felswand der Balmflue. Bald würde die aufgehende Sonne sie in feuchte, warme Luft auflösen. Dornach ging vom Gas, als ihn das Sonnenlicht blendete, und blickte über das Aaretal unter ihm und die Hügelzüge des Oberaargaus und des Emmentals dahinter. Am östlichen Horizont krochen die gleissenden Vorboten eines weiteren sehr warmen Frühsommertages über den Alpenkamm. Die digitale Uhr am Armaturenbrett zeigte kurz nach halb sechs an.

Die Sturmnacht hatte ihm einen unruhigen Schlaf beschert. Rasch aufeinanderfolgende Blitze, begleitet von ohrenbetäubenden Donnerschlägen, hatten ihn aus diffusen Träumen gerissen, an die er sich nicht mehr erinnern konnte. Er hatte mitbekommen, wie Pia und Manu kurz nach vier Uhr kichernd und tuschelnd von einer Geburtstagsparty zurückkehrten. Sie hatten durchfeiern wollen. Das Gewitter musste ihnen einen Strich durch die Rechnung gemacht haben.

Kurz vor fünf Uhr kam der Anruf von der Alarmzentrale. Er war offenbar nicht der Einzige, dem die entfesselten Elemente den Schlaf geraubt hatten. Eine Bewohnerin von Balm hatte Lust auf einen nächtlichen Spaziergang mit ihrem Hund verspürt und dabei eine makabre Entdeckung gemacht. Die Schilderung des wachhabenden Beamten verursachte bei Dornach noch jetzt eine Gänsehaut.

In Balm waren die ersten Anzeichen von Geschäftigkeit erkennbar. Neugierige Blicke aus geöffneten Fenstern folgten seinem Wagen. Er bog in die schmale Strasse ein, die zur Burgruine führte. Für Besucher war die Zufahrt bis zum Parkplatz gestattet. Die Ruine Balm zog nicht gerade Heerscharen von

Touristen an. Dornach hoffte, dass Mike Lüthi die Umgebung weiträumig hatte absperren lassen, bevor es den ersten Schaulustigen einfiel, die Burgruine zum Ziel ihres Morgenspaziergangs zu erküren. Er war nicht in Stimmung, sich mit Gaffern herumzuschlagen, es sei denn, einer von ihnen bot ihm einen frisch gebrauten Kaffee an. Und er hegte noch die leise Hoffnung, dass es nur ein Bubenstreich war, der ihn um sein Frühstück brachte.

Die Balmflue war eine mit Buschwerk und Gebirgswald durchzogene Felswand. Sie bildete den unteren Teil der gewaltigen Bergflanke des Balmfluechöpfli. Die Burgruine war vom Auto aus noch nicht zu erkennen. Bäume und Unterholz versperrten die Sicht auf den unteren Teil der Felswand. Der Lichtstrahl eines mobilen Scheinwerfers der Kriminaltechnik schimmerte durch das dichte Grün des Laubes, zwanzig Meter über der Strasse.

Unmittelbar beim Zugang zur Ruine standen Dienstfahrzeuge der Kantonspolizei und der Leichenwagen eines lokalen Bestatters. Dornach parkierte auf dem Besucherparkplatz am Waldrand und ging zu Fuss zurück zu der Stelle, wo ein Pfad weg von der Strasse durch das Gehölz zur Felswand führte. Ein Absperrband und eine uniformierte Polizistin verwehrten Unbefugten den Zugang. Dornach kannte die junge Beamtin nicht, sie ihn hingegen schon. Sie wollte vor ihm salutieren, was er vermied, indem er ihr die Hand zur Begrüssung entgegenstreckte und sich vorstellte. «Ist Mike Lüthi oben?» Er zeigte in die Richtung, wo er die Ruine hinter dem Laubwald vermutete.

«Feldweibel Lüthi wartet oben auf Sie, Hauptmann Dornach», erwiderte die Polizistin. «Folgen Sie dem Felsenpfad.» Sie bekundete Mühe, den Blick von seinen grauen Augen und dem dunklen, an den Schläfen silbern durchzogenen Haar abzuwenden. Auf dem Weg zum Felsaufgang machte Dornach eine mentale Notiz zuhanden ihres Vorgesetzten, er möge die Kollegin darauf hinweisen, dass die Dienstgrade der Kantonspolizei meistens administrativen Zwecken dienten. Im täglichen Umgang unter Kollegen fanden sie sehr selten Anwendung.

Er stieg über prekäre, in den Kalkfels gehauene Treppenstufen zum Ort, wo die Freiherren zu Balm im 12. Jahrhundert ihre Stammburg errichtet hatten. Von der ehemaligen Grottenburg waren die Reste der zwei Meter dicken äusseren Wehrmauer erhalten. Der dahinterliegende Innenhof mass zwanzig Meter in der Länge, und er reichte rund sechs Meter tief in den Fels hinein. Dornachs Stellvertreter Mike Lüthi sass auf dem Absatz einer nachträglich angebrachten Türöffnung. «Morgen, Dominik, sorry, dass ich dich aus den Federn holen liess.»

«Schon gut. Wäre trotzdem schön, wenn du einen Kaffee aus der Westentasche zaubern könntest.»

Lüthi zog mit beiden Händen an imaginären Hosentaschen seines Schneemanns, dem weissen Schutzanzug der Kriminaltechnik. «Tut mir leid, meine Kaffeeköchin schläft noch.»

«Lass ja Maja nicht hören, wie du sie betitelst. Die ist in der Lage und verpasst dir eine Woche Schweigebehandlung mit Annäherungsverbot.»

«Ich kann nichts dafür, wenn sie immer die Erste ist, die aufsteht, und obendrein die Einzige, die weiss, wie unsere neue Maschine funktioniert. Um das Ding zu bedienen, brauchst du ein Ingenieurstudium. Von mir aus hätte es die alte Filtergurgel noch lange getan.»

Dornach hatte es aufgegeben, seinem langjährigen Kollegen die Vorzüge von frisch gemahlenem Bohnenkaffee zu vermitteln. Wenn das nicht mal Kollegin Maja Hartmann schaffte, war jede missionarische Liebesmüh umsonst.

«Was soll ich mir ansehen?»

Lüthi zeigte mit dem Daumen nach hinten durch die Maueröffnung. «Hierdurch und dann rechts hoch. Sebi ist bereits da. Ich warte auf einen Anruf von der Rechtsmedizin aus Bern.»

Im Innern ihres felsgespickten Gevierts war die Burg ursprünglich zweigeschossig gebaut worden. Dornach erinnerte sich vage daran, was ihm sein Vater früher darüber erzählt hatte. Ausserhalb der Mauer hatte ein befestigter Wehrbau existiert. Der Raum dahinter diente vermutlich der Nutzung als landwirtschaftlicher Komplex. Den Herren von Balm musste es in ihrer neuen Burg bald zu zugig und feucht geworden sein. Schon früh nach der Erbauung verlegten sie ihren Herrschaftssitz in die milderen Gefilde des heute luzernischen Altbüron. Die Dynastie besiegelte ihr Schicksal im Jahr 1308 in Windisch mit dem Tod von Kaiser Albrecht I. von Habsburg, an dessen Ermordung Rudolf von Balm direkt beteiligt gewesen sein soll. Über die von Balm wurde die Reichsacht verhängt. Der unglücksselige Rudolf verbrachte den Rest seiner Tage auf der Flucht und starb in einem Kloster in Basel.

Auf einem erhöhten Felsabsatz stand ein mobiler Scheinwerfer der Kriminaltechnik, dessen Strahl auf eine Nische gerichtet war. Etwas abseits warteten zwei Bestatter mit einem Leichensack. Sie hatten darauf verzichtet, einen sperrigen Zinksarg über den Felsenpfad zu schleppen. Sebastian Tschanz, der Leiter der Kriminaltechnik, kniete auf dem Boden. Er beugte sich über etwas, das Dornach von seinem Standort nicht erkennen konnte.

«Kann ich hochkommen, Sebi?»

«Kein Zutritt für Nicht-Kostümierte.»

Nachdem Dornach einen Schneemann übergestreift hatte, schaute er Tschanz über die Schulter. «Was ist denn das?», fragte er erstaunt.

«Was soll es denn deiner Meinung nach sein? Ich muss dir hoffentlich nicht erklären, wie ein Skelett aussieht.»

Dornach betrachtete das kleine, schmale Gerüst, dessen Grösse auf ein Kind oder einen kleinwüchsigen Erwachsenen schliessen liess. Die Knochen schimmerten bräunlich weiss unter anhaftenden Erdpartikeln. Dornach stach die Position ins Auge. Es lag flach auf dem Rücken auf dem felsigen Boden. Die skelettierten Hände waren über dem Bauch gefaltet. «Wurde es so aufgefunden?»

Tschanz nickte. «Die Frau, die es entdeckte, hatte ihren Hund dabei. Er ist vor der Öffnung stehen geblieben und hat angeschlagen, bis sie gekommen ist. Ich habe ihr gesagt, sie soll dem Viech auf meine Kosten einen grossen Knochen vom Metzger besorgen. Spart mir eine Menge Arbeit, wenn ich mich nicht mit Tierfrass herumschlagen muss.»

Dornach blickte um sich. «Wo ist die Zeugin?»

«Ich habe sie nach Hause bringen lassen», sagte Lüthi, der sich zu ihnen gesellt hatte. «Sie war etwas mitgenommen. Aber sie hält sich zur Verfügung, wenn du mit ihr reden willst.»

«Später vielleicht. Was suchte sie so früh an einem Donnerstagmorgen hier? Ist nicht gerade der ideale Spazierweg, wenn man mit dem Hund unterwegs ist.»

Lüthi zeigte zu den Wohnhäusern am Dorfrand hinüber. «Sie wohnt da drüben und meinte, kurz vor dem Gewitter einen schwachen Lichtschimmer an der Felswand gesehen zu haben. Es war ihr unheimlich. Sie ist erst hergekommen, nachdem das Gewitter vorüber war.»

Dornach ging in die Hocke. Der Anblick des Skelettes hatte ihn zunächst derart in den Bann gezogen, dass ihm erst jetzt zwei Details ins Auge stachen. Es lag im Zentrum eines Steinkreises. Zu beiden Seiten des Kopfes, auf der Höhe der Hüften und bei den Füssen waren zur Hälfte hinuntergebrannte Kerzenstummel aufgestellt.

«Das ...», begann Dornach.

«... sieht aus wie ein Bestattungsritual, ja», kam Tschanz ihm zuvor. «Das Skelett lag unter einem flachen Steinhügel. Die Steine liegen da drüben.» Er zeigte auf eine Anzahl aneinandergereihter Felsbrocken. «Ich habe alles fotografiert, aber das Ausmass des Hügelgrabes erkennst du schon am Steinkreis, den ich für dich habe stehen lassen. Die Kerzenstummel stehen ebenfalls dort, wo wir sie gefunden haben.»

«Wie lange, denkst du, liegt es hier?»

«Nicht allzu lange. Ich wage zu behaupten, es wurde erst in dieser Nacht hier abgelegt, frühestens gestern Abend. Der Boden unter den Steinen ist trocken. Das heisst, das Skelett lag schon vor dem Gewitter hier. Die Ruine ist nicht stark frequentiert. Trotzdem, wenn der Grabhügel schon länger hier wäre, müsste er unweigerlich früher aufgefallen sein.»

«Weshalb bestattet jemand zu später Stunde ein Skelett an diesem Ort? Hat er eine spirituelle oder religiöse Bedeutung?»

«Wenn du einen Hexenschuss als spirituelle Eingebung ansehen willst, warum nicht?», sagte Lüthi. «So was fängt man sich garantiert ein, wenn man zu lange in dieser Villa Durchzug rumsitzt.»

«Sobald das Skelett abtransportiert ist, schaue ich mir den Untergrund genauer an», sagte Tschanz.

«Männlich oder weiblich?», fragte Dornach.

«Schwer zu sagen. Die Entwicklung des Knochenbaus weist auf einen Todeszeitpunkt im Kindesalter hin. Aufgrund der Hüftanatomie tippe ich auf einen Jungen.» Er zeigte auf den Schädel. «Dafür sprechen auch die relativ stark ausgebildeten Knochenwülste über den Augenhöhlen.»

«Alter?»

Tschanz deutete mit einem Stift auf das freigelegte Gebiss. «Der Durchbruch der verbleibenden Zähne hat eingesetzt. Einige Milchzähne sind bereits ausgestossen. Die Länge des Skeletts lässt eine Alterseinschätzung von über sieben bis unter zehn Jahren zu. Die genaue Eingrenzung überlasse ich den Anthropologen im Institut für Rechtsmedizin.»

Dornach schritt um Tschanz herum und kauerte vor dem Schädel nieder. «Keine Anzeichen auf spitzes oder stumpfes Trauma. Auf den ersten Blick kein Indiz auf einen gewaltsamen Tod.»

«Die übrigen Knochen weisen ebenfalls keine offensichtlichen Verletzungen auf, soweit ich das hier erkennen kann. Es scheint auch nicht von irgendwo heruntergestürzt zu sein.»

«Autounfall oder Erschlagen als Todesursache sind also weniger wahrscheinlich», sagte Lüthi.

«Das soll die Rechtsmedizin klären.» Tschanz hob die Schultern. «Es gibt x andere Todesursachen wie Krankheit oder eine Vergiftung. Es ist schwierig, so etwas an einem Skelett nachzuweisen.»

«Aufgrund dieser Auffindesituation sollten wir vorerst von einem aussergewöhnlichen Todesfall ausgehen», sagte Dornach. «Wie lange schätzt du den Todeszeitpunkt zurück, Sebi?»

«Falls du auf eine mögliche Verjährung spekulierst, muss ich dich enttäuschen. Der Tod liegt sicher nicht dreissig Jahre oder darüber hinaus zurück. Ich würde auf weniger als zehn tippen.»

Dornachs Magen krampfte sich zusammen. Das konnte heissen, dass da Eltern waren, die seit Jahren ihr Kind vermissten. Ohne Leichnam klammerten sich die Angehörigen an den dünnen Strohhalm der Hoffnung, ihr verschwundenes Kind eines Tages wiederzusehen. Dornach würde diesen letzten Funken Lebensglauben zuerst auslöschen müssen, bevor er erlösender Gewissheit Platz machen konnte.

«Ich habe noch was für euch», sagte Tschanz. Er hielt einen Plastikbeutel in der Hand. Der Inhalt bestand aus einem herzförmigen silberfarbenen Ring. Wo das Herz spitz zusammenlief, war er mit kleinen Brillanten besetzt. Das Schmuckstück hing an einer dünnen Schnur.

Dornach nahm Tschanz den Beutel aus der Hand und betrachtete ihn eingehend. «Das lag mit dem Skelett im Grab?», fragte er. «Die Grösse des Ringes passt auf eine erwachsene Person.» Er reichte den Beutel Lüthi.

«Der Ring war nicht am Fingerknochen, sondern mit der Schnur um seinen Hals gebunden», erwiderte Tschanz.

«Ich glaube, auf der Innenseite ist eine Inschrift», sagte Lüthi. «Vielleicht ein Name. Konntest du sie entziffern, Sebi?»

«Kann ich nicht genau sagen. Das Metall, vermutlich ist es Silber, ist angelaufen. Ich muss den Ring zuerst reinigen. Das mache ich später in der Schanzmühle, wo ich besseres Licht habe und ihn genau unter die Lupe nehmen kann.»

Lüthi gab ihm den Beutel zurück.

«Kommen die von der Rechtsmedizin oder nicht?», fragte Tschanz ihn.

«Professor Bodmer hat mich vorhin angerufen. Ihr Anthropologe ist derzeit an einem anderen Fall im Berner Oberland und kann so schnell nicht hier sein. Sie sagt, es liege an dir, Sebi. Wenn du denkst, dass der Fundort nicht der ursprüngliche Ablage- oder Tatort sein kann, reicht es, wenn du das Skelett zusammen mit einigen Bodenproben und Fotos frei Tisch nach Bern lieferst.»

«Okay.» Tschanz winkte die Bestatter zu sich. «Ich schaue mir die Umgebung noch mal an, dann sind wir weg.»

«Ich kehre mit Mike in die Schanzmühle zurück», sagte Dornach. «Melde dich, wenn du fertig bist.»

«Denkst du, was ich denke?», fragte Lüthi auf dem Weg zu ihren Autos.

Dornach nickte. «Maja und Karin sollen sich das Vermisstenregister vornehmen.» Er klopfte Lüthi auf die Schulter. «Du hast mich geweckt, also besorgst du Gipfeli und Weggli für alle beim Rapport.»

Bevor Lüthi protestieren konnte, war Dornach in sein Auto gestiegen und hatte den Motor gestartet.

ZWEI

Mit der Waffe im Anschlag schlüpfte Jana Cranach durch das mannshohe Loch in der Wand zur Nachbarwohnung. Der Fluchtweg hatte den Bewohnern nicht viel geholfen. Der Zugriff durch die Einsatzgruppe Tigris der Schweizer Bundeskriminalpolizei in der konspirativen Wohnung war blitzschnell erfolgt. Die Extremisten hatten keine Chance. Nachdem die Verdächtigen abgeführt worden waren, blieb Jana absichtlich zurück. Sie hatte etwas gesucht, ohne sich darüber im Klaren zu sein, was es war. Dabei war sie auf den Durchgang gestossen. Die Naivität der Extremisten, zu glauben, es genüge, zur Tarnung einen Schrank vor das Loch zu schieben, hatte sie den Kopf schütteln lassen.

Der Funkstöpsel in ihrem Ohr übermittelte die Kommunikation in Französisch zwischen den Beamten der Einsatzgruppe Tigris und ihren Kollegen von der Sondereinheit der Genfer Polizei.

Minuten zuvor hatten die Elitepolizisten die Wohnung in einem Miethaus, unmittelbar neben der Genfer Zentralmoschee in der Rue de Montchoisy im Stadtviertel Eaux-Vives, gestürmt. Der Einsatz war aufgrund eines Hinweises des französischen Auslandsnachrichtendienstes erfolgt: Scheich Abdul Adil, der Führer der gleichnamigen islamistischen Terrorgruppe, halte sich mit seiner Nummer zwei Jemina Osmankovic, genannt «Saïf Allah» oder «Schwert Gottes», dort auf.

Marius Châtelain von der BKP, der schweizerischen Bundeskriminalpolizei, leitete den Einsatz. Jana kannte ihn aus ihrer Zeit beim österreichischen Bundeskriminalamt, in der sie ihm einige Male grosszügige Amtshilfe gewährt hatte. Sie hatte eine Grenze gezogen, nachdem sie gemerkt hatte, dass sich hinter der Einladung zum Nachtessen eine andere Absicht verbarg als reine Dankbarkeit. Das war lange bevor sie Dornach kennengelernt hatte. Châtelain hatte seinen verletzten Stolz hinuntergeschluckt. Er musste einsehen, dass sie es war, die bestimmte, wann sie mit wem ins Bett ging. Das tat seinem Respekt für sie keinen Abbruch.

Jana war am Vorabend auf der Durchreise von ihrer Dienststelle, der Europol-Zentrale in Den Haag, nach Montreux in Genf eingetroffen. Châtelain hatte davon erfahren und sie eingeladen, bei dem Zugriff dabei zu sein. In ein paar Stunden hatte sie vor führenden Sicherheitsverantwortlichen europäischer Staaten ein Referat zur Terrorbekämpfung zu halten. Sie hegte den Verdacht, dass der Westschweizer die Gelegenheit für eine weitere Charmeattacke nutzen würde. Damit konnte sie umgehen. Was in diesem Moment zählte, war der Zugriff. Seit Monaten war Jana hinter Adil und Osmankovic her. Sie wollte vor allem die Frau.

«Alpha an Lilo», hörte Jana Châtelains Stimme über Funk. Er sprach Französisch mit ihr. «Wo sind Sie?»

«Ich sehe mich um», antwortete sie in derselben Sprache.

«Seien Sie vorsichtig. Wir haben bisher keine Spur von Adil und Osmankovic. Die beiden halten sich wahrscheinlich irgendwo im Gebäude auf. Ich schicke Ihnen ein paar Leute rauf.»

«Nicht nötig. Die sollen besser die Keller absuchen. Wenn die Extremisten hier oben ein Loch in die Wand schlagen können, gelingt es ihnen auch unten. Lilo aus.»

Der Raum hinter dem Durchbruch war leer. Jana blieb stehen, um ihre Augen an das diffuse, staubgefilterte Tageslicht zu gewöhnen, das zwischen den Lamellen der heruntergelassenen Jalousien hereindrang. Im Grunde hatte sie nicht die Absicht gehabt, sich an diesem Zugriff aktiv zu beteiligen, sie wollte nur beobachten. Deshalb trug sie anstelle ihres Kampfoveralls ein eng geschnittenes dunkelgraues Hosenkostüm unter der kugelsicheren Weste. Sie hatte keine Wechselkleidung dabei. Das Kostüm hatte für das Referat in Montreux sauber zu bleiben. Ihre Wildlederstiefeletten mit flachen Absätzen gingen für diesen Zweck knapp durch.

Eine daumendicke Staubschicht bedeckte einen abgenutzten Linoleumboden mit Ausnahme der Schuhabdrücke zweier Paar Schuhe, die in direkter Linie zur Zimmertüre führten. Die Grösse entsprach derjenigen von Frauenschuhen. Zwei weibliche Personen waren kurz zuvor hier durchgegangen. Jana öffnete die Tür zum Korridor. Dahinter war es stockdunkel. Sie knipste die schmale LED-Stablampe an, die sie in die Tasche ihres Jacketts gesteckt hatte. Der kräftige Lichtstrahl tauchte den Korridor in taghelles Licht. Sie richtete ihn auf den Boden. Im Dunkeln riskierte sie, allfällige Stolperdrähte einer Sprengfalle zu übersehen. Da war nichts. Sie knipste die Lampe aus und wartete erneut ein paar Sekunden, bevor sie sich weiter vortastete.

Die Luft im gefangenen Korridor roch muffig, die Wohnung musste seit Ewigkeiten nicht mehr gelüftet worden sein. Jana glaubte, verstanden zu haben, dass einige Wohnungen im Gebäude einer seit Langem angekündigten Renovierung harrten. Sie lauschte. Ein beinahe körperliches Gefühl, nicht alleine zu sein, beschlich sie. Sie sah den Gang hinunter. Unter den Ritzen der Türen beidseits des Korridors drang Helligkeit hindurch. Sie hatte sich so weit an das Schummerlicht gewöhnt, dass sie vor sich die Umrisse der Eingangstüre ausmachen konnte.

Hinter der Tür unmittelbar rechts von ihr hörte sie ein Geräusch, wie ein heftig auftretender Schuh, gefolgt von einem unterdrückten Aufschrei. Jana trat einen Schritt zurück. Sie presste ihren Rücken gegen die Wand neben der Tür. Vorsichtig streckte sie die linke Hand nach der Klinke aus und drückte sie hinunter. In diesem Augenblick brach die Hölle los. Mehrere Kugeln durchschlugen die Türfüllung. Rasch zog Jana ihre Hand zurück. Die Projektile hätten sich in Janas Schutzweste gebohrt, wenn sie direkt vor der Tür gestanden wäre.

Sobald die Schüsse verstummten, zögerte Jana nicht mehr. Sie trat gegen die Tür und liess sich gleichzeitig zur Seite fallen. Der Fusstritt war dermassen kräftig, dass er die leichte Zimmertür beinahe aus den Angeln hob. Im Schwung der Bewegung ging sie mit ihrer Glock 17 im Anschlag vor der Türöffnung in die Knie. Sie blickte in das kindliche Gesicht einer Frau im Teenageralter. Sie hielt eine Pistole in der Hand und starrte sie angsterfüllt an.

«Bitte nicht schiessen, ich bin unschuldig», sagte sie. Sie sprach ebenfalls Französisch.

«Waffe fallen lassen. Wer sind Sie?», antwortete Jana. Mit einer katzenartigen Bewegung, immer die Glock im Anschlag, kam sie auf die Füsse.

Das Mädchen ignorierte Janas Anweisung. «Bitte tun Sie mir nichts. Ich heisse Medina.» Ihre Angst war echt.

«Beruhigen Sie sich, Medina. Ich bin Polizistin. Legen Sie die Waffe auf den Boden.»

«Ist ... ist sie weg?»

«Wer?»

«Die Frau, die mich hierher verschleppt hat.» Medina schielte zur Seite zu einer Tür, die zu einem Nebenraum führte. «Ich hatte solche Angst, dass sie zurückkommt, deshalb habe ich geschossen.»

Jana folgte dem Blick des Mädchens. «Was für eine Frau? Wie sah sie aus?» Sie legte den Zeigefinger auf die Lippen und bewegte sich auf die Tür zu.

«Sie war schön», flüsterte Medina. Möglicherweise wurde ihr bewusst, wie unpassend das unter den gegebenen Umständen klang. «Aber sie hatte ein böses Gesicht mit giftigen Augen. Die Haare weiss ich nicht. Sie trug einen Hidschab.»

Jana wusste, dass Osmankovic braunrote Haare hatte, die sie schwarz färbte und mit einem Hidschab bedeckte, um sich besser in die islamische Gemeinschaft einzufügen. Ihr Gesicht mit den kalten Augen verbarg sie unter keinem Schleier. Schliesslich hatten sie ihr zu ihrem Kriegsnamen verholfen.

Medina legte ihre Waffe auf den Boden und trat zwei Schritte zurück.

«Woher haben Sie die Waffe?», fragte Jana. Das Mädchen nicht aus den Augen lassend ging sie auf die Nebentür zu.

«Gestohlen, in der anderen Wohnung, bevor mich diese Frau hierher zerrte, weil die Polizei dort die Türe aufgebrochen hatte.» Medina zeigte in die Richtung der Nachbarwohnung. «Die Frau ist geflüchtet und hat mich zurückgelassen.»

Jana knipste ihre Stablampe an. Mit einem weiteren gezielten Fusstritt sprengte sie die Tür auf und ging sogleich in die Hocke, um einem allfälligen Gegner kein grosses Ziel zu bieten. Der Nachbarraum war ebenso leer geräumt wie derjenige, in dem sie standen.

Bevor sie die Bewegung hinter sich wahrnahm, wusste Jana, dass es ein Fehler gewesen war, Medina den Rücken zuzukehren.

«Allahu Akbar!»

Aus den Augenwinkeln sah Jana, wie das Mädchen die Pistole hob und auf sie anlegte. Sie duckte sich zur Seite weg. Die Kugel schlug hinter ihr in die Wand ein. Jana zielte kurz, bevor sie zweimal abdrückte. In Bauch und Brust getroffen brach Medina zusammen.

Jana ging neben Châtelain die Rue des Eaux-Vives entlang zum Parc de la Grange. Dort wartete ein Militärhelikopter, der sie nach Montreux fliegen sollte. In anderthalb Stunden musste sie vor ihren Zuhörern im Montreux Palace stehen.

«Das hätte schiefgehen können, Jana. Warum sind Sie allein in diese Wohnung gegangen? Wenn etwas passiert wäre, hätten meine Leute nicht rechtzeitig eingreifen können», begann Châtelain.

Sie schenkte ihm ihr entwaffnendes Lächeln. «Glauben Sie mir, Marius. Ich habe schon weitaus kniffligere Situationen gemeistert.»

«Das glaube ich Ihnen gerne. Trotzdem, der Einsatz lag in meiner Verantwortung. Sie durften nur als Beobachterin hier sein.» Er blieb stehen und ergriff ihre Hände. «Abgesehen davon, dass Ihr Anblick mit einer Kugel im Kopf für mich unerträglich wäre, will ich mir die diplomatischen Verwicklungen gar nicht ausmalen, wenn eine stellvertretende Direktorin von Europol bei einem schweizerischen Polizeieinsatz von einem Terroristen verletzt oder gar getötet würde.»

«Ach, Marius.» Jana entzog sich ihm sanft. «Lassen Sie mir den Nervenkitzel. Zurück in Den Haag darf ich nur wieder Akten wälzen. Freuen Sie sich lieber über den Erfolg.»

Das tat Châtelain. Die drei festgenommenen Personen standen seit Langem auf der Fahndungsliste der BKP. Der Wermutstropfen war, dass Jemina Osmankovic, eine der meistgesuchten Terroristinnen Europas, zusammen mit ihrem Dienstherren Abdul Adil verschwunden war. Beide waren rachsüchtig und gefährlich. Die nur wenige Kilometer entfernte Grenze zu Frankreich war hermetisch abgeriegelt. Die Tatsache, dass sich zwei internationale Top-Terroristen in der Schweiz aufhielten, war alles andere als beruhigend.

«Wie steht es um das Mädchen?», fragte Jana.

«Sie wird bereits operiert und kommt vermutlich durch. Sie zielen gut, Jana.»

«Ich wünschte, ich hätte mich nicht ablenken lassen. Sie ist noch ein Kind. Konnten Sie sie identifizieren?»

«Sie wissen selbst, dass es für Terroristen kein Mindestalter gibt. Das Mädchen heisst in Wirklichkeit Ecrin Altinsoy und ist Schweizerin türkischer Abstammung. Sie war aufgrund ihrer Nähe zu radikalen islamistischen Gruppierungen im Visier von unserem Geheimdienst, dem Nachrichtendienst des Bundes NDB.» Er bemerkte Janas nachdenklichen Ausdruck. «Manchmal heisst es eben sie oder wir.»

Ein schwacher Trost für Jana. Dennoch hatte Châtelain nicht unrecht: Geradeso gut könnte sie es sein, die auf dem Operationstisch oder im Zinksarg lag.

«Wollen Sie mich nicht zur Pressekonferenz begleiten?», fragte Châtelain. «Ihr Referat in Montreux können Sie am Nachmittag halten. Danach könnte ich Ihnen die Gegend zeigen. Im Lavaux haben wir ausgezeichnete Weine, ausserdem gehört es zum UNESCO Weltkulturerbe.»

Jana sah ihn von der Seite an. Mit seinem scharf geschnittenen Gesicht, dem vollen Haar in Salz- und Pfeffer-Farben und dem gepflegten Dreitagebart entsprach der aus La Chaux-de-Fonds stammende Châtelain dem Typus «Mann für gewisse

Stunden». Jana hatte kein Interesse. Sie sehnte sich nach einem anderen Schweizer, der ihr unter die Haut gegangen war.

Sie schenkte Châtelain ein diplomatisches Lächeln. «Machen Sie die Konferenz ohne mich, Marius. Polizeichefs und Staatssekretäre aus zwanzig Staaten lassen sich nicht einfach so versetzen.» Sie sah auf ihre Uhr. «Ich muss mich sputen, wenn ich rechtzeitig in Montreux sein will.»

«Wir sind gleich da.» Sie erreichten eine Querstrasse, die mit Avenue William-Favre angeschrieben war. Gegenüber lag eine Grünanlage, der Parc de la Grange. Der Weg durch den Park führte sie geradewegs zu einer offenen Fläche. Mittendrin stand ein Super Puma der Schweizer Luftwaffe. Jana erkannte die knabenhafte Gestalt, die eiligen Schrittes auf sie zukam. Wenige Meter vor ihr salutierte sie.

«Magali!» Jana umarmte die Pilotin. Im Vorjahr war ein gemeinsamer spektakulärer Rettungseinsatz in den Walliser Alpen nicht zuletzt dank den Flugkünsten von Hauptmann Magali Fournier glücklich ausgegangen.

«Ich habe gehört, dass du ein Lufttaxi brauchst, und so wollte ich es mir nicht nehmen lassen, Chauffeurin zu spielen», sagte sie fröhlich. «Dieser Flug dürfte ein bisschen langweiliger sein als der letzte.»

«Wenn du Gas gibst, bleibt uns Zeit für ein Glas Wein – für dich Traubensaft», ergänzte Jana angesichts Magalis bedauernder Grimasse.

DREI

Dornach schnappte sich ein Gipfeli. Maja Hartmann stellte ihm eine volle Kaffeetasse hin. Er wollte sie nach dem Stand der Nachforschungen nach den vermissten Kindern fragen. Er kam nicht dazu. Angela Casagrande trat durch die Tür. «Bekomm ich auch einen Kaffee?», rief sie Maja zu.

«Klar, Mike übt gerade», sagte Maja. Grinsend zeigte sie zu ihrem Freund hinüber, der konzentriert auf den Knöpfen der Kapselmaschine herumdrückte. Dornach hatte es fertiggebracht, dass vom Budget der Kantonspolizei ein Betrag für eine leistungsfähigere Maschine abgezweigt wurde, die dagegen etwas komplexer zu bedienen war.

«Immer langsam, ich bin hier nicht der Barista vom Dienst.»

«Dafür ein vollendeter Gentleman», erwiderte Casagrande.

«Du weisst, welche Sorte ich mag?»

«Wie Dominik, dunkel und bitter.»

Die Staatsanwältin nahm neben Dornach Platz, dessen Arm sie kurz drückte. Im vergangenen Herbst war sie im politisch heiklen Fall um die Aschenkreuz-Morde und die Patriotische Fortschrittspartei der Schweiz derart unter Druck geraten, dass sie ein Burn-out erlitten hatte. Nun hatte sie sich vollständig erholt. Ihr Gesicht mit dem energischen Kinn wirkte ebenmässiger, und das kastanienbraune Haar hatte seinen gewohnten Glanz wiedergewonnen. Sie hatte auch zugenommen, was ihr hervorragend stand, wie Dornach fand, auch wenn er ihr das nie sagen durfte. Das kämpferische Leuchten in ihren Augen war zurück.

«Was liegt an?», fragte sie.

Tschanz war dazugestossen. Er hatte Urs Jäggi, den Chef der Kriminalpolizei, und Rolf «Google» Gubler, den IT-Freak der Ermittlung, im Schlepptau. Tschanz begann gleich mit der Erläuterung der Fundsituation. «Sobald das Skelett in der Rechtsmedizin eingetroffen war, habe ich mich mit Professor Bodmer und Dr. Andriessen kurzgeschlossen.»

«Wer ist Dr. Andriessen?», fragte Casagrande.

«Der neue forensische Anthropologe. Er ist Däne.»

«Praktisch», bemerkte Gubler. «Bringt sicher einen Haufen Erfahrung aus Scandi-Krimis mit.»

«Wie auch immer», fuhr Tschanz fort. «Bodmer, Andriessen und ich sind uns prinzipiell über Geschlecht und Alter des Skelettes in etwa einig. Andriessen will sich erst definitiv festlegen, wenn er seine Untersuchung abgeschlossen hat. Die DNA-Analyse wurde in Auftrag gegeben. Es wird Tage dauern, bis sie vorliegt.»

«Kann man nichts machen», meinte Dornach. «Hast du noch was, Sebi?»

«Ja, ich habe den Ring vom Fundort gereinigt und angeschaut.» Er nickte Karin zu, die am Computer sass. Auf der Projektionswand erschien eine Vergrösserung des Ringes mit der Schnur. «Das Material ist tatsächlich Silber. Die Brillanten sind nicht echt, vermutlich Massenware von Swarovski. Den Kaufpreis würde ich zwischen sechzig und siebzig Franken ansetzen.»

«Und? Gibt's eine Gravur auf der Innenseite?», fragte Lüthi.

«Gibt es.» Auf der Projektionswand wechselte das Bild. «Für das beste Mami 2008», las Lüthi die Inschrift vor. «Das heisst, wenn wir davon ausgehen, dass wir es mit einem toten Kind zu tun haben, gehörte der Ring vielleicht seiner Mutter.»

«Fragt sich, von wem an wen die Widmung gerichtet ist?», sagte Maja. «Wenn der Ring dem Kind gehören würde, stünde ja wohl sein Name drin.»

«Oder der Ring war für die Mutter bestimmt», mutmasste Karin.

«Diese Spekulationen helfen uns jetzt nicht weiter», schaltete sich Dornach ein. Er bat Tschanz, allen die Fotos des Ringes auf die Handys zu senden. «Wie steht es mit der Aufstellung über die vermissten Kinder?» Dornach warf Maja, die an einem Gipfeli kaute, einen fragenden Blick zu. Da sie einen vollen Mund hatte, stiess Maja ihre Kollegin Karin Jäggi an.

Karin war offenbar überrascht und errötete, bevor sie

loslegte. «In der Schweiz werden gegenwärtig über zwanzig Personen vermisst, die zum Zeitpunkt ihres Verschwindens minderjährig waren. Einige Fälle reichen in die achtziger Jahre zurück. Die Kinder waren damals zwischen fünf und acht Jahre alt. Wenn sie noch leben, sind sie heute Mitte dreissig bis Anfang vierzig.» Sie liess einen Stapel Papiere zirkulieren, von denen sich jeder der Anwesenden zwei Blätter nahm.

Für einen Moment war es still im Raum. Alle gingen die Liste durch. Dornach dachte bei sich, wie es den unglücklichen Geschöpfen ergangen sein mochte, weg von der Geborgenheit des Elternhauses.

Karins Räuspern holte sie in die Realität zurück. «Ich habe die Recherche vorerst auf Buben fokussiert, die in etwa dem Lebensalter entsprachen, das wir dem Skelett zurechnen. Es gibt drei Namen von Buben, die zwischen 2005 und 2008 vermisst gemeldet wurden. Zwei davon waren zum Zeitpunkt ihres Verschwindens acht Jahre alt, einer war neun. Schaut euch die gelb markierten Stellen an.»

«Mario Gunzinger, acht Jahre, aus Grossaffoltern, Kanton Bern; Jean-Marc Huber, neun Jahre, aus Frick im Aargau und Raphael Howald, ebenfalls acht Jahre, aus Solothurn», las Dornach laut vor.

Karin projizierte drei vergrösserte Fotoporträts von Knaben an die Wand: lächelnde Bubengesichter, die unbekümmerte Zuversicht ausstrahlten, sich den Herausforderungen des Lebens zu stellen. Das Schicksal hatte es anders gewollt, zumindest für einen von ihnen. Ein beklemmendes Gefühl breitete sich in Dornachs Brust aus. Es stellte sich immer dann ein, wenn er mit Opfern im Kindes- oder Jugendalter konfrontiert war. Gleichzeitig fühlte er Erleichterung, dass mit seiner Tochter Pia alles gut gegangen war, was seine erzieherische Verantwortung betraf. Als Vater würde er sich ohnehin zeitlebens Sorgen um sie machen, alleine schon wegen ihres Temperaments, das punkto Gelassenheit Gemeinsamkeiten mit einer Wagenladung Nitroglyzerin aufwies.

«Ich erinnere mich an den Fall Raphael Howald», meldete

sich Jäggi zu Wort. «Es passierte im Sommer 2008. Du warst damals in den Staaten, Dominik. Mike, du weisst darüber Bescheid.»

Lüthi dachte kurz nach. «Stimmt. Das war im Juni, kurz vor den Sommerferien. Der Junge verschwand auf dem Schulweg zwischen dem Schulhaus Hermesbühl an der Bielstrasse und seinem Zuhause im Ziegelmattquartier. Wir setzten sofort alle Hebel in Bewegung, nachdem uns schliesslich die Eltern alarmiert hatten.»

«Warum schliesslich?», fragte Dornach.

«Sie hatten fast einen Tag mit der Vermisstenanzeige gewartet.»

«Aus welchem Grund?»

«Sie befürchteten eine Entführung. Sie meinten, Kidnapper verlangten üblicherweise, keine Polizei einzuschalten. Sie wollten das Leben ihres Sohnes nicht gefährden.»

So ein Unsinn, dachte Dornach, ohne es auszusprechen. Je eher man sie einschaltete, desto besser lagen die Chancen, die Übeltäter zu fassen und das Kind wohlauf den Eltern zurückzubringen. «Sind die Howalds wohlhabend?»

«René Howald ist ein hohes Tier bei einer französischen Bank an der Zürcher Bahnhofstrasse. Trotz der Finanzkrise kassiert er offenbar immer noch schöne Boni. Seine Frau Melanie besass bis vor Kurzem eine Premium-Modeboutique in Solothurn mit Filialen in Bern und Aarau. Aufgrund der aufkommenden Konkurrenz durch die Online-Versandhäuser hat sie das Geschäft aufgegeben und sich an einer Modellagentur beteiligt.»

«Nicht zwingend die Sorte Leute, bei denen am Ende des Geldes Monat übrig bleibt», bemerkte Maja mit Seitenblick zu Dornach.

Dieser überhörte die Anspielung auf seinen wohlhabenden Familienstammbaum, den Maja «altes Geld» nannte. «Trotzdem dürfte man erwarten, dass Howalds zur Sorte gehören, die es besser wissen sollten.»

«Wir mobilisierten alles», sagte Jäggi. «Suchmannschaften,

Hundestaffel, landesweite Aufrufe, sogar im benachbarten Ausland. Leider zu spät, die Spuren waren bereits kalt.»

Casagrande schüttelte verständnislos den Kopf. «Mittlerweile sollte es durchgedrungen sein, dass die ersten achtundvierzig bis zweiundsiebzig Stunden in solchen Fällen entscheidend sind.»

Jäggi war noch nicht fertig. «Kurz nachdem der kleine Raphael verschwunden war, konnten wir den Täter verhaften. Bernhard Hauser hat die Tat gestanden und zugegeben, dass der Junge nicht mehr lebte. Er gab an, ihn mit einem Kissen erstickt zu haben. Hauser wurde zu fünfzehn Jahren verurteilt.»

«Hat er die Entführung von Mario Gunzinger und Jean-Marc Huber ebenfalls gestanden?», fragte Dornach.

«Nie. Er hat uns auch nicht verraten, wo er Raphael Howald hingebracht hatte.»

«Was war sein Motiv?»

«Er hat sich unklar darüber geäussert und gab lediglich an, eine Schwäche für den Knaben gehabt zu haben. Das psychologische Gutachten hat ihm eine diesbezügliche Neigung attestiert.»

«Wir müssen ihn noch mal dazu befragen», sagte Dornach.

Jäggi machte eine bedauernde Geste. «Tut mir leid, das geht nicht mehr.»

«Warum nicht?»

«Er ist vor zwei Jahren im Schachen gestorben – Bauchspeicheldrüsenkrebs. Mit Hausers Tod verliefen sich die Spuren der anderen vermissten Buben im Sand.»

«Wir sollten die Eltern dieser Kinder über den Skelettfund informieren», sagte Karin.

«Was willst du ihnen sagen?», fragte Dornach. «Dass wir ein Skelett gefunden haben und es ihr Sohn sein könnte? Was, wenn es sich anders herausstellt? Zuerst fügst du ihnen Schmerz zu, weil du den letzten Funken Hoffnung zerstörst, den sie haben. Dann kommt die Erlösung, weil sie endlich loslassen können. Wenn es falsch ist, haben wir die Trauer verschlimmert.»

«Entschuldigung, daran habe ich nicht gedacht.»

«Schon gut. Ich möchte die Eltern erst einbeziehen, wenn die Resultate der DNA-Analyse vorliegen. Bis dahin sollten wir in Betracht ziehen, dass es sich bei dem Skelett um jeden der drei Buben handeln könnte oder um jemanden, den wir gar nicht auf dem Radar haben. Bleibst du dran, Karin?»

«Dauert halt. Ich stehe mit den Recherchen erst am Anfang.»

«Man nannte ihn den ‹Bubenfresser›», warf Jäggi ein.

«Wen?»

«Hauser. Raphael, Mario und Jean-Marc waren wohl nicht seine einzigen Opfer. Zuvor gab es weitere Fälle von vermissten Buben im Bernbiet. Denen war jeweils ein Stück Muskelfleisch von den Beinen oder vom Bauch herausgeschnitten worden. Wir wissen nicht, warum. Der forensische Psychologe vermutete, dass er es verspeist hatte.»

«Gab es Hinweise darauf, dass er sich an den Buben sexuell vergangen hat?», fragte Dornach.

«Nein, das ist ihnen erspart geblieben. Die einzigen offensichtlichen Verletzungen waren die Wunden der Einschnitte.»

«Hat Hauser das zugegeben?», fragte Dornach.

«Ebenso wenig wie alles andere. Er gestand nur die Entführung und die Tötung des kleinen Raphael.»

«Steht zweifelsfrei fest, dass der Tod nicht länger als dreissig Jahre zurückliegt?», fragte Casagrande. «Ich will nicht den Apparat in Bewegung setzen, wenn die Verjährungsfrist abgelaufen ist. Ihr wisst ja –»

«Das liebe Budget», sagte Dornach seufzend. Er nickte Tschanz zu. «Die Frage geht an dich, Sebi.»

«Unter Vorbehalt einer abweichenden Schlussfolgerung des Kollegen von der Rechtsmedizin meine ich aufgrund meiner Erfahrung, dass dieser Fund lange nicht unter das Verjährungsstatut fällt. Tut mir leid, Angela.»

«Schon gut, ich bin die Letzte, die sich der Aufklärung eines Kindsmordes widersetzt. Ich will mir lediglich Hofmann vom Hals halten, wenn's geht.» Sie warf einen Blick zur Wanduhr und stand auf. «Ich muss zu einer Verhandlung am Obergericht. Treffen wir uns später, Dominik?»

Dornach hob zustimmend die Hand. Er bat Lüthi und Maja, sich die Akten des Falles Raphael ein weiteres Mal gründlich vorzunehmen. «Ich weiss, es ist vergebene Liebesmüh, wenn es sich nicht um Raphaels Überreste handelt. Falls doch, gewinnen wir Zeit. Karin, du –»

«Ich weiss, was ich für den Rest des Tages zu tun habe.»

«Ich helfe unserer Kleinen», bot Gubler an. Er ignorierte Karins eisigen Blick.

«Das dürftest du dir langsam abgewöhnen», sagte Dornach zu Gubler, nachdem sie den Raum verlassen hatte. «Karin hat schon mehrfach bewiesen, dass sie kein Nesthäkchen ist.»

«Ist mir schon lange klar. Es reizt mich, sie zwischendurch ein wenig aus der Reserve zu locken.»

«Schon mal was von selbsterfüllender Prophezeiung gehört?»

Gubler blinzelte ihn fragend an. «Weiss nicht, was du meinst.»

«Ich meine, dass du aufpassen solltest, was du dir wünschst», sagte Dornach. «Sonst fängst du dir bei Karin bald mal ein blaues Auge ein.»

✶✶✶

Pias Atem ging gleichmässig. Sie machte eine Wende und setzte mit kräftigen Crawlzügen zur letzten Länge an, um ihr Tagespensum von zweitausend Metern zu erfüllen. Körper und Geist arbeiteten im Einklang mit dem Rhythmus ihrer Schwimmzüge.

Seit die Saison in der Solothurner Badi eröffnet war, absolvierte sie jeden Tag und bei jedem Wetter ihre zwei Kilometer. Trotz der späten Heimkehr vergangene Nacht, in der sie knapp fünf Stunden geschlafen hatte, war sie kurz vor zehn ins grosse Schwimmbecken gehüpft. Laut ihrer besten Freundin Manu gehörte sie damit zu den unentwegten Hardcore-Schwimmfuzzis.

Die Sonne hatte die Wolken des nächtlichen Gewitters weitgehend vertrieben und die Temperaturen merklich ansteigen lassen. Seit Pia regelmässig schwamm, hatte sie sich selten körperlich und geistig so fit gefühlt wie an diesem Morgen. Sie überlegte, das öfter nach einer Party zu tun. Dass sie im Gegensatz zu Manu so gut wie keinen Alkohol getrunken hatte, trug zweifellos zu ihrer guten Form bei.

Durch die verzerrte Optik der Schwimmbrille sah sie Manu am Beckenrand sitzen. Sie hatte eine schwarze Sonnenbrille aufgesetzt, welche die dunklen Ringe unter ihren Augen verdecken sollte. In der Hand hielt sie ihr Handy, mit dem sie Pias Zeit stoppte. Am Vortag hatte Manu hoch und heilig geschworen, dass sie einige Längen schwimmen wollte. Angesichts des Exzesses der vergangenen Nacht blieb der Wunsch fromm. Pia und Manu waren seit ihrem ersten Schultag beste Freundinnen. Nach dem tragischen Tod von Manus Mutter vor etwas mehr als einem Jahr hatte Pias Vater sie in seinem Haus aufgenommen, das mehr als genug Platz bot. Manu hatte keinen Kontakt mehr zu ihrem Vater, nachdem sich die Eltern scheiden gelassen hatten. Er lebte und arbeitete in Ostasien.

Pia entstammte Dornachs ebenso stürmischer wie kurzlebiger Beziehung zu einer damaligen Walliser Medizinstudentin. Dr. Laure Zenklusen war Oberärztin im Kantonsspital von Sion. Pias Verhältnis zu ihr war bald zum Machtkampf zwischen einem ausgewachsenen und einem werdenden Alphaweibchen ausgeartet. Pia hatte sich stets mehr zu ihrem Vater hingezogen gefühlt als zur Mutter und von klein auf nie einen Hehl daraus gemacht, dass sie lieber bei ihm leben wollte. Schliesslich kamen Dornach und Laure überein, dass sie bei ihrem Vater in Solothurn wohnen sollte.

«Achtundfünfzig dreiundvierzig», rief Manu, sobald Pia den Beckenrand berührte. «Fast eine Minute schneller als vorgestern – neuer Rekord. Du kannst dich bald für die Olympiade anmelden.»

«Warten wir's ab, bis ich unter fünfzig Minuten komme», sagte Pia heftig atmend. Sie schob die Schwimmbrille über die Stirn und zog die Nasenklammer ab, die sie am Ausschnitt ihres

Schwimmanzuges befestigte. Schwungvoll stemmte sie sich aus dem Wasser.

«Ist was?» Sie sah Manus kritischen Blick, während sie sich mit dem bereitgelegten Handtuch abtrocknete.

«Du bist ganz schön dünn geworden.» Manu betrachtete Pias flachen Bauch und ihre muskulösen Hüften. «Hat Rafik keine blauen Flecken?»

«Bisher sind keine Klagen eingegangen.» Pia erwiderte den Blick ihrer Freundin. Manu trug einen knappen Bikini, über den sie ein tief ausgeschnittenes T-Shirt gestreift hatte. Der Saum endete eine Handbreit unter dem Oberteil. Die Bänder des Höschens betonten zwei neckische Hüftröllchen. «Ein bisschen mehr Bewegung würde auch dir nicht schaden, sonst bist du bald breiter als lang», gab Pia zurück.

Manu quittierte die Bemerkung mit einem Achselzucken. «Ich weiss nicht, was du meinst. Ich werde genug bewegt.» Sie sah an Pia vorbei. «Da drüben ist Nadal.»

Pia drehte sich um. Nadal kam auf sie zu. Sie trug einen hochgeschlossenen beinfreien Badeanzug. Ihr ebenholzfarbenes Haar fiel offen bis zu den Schultern. Äusserlich glich sie ihrem Bruder, Pias Freund, sie hatte die gleichen mandelförmigen Augen und geschwungenen Lippen.

Die Frauen begrüssten sich herzlich, bevor sie sich im Schatten der hohen Bäume hinsetzten.

«Hast du heute keinen Unterricht?», fragte Pia. Nadal war Primarlehrerin einer ersten Klasse im Schulhaus Hermesbühl. «Ich habe Pause. Die Kiddies sind mit Konrad im Kinderbecken. Ich wollte nachsehen, was sie treiben. Kommt ihr mit?»

Die drei gingen zusammen hin. Pia war schon lange nicht mehr im ehemaligen Frauenbecken gewesen, das sich im östlichen Teil der alten Badeanlage befand. Ein turmähnlicher Aufbau trennte Männer- und Frauenbecken räumlich voneinander. Ein Mauerring mit Umkleidekabinen umrahmte beide Becken. Gleichzeitig bot er Schutz vor unbefugten Augen. Seines ursprünglichen Zweckes der Geschlechtertrennung enthoben, war der Aufbau heute Ausgangspunkt für eine Wasserrutschbahn, die in weiten Schlaufen im Becken des ehemaligen Frauenbades endete. Gleich dahinter lag das seichte Kinderbecken. Die Kinderschar war zu hören, bevor sie ins Blickfeld kam. Eine Gruppe stand am Beckenrand. Sie sah einem Mann zu, der einen auf dem Rücken im Wasser liegenden Jungen stützte. Der Bub war sichtlich verängstigt. Er strampelte hektisch, derweil seine Kameraden sich vom Rand aus über ihn lustig machten.

«Was passiert denn dort?», fragte Pia.

«Das ist Jonas Scheurer», sagte Nadal. «Er ist wasserscheu. Bisher hat es nur Konrad geschafft, ihn ins Wasser zu kriegen. Jonas vertraut ihm. Mit mir wäre er nie ins Becken gegangen.» Sie tadelte die laut lachenden Kinder am Beckenrand, die sogleich verstummten. Dann winkte sie ihrem Kollegen zu. «Kommst du klar, Konrad?»

Konrad Tanner war sportlich, etwa Anfang vierzig, mit schütterem blonden Haar und einer Stahlbrille, die ihm ein nerdiges Aussehen verlieh, wie Pia still befand.

«Keine Sorge, alles im Griff, nicht wahr, Jonas?», sagte Tanner zu dem Kleinen, der sich mittlerweile im Wasser stabilisiert hatte. Es gelang ihm sogar, Nadal mit einer Hand zuzuwinken, ohne das Gleichgewicht zu verlieren.

«Wir sehen uns später in der Schule», rief Nadal Tanner zu.

Die drei Frauen gingen zurück Richtung Liegewiese an der Aare. Pia stupste Nadal mit dem Ellenbogen in die Seite. «Ist Konrad ein heimlicher Verehrer von dir?»

«Er ist nicht mein Verehrer, weder heimlich noch sonst wie», wiegelte Nadal ab. «Er ist hilfsbereit, das ist alles.»

«Definiere hilfsbereit», sagte Manu.

«Da ist nichts, wirklich», insistierte Nadal. «Konrad unterrichtet Chemie und Sport im Schulhaus Kollegium in der Altstadt. Er hat angeboten, in den Freistunden meinen Kiddies Schwimmunterricht zu geben. Da ist nicht mehr – jedenfalls jetzt nicht», fügte sie leicht verlegen hinzu.

«Wegen Gezim?», fragte Pia. «Stalkt er dich immer noch?»

«Gezim stalkt mich nicht. Es fällt ihm schwer, sich damit abzufinden, dass ich mit ihm Schluss gemacht habe.»

«Wenn mir jemand an jeder Ecke auflauert und mich zu jeder Tages- und Nachtzeit anruft, nenne ich das Stalken.»

«Typisch Balkan-Machos», sagte Manu und zu Pia: «Du solltest diesen Albaner mal abpassen und den Tarif durchgeben.»

«Solches Gehabe hängt nicht mit der Herkunft zusammen», antwortete Pia etwas ungehalten, «eher damit, dass die Herren der Schöpfung es nicht ausstehen können, wenn wir ihnen mit einem Laufpass buchstäblich auf den Schwanz treten. So was weckt bei denen unterschwellige Kastrationsängste.»

Manu kicherte. «Du kannst das immer so schön ausdrücken.»

Nadal war das Thema unangenehm. «Wo steckt Rafik eigentlich? Ich dachte, ich würde ihn hier treffen, wenn er sich sonst schon rarmacht.»

«In Olten, er lernt für seine letzten Prüfungen», sagte Pia. «In zwei Wochen muss er seine Masterarbeit präsentieren. Dann hat er es hinter sich. Wir sehen uns heute Abend.» Sie zeigte zu den Umkleidekabinen hinüber. «Ich gehe mich umziehen. Essen wir was?»

Manu liess einen lauten Seufzer der Erleichterung vernehmen. «Gott sei Dank, es muss essen, also lebt es. Ich habe schon befürchtet, ich hätte einen Roboter zur besten Freundin – Pizza oder Hamburger?»

«Ich dachte eher an einen Salatteller», sagte Pia. Nadal schloss sich ihr an.

«War ja klar, dass da ein Haken ist», brummte Manu. «Dann besorge ich mal mein Essen und euer Grünfutter. Nur damit es klar ist: Wenn ihr beiden denkt, ihr könnt euch bei mir bedienen – vergesst es einfach.»

Pia tauschte ihren Schwimmanzug gegen einen weissen, mit altrosa Blütenmuster bedruckten Bikini. Dazu schlang sie ein grosses Seidentuch um die Hüften. Sobald sie aus dem Kabinentrakt trat, hörte sie aus der Richtung des Restaurants lautes Frauengeschrei. Unter dem Gekeife glaubte sie, die Stimmen ihrer Freundinnen zu erkennen. Sie ging dem Lärm entgegen.

Insgesamt sechs Frauen hatten Manu und Nadal vor dem Aufgang zum Restaurant eingekreist. Anstelle von Badeanzügen trugen sie Abayas, lange schwarze Überkleider, die muslimische Frauen über ihrer Strassenbekleidung trugen. Ihre Köpfe waren mit Hidschabs, traditionellen islamischen Kopftüchern, bedeckt. Daneben standen ein paar Kleinkinder, die das Geschehen mit grossen Augen verfolgten. Eine der Frauen sprach akzentfrei Schweizerdeutsch.

Eine recht hilflose Bademeisterin versuchte zu schlichten. Die Schweizerin gestikulierte von allen am heftigsten. Sie war offenbar die Sprecherin der Gruppe.

«Kann ich helfen?», fragte Pia, sobald sich der Lärmpegel für einen Moment legte.

Die Frauen verstummten und starrten sie an. Es dauerte einige Sekunden, bis die Schweizerin das Wort ergriff. «Hure!»

Es war klar, dass sie damit Pia meinte.

«Wie bitte?»

«Du hast mich verstanden. Sieh dich an, wie du rumläufst. Wie eine Schlampe.»

Die Gefährtinnen begannen derweil erneut heftig, teils in Arabisch, auf Manu einzureden. Sie zeigten auf Manus knapp geschnittenen Bikini. Die paar Brocken, die Rafik Pia beigebracht hatte, reichten nicht aus, damit sie das Gesagte übersetzen konnte. Nadal hingegen verstand es genau. Sie gab den Frauen entsprechend Konter.

Pia sah an sich herunter. Die Natur hatte bei ihr nicht gegeizt, was die Ausstattung mit Attributen der weiblichen Anatomie anging. Das Seidentuch um ihre Hüfte sollte zum Ausdruck bringen, dass sie ihren Körper nicht über Gebühr präsentieren wollte. Sie war im Gegensatz zur voluptuösen Manu schmal. Dennoch war ihr Bikini nicht annähernd so knapp geschnitten wie derjenige ihrer Freundin. Sie wandte sich an die Schweizerin. «Erstens frage ich mich, mit welchem Recht Sie mich duzen. Zweitens verstehe ich nicht, worüber Sie sich aufregen. Wenn Sie sich umschauen, laufen alle hier mit einem Badeanzug oder einem Bikini herum, mit Ausnahme von Ihnen.»

«Die da», die Schweizerin zeigte herablassend auf Manu. «Die ist absichtlich nah an uns vorbeigegangen und hat uns verspottet.»

«Das stimmt nicht», rief Manu empört. «Die haben mich angemacht. Dabei habe ich nur den Kleinen zugelächelt.» Sie zeigte auf die Kinder, von denen eines zu weinen begann.

«Seht ihr», setzte die Schweizerin ihre Keiferei fort. «Ihr gottlosen Schlangen macht unseren Kindern Angst. Allah wird euch strafen.»

Der Chefbademeister kam dazu. Pia kannte ihn, seit sie mit fünf Jahren im Kinderbecken geplanscht hatte. Schon damals und später immer wieder hatte er sie zurechtweisen müssen, wenn sie mit ihren Spielkameraden über die Stränge geschlagen hatte. Er liess sich von seiner Kollegin das Problem erklären. Die Frauen setzten ihren Streit auf Arabisch mit Nadal fort.

Der Chefbademeister klatschte einige Male kräftig in die Hände, was alle zum Schweigen brachte. Er wandte sich an die Musliminnen. «Sie können sich aufregen, wie Sie wollen, meine Damen. Es liegt keine Regelwidrigkeit vor. Die Bekleidung der jungen Damen hier», er zeigte auf Pia und Manu, «ist absolut konform.»

Die Schweizerin wollte eine scharfe Entgegnung machen. Der Bademeister liess sie nicht zu Wort kommen. «Sie hingegen», sagte er an die Adresse der Musliminnen, «musste ich vor zwei Tagen schon einmal ermahnen, weil Sie mit Ihren Strassenkleidern ins Becken steigen wollten.»

«Das ist ein Skandal. Sie lassen zu, dass sich Frauen nackt präsentieren. Und wir, die Anständigen, werden verteufelt. Wir haben auch ein Recht darauf, zu baden.»

«Zweifellos, aber nicht in diesen Kleidern, zumindest nicht in diesem Schwimmbad.» Der Bademeister versuchte vergeblich, den Frauen die Problematik der Hygiene zu erklären.

Manu und Pia wollten sich in die Diskussion einmischen. Nadal bedeutete ihnen, mit ihr wegzugehen.

«Ich kenne diese Frauen», sagte sie, «auch die Schweizerin. Sie gehören zur Gemeinde der Oltner Moschee. Sie haben schon mal vergebens eine Petition eingereicht, die verlangte, dass die Stadt Olten in ihrer Badi einen abgetrennten Bereich für Musliminnen einrichten sollte. Jetzt lässt man sie dort nicht mehr rein, weil sie sich nicht an die Vorschriften gehalten haben.»

«Dafür terrorisieren diese Hyänen uns nun hier», rief Manu wütend. «Die sollen zurück in die Wüste und sich dort im Sand wälzen.» Sie wollte den Musliminnen den Stinkfinger zeigen.

«Hör auf, Manu!», sagte Pia. «Das gibt dir kein Recht, sie zu beleidigen.»

«Ist doch wahr.»

«Ganz unrecht hat sie nicht», sagte Nadal. «Ich begreife nicht, dass sie hier solche Ansprüche stellen, wenn zum Beispiel in Saudi-Arabien Kirchen und jegliche christlichen Symbole verboten sind.»

Kaum hatten sie die ersten Stufen zur Terrasse des Restaurants genommen, hörten sie eine Männerstimme rufen.

«Nadal!»

Nadal drehte den Kopf in die Richtung, aus der der Ruf kam. «Gezim?»

Ein dunkelhaariger Mittzwanziger mit dem Hauch eines beginnenden Vollbartes kam gestikulierend auf sie zu.

Pia verdrehte die Augen. «Auch der noch.»

«Was willst du, Gezim?», fragte Nadal barsch. «Ich habe dir x-mal gesagt, du sollst mich in Ruhe lassen.»

«Wie läufst du herum?»

«Wie ich herumlaufe? Das siehst du ja.»

«Man kann deine Beine sehen.»

«Na und? Ich habe sie erst gestern Abend rasiert.»

«Du schamloses Weibsstück!» Gezim hätte Nadal in aller Öffentlichkeit geschlagen, wäre Pia nicht dazwischengegangen.

«Ein Schritt weiter, und es wird dir leidtun.»

Er ballte die Faust. «Halt dich da raus oder du wirst es bereuen.»

Pia fixierte ihn. «Glaub mir, Gezim, du bist der Erste, der hier etwas bereuen wird. Lass Nadal in Ruhe und verschwinde, bevor ich den Bademeister rufe. Er schaut schon in unsere Richtung.»

Der Bademeister kam tatsächlich auf sie zu. Gezim zeigte mit dem Finger auf Nadal. «Wir sind nicht fertig miteinander.» Er eilte davon.

«Schwachkopf», kommentierte Manu. «Der ist so blöd, dass es verboten gehört.»

«Ich verstehe nicht, was in ihn gefahren ist», sagte Nadal. «Früher war er lustig und liebenswert. Seit er ständig in dieser Moschee mit den Leuten von der Al-Hamdulillah herumhängt, hat er sich verändert.»

«Al-was?», fragte Manu.

«‹Al-Hamdulillah Schweiz›, wir sagen auch einfach ‹Hamdala›. Das sind Salafisten. Ihr Präsident ist der Imam der Oltner Moschee. Deswegen gehe ich dort nicht mehr hin.»

«Und das passt Gezim nicht?»

«Seine Sache. Ich will mit diesen Extremisten nichts zu tun haben. Meine Familie musste aus dem Irak fliehen, weil mein Vater sich Saddam und seiner Baath-Partei nicht unterwerfen wollte. Die Salafisten sind nicht weniger grausam als Saddams Leute. Ich glaube an Allah, aber was die veranstalten, geschieht nicht in seinem Namen.» Nadal stieg die Treppe hoch. «Ich habe Hunger, kommt ihr?»

Manu folgte ihr. Pia warf Gezim einen nachdenklichen Blick nach.

Casagrande wartete vor dem Eingang des Amthauses 1 auf die Fortsetzung des Prozesses. Die Urteilsverkündung fand in zehn Minuten statt – genug Zeit für eine Zigarillo. Ihr gegenüber, auf der Ostseite des Amthausplatzes, überragte der Turm des Bieltors aus dem 16. Jahrhundert die Häuser des Altstadtrings. Über dem Torbogen glänzte das Relief mit zwei horizontal geteilten rot-weissen Solothurner Wappenscheiben, die von einem schwarzen Doppeladler auf goldfarbenem Grund überragt wurden. Das Wappen war eine Reminiszenz an jene Epoche, in der Solothurn freie Reichsstadt innerhalb des Heiligen Römischen Reiches Deutscher Nation war. Casagrande ertappte sich bei dem Gedanken, ob nicht die alten Eidgenossen vernünftiger waren, die ihre Zugehörigkeit zu einem grösseren Ganzen akzeptierten, im Gegensatz zu ihren modernen Nachfahren, die derart viel Mühe mit der Vorstellung einer eigenständigen Schweiz innerhalb der Europäischen Union bekundeten.

Sie steckte den Stummel ihrer Zigarillo in die Blechdose, die sie für diesen Zweck stets in der Handtasche dabeihatte. Sie blickte die weisse Jugendstilfassade des Amthauses hinauf zu den hohen Bogenfenstern, hinter denen sich der Verhandlungssaal des Obergerichts befand. Sie mochte das ehrwürdige Gebäude, das neben der obersten gerichtlichen Instanz des Kantons Solothurn das Richteramt für die Bezirke Bucheggberg und Wasseramt beherbergte. Das Schwestergebäude Amthaus 2, unmittelbar hinter der Busstation auf der Südseite des Platzes, war dagegen ein nüchterner Verwaltungsbau aus den dreissiger Jahren des vorigen Jahrhunderts. Die zuständigen Richter für den Stadtbezirk und das Amt Lebern hatten dort ihren Sitz.

Zwei Männer mit Mikrofon und Kamera versperrten Casagrande den Weg. Im Mikrofonträger erkannte sie einen Journalisten der Lokalredaktion Aargau-Solothurn des nationalen Fernsehsenders. Er hatte sie schon nach der Hauptverhandlung am Vormittag abgepasst, aber der Kollege des «Solothurner Tagblattes» war ihm zuvorgekommen. Casagrande tippte demonstrativ mit dem Zeigefinger auf ihre Armbanduhr. «Tut mir leid, ich muss rein, die Urteilsverkündung beginnt gleich.» Im Vorbeigehen winkte sie dem Pförtner zu. Er drückte auf den Knopf, der die Sicherheitstüre öffnete. Im Vorjahr hatte ein Wutbürger in seiner Staatsverdrossenheit einen Oberrichter angegriffen und einen Gerichtsschreiber zusammengeschlagen. Der Oberrichter musste nach der Attacke mit Bissverletzungen im Spital behandelt werden. Seither war das Gebäude mit passwortgesicherten Durchgängen und Türen versehen worden. Der Kontakt zwischen Besuchern und dem Kanzleipersonal der Richterämter fand an Schaltern mit Sicherheitsglas statt.

Casagrande betrat den grossen Gerichtssaal, in dem die einzige Klimaanlage im Gebäude die Nachmittagshitze draussen behielt. Die drei Richter der Strafkammer, die Gerichtsschreiberin sowie eine Übersetzerin hatten ihre Plätze bereits eingenommen. Bevor Casagrande auf die ihr zugewiesene Anklagebank zusteuerte, begrüsste sie den Gerichtspräsidenten Roger Scheurer, seinen Referenten und den Beisitzer. Die Gerichtsschreiberin öffnete den Zugang zu der Zuschauertribüne, die auf einem Zwischengeschoss den Saal überragte. Die Besucherränge füllten sich bis auf den letzten Platz. Der Beschuldigte und seine Verteidigerin hatten sämtliche Familienangehörige und Freunde mobilisiert. Casagrande zweifelte nicht daran, dass unter den Zuschauern zahlreiche Vertreter des salafistischen Hamdala-Rates den Prozess verfolgten. Dessen Präsident, Idris Hamsa, war der Ehemann von Dr. Judith Weingarten, der Verteidigerin des Beschuldigten.

Casagrande hatte die Rechtsanwältin und den Angeklagten Ergin Ismajli zusammen mit seinem Sohn Gezim im Korridor vor dem Gerichtssaal angetroffen und begrüsst. Vater und Sohn verweigerten den Handschlag – aus religiösen Gründen, wie Weingarten ihr versichert hatte. Casagrande nahm es nicht persönlich. Es passte zum Gegenstand des Prozesses.

Ergin Ismajli, ein albanischer Immigrant mit Niederlassungsbewilligung, war ein unbescholtener, in seiner Wohngemeinde Luterbach bestens integrierter Mitbürger. Sein Entschluss, seine Töchter von einem Tag auf den anderen nicht mehr in den obligatorischen Sportunterricht zu schicken, traf Behörden und Landsleute gleichermassen überraschend. Dem Verstoss gegen die Schulpflicht folgte ein Bussenbescheid, den Ismajli ignorierte. Er weigerte sich ebenfalls, der verwaltungsgerichtlichen Verfügung Folge zu leisten, die ihn aufforderte, seinen Töchtern den Unterricht zu ermöglichen. Der Fall eskalierte, als Ismajli einen Polizisten mit einem Baseballschläger an Kopf und Arm erheblich verletzte, während dieser zusammen mit drei Kollegen die Kinder bei ihm abholen und zur Schule bringen wollte. Bevor die Polizisten ihn überwältigen konnten, hatte Ismajli in seiner Wut mit dem Schläger auf das Polizeifahrzeug eingeschlagen und dabei Sachschaden von mehreren tausend Franken angerichtet. Aufgrund der Schwere der Verletzungen des Polizisten erhob Casagrande Anklage. Sie beantragte beim zuständigen Amtsgericht, ihn zu vierundzwanzig Monaten Haft mit einer Probezeit von drei Jahren zu bestrafen, was von diesem bestätigt wurde. Dr. Weingarten rekurrierte gegen das Urteil mit der Begründung der Unverhältnismässigkeit. Sie führte ins Feld, dass sich Ismajli vom massiven Polizeieinsatz mit zwei Wagenbesatzungen bedroht gefühlt und deshalb heftig zur Wehr gesetzt hatte. Unumwunden forderte sie einen Freispruch. Im Hintergrund schürte ihr Ehemann die Stimmung gegen die Willkür der Staatsmacht, die es nur darauf abgesehen hatte, die Rechte der islamischen Minderheit im Kanton zu beschneiden.

Der Fall beschäftigte an diesem Tag nicht nur die Strafkammer des Solothurner Obergerichtes. In der gereizten Atmosphäre der vermeintlichen öffentlichen Ohnmacht gegenüber einer gefühlten islamistischen Bedrohung schweizerischer Werte erregte er nationales Aufsehen.

Bei allem Verständnis für religiöse Gefühle hatte sich Casagrande gefragt, warum der bestens integrierte Ismajli sich von einem Tag auf den anderen auf die Gebote des Propheten und dessen Schriften besonnen hatte. Sie vermutete, einen Teil der Antwort in der Person seiner Anwältin zu finden. Casagrande hatte Weingarten vor dieser Affäre im wahrsten Sinne des Wortes nie zu Gesicht bekommen. Bisher kannte sie die militante Islamistin aus medial kolportierten Diskussionsrunden zum Thema Islam in der modernen Gesellschaft. Weingarten war klein gewachsen und von fülliger Statur. Sie trug eine schwarze Hornbrille, die ihr die Aura einer Klassenstreberin verlieh. Wer sich davon täuschen liess, wurde rasch eines Besseren belehrt. Die Juristin argumentierte scharfsinnig und spitzzüngig. Ausserhalb der Gerichtsverhandlungen trug Weingarten stets einen Nikab, der ihren Körper bis auf Hände und Augen verhüllte. Die fundamentalistische Vizepräsidentin des Hamdala-Rates forderte die Anerkennung des Islams als Staatsreligion auf gleicher Stufe wie die Landeskirchen. Zudem verlangte sie, dass für Gläubige in der Schweiz die Scharia, das islamische Strafrecht, teilweise zur Anwendung kommen sollte. Ein unsinniges Vorhaben, das den Zweck verfolgte, im Gespräch zu bleiben. Der Hamdala-Rat weigerte sich, die brutalen Terrorattacken der Islamisten ausdrücklich zu verurteilen. Das trug ihm das Privileg der speziellen Aufmerksamkeit der Staatssicherheitsorgane des Bundes ein, besonders vonseiten des Geheimdienstes. Weingartens Ehemann, Idris Hamsa, ein gebürtiger Afghane, war gleichzeitig Imam der Oltner Moschee.

Für Casagrande war klar, dass Ismajlis Haltung von den Fundamentalisten beeinflusst wurde. Sohn Gezim, ebenfalls ein eifriges Mitglied der Hamdala, spielte dabei eine entscheidende Rolle.

Im Grunde tat Ismajli Casagrande leid. Das Plädoyer, das sie am Vormittag vorgetragen hatte, war hieb- und stichfest. Sie hatte der Verteidigerin keinen Raum für nennenswerte Gegenargumente gelassen und Ismajlis bisherigem unbescholtenen Leumund Rechnung getragen. Casagrande erwartete, dass die drei Richter der Strafkammer ihr in allen massgebenden Punkten folgten.

Die Gerichtsschreiberin schloss die Tür. Im Saal trat Ruhe ein. Casagrande suchte in ihrer Aktentasche nach ihrem Kugelschreiber. Ein Briefumschlag, den sie über Mittag unter ihrer Wohnungstüre vorgefunden hatte, geriet ihr zwischen die Finger. Sie starrte auf das rosafarbene Couvert, auf dem vier schwarze Rosen eingraviert waren. Seit dem letzten Brief hatte sie der unbekannte Absender monatelang in Ruhe gelassen. Casagrande hatte gehofft, die Sache wäre zusammen mit dem Fall der «Aschenkreuz-Morde» im Vorjahr aus der Welt. Ein unangenehmes Kribbeln kroch ihren Rücken herauf. Sie warf einen Blick zur Zuschauertribüne hinter sich hinauf. Von ihrem Platz sah sie nur die Gesichter der ersten Besucherreihe, die unverwandt zurückstarrten. Darunter war keines, das sie ungebührlich fixierte oder sich sonst wie verdächtig benahm. Sie wandte den Kopf nach vorne und begegnete dem tadelnden Blick von Oberrichter Scheurer, der mit der Urteilsverkündung beginnen wollte.

***

Dornach stellte eine Stange helles Solothurner Öufi-Bier vor Casagrande hin. Für sich hatte er ein Dunkles einschenken lassen. «Erzähl», sagte er nach dem ersten Schluck.

«Das Urteil der Vorinstanz wurde bestätigt – das war zu erwarten.» Casagrande wischte den Bierschaum von ihrer Oberlippe.

«Scheurer ist ein scharfer Hund», sagte Dornach. «Seit die Zeloten von der Hamdala angefangen haben, mit der Scharia zu fuchteln, hat er sie immer wieder in die Schranken gewiesen. Beim bis anhin aufsehenerregendsten Prozess schmetterte er ein Super-Minarett-Projekt für die Oltner Moschee ab. Es wäre der höchste derartige Bau der Schweiz geworden.»

«Das Ganze ist im Grunde eine von der Hamdala angezettelte Farce», sagte Casagrande. «Die Weingarten und ihr Mann

Idris Hamsa schütten eifrig Öl ins Feuer, damit sie aus Ismajli einen Märtyrer machen können, der von der Intoleranz der ungläubigen westlichen Kultur moralisch und menschlich zugrunde gerichtet wird.»

«Ein bisschen krass, findest du nicht? Vor allem wenn es von dir kommt.»

Casagrande setzte ihr Glas ab. «Meinst du? Du hättest mal den Auflauf vor dem Amthaus nach dem Prozess sehen sollen. So was habe ich noch nie erlebt. Die Weingarten hat zwei Dutzend Anhänger mobilisiert, die mit Transparenten und Sprechchören die Ungerechtigkeit und unsere Bigotterie herausschrien. Sie forderten Rache und Vergeltung für die Schmach. Weingarten hat mir persönlich gesagt, dass die Sache nicht ausgestanden sei. Sie ging sogar so weit, zu sagen, dass man den Zorn ihrer Glaubensgemeinschaft nicht unnötig schüren sollte.»

«Tönt wie eine Drohung.»

«Ja, bei dem, was in letzter Zeit um uns herum passiert, habe ich immer gleich das Gefühl, in Deckung gehen zu müssen, wenn mehrmals hintereinander ‹Allahu Akbar› skandiert wird, vor allem von einem Sprechchor wie vorhin vor dem Amthaus.»

«Dabei heisst es nur ‹Gott ist am grössten›. An sich nichts Falsches, sofern man daran glaubt», sagte Dornach.

«Ach? Woran glaubst du denn?» Casagrande haderte ständig mit ihrer römisch-katholisch indoktrinierten Erziehung.

Dornach hatte sich dieser Bürde seit Jahren entledigt, indem er sie ignorierte. «Ich glaube, dass es dem Allmächtigen so lang wie breit ist, was ein paar Idioten hier unten veranstalten. Jeder von uns bestimmt sein Handeln und Denken selbst und trägt dafür die Konsequenzen. Gott oder Allah oder wie auch immer man ihn nennen will, ist der Letzte, der die Gräueltaten in seinem Namen gutheisst. Religion in jeder Form und Ausprägung ist ein Machtinstrument der Menschen und gleichzeitig ihre grösste Illusion.»

Casagrande lachte. «*Mamma mia!* Theologie in zehn Sekunden von und mit Dominik Dornach.»

«Die Dinge sind oft einfacher, als manche sie gerne darge-
stellt sehen möchten, gerade wenn es um Gott geht.»

«Apropos einfach.» Casagrande leerte ihr Glas. «Ich hätte
gerne einfach noch ein Bier. Meine Runde.»

Die Anzahl durstiger Feierabendtrinker hatte inzwischen
erheblich zugenommen. Casagrande musste länger anstehen.
Die «Hafebar» im Kreuzackerpark eröffnete ihre Open-Air-
Saison am südlichen Ufer der Aare jeweils im April. Dornach
traf sich seither mindestens einmal pro Woche mit Casagrande
für ein Feierabendbier oder zwei vor der mediterran anmuten-
den Kulisse der Altstadt.

«Ich muss dir was zeigen», sagte sie, nachdem sie ein zweites
Dunkles vor Dornach hingestellt hatte. «Ich habe wieder einen
gekriegt.»

«Einen was?»

Sie zog den rosaroten Briefumschlag aus der Tasche. «Nummer vier.»

«Wann hast du den gekriegt?»

«Heute Morgen.»

Casagrande reichte Dornach den verschlossenen Umschlag.

«Du hast ihn gar nicht geöffnet?»

«Ich … ich mochte nicht. Ausserdem hatte ich es eilig.»

«Darf ich?» Er suchte in seiner Tasche vergeblich nach einem
Gegenstand, mit dem er den Brief öffnen konnte, ohne Fingerabdrücke zu hinterlassen.

Casagrande griff in ihre Handtasche und reichte ihm ein Taschenmesser. «Wie war das noch mal mit dem echten Schweizer
Mann, der immer sein Sackmesser bei sich trägt?», fragte sie
augenzwinkernd.

«Du willst damit nicht ernsthaft andeuten, dass du meine
Männlichkeit danach beurteilst, ob ich so ein Ding dabeihabe
oder nicht? Seit Frauen im nationalen Fussball besser spielen
als die Männer, ist ohnehin nichts mehr tabu.» Mit den Fingerspitzen zog er eine Karte im gleichen Farbton wie der Umschlag
hervor. «‹Es wurde dir versprochen. Die Zeit ist überwunden.
Der Schmerz ist geblieben›», las er vor.

Casagrande nahm ihm die Karte ab. «Was zum Teufel will dieser Perverse mir mit dem Unsinn sagen, oder sie?»

«Und warum hat er über ein halbes Jahr damit gewartet? Ich möchte, dass Sebi sich das ansieht. Vielleicht haben wir diesmal Glück und finden was.» Er steckte den Umschlag ein. «Hast du mit Ines darüber gesprochen? Wie geht es ihr überhaupt? Ich habe sie schon lange nicht mehr gesehen.»

«Wir haben Schluss gemacht.» Casagrande versuchte, gleichmütig zu klingen.

«Ihr seid nicht mehr zusammen?»

«Wir beide hatten mal darüber gesprochen, erinnerst du dich nicht mehr?»

Dornach besann sich auf das Gespräch. Casagrande sass damals am Boden zerstört auf seinem Sofa in der Schanzmühle und heulte sich die Seele aus dem Leib, weil ihr Chef Hofmann sie kaltgestellt hatte. Kurz zuvor war Dornach per Zufall dahintergekommen, dass Casagrande eine Frau liebte. Ihre damaligen Zweifel über die Beziehung zu Ines Degonda hatten also die Überhand gewonnen.

«Wie lange seid ihr schon auseinander?»

«Knapp einen Monat.» Er machte Anstalten, etwas zu sagen, Casagrande kam ihm zuvor. «Ines hat mir eines Tages gesagt, sie habe das Gefühl, dass es mir in der Beziehung nicht gut ginge. Sie hat es verstanden. Ich habe sie geliebt und tue es heute noch, aber ich weiss nicht, ob ich …» Sie hob mit einer resignierten Geste die Hände.

«Schade, ich mochte Ines.»

Sie sah ihn von der Seite an. «Mach dir keine Hoffnungen, Dominik.»

«So meinte ich das nicht. Sie kommt für mich warmherzig und einfühlsam herüber. Und sie weiss, was sie will.»

«Ich vermisse sie auch, manchmal. Ich hoffe, wir bringen es fertig, uns zwischendurch zu einem Essen und fürs Theater zu verabreden, wie wir es uns versprochen haben.»

«Gibt es denn bereits einen neuen Aspiranten für deine Gunst?»

«Was soll die Frage?» Der Unmut in ihrer Stimme war nicht zu überhören. «Mache ich einen derart verzweifelten Eindruck auf dich?»

«Das nicht, aber du bist nicht die Frau, die auf Dauer alleine sein kann.»

«Und da spricht der Spezialist für langfristige Beziehungen oder wie?»

Dornach hielt ihrem Blick stand, in dem die Funken stoben. Sie war in letzter Zeit empfindsamer geworden. Viel durfte er sich nicht mehr erlauben. «Entschuldige. Ich wollte dir nicht zu nahe treten. Ich denke – oder eher ich dachte, dass dir die Beziehung mit Ines guttat.»

«Man soll aufhören, wenn es am schönsten ist.» Sie ergriff ihre Tasche. «*Ciao*, Dominik.»

✳✳✳

Pia rollte von Rafik herunter und blieb auf dem Rücken liegen. Die feuchte Wärme der moosigen Erde senkte ihre Pulsfrequenz. Sie hatten sich vorher vergewissert, dass sie in ihrem geheimen Liebesnest im Ufergehölz an der Aare zwischen Solothurn und Altreu ungestört blieben. Der Uferweg verlief nur einige Meter von ihnen entfernt. Pia blinzelte in den azurblauen Abendhimmel, der durch das Blätterwerk schimmerte. Ihr Bauch schlug Purzelbäume. Sie glaubte, Rafiks Kraft noch in sich zu spüren. Sie drehte sich auf die Seite und stützte sich mit dem Ellenbogen auf. Ihre Fingerspitzen zogen die Konturen seines glatten Oberkörpers nach. Sie drückte die Nase auf seine Haut und roch eine Mischung aus Schweiss und dem erdigen Duft des Unterholzes. Auf ihren Lippen schmeckte sie das süsslich salzige Aroma der Liebe. Ihre Gefühle für Rafik waren in den letzten Monaten stärker geworden. Sie konnte nicht mit Manus Erfahrungsschatz konkurrieren, aber keine von ihren verflossenen, oft kurzen Liebschaften hatte es vermocht, ihr Innenleben derart durcheinanderzubringen wie der Mann neben ihr. Sie seufzte.

«Hey, was ist?», fragte Rafik. Er zupfte einen Grashalm aus ihrem kurzen schwarzen Haar.

«Nichts, ich denke nur – an uns.»

«Deswegen seufzt du? War es so schlimm?»

«Idiot!» Sie küsste ihn auf den Mund.

«Komisch, ich habe auch gerade an uns beide gedacht», sagte er.

«Was ist daran bitte komisch?»

Stille.

«Sag schon.»

«Ich werde nach dem Studium fortgehen.»

Ein schwarzes Loch tat sich im Himmel über Pia auf. Sie wartete darauf, aus einem bösen Traum zu erwachen.

«Pia, hast du gehört, was ich gesagt habe?»

Kein Traum. «Ja.»

«Und?»

«Und was?»

«Was sagst du dazu?»

Sie setzte sich auf. «Was soll ich dazu sagen? Du hast es bisher nicht für nötig gehalten, mit mir darüber zu reden.»

Vor einigen Wochen hatte er verschiedene Jobangebote erwähnt, unter anderem von Banken in Zürich, Luxemburg und Frankfurt, die sich nach Studiumsabschluss für ihn interessierten. Es waren auch welche aus Asien und den Golfstaaten darunter. Pia hatte den Gedanken verdrängt, dass Rafik aus Solothurn fortgehen könnte. Sie hatte sich für den kommenden Herbst an der Uni Bern eingeschrieben. Nach langem Hin und Her hatte sie sich zu einem Jurastudium durchringen können.

«Wo soll's denn hingehen?», fragte sie. «Luxemburg, Singapur oder Dubai?» Sie kratzte mit einem dünnen Aststück Furchen in den trockenen Boden. Er sollte nicht merken, wie aufgewühlt sie war.

«Bagdad.»

Ihr Kopf flog herum. «Wie?»

«Die UNO stellt im Irak ein grosses Entwicklungsprojekt auf die Beine. Sie will in Gebieten, aus denen Al Kaida und der

Islamische Staat vertrieben wurden, neue Infrastrukturen mit Schulen und Spitälern ansiedeln. Dafür suchen sie Administratoren. Das Engagement ist auf ein Jahr befristet und kann höchstens um ein weiteres verlängert werden.»

Pia schluckte leer. «Wann reist du ab?»

«In vier Wochen.»

Das schwarze Loch wurde grösser. «In vier Wochen erst? Und du sagst mir das jetzt schon?» Sie stand mit einem Ruck auf und suchte ihre Kleider zusammen. «Ich hatte schon befürchtet, zu wenig Zeit zu haben, mich darauf einzustellen.»

«Pia, warte. Es tut mir leid, ich wusste nicht, wie ich es dir sagen sollte.»

Sie zerrte an ihrem T-Shirt, das sich am Rücken zu einem Wulst verheddert hatte. «Klar, da wartet man besser bis zum letzten Moment.» Mit einem wütenden Aufschrei streifte sie das Shirt ab und warf es ihm mit einem Ruck an den Kopf. «Souvenir für dich!»

Rafik schüttelte das Hemd aus und faltete es zusammen. «Ich möchte, dass du mitkommst.»

«Ich? In den Irak? Was soll ich dort? Die zwanzig Kinder hüten, die du mir machen wirst, und in den Töpfen rühren?»

«Zum Beispiel?» Er lachte.

Pia lachte nicht. Sein Grinsen gefror.

«Ernsthaft, mein Vater hat Beziehungen in der Regierung. Du bekommst ein Visum, wie wenn du meine Frau wärst.»

«Also doch: Kinder und Kochtöpfe.»

«Quatsch, es ist ja nur für ein Jahr. Danach kommen wir zurück, und du fängst dein Studium an.»

«Und wenn's länger dauert?»

«Nur wenn wir beide es wollen. Nach spätestens zwei Jahren ist Schluss. Die UNO wünscht nicht, dass die Delegierten für solche Projekte länger bleiben.»

«Wie kommst du überhaupt dazu, so was zu tun. Gibt es nicht woanders auf der Welt genug grosse Herausforderungen für dich?»

Rafik hob den Blick vom Boden. Seine Augen hatten den

gleichen Ausdruck, in den sich Pia auf der Stelle verliebt hatte. «Meine Wurzeln sind im Irak, Pia. Ich wurde dort geboren. Alle aus meiner Familie waren dort angesehene Intellektuelle und Wissenschaftler. Sie haben sich lange gegen Saddam Hussein und seine Häscher zur Wehr gesetzt. Eine Tante von mir, die ältere Schwester meines Vaters, wurde gefoltert, bis sie nicht mehr gehen konnte. Schliesslich mussten alle fliehen. Heute ist meine Familie in der ganzen Welt verstreut.»

Pia erwiderte nichts. Rafik hatte nie gross über seine Familie und ihr Schicksal erzählt. Erst in den vergangenen Monaten hatte sie gemerkt, dass ihn etwas umtrieb. Im Vertrauen darauf, irgendwann in seine Welt eingelassen zu werden, hatte sie ihn nie gedrängt. Hatte sie zu lange gewartet?

Rafik fuhr fort: «Bagdad und das Zweistromland waren einst die Wiege der Wissenschaft, die unserer westlichen Zivilisation zugrunde liegt. Unser Zahlensystem, die Algebra und unser Wissen um die Entstehung der Planeten. All das und die einst grosse Kultur wurden zerstört von religiösen Fanatikern.» Er fasste Pias Hand. «Ich bekomme die Chance, meinem Heimat-land und seinen Menschen etwas zurückzugeben. Ich glaube, dass sie mich dort brauchen, und ich brauche sie. Der Irak darf kein Ort sein, von dem die Menschheit nur Chaos, Barbarei und Terror in Erinnerung behält.» Er drückte ihre Hand. «Komm mit mir, Pia, du wirst das Land und die Menschen lieben.»

Tausend widersprüchliche Gedanken schwirrten in ihrem Kopf herum. «Hm, und wie sage ich es Paps?» Es war die ein-zige Antwort, die ihr in den Sinn kam.

«Erklär es ihm, er wird kein Problem haben.»

Pia schnaubte. «Ja, woher auch. Weisst du, was er mir sagen wird? Wart mal.» Pia zählte an einer Hand ab. «Dort unten kann ich höchstens von einer Bombe zerfetzt, verschleppt, ver-gewaltigt, gesteinigt oder als Geisel genommen werden. Keine Sache, Paps wird das cool finden.»

«Unsinn! Die Projekte liegen in befriedeten Gebieten und werden von Sondereinheiten der Armee und der UNO gesi-chert. Wir wohnen in speziell bewachten Residenzquartieren.

Du bist mir die ganze Zeit in den Ohren gelegen, dass du etwas Besonderes tun willst. Jetzt hättest du die Gelegenheit dazu.»

Damit traf er ihren wunden Punkt. Für das Jurastudium hatte sie sich nicht aus Begeisterung entschieden. Sie fand, dass es das Sinnvollste für sie war. In Wirklichkeit reizte es sie, etwas zu tun, das aus dem Rahmen fiel. Rafik wusste das und spielte es gegen sie aus.

«Was ist?», drängte er. «Du willst nicht ernsthaft und ewig verwöhnte Tochter spielen.»

Pia wusste nicht, ob sie ihn dafür ohrfeigen oder küssen sollte. Sie brachte ihr Gesicht ganz nahe an seines, bis ihre Nasenspitzen sich fast berührten. «Weisst du, was dir die verwöhnte Tochter gleich sagen wird?»

«Was?»

«Ich zeig's dir.» Sie streifte die Shorts und ihren Slip wieder ab.

FÜNF

Der zweite Tag in Folge, an dem er das Haus ohne den ersten Morgenkaffee verlassen musste. Das half nicht, Dornachs Laune zu bessern. Obwohl es zu ihren Aufgaben gehörte, hatten weder Pia noch Manu daran gedacht, einzukaufen. In harschen Worten musste er ihnen wieder mal eintrichtern, dass die Erneuerung der Vorräte nicht zu den Pflichten von Frau Reinhard gehörte, solange der Haushalt über genügend Personal mit einer Menge Freizeit verfügte.

«Kaffee, Dominik? Du siehst aus, als ob du einen gebrauchen könntest», fragte Karin, sobald er den Rapportraum betreten hatte.

Der erste Schluck erhellte seine Gemütslage gerade rechtzeitig. Das akustische Signal des eingehenden Videoanrufes lenkte aller Aufmerksamkeit auf die Projektionswand.

Dornach erwartete, von Professor Dr. Sandra Bodmer, Leiterin der Forensischen Medizin am Institut für Rechtsmedizin in Bern, begrüsst zu werden. Stattdessen erschien ein Mann mit hagerem, bebrilltem Gesicht, das Dornach an einen skandinavischen Fernsehpolizisten erinnerte, dessen Namen ihm entfallen war.

«Guten Tag, ich heisse Rasmus Andriessen und bin der neue forensische Anthropologe am IRM», erklärte er den Anwesenden in Hochdeutsch mit singendem Akzent. «Bitte entschuldigen Sie, dass ich Ihnen so formlos gegenübertrete. Professor Bodmer sollte mich eigentlich vorstellen. Sie ist leider kurzfristig verhindert.»

Dornach liess sich die Enttäuschung nicht anmerken. Es war lange her, seit er Bodmer das letzte Mal gesehen hatte. Er stellte sein Team vor, bevor er zur Sache kam. «Was haben Sie Bewegendes für uns, Dr. Andriessen?»

«Ich habe das Kinderskelett, das Sie mir gestern zugestellt haben, untersucht und kann Ihre und meine erste Einschätzung bestätigen. Anhand des Gebisszustandes und der Knochenverschlüsse am Schädel handelt es sich um ein Kind entweder in der späten Infanten-Phase I oder der frühen Phase II. Damit tippe ich auf ein Sterbealter von sechs bis acht Jahren.»

«Konnten Sie das Geschlecht endgültig bestimmen?», fragte Dornach.

«Das ist bei Kinderskeletten schwieriger als bei Erwachsenen. Angesichts der Beckenwinkelung sowie der leicht markanteren Ausprägung an Kinn- und Unterkieferregion dürfte es sich um einen männlichen Knochenbau handeln.»

«Ich denke, wir können mit dieser Hypothese vorläufig arbeiten. Sonst noch etwas?» Bisher hatte Andriessen nichts Neues geliefert. Um zu bestätigen, was sie bereits wussten oder zumindest stark vermuteten, hätte ein schriftlicher Bericht genügt.

«Das ist natürlich nicht alles, sonst hätte ich Sie nicht um diese Videokonferenz gebeten.»

Das war nicht nur für Dornach eine gute Nachricht, wie er an den erleichterten Mienen seiner Kollegen erkennen konnte. «Wir sind ganz Ohr, Dr. Andriessen.»

«Nennen Sie mich bitte Rasmus. Das ist bei uns in Skandinavien üblich. Ich habe Anomalien gefunden.»

Pause. Worauf wartete er? Dornach fragte sich nicht zum ersten Mal, was es mit den Kunstpausen von Forensikern und Kriminaltechnikern auf sich hatte. «Was für Anomalien?» Aus den Augenwinkeln sah er, wie Majas Finger ungeduldig auf die Tischplatte trommelten.

«Warten Sie, ich wechsle das Bild.»

Kurz darauf war eine Computertomografie von Hand- und Fussknochen zu sehen.

«Ich habe ein CT gemacht», fuhr Andriessen fort. «Generell ist mir aufgefallen, dass der Knochen für das vermutete Alter eine geringe Dichte aufweist. Das könnte auf eine Knochenumbaustörung hinweisen.»

Die Anwesenden im Raum sahen sich fragend an. Karin war die Erste, die das Wort ergriff. «Heisst das, der Junge könnte an Osteoporose gelitten haben?»

«Eine sekundäre Osteoporose käme in Frage, ja.»

«Wie ist das ‹sekundär› zu verstehen?», fuhr Maja mit einem gereizten Seitenblick zu Karin dazwischen. Sie hasste es, wenn jemand mit Fremdwörtern um sich warf, wenn es allgemein verständliche deutsche Ausdrücke auch taten.

«Die Bezeichnung weist darauf hin, dass die geringe Knochendichte aufgrund einer anderen Erkrankung oder der Einnahme bestimmter Medikamente hervorgerufen wird. Die Knochen sind brüchiger, als es bei einem kleinen Kind normalerweise der Fall sein sollte», sagte Andriessen ungerührt. «Die Bilder zeigen verheilte Frakturen an Füssen und Armen.»

«Können wir ausschliessen, dass die Brüche einen kausalen Zusammenhang mit dem Tod des Kindes haben?», fragte Dornach.

«Hundertprozentige Gewissheit gibt es nicht. Im vorliegenden Fall würde ich die Wahrscheinlichkeit als äusserst gering bezeichnen.»

Maja ergriff erneut das Wort. «Ich dachte, Osteoporose ist eine Krankheit, die vor allem ältere Leute und in besonderem Mass Frauen trifft.»

«Knochenschwund bei Kindern ist glücklicherweise selten, aber nicht ungewöhnlich. Verschiedene Ursachen können dazu führen, so beispielsweise eine *Osteogenesis imperfecta*.»

Maja war drauf und dran einen Satz an die Decke zu machen, doch Tschanz intervenierte: «Das ist die Glasknochenkrankheit. Die Dichte der Knochen ist so schwach, dass sie vor allem an den Extremitäten leicht brechen.»

«Absolut», bekräftigte Andriessen. «Wie schon gesagt, es gibt weitere Ursachen, die Knochenschwund begünstigen, zum Beispiel gewisse Medikationen wie Antiepileptika oder gegen Diabetes.»

Eine erneute Pause liess Dornach vermuten, dass keine weiteren Sensationen zu erwarten waren. «Fassen wir zusammen», sagte er, nachdem Andriessen dankend verabschiedet worden war. «Wir gehen nach wie vor davon aus, dass es sich um ein männliches Kinderskelett handelt und konzentrieren uns vorderhand weiterhin auf unsere drei vermissten Buben. Die Altersspanne trifft auf alle drei zu.»

«Bleibt die Frage, welcher der drei an Glasknochen, Epilepsie oder Diabetes litt», sagte Lüthi.

«Das herauszufinden sollte nicht schwer sein. Im Falldossier müsste es vermerkt sein.»

«Ist es nicht», sagte Karin.

«Wie bitte?»

«Ich habe mir die Dossiers von Mario Gunzinger, Raphael Howald und Jean-Marc Huber angesehen. Es gibt keinen Hinweis auf Krankheiten, jedenfalls nicht auf solche, von denen wir gerade sprechen.»

«Mist!», rief Maja. «Jetzt fangen wir von vorne an.»

«Was ist mit der DNA-Analyse?» Dornach sah Tschanz an.

«Sollten wir am Montagfrüh haben.»

«Wunderbar», giftete Maja. «Wir reiffeln uns die Füsse wund, und die Laborratten gönnen sich ein ruhiges Wochenende.»

Tschanz war Majas Animositäten ihm gegenüber gewohnt. «Sorry, nicht meine Abteilung.»

«Oder wir fragen die Eltern», sagte Dornach.

«Verstehe ich jetzt nicht», wandte Karin ein. «Das wollten wir erst tun, wenn die Identität des Skelettes feststeht. Gestern hast du mich deswegen gerügt.»

«Ich weiss, und jetzt habe ich meine Meinung geändert. Bis Montag will ich nicht warten, umso weniger, da damals offenbar unsauber ermittelt wurde. Ich will das geklärt haben. Du machst das, Karin.»

«Ich?»

«Du verfügst über das nötige Feingefühl. Mach den armen Leuten keine falschen Hoffnungen.»

Der lange Blick aus ihren grossen blauen Augen, den Karin Dornach zuwarf, sagte alles: Die Bemerkung war überflüssig.

***

Stephan Horacek wäre es nicht im Traum eingefallen, sich in Abwesenheit seiner Vorgesetzten Jana Cranach auf ihren Stuhl zu setzen. Er stand mit dem Rücken zur Tür vor ihrem Schreibtisch im Europol-Hauptquartier in Den Haag und ordnete ihre Post und Akten. Was warten konnte, war nach Prioritäten sortiert, sodass sie es nach ihrer Rückkehr in zehn Tagen zügig abarbeiten konnte. Grösstenteils handelte es sich um administrativen Kram, den seine Chefin ohnehin nicht ausstehen konnte. Ein Geräusch liess ihn erstaunt herumfahren. Die Tür wurde geöffnet, ohne dass sich der Besucher vorher über den Anmeldeknopf angekündigt hatte. Die breitschultrige Gestalt von Harald Vockinger füllte den Türrahmen aus. Er schien genauso überrascht zu sein, Horacek hier anzutreffen. Als stellvertretender Leiter der Abteilungsleitung «Operations» von Europol musste Vockinger über Janas Abwesenheit im Bild sein. Der Einzige, der in dieser Zeit uneingeschränkten Zutritt zu ihrem Büro hatte, war ihr persönlicher Assistent Horacek.

Vockinger versuchte, die Situation mit Jovialität zu überspielen. «Na, Horacek, Chefin nicht da?»

«Deputy Director Cranach nimmt an einer Sicherheitskonferenz in der Schweiz teil. Danach bezieht sie ein paar Tage Urlaub.» Vockinger brauchte nichts über Janas Absicht zu wissen, nach ihrem Auftritt in Montreux einige Tage in Solothurn verbringen zu wollen, wo sie ihren speziellen Freund Dominik Dornach und seine Tochter besuchen wollte. «Kann ich Ihnen irgendwie behilflich sein?»

Jana hatte den steifen Horacek zu einer gegenseitigen Ansprache mit Vornamen bringen können. Den anderen Kollegen gegenüber blieb Horacek betont förmlich. Der achtundfünfzigjährige Vockinger war innerhalb des «Departements O» von Europol zuständig für den Bereich O2 – Schwere Organisierte Kriminalität in Europa. Bevor Jana die Leitung von «O» übernommen hatte, war Vockinger sicherer Anwärter auf den Posten gewesen. Man munkelte, dass er seinen Job beim deutschen Bundeskriminalamt in Wiesbaden deswegen aufgegeben hatte. Für Horacek lag es auf der Hand, dass es ihm nicht gefiel, von einer mehr als zwanzig Jahre jüngeren Frau ausgestochen worden zu sein. Obwohl Vockinger sich die grösste Mühe gab, waren seine Ressentiments Jana gegenüber spürbar. Wegen ihr sass Vockingers Karriere in einer Sackgasse. Horacek hatte ihn schwer in Verdacht, heimlich am Ast seiner Chefin zu sägen.

«Es gibt etwas, was Frau Cranach wissen muss», sagte Vockinger. «Wie kann ich sie erreichen?»

Horacek runzelte die Stirn. Janas direkte Mitarbeiter wie auch Direktor Boyle hatten ihre Koordinaten. Vockinger benutzte eine Ausflucht. Hatte er vorgehabt, in ihrem Büro zu schnüffeln, weil er hoffte, etwas zu finden, das er gegen sie verwenden konnte?

«Sie können es mir sagen. Ich leite es gerne an Deputy Director Cranach weiter.»

Vockinger reagierte unsicher. Hab ich dich, dachte Horacek. Wenn Vockinger nun sagte, dass er Jana anrufen wollte, gab er sich eine Blösse.

Dieser tat Horacek den Gefallen nicht, sondern drückte ihm stattdessen eine dünne Akte in die Hände. «Lassen Sie ihr das zukommen.»

Horacek sah auf den Aktendeckel mit dem «Vertraulich»-Stempel, ohne ihn zu öffnen. «Deputy Director Cranach wird wissen wollen, worum es geht. Besser, Sie briefen mich rasch – bitte.» Er machte eine einladende Bewegung Richtung Besuchertisch.

Mit verkniffener Miene setzte sich Vockinger in einen Sessel. Er stand im Rang über Horacek und bemühte sich sichtlich, sein Missfallen zu verbergen.

«Es geht um den Fall Vukovic.»

Horacek beugte sich interessiert vor. «Der serbische Kriegsverbrecher, der im letzten Jahr vor der Eingangstür des UNO-Straftribunals von einem Heckenschützen erschossen wurde?»

«Sozusagen vor unserer Haustüre, ja.»

«Vukovic war ein Klient der UNO», sagte Horacek. «Er machte einen Deal. Als Kronzeuge wäre er straffrei ausgegangen, wenn er im Gegenzug die ganz grossen Tiere ans Messer geliefert hätte. Eines von denen hat das anscheinend nicht goutiert.»

«Man hat den Todesschützen nie ermittelt.» Vockinger öffnete das Dossier. «Es gibt neue Erkenntnisse.»

«Aha, was hat das mit Europol zu tun?»

«Man hat DNA gefunden, vermutlich vom Schützen.»

«Jetzt erst? Das Attentat auf Vukovic passierte wann – im letzten September?»

«Jemand hat geschlampt», sagte Vockinger abschätzig. «Fragen Sie mich nicht, wer oder wie. Vielleicht die niederländische Polizei oder die UN-Beamten, die den Fall untersucht haben. Das Dach des ‹Novotel World Forum›, von wo der Schütze geschossen hat, war auf Spuren abgesucht worden. Leider hatte man das Treppenhaus vergessen oder zumindest weniger gründlich abgesucht.»

«Wir machen alle Fehler.»

«Ein Ermittler der Niederländer ist bei der Überarbeitung der Akten auf das Manko gestossen.»

«Und hat offenbar etwas gefunden.»

«Richtig. Blutspuren.»

«Blutspuren? Vom Schützen?»

«Das weiss man zum jetzigen Zeitpunkt nicht genau. Wie die Niederländer vermuten, ist der Schütze über das Treppenhaus geflohen. Die Spuren sind nicht klar. Entweder kam es zum Kampf mit einer anderen unbekannten Person, oder der Schütze hat sich selber verletzt.»

«Ist denn auszuschliessen, dass zwischen dem Zeitpunkt des Attentats und der Spurensuche andere Leute dort oben waren? Zum Beispiel Personal, welches das Dach als Raucherecke benützt.»

«Dafür gibt es spezielle Pausenräume. Gemäss Auskunft der Hoteldirektion ist der besagte Treppenaufgang weder für Hotelgäste noch die eigenen Angestellten zugänglich. Die Notausgänge und Fluchtwege befinden sich woanders.»

Vockinger lehnte sich zurück. Horacek spürte seinen lauernden Blick beinahe körperlich.

«Es wurde nur Blut von einer Person festgestellt, einer Frau, wie man inzwischen sicher weiss.»

«Eine Frau.» Horacek stiess einen leisen Pfiff aus. «Sieh an.» Vukovic und seine Milizen hatten während des Bürgerkrieges in Bosnien unzählige Frauen und Kinder brutal misshandelt oder massakriert. Nun sollte es eine Frau gewesen sein, die ihn erschossen hatte? Es schien doch noch so etwas wie eine höhere Gerechtigkeit zu geben.

«Wie kann Europol den Kollegen helfen?», fragte er.

«In einer Grossaktion wurden in den letzten Wochen von sämtlichen weiblichen Angestellten, Hotelgästen sowie registrierten Besucherinnen des Hotels DNA-Proben genommen und untersucht. Leider ist der bisherige Befund negativ.»

«Die haben wirklich alle getestet? Das ist eine Mammutarbeit.»

«Bei einigen der Damen dauerte es lange, weil sie den Aufrufen nicht Folge leisteten. Ihre Identitäten konnten schliesslich bis an ihre Wohnorte beziehungsweise in die Heimatländer zurückverfolgt und vom möglichen Täterkreis ausgeschlossen werden. Eine Person blieb bei der Suche hängen: eine ungarische Staatsbürgerin namens Cara Andrazy.»

«Sie meinen, sie wurde nicht ausfindig gemacht?»

«Man ist auf Frauen mit diesem Namen gestossen. Sie passten nicht. Entweder waren sie zu alt, zum Zeitpunkt des Attentats bereits tot, oder die Beschreibung stimmte nicht überein.»

«Es gibt eine Personenbeschreibung? Was ist mit der Auswertung der Aufnahmen von den Sicherheitskameras?»

«Kurz vor den Schüssen auf Vukovic wurde das IT-System des Hotels gehackt. Ein Grossteil der Daten ging verloren, unter anderem sämtliche Videoaufzeichnungen.» Vockinger machte eine abfällige Handbewegung. «Aufgrund von Zeugenaussagen konnten die Niederländer ein Phantombild anfertigen. Es ist in der Akte.»

Horacek öffnete sie. Er sah das Bild. Ein Stromstoss fuhr durch seinen Körper. Es kostete ihn Mühe, seine Überraschung zu verbergen. Aus den Augenwinkeln bemerkte er, dass Vockinger ihn scharf beobachtete.

***

Dornach lehnte Casagrandes Angebot für eine Tasse Kaffee ab. Die Ungeniessbarkeit der Automatenbrühe im Franziskanerhof übertraf nach seinem Empfinden diejenige in der Schanzmühle.

Er trank einen Schluck Mineralwasser, das die Staatsanwältin ihm stattdessen eingeschenkt hatte. «Wir haben die Identität des Skelettes so gut wie sicher festgestellt.»

«Ich dachte, die Resultate der DNA-Analyse liegen erst am Montag vor.»

Dornach berichtete ihr von der Videokonferenz mit Andriessen. «Karin hat die möglichen Eltern der Opfer telefonisch kontaktiert und sich nach Krankheiten oder Gebrechen der vermissten Buben erkundigt. Die Eltern von Raphael Howald haben bestätigt, dass ihr Sohn unter Epilepsie litt.»

«Stand denn nichts über seine Krankheit im Falldossier?»

Dornach schüttelte den Kopf. «Entweder wurde damals versäumt nachzufragen, oder man hat dem keine Bedeutung beigemessen, weil der Täter schon gefasst war.»

«Trotzdem frage ich mich, ob es zum jetzigen Zeitpunkt klug ist, die Eltern zu behelligen. Was, wenn wir falschliegen und nur trügerische Hoffnungen geweckt haben?»

«Das ist uns klar, Angie. Ich selber war ja auch dieser Meinung. Karin fand bestimmt die richtigen Worte. Unter uns gesagt, mussten sich die Eltern inzwischen eh mit dem Gedanken abgefunden haben, ihr Kind nicht mehr lebend in die Arme schliessen zu können.»

Casagrande sah ihn vorwurfsvoll an. «Wie würdest du dich fühlen, wenn Pia seit Jahren verschwunden wäre? Solange du nichts anderes weisst, klammerst du dich an einen hauchdünnen Hoffnungsfaden. Dann kommt die Polizei und fragt dich nach solchen Details, und der Faden festigt sich.»

«Wie dem auch sei. Wir sollten uns schnellstmöglich Klarheit verschaffen, wer das Kind ist und was mit ihm passierte.»

Casagrande wollte etwas einwenden. Dornach stoppte sie. «Ich weiss, auf ein paar Tage mehr oder weniger kommt es nicht an. Der Junge ist schon lange tot.»

«Ausserdem ist sein Mörder gefasst und verurteilt worden, das weisst du», entgegnete sie. «Ich frage noch einmal: Wozu, Dominik? Hauser hat gestanden und wurde verurteilt, fertig. Nun ist er eh tot.»

«Mag sein. Hauser hat die Entführung von Mario Gunzinger und Jean-Marc Huber nie zugegeben. Auch die beiden haben Eltern, die Gewissheit über das Schicksal ihrer Kinder wollen. Womöglich erhalten wir neue Hinweise. Aber da ist etwas anderes, das mich gegenwärtig mehr beschäftigt.»

Casagrande verlor die Geduld. «Ich habe meine Zeit nicht gestohlen. Werde gefälligst deutlich.»

Dornach sah sie verblüfft an. Es war nicht ihre Art, Kollegen oder Mitarbeiter anzufahren. Lag es an ihrem Gespräch vom Vorabend? Das durfte im Grunde keine Rolle spielen. Sie hatten gemeinsam einen Fall zu klären.

«Fragst du dich nicht auch», fuhr er ungerührt fort, «wie das Skelett auf die Burgruine kam? Wer hat es ausgerechnet jetzt dorthin gebracht und warum, wenn sein Mörder schon jahrelang tot ist?»

SECHS

Rita, die Beamtin am Empfang der Schanzmühle, kündigte Dornach an, dass er Besuch habe. Er machte Anstalten, zum Wartebereich hinüberzugehen. Mit einem vielsagenden Lächeln teilte Rita ihm mit, dass der Gast bei ihm im Büro sitze. «Lass dich überraschen», sagte sie auf seinen fragenden Blick hin. Während er auf den Lift wartete, fragte er sich, welcher Besucher die ansonsten eher reservierte Kollegin vom Empfang in derart gute Stimmung zu versetzen vermochte.

Die grazile Gestalt stand am Fenster und wandte ihm den Rücken zu. Sie trug einen hautengen schwarzen Motorradanzug mit kniehohen Stiefeln. Der Anblick hätte das Blut jedes Lederfetischisten in Wallung gebracht. Die Gestalt drehte sich zu ihm um. Sie lachte. «Geh, Dominik, was starrst mich an, als tätest du mich zum ersten Mal sehen? Magst mir ned a Busserl geben?»

«Jana! Entschuldige, mit dir habe ich zuletzt gerechnet.»

«Mit mir musst eben immer rechnen.» Sie küsste ihn auf den Mund.

«Warum hast du nicht gesagt, dass du kommst?»

«Weil ich dich, also eigentlich Pia überraschen wollte. Ich habe ein paar Tage Urlaub. Da dachte ich, dass sie und ich den Motorradausflug nachholen könnten, den ich ihr schon lange versprochen habe. Vielleicht hat sie die Tage Zeit.»

«Die wird alles stehen und liegen lassen, wenn sie weiss, dass du da bist. Ihr Freund ist eh im Prüfungsstress.»

«Geh, ist sie immer noch mit diesem feschen jungen Mann zusammen? Rafik heisst er, nicht wahr?»

Dornach grinste. «Sie redet nicht viel drüber. Wenn du mich fragst, ist sie mehr denn je über beide Ohren verliebt. Das will bei Pia was heissen.»

«Spricht für diesen Rafik.»

«Und der alte Vater hat nichts mehr zu melden. Doch das

können wir auch beim Essen besprechen. Hast du keinen Hunger?»

«Ich befürchtete schon, du fragst nicht.»

«Schön, das Plätzchen», befand Jana. Sie öffnete die blütenweisse Serviette und legte sie auf den Schoss. Sie hatten im «La Couronne» einen schattigen Tisch auf der Boulevardterrasse ergattert. «Wie kommt's, dass ich nie hier war?»

«Weil es erst kürzlich neu eröffnet wurde. Das ‹Hôtel de la Couronne› war früher das erste Haus am Platz und ein Bestandteil der Geschichte unserer Stadt. Das Hotel im Namen ist weg. Wenn Boutiquehotel und Restaurant so weitermachen, wie sie nach der Eröffnung angefangen haben, ist Solothurn um ein gastronomisches Juwel reicher.»

«Schaun mer mal», sagte Jana, die bereits die Karte studierte. «Was hier draufsteht, sieht schon mal gut aus. Ich muss mich einfach an eure Preise gewöhnen.»

Nachdem sie bestellt hatten, berichtete Jana von der Aktion in Genf. Dornach hatte davon gehört, ohne zu ahnen, dass Jana involviert war. «Dein Name ist weder in Polizeiberichten noch in den Medien aufgetaucht.»

«Weil ich es nicht wollte. Offiziell war ich an der Konferenz in Montreux. In Genf spielte ich nur eine Gastrolle.»

«Wenn auch eine erhebliche», entgegnete Dornach. Er nahm einen Schluck vom Chablis, von dem er trotz dienstbedingter Abstinenz zur Feier des Wiedersehens zwei Gläser von der «Bar à Vin» bestellt hatte. «Scheich Abdul Adil und seine Genossin, diese Jemina Osmankovic, sollen sich in der Schweiz aufhalten?»

«Bisher haben wir keine gegenteiligen Hinweise.»

«Du hast gesagt, Jemina Osmankovic sei eine Landsfrau von dir – Bosnierin?»

«Im Krieg kämpfte sie auf der Seite der bosnischen Milizen gegen die Serben. Sie wollte Vergeltung für die Untaten der Tschetniks an der muslimischen Bevölkerung. Dabei gingen sie und ihre Kampfgefährten nicht weniger grausam vor. Es gibt mindestens einen belegten Bericht, dass sie jedem einzelnen Mann einer serbischen Milizgruppe, die sie gefangen genommen hatten, eigenhändig den Leib aufschlitzte.»

Dornach räusperte sich. «Wenn ich mich richtig erinnere, hast du damals auch –»

Der Blick, den Janas Indigoaugen ihm zuwarfen, war hart. «Ich habe die Mörder meiner Mutter und meines Cousins bestraft, keine Kriegsgefangenen summarisch ermordet.»

Mord ist Mord, dachte Dornach. Er hatte Jana dafür nie verurteilt und würde es auch heute nicht tun, obwohl er es nie gutheissen konnte.

«Kennst du diese Jemina Osmankovic persönlich?», fragte er stattdessen.

Jana begutachtete eingehend die Farbe des Weines in ihrem Glas. «Ich bin ihr zweimal begegnet. Es war in der Zeit, als ich gegen Vukovics Milizen vorging.»

Ihr Blick verriet, dass das nicht alles sein konnte. Er wartete.

«Ich brauchte Informationen von ihr. Stattdessen versuchte sie, mich auf ihre Seite zu ziehen. Sie wusste, dass ich Muslimin bin. Ich lehnte ab. – Meine Mutter war Christin, bevor sie wegen meinem Vater zum Islam konvertierte. Tagsüber hat sie mich den Koran gelehrt. Nachts hat sie mir heimlich aus der Bibel vorgelesen. Ich weiss nicht, bei welchem Namen ich Gott anrufen soll. Ihm dürfte das wohl egal sein. Zwischen Jeminas Auffassung vom Islam und meiner gibt es nichts, was uns verbindet.»

«Gemetzel im Namen Gottes. So ein Wahnsinn.»

«Nach dem Krieg ist Osmankovic untergetaucht. Wir vermuten, dass sie nach Afghanistan oder Pakistan ging, wo sie sich zunächst Al Kaida anschloss. Mit spektakulären Entführungen und gezielten Bombenanschlägen hat sie sich ihren Kriegsnamen ‹Saïf Allah›, Schwert Gottes, verdient.»

«Wenn Osmankovic sich im Land aufhält, ist deine Anwesenheit bei uns nicht nur privater Natur», sagte Dornach mit einem Unterton des Bedauerns.

Ihr Lächeln war tiefgründig. «Keine Sorge, uns bleibt genug

Zeit für ein Schäferstündchen. Pia hat aber Priorität, ich hab ihr den Ausflug mit dem Radl schon lange versprochen.»

«Das Schäferstündchen, Jana», sagte er verlegen. «So meinte ich das nicht.»

«Ich meine es so. Oder bist vergeben? Habts ihr euch endlich gefunden, Angela und du?»

«Was ist los, dass mich alle mit Angie verkuppeln wollen? Wir waren nie etwas anderes als ...»

«... gute Freunde, eh klar. Du kannst es dir bis heut Abend überlegen.»

Der Kellner unterbrach die Konversation. Jana bekam eine geeiste Gurkensuppe mit Dill und Buttermilch. Als Hauptgang hatte sie ein Mistkratzerli mit Rosmarinkartoffeln und Bohnen gewählt. Dornach hatte ihr erklärt, dass das gebratene Stubenküken appetitlicher war, als der Name erahnen liess. Er hatte sich ebenfalls für die kalte Suppe entschieden, danach für ein Lachsforellenfilet mit Tomatenpolenta und Aubergine, wobei sie dafür von Wein zu Wasser übergingen.

Jana war des Lobes voll für das Essen. Beim Kaffee kam Dornach zurück auf das Thema der Islamisten. «Seht ihr von eurer Warte eine erhöhte Bedrohung für uns?»

«Schwer zu sagen. Nach den Anschlägen in Spanien, Frankreich und England hat sich das Risiko sicher erhöht. Die Schweiz scheint weniger exponiert zu sein. Ich würde allerdings davor warnen, euch in Sicherheit zu wiegen. Terroristen sind mobil und vor allem unberechenbar. Adil und Osmankovic geht es im Moment darum, unterzutauchen und sich dann neu zu gruppieren. Was insbesondere Osmankovic gefährlich macht, ist ihr europäisches Aussehen. Sie hat einen belgischen Pass. Damit kann sie sich mühelos im Schengenraum bewegen.»

«Es wird schwierig sein, die Grenzen abzuschotten.»

«Nicht, wenn eure Grenzwächter die Sache im Griff haben, wie es der Kollege Châtelain von der BKP vorgibt.»

«Ich kenne Châtelain nur flüchtig», sagte Dornach nachdenklich. «Er soll arrogant sein, scheint aber einen guten Job zu machen.»

Während Dornach die Rechnung beglich, klingelte Janas Handy. Was er von ihrem Gespräch mitbekam, war Horacek auf der anderen Seite. Je länger Jana ihrem Assistenten zuhörte, desto mehr verdüsterte sich ihre Miene. «Gut, Stephan. Wenn Vockinger das tun will, soll er halt. – Nein, ich kann jetzt nicht sprechen. Ich ruf Sie später zurück.» Sie beendete das Gespräch.

«Probleme an der Heimatfront?»

«Geh, nichts von Bedeutung. Die üblichen Intrigen frustrierter Günstlinge, wenn der Regent dem Hof den Rücken kehrt.»

Ihre Augen sagten mehr als ihr Mund. Dornach erkannte die dunklen Schatten wieder.

***

«Ist die Überraschung gelungen?», fragte Maja Dornach mit einem Grinsen, als er das Büro betrat.

«Wusstest du etwa, dass Jana kommt?»

«Klar, sie wollte wissen, ob du und Pia überhaupt da seid. Sie hat mich heute Morgen angerufen. Ich habe sie in deinem Büro parkiert, durfte aber kein Wort sagen.»

«Eine Vorwarnung hättest du mir schon geben können.»

«Sorry, Chef, ich lege mich nicht mit Jana an. Ein sportliches Duell zwischen ihr und mir, okay. Ansonsten hole ich mir lieber einen Zusammenschiss von dir.»

«Vielen Dank für die Klarstellung meiner Position in der Hackordnung.»

Karin kam durch die Tür. «Habe ich was verpasst?»

«Nein, nein», wehrte Maja ab. «Wir reden über die Hackordnung.»

«Verstehe. Bevor ihr mir sagt, wo ich da stehe, zeige ich euch, was ich habe.»

Karin stellte ihr Tablet so hin, dass alle auf den Bildschirm sehen konnten, einschliesslich Lüthi, der in diesem Moment hereinkam.

«Raphael Howalds Mutter hat bestätigt, dass er an Epilepsie litt, wie Rasmus vermutet hatte. Es gab bei ihm die Diagnose

Osteoporose. Das erklärt die Frakturen, die wir heute Morgen gesehen haben.»

«Hast du ihr ein Bild vom Ring gezeigt?»

«Ja, ich ging bei ihr vorbei. Frau Howald hat das Schmuckstück nicht erkannt.»

«Wie hat sie auf die Nachricht reagiert?», fragte Dornach.

«Gefasst. Frau Howald hat gesagt, dass sie erleichtert sei, endlich in die eine oder andere Richtung Gewissheit zu haben. Raphaels Verschwinden hat ihre Ehe stark belastet. Erst in den letzten Jahren haben sie und ihr Mann wieder zueinandergefunden. Ich habe ihr klargemacht, dass wir das Resultat der DNA-Analyse abwarten müssen.»

«Das heisst, wir konzentrieren uns auf den Fall Raphael Howald?», fragte Lüthi.

«Vorerst ja.» Dornach bat die beiden, sämtliche Informationen hervorzusuchen, die sie über den alten Entführungsfall zusammentragen konnten. «Ich will alles wissen, was nicht im Dossier steht. Ich habe das komische Gefühl, dass damals Wesentliches unters Eis geraten ist.»

«Ich habe mir erlaubt, bereits ein wenig zu recherchieren», sagte Karin. «Ich habe im Schachen nachgeforscht. Wusstet ihr, dass Hauser vor seinem Tod mit einem katholischen Priester redete? Obschon er Protestant war, wollte er beichten.»

«Das ist ja interessant», sagte Dornach. «Weiss man, was er gebeichtet hat?»

«Im Schachen konnte mir keiner etwas sagen. Also habe ich den Pfarrer angerufen, der für die katholische Seelsorge im Justizvollzug zuständig ist.» Sie sah Dornach unsicher an. «Dabei hab ich Mist gebaut, glaube ich.»

«Inwiefern?»

«Pfarrer Krähenbühl beruft sich auf das Beichtgeheimnis. Er verweigert die Auskunft.»

«Und?»

«Ich habe versucht, ihm weiszumachen, dass das Beichtgeheimnis bei Hauser gar nicht anwendbar sei, weil der nicht Katholik war, sondern Protestant. Das nahm er mir übel.»

Niemand sagte etwas.

«War Scheisse, was?»

«Wir werden's überleben. Das nächste Mal sprichst du so was mit mir ab», mahnte Dornach sie. «Wie hat Pfarrer Krähenbühl auf deine kreative Argumentation reagiert?» Er konnte Karin nicht böse sein. Es war ihm lieber, wenn seine Leute Initiative zeigten, als dass er alles vorbeten musste.

«Er hat mit einer Beschwerde gedroht, weil ich ihn zur Verletzung des Beichtgeheimnisses anstiften wollte. Wenn das meine Mutter erfährt, bin ich geliefert.»

«Maja und ich sprechen noch mal mit dem Pfarrer. Zusammengefasst, wir wissen nicht, ob Hauser etwas mit dem Verschwinden der vermissten Kinder zu tun hat. Zudem bleibt die Frage offen, ob er einen Komplizen hatte.»

«Du meinst denjenigen, der das Skelett in der Ruine Balm abgelegt hat?», fragte Lüthi.

«Ist naheliegend. Es muss jemand sein, der wusste, wo Raphaels Leichnam all die Jahre zuvor lag.»

Den nächsten Termin hatte Dornach mit seinem Vorgesetzten. Wenn immer es ging, besuchte Urs Jäggi seine Leute an ihren Arbeitsplätzen, um den Puls der Abteilungen zu fühlen. Bei Dornach hatte dies auch einen andern Grund. «Kannst du einen Espresso erübrigen, Dominik?»

Anstatt auf dem Besucherstuhl Platz zu nehmen, setzte sich Jäggi auf die Fensterbank. Er schlürfte seinen Espresso, derweil ihn Dornach auf den neusten Stand brachte.

«Ihr glaubt also, dass der ‹Bubenfresser› einen Komplizen hatte, der das Skelett jetzt in die Burgruine schaffte?»

«Wer könnte es denn sonst getan haben, und vor allem, warum?»

«Jemand, der das Skelett zufällig gefunden hat.»

«Und der sich die Mühe machte, es für ein Totenritual den Felsen hochzuschleppen? Klingt recht verrückt, meinst du nicht?»

«Wenn es bei uns an etwas nicht mangelt, sind es die Spinner.»

Damit hatte Jäggi nicht unrecht. Bisweilen hatte Dornach in seiner Arbeit das Gefühl, dass Normalität die gesellschaftliche Ausnahme war. Wer etwas auf sich gab, musste um jeden Preis auffallen. Das galt insbesondere in den sozialen Medien. Ein Verrückter, der Skelette ausgräbt, nur um sie woanders rituell zu bestatten, mochte so gesehen vielleicht nichts bedeuten. Der Haken daran war Dornachs Weigerung, an Zufälle zu glauben.

«Wenn es ein Spinner war, umso besser, Urs. Wenn nicht, müssen wir uns darauf gefasst machen, dass jemand den ‹Bubenfresser› beerbt haben könnte. Diese Person möchte ich ausser Gefecht setzen, bevor sie Schaden anrichten kann.»

«Ich gehe mit dir einig. Passt auf, dass ihr dabei nicht zu viel Geschirr zerschlagt.»

«Wie meinst du das?»

«Ich habe vorhin einen Anruf erhalten.»

«Etwa vom Gefängnis-Geistlichen?»

«Von dem auch. Da gehe ich mal schwer davon aus, dass du den jugendlichen Übermut meiner Tochter im Zaum halten kannst. Der Anruf, den ich meinte, kam aus dem Franziskanerhof.»

«Hat sich Hofmann wieder mal über uns beschwert?», fragte Dornach spöttisch. «Ich habe schon befürchtet, es sei was Ernstes.»

Martin Hofmann, der Leitende Staatsanwalt für die Abteilung Solothurn, war Casagrandes Vorgesetzter und Dornachs Erzfeind, eine Eigenschaft, die zu ihrer Zusammenarbeit gehörte wie der unvermeidliche Herbstnebel zu Solothurn.

«Ich wünschte, du würdest Hofmann ernst nehmen. Er kann dir echt Probleme bereiten. Er meint, wir machen den Eltern der vermissten Kinder unnötige Hoffnungen und bedrängen sie, nur damit wir daraus einen Fall konstruieren können. Ich habe gesagt, dass das Blödsinn ist, aber –»

«Natürlich ist das Blödsinn. Wie kommt Hofmann dazu, so etwas zu behaupten?»

«Offenbar hat Casagrande sich bei ihm beklagt, dass ihre Einwände nicht bei dir ankommen.»

«Casagrande soll sich bei Hofmann über mich beschwert haben? Das glaube ich nicht.»

«Ich weiss, was du von Hofmann hältst, aber er erfindet keine Geschichten.»

«Fakten verdrehen tut er schon mal ganz gerne. Ich werde mit Angela darüber sprechen. So was hat sie mit mir noch nie gemacht.»

«Sie steht unter Budgetdruck wie wir alle.»

«Mag sein, bei ihr ging das bisher nie auf Kosten der Fallermittlung.»

Jäggi bedankte sich für den Kaffee. «Du weisst, was du machst, Dominik. Tu mir den Gefallen und sprecht eure Schritte untereinander ab, sonst artet die Sache zum Spiessrutenlauf aus.»

***

Pia sah ungeduldig auf ihre Uhr. Sie war seit zehn Minuten mit Nadal vor dem St. Ursen-Brunnen auf dem Marktplatz verabredet. Es war nicht die Art von Rafiks Schwester, andere warten zu lassen. Pia begann, sich Sorgen zu machen. Während sie überlegte, sie anzurufen, bog Nadal im Eilschritt in Begleitung von Konrad Tanner aus der Goldgasse in die Hauptgasse ein und kam direkt auf sie zu.

«Entschuldige die Verspätung, Konrad wollte mir etwas in seinem Chemieraum zeigen.»

«Im Chemieraum, aha.»

«He, was denkst du denn?» Nadal kicherte verlegen.

Tanner war das Gespräch offenbar peinlich. Er verabschiedete sich. «Ich bin jederzeit für dich da, wenn du mehr wissen willst, Nadal.» Er schaute ihr eine Spur zu lange und zu tief in die Augen.

«Du hast ihn vertrieben», sagte Nadal vorwurfsvoll zu Pia, sobald Tanner ausser Hörweite war. «Er hat mir ein neues Experiment gezeigt, das ich mal den Kiddies vorführen könnte. Du weisst ja, dass ich Hobbychemikerin bin.»

«Soso, und stimmt sie denn, die Chemie zwischen euch beiden?»

«Ich mag ihn schon, aber nicht … Du weisst ganz genau, dass das nicht geht. Konrad ist Christ und ich bin Muslimin.»

«Ja und? Wie ist das zwischen Rafik und mir?»

«Das ist was anderes. Rafik ist ein Mann.»

«Ja, klar, hab ich glatt vergessen.» Pia verdrehte die Augen. «Männer dürfen bei euch alles. Gehen wir einkaufen oder nicht?»

«Ich brauche zuerst eine grosse Glacé.»

Vor Pias Lieblings-Gelateria «Vitaminstation» am Stalden mussten sie an einer beträchtlichen Schlange anstehen. Dank der speditiven Bedienung hatten sie unter dem reichen Angebot bald ihre Wahl getroffen. Mit je einer Kugel Sesameis mit Johannisbeersorbet für Pia und Grüntee mit Schokolade für Nadal setzten sie sich auf die Sitzbank vor dem Laden.

Über alles und nichts plaudernd vertilgten sie ihre Eiswaffeln. Immer wenn Pia Nadal ansah, glaubte sie, die weibliche Ausgabe von Rafik vor sich zu haben. Sie fragte sich nicht zum ersten Mal, warum die schöne Araberin Single blieb. Es musste andere, bessere Männer geben als Gezim Ismajli.

«Was ist mit Konrad? Er sieht gut aus und scheint ein anständiger Kerl zu sein. Der wäre was für dich.»

«Lass es, Pia. Meine Eltern, besonders mein Vater, sitzen mir schon die ganze Zeit im Nacken, damit ich einen anständigen Muslimen heirate. Ausserdem ist Konrad zu alt für mich.»

«Von denen gibt's in unserer Gegend sicher auch ein paar passable.»

«Kann sein, aber ich will es nicht. Seit die Salafisten von der Hamdala unsere Kultur vergiften, habe ich keine Lust zu heiraten. Und die Ehe mit einem Ungläubigen käme für meine Eltern nicht in Frage.»

«Du bist siebenundzwanzig, Nadal. Kannst du nicht deine eigenen Entscheidungen treffen?»

«Du hast keine Ahnung. Bei uns ist nicht das Alter ausschlaggebend, sondern das Geschlecht. Zum Glück habe ich

Rafik, der für mich einsteht, sonst hätte ich mir nie eine eigene Wohnung nehmen können.»

Pia wollte nicht weiter in sie dringen. Die jahrhundertealte Last der Tradition einer Kultur konnte auch eine moderne Frau wie Nadal nicht einfach abstreifen. Pia wechselte das Thema. «Wie läuft's mit deiner Klasse? Du hast bald das erste Jahr als Vollzeitklassenlehrerin hinter dir.»

«Super! Kürzlich hatte ich Elterngespräche. Sie sind sehr zufrieden mit mir.»

«Das ist auch richtig so. Wenn ich an den Lärm denke, den die Fraktion der Fortschrittspartei im Gemeinderat wegen dir veranstaltete, um deine Anstellung rückgängig zu machen.»

«Ich bin froh darüber. Das war für die ein … Wie sagt ihr dem? Ein Schuss in die Ofenkanone?»

«Ofenrohr.» Pia lachte. «Damit haben sich die braunen Hirnis ganz schön schwarze Köpfe geholt.»

Nadal hielt sich beim Lachen die Hand vor den Mund. Dann wurde sie ernst.

«Ich möchte dich um etwas bitten.»

«Ja?»

«Rafik hat gesagt, ich soll dich fragen, weil du gut mit Kindern kannst. Ich habe ein Problem. Am nächsten Dienstag mache ich mit meiner Klasse die Schulreise auf den Weissenstein. Gestern mussten die zwei Kolleginnen absagen, die ich als Begleitpersonen angeheuert habe. Einen Ersatz kann ich auf die Schnelle nicht auftreiben. Alleine schaffe ich es nicht, die Bande zu hüten. Eigentlich müsste ich absagen, aber die Kiddies freuen sich darauf. Sie wollten am Lagerfeuer Würste braten.»

«Brauchst nicht weiterzureden, Nadal. Ich bin dabei. Manu kommt sicher auch gerne mit auf den Berg.»

Überglücklich umarmte Nadal sie. Sie brachen zu ihrer Shoppingtour durch die Kleiderläden der Stadt auf. Pia wollte eigentlich mit ihr über Rafiks Irak-Pläne reden. Irgendwie hatte sie den Zeitpunkt verpasst.

SIEBEN

Maja musste Pfarrer Krähenbühl alleine aufsuchen, um ihn zu befragen. Das Gespräch mit Jäggi liess Dornach keine Ruhe. Im Franziskanerhof wurde er sofort zu Casagrande vorgelassen. Mittlerweile kochte es in ihm. Er betrat ihr Büro, ohne zu klopfen. Sie bemerkte seinen Gesichtsausdruck und unterbrach ihr Gespräch mit einem Praktikanten.

«Wir machen später weiter.» Sie komplimentierte den jungen Mann hinaus, bevor sie sich Dornach zuwandte. «Was gibt es Wichtiges, dass du mit der Tür ins Haus fällst?»

«Habe ich etwas verpasst oder dich beleidigt?», fragte er mit mühsam unterdrückter Erregung.

«Ich verstehe nicht, was du meinst.»

«Wir waren immer offen zueinander. Zumindest dachte ich das.»

«Ja. Und? Sprich Klartext, Dominik.»

«Du beschwerst dich hinter meinem Rücken bei Hofmann darüber, dass wir die Eltern der vermissten Buben bedrängt hätten?»

«Ich habe mich nicht bei Hofmann über euch beschwert.»

«Wie kommt es dann, dass er Jäggi anruft und über mich und vor allem meine Leute herzieht, als seien wir die letzten Anfänger?»

«Ich habe meinem Vorgesetzten über den Fortschritt im Fall des Skelettfundes berichtet. Er hat mich um meine Einschätzung gebeten. Die habe ich ihm gegeben.»

«Indem du uns anschwärzt?»

«Das ist Quatsch. Ich habe ihm gesagt, dass ihr nach meinem Dafürhalten zu schnell mit den Eltern Kontakt aufgenommen habt. Bei dem Fall kommt es auf einen oder zwei Tage nicht an. Das Kind ist seit neun Jahren tot.»

«Was ist in dich gefahren? Jemand hatte das Skelett ausgegraben und zur Ruine gebracht. Hauser kann das nicht gewesen sein.» Dornach stand auf. Um seine Wut zu kanalisieren, ging er im Raum hin und her.

«Setz dich gefälligst wieder hin», sagte Casagrande. «Was willst du von mir? Du platzt mir nichts, dir nichts hier herein und schmeisst mir wilde Vorwürfe an den Kopf. Ich habe dasselbe Interesse wie du, den Fall aufzuklären.»

«Könnte man nicht meinen.»

Casagrande hob abrupt den Kopf. «Pass auf, was du sagst.»

«Angie, ist dir je durch den Kopf gegangen, dass der Bubenfresser allenfalls einen Komplizen hat, einen Lehrling, der bereit ist, in die Fussstapfen seines Meisters zu treten? Sollen wir sitzen und Däumchen drehen, bis der nächste Bub entführt wird?»

Casagrande stand auf. «Das reicht. Du hast mir nicht zu sagen, wie ich meine Untersuchungen zu führen habe. Bitte geh. Du weisst, was du zu tun hast.»

«Wir reden aneinander vorbei. Ich weiss gerade nicht, wie es dir mit uns beiden geht. Ich für meinen Teil suche die Kollegin und Sparringpartnerin von früher und kann sie nicht finden.»

«Bist du sicher, dass du sie finden willst?»

«Wie meinst du das?»

Sie setzte sich hin und nahm eine Akte zur Hand. «Du weisst, wo die Tür ist. Ausserdem hast du Besuch, um den du dich kümmern solltest.»

Er brauchte einen Augenblick, bis er verstand, was sie meinte. «Du meinst Jana? Wie weisst du –»

«Solothurn ist eine kleine Stadt. Wenn du nicht willst, dass etwas ans Tageslicht kommt, solltest du vermeiden, in aller Öffentlichkeit auf der Kronenterrasse zu turteln.»

«Du hast uns gesehen? Weshalb hast du dich nicht bemerkbar gemacht?»

«So wie ihr euch angesehen habt? Ich wäre eindeutig fehl am Platz gewesen.»

«Wir haben nur …» Dornach merkte, dass er in überflüssige Rechtfertigungen verfiel.

«Ich will es nicht wissen, deine Sache. Mir ist nicht wohl,

wenn Jana in der Stadt ist. Was sie damals getan hat ...» Casagrande fuchtelte mit der Hand, als wollte sie ein Insekt verscheuchen. «Sie hat uns im letzten Jahr auf der ganzen Linie angelogen, als wir gegen Vukovic und seine Serben vorgingen. Sie war die Vigilantin, die wir zunächst hinter der Ermordung des Journalisten Lötscher vermuteten. Ausserdem war sie verantwortlich dafür, dass Maja zwei Wochen im Spital lag. Ich kann immer noch nicht verstehen, dass du sie deckst und, noch schlimmer, dich mit ihr abgibst.»

Dornach konnte sich ausmalen, was es für die korrekte Casagrande bedeutete, vor Janas Taten die Augen zu verschliessen. Er vermutete, dass sie es getan hatte, damit er nicht in Schwierigkeiten kam. Oder sah Casagrande in Jana nur eine Rivalin?

«Komisch, ich dachte, ihr hättet euch etwas gefunden, nachdem wir im letzten Herbst die ‹Aschenkreuz-Morde› aufgeklärt hatten. Zumindest hat sie mir gegenüber so etwas signalisiert.»

«Wir haben geredet, ja. Das heisst noch lange nicht, dass wir deswegen beste Freundinnen sind. Ich will ihr nicht begegnen, Dominik. Ich bin froh, wenn du das respektierst.»

«Du bist eifersüchtig? Auf Jana?»

Sie schlug mit beiden Handflächen auf die Tischplatte. «*Basta*, Dominik! *Fuori!* Geh! Ich sage es zum letzten Mal als Bitte.»

Im Stadtgarten klingelte Dornachs Handy. Majas Name auf dem Display zerstreute seine Hoffnung, dass sich Casagrande eines Besseren besonnen hatte.

«Fehlanzeige», sagte Maja. «Der Pfarrer bestätigt, dass er nichts weiss.»

«Hat Hauser gebeichtet oder nicht? Oder hast du den Pfarrer etwa nicht zum Reden bringen können?»

«Hallo? Bei mir hat noch jeder geredet.»

«Du hast ihm hoffentlich keine Daumenschrauben angelegt. Ich habe mir heute schon eine Standpauke wegen unserem Vorgehen anhören müssen.»

«Stell dir vor, ich weiss auch andere Mittel einzusetzen, um einen Mann zum Reden zu bringen, sogar einen Pfarrer. Ich habe ihn gefragt. Er musste nur nicken oder den Kopf schütteln.»

«Ohne Erfolg.»

«Weil ihm Hauser nichts in der Art gebeichtet hat.»

«Was hat er denn gebeichtet?»

«Pfarrer Krähenbühl hat sich so weit auf die Äste hinausgelassen, dass Hauser vor Gott gesündigt habe und bereit war, zu sühnen. Er wollte die Absolution des Pfarrers.»

«Das war's?»

«Das war's.»

Sie steckten in einer Sackgasse. «Maja, ich will alles über Hauser, jedes Detail, jede Sekunde seines Lebenslaufs und jener der Eltern, der Geschwister, über die erste Sandkastenliebe, was auch immer. Und ich will es gestern. Ich will –»

«Dominik!»

«Was?»

«Alles schon veranlasst. Karin, Google und Mike arbeiten dran. Einmal tief durchatmen und runterkommen, okay?»

«Gut, wir sehen uns später.»

«Kann auch morgen sein. Mach dir einen schönen Abend. Lass dich von Jana verwöhnen.»

***

Horacek informierte Jana in knappen Worten über die Schritte, die Vockinger in Bezug auf die internationale Fahndung nach Cara Andrazy eingeleitet hatte.

«Ist die Suchmeldung schon raus?», fragte Jana.

«Noch nicht.»

«Weshalb?»

«Seien Sie mir nicht böse, Jana, Vockinger nervt furchtbar damit. Ausserdem ist Direktor Boyle gerade nicht da, und ich weiss nicht, ob Vockinger sie von sich aus rausgeben sollte. Es sei denn, Sie würden mir Anweisung geben, es gleich zu tun. Es liegt in Ihrem Entscheidungsbereich.»

Sie antwortete nicht sofort.

«Jana?»

«Ja?»

«Soll ich die Fahndung rauslassen?»

«Tun Sie das, Stephan, morgen früh. Bis dahin habe ich Zeit, das eine oder andere zu klären. Wir wollen dem guten Herrn Vockinger keinen Grund geben, uns Verschleppung der Ermittlungen vorzuwerfen.»

Horacek zögerte. «Alles in Ordnung mit Ihnen, Jana?»

«Ja, warum?»

«Sie hören sich müde an.»

«Mein Urlaub fängt erst an. Diese Sicherheitskonferenz war so was von fad, sag ich Ihnen.»

«Kann ich mir denken. Dazu kommt der Einsatz gestern in Genf.»

«Ja, stimmt, das wohl auch. – Gehen S', Stephan, machen S' Feierabend. Wir sprechen ein andermal weiter.»

Nach dem Telefonat blieb Jana für einen Moment auf ihrem Bett sitzen. Ihre Hand zitterte. Um ihren Hals spürte sie eine imaginäre Schlinge, die sich langsam zuzog. Wie viel Zeit war ihr vergönnt? Es grenzte an ein Wunder, dass sie so weit gekommen war. Der Wolf war tot, sie lebte – das zählte. Das Einzige, was sie sich vom Schicksal erbat, waren noch einige Tage Zeit. Sie sah auf die Uhr. Fünf Minuten bis zum vereinbarten Zeitpunkt, an dem sie drüben im Haupthaus Pia überraschen sollte. Sie hatte das gemietete BMW-Motorrad in der Garage des «Stöckli», dem Gästehaus der Villa Dornach, abgestellt, damit es Pia nicht gleich bemerkte.

Die Zeit reichte für ein weiteres Telefonat.

***

Casagrande schloss die Akte. Sie hielt es in ihrem Büro nicht mehr aus. Die stickige Luft trocknete ihre Kehle aus, und ihre Augen brannten. Seit der Auseinandersetzung mit Dornach hatte sie schlicht vergessen zu trinken. Ihre Wut richtete sich gegen ihn, seine Österreicherin und gegen sich selber. Sie war in ihre eigene Falle getappt.

Ein Gespräch, das sie im vergangenen Jahr mit Jana geführt hatte, ging ihr durch den Kopf. Jana hatte ihr gesagt, dass sie zu kopflastig sei. Sie hatte ihr Dornach quasi in die Hände gelegt. ‹Da drin liegt einer von den Guten›, waren ihre Worte gewesen, bevor sie nach Den Haag zurückkehrte, ‹lass ihn nicht warten›.

Dornach war für Jana nur ein Zeitvertreib, den sie sich gönnte, wenn es ihr in den Kram passte. Wie er sie auf der Terrasse vom «La Couronne» angesehen hatte ... Jana pfiff, er kuschte wie ein braver Hund. Sollte er doch. Nur brauchte er von ihr, Casagrande, nichts mehr zu wollen. Sie war nicht an den durchgekauten Resten interessiert, die ihr dieser Wiener Vamp hinterliess.

Anstatt wie üblich durch die Barfüssergasse, über den Marktplatz und die Gurzelngasse nach Hause zu gehen, bog sie beim Ausgang sofort rechts ab und verliess die innere Altstadt durch das Franziskanertor. Auf der Nordringstrasse ging sie ostwärts Richtung Schanze. Während sie der Aussenmauer des Amabassadorenhofes entlangspazierte, glaubte sie, dass jemand ihr folgte. Sie drehte sich abrupt um. Es war niemand zu sehen. Dort, wo die Nordringstrasse in den Vauban-Weg mündete, führte eine Treppe zum Riedholzturm hinauf, einem wuchtigen, kreisrunden, aus ganzen Quadersteinen errichteten Festungsbau. Das massige Gebäude musste in der damaligen Zeit jedem potenziellen Angreifer den Eindruck gegeben haben, für die Ewigkeit gebaut und uneinnehmbar zu sein. Casagrande umrundete die Turmbasis und gelangte zur Mauerkrone der Riedholzschanze mit den weissen Wehrtürmchen, von wo die damaligen Verteidiger die östlichen und nördlichen Stadtzugänge kontrollierten.

Die Stadt atmete die schwüle Hitze des Tages hinaus in die Abenddämmerung. Casagrande war nicht die Einzige, welche die Aussicht unter den schattigen Bäumen genoss. Ein Liebespaar hatte sich das Wehrtürmchen in der Nordostecke der Schanze ausgesucht. Sie wahrte diskrete Distanz.

Die Messewiesen des Chantier-Areals schimmerten gelblich in der Dämmerung. Die Reithalle lag im Dunkeln. Der nächste Grossanlass dort, die Solothurner Herbstmesse, fand erst im September statt. Lediglich im Gebäude der Stadtpolizei beim Baseltorkreisel waren ein paar Fenster erleuchtet.

Casagrande war durstig. Bevor sie gegangen war, hatte sie im Franziskanerhof ein paar Schlucke Leitungswasser getrunken. Sie brauchte etwas Stärkeres. Ihre Gedanken hatten sie derart absorbiert, dass sie nicht gemerkt hatte, dass sie inzwischen alleine auf der Schanze war. Sogar das Liebespaar war verschwunden. Die Ruhe um sie herum bedrückte sie. Der Verkehr auf der Werkhofstrasse drang wie durch Watte an ihre Ohren. Ein beklemmendes Gefühl ergriff von ihr Besitz. Sie musste weg, dorthin, wo Menschen waren. Sollte sie denselben Weg nehmen, den sie gekommen war, oder den Bastionweg hinunter zum Baseltor? Sie wählte ersteren. Beim Riedholzturm packte sie erneut das Gefühl, verfolgt zu werden. Sie beschleunigte ihre Schritte Richtung Treppe, um rasch die mit Strassenlampen beleuchtete Nordringstrasse zu erreichen.

Der Angriff kam von hinten. Er war heftig und brutal. Sie hatte keine Chance, ihn abzuwehren. Ein kräftiger Arm legte sich um ihren Hals und eine Hand auf ihren Mund. Der Angreifer drückte ihren Körper an sich. Sie spürte, dass es ein Mann war.

«Hast du mich seit dem letzten Brief nicht vermisst?», flüsterte eine heisere Stimme in ihr Ohr. Casagrande war wie gelähmt. Alles, was sie wusste, sah und spürte, reduzierte sich auf den Druck und die bedrohliche Nähe des anderen. Die Umklammerung drückte ihr die Luft ab. Wenn er redete, klang es wie ein Nagel, dessen Spitze über rostiges Blech kratzte. Casagrande kannte niemanden mit einer solchen Stimme. Sie registrierte, dass sein Schweizerdeutsch akzentfrei war. Der Atem roch nach billigem Tabak und noch billigerem Alkohol. Die Hand auf ihrem Mund schmeckte salzig und verströmte den Duft alten Bratöls. Er musste vor Kurzem einen Hamburger oder einen Döner gegessen haben. Sie spürte Brechreiz.

Sie wand sich, um der Umklammerung zu entkommen, und versuchte zu schreien. Die Hand auf ihrem Mund erstickte jeden Laut, der ihr hätte entfahren können. Casagrande trat um sich. Seine einzige Reaktion bestand darin, dass er so lange noch kräftiger zudrückte, bis ihre Kräfte erlahmten.

«Lass uns Spass haben.» Wieder dieser scharfe, heisse und abscheuliche Atem. Sie trat erneut nach ihm. Er wich geschickt aus. Mühelos zerrte er sie ins Gebüsch, dorthin, wo sich der Riedholzturm mit der Aussenwand des Thüringerhauses verband. Er drückte sie mit einer Hand auf dem Schulterblatt gegen die Mauer und zwängte ihre Beine auseinander. Dafür musste er seine Hand von ihrem Mund lösen. Bevor sie schreien konnte, versetzte er ihr einen betäubenden Schlag, der sie aber nicht das Bewusstsein verlieren liess. Mit der freien Hand tastete er ihren Hosenbund ab. Casagrande versuchte, ihren Unterkörper wegzudrehen. Es gelang ihm ohne Weiteres, sie wieder in die gewollte Position zu zwingen. Er beugte ihren Oberkörper vornüber. Ihr Gesicht schrammte seitlich gegen die raue Mauer. Mit einer Hand öffnete er ihren Hosenbund und versuchte die Hose hinunterzuziehen. Sein Atem verflachte sich. Er zerrte an ihrem Slip. Sein Unterkörper rieb sich an ihrer Hüfte. Casagrande spürte sein erigiertes Glied, und ihr Ekel wurde stärker.

In einem letzten verzweifelten Versuch wollte sie sich von ihm losmachen. Das brachte ihr einen weiteren Schlag gegen den Kopf ein, der ihre Gegenwehr erschlaffen liess. Wut und Todesangst tobten gleichzeitig in ihr. Sie hätte sich nie träumen lassen, dass es ihr passieren würde, das grösste Unrecht, das einer Frau widerfahren konnte: Jemand ergriff gegen ihren Willen Besitz von ihrem Körper und beraubte sie ihrer Würde. Es machte sie ausserstande zu schreien. Was ihrem Mund entfuhr, war ein geflüstertes «Nicht, bitte».

Sie hörte auf, sich zu wehren. Er begann, den Spickel ihres Slips zur Seite zu schieben. Casagrande versank in einer

Welle von Angst, Scham und Schmerz. Erinnerungen gingen ihr durch den Kopf, Gedanken an Gespräche, die sie mit Vergewaltigten geführt hatte. Damals bestand eine Distanz zwischen ihr und den Frauen, die ihr von erlittenen Qualen erzählten. Nun wurde sie selber zum Opfer, zu einer Gezeichneten.

Sie hörte den Schlag nicht, obwohl es einen gegeben haben musste. Sie nahm wahr, dass sich der stahlharte Griff und der ekelhafte Druck auf ihr Hinterteil lockerten, bis beides vollständig weg war. Sie konnte wieder frei atmen.

«Lass die Frau in Frieden, du mieses Schwein. Mach, dass du fortkommst!», rief eine Stimme hinter ihr, die in Casagrande eine vage Erinnerung weckte. Sie konnte sich wieder bewegen. Trotzdem wagte sie nicht, sich umzudrehen. Sie hörte, wie sich schwere Schritte rasch entfernten. Eine Hand auf ihrer Schulter liess sie zusammenzucken. «Entschuldigen Sie, geht es Ihnen gut? Soll ich einen Arzt rufen?»

Diese Stimme.

«Ist … ist er weg?», fragte sie, ohne sich umzudrehen.

«Ja, er ist weg. Es ist alles gut.»

Langsam wandte Casagrande zuerst den Kopf, dann den Körper, sodass sie sich mit dem Rücken an die Hausmauer lehnen konnte. Sie fühlte die Kühle des Steins an ihren Schenkeln und realisierte, dass sie untenherum beinahe entblösst war. Fahrig rückte sie den verrutschten Slip zurecht und zog ihre Hose hinauf. Ihr wurde schwindlig. Sie musste sich erneut an der Wand abstützen.

«Geht es?», fragte die Stimme vor ihr. Sie konnte sein Gesicht im Dunkeln nicht erkennen. «Sind Sie sicher, dass Sie keinen Arzt brauchen?»

«Geben Sie mir bitte eine Minute.»

Der Mann entfernte sich einige Schritte.

Nach ein paar tiefen Atemzügen war sie in der Lage, einen Fuss vor den anderen zu setzen, ohne dass ihre Knie nachgaben. Sie bewegte sich behutsam auf den Mann zu.

«Ich danke Ihnen, wenn Sie nicht gekommen wären, dann …»

Im Licht der Strassenlampen konnte sie sein Gesicht erkennen. «Du?»

***

Die Überraschung war gelungen. Mit einem Freudenschrei und Glückstränen schloss Pia Jana in die Arme. Die Wiedersehensfreude rührte Dornach. Sie machte ihm bewusst, wie sehr Pia Jana ins Herz geschlossen hatte. Pias Verhältnis zu ihrer leiblichen Mutter war von Machtkampf geprägt. Jana war die einzige weibliche Bezugsperson, deren Autorität Pia vorbehaltlos akzeptierte.

Nach dem Abendessen, das ausgedehnter und ausgelassener ausfiel als üblich, wollte Pia Jana überreden, mit ihr und Manu in der Partymeile der Altstadt abzuhängen.

«Sei mir ned bös, aber ich bin a bisserl müd. Gehts ihr nur. Sieh zu, dass du morgen fit für die Motorradtour bist. Bei der Route, die du dir ausgedacht hast, müssen wir früh raus.»

Pia hatte die Tour seit dem Frühling des letzten Jahres geplant. Wegen Janas Verwundung war es nicht dazu gekommen. Sie versprach, spätestens um Mitternacht im Bett zu liegen.

Dornach und Jana genehmigten sich einen Schlummertrunk auf der Terrasse. Er liebte ein kühles Bier an warmen Sommerabenden. Jana, die mit dem Gerstensaft nichts anfangen konnte, bevorzugte ein Glas von ihrem Walliser Lieblingsweisswein «Petite Arvine».

Dornach wollte mehr über die Sicherheitskonferenz in Montreux erfahren.

«Das war eh nichts Grossartiges», sagte Jana. «Die Tagung stand unter dem Thema ‹*Wipe out Terrorism*›, die Auslöschung des Terrorismus.»

«Nicht mehr als das? Was war denn dein Beitrag?»

«In meinem Referat musste ich darlegen, welche Massnahmen Europol ergreift, um die Mitgliedstaaten der Union in der Terrorismus-Prävention zu unterstützen.»

«Konntest du sie überzeugen?»

«Jedenfalls hatte ich die volle Aufmerksamkeit der anwesenden Staatssekretäre und Polizeichefs, als sie sich anhören mussten, dass sie mit den bisherigen Massnahmen auf dem Holzweg sind.»

«Kann ich mir vorstellen. Politiker lieben es innig, wenn man ihnen im Plenum sagt, dass sie falschliegen.»

«Erst recht, wenn es von einer Frau kommt.»

«Für dich kein Problem. Mit deinem Wiener Schmäh hast du die mit links wieder für dich eingenommen.»

«Aber sicher. Bis zur Stelle, an der ich ihnen sagen musste, dass Terrorismusprävention nur zu einem Teil Sache der Polizei sein kann. Die Sicherheitsdienste können drei Dinge tun: eine konkrete Terrorgefahr erkennen und sie, wenn immer möglich, abwehren.»

«Und das Dritte?»

«Aufräumen, wenn's geknallt hat.»

«Autsch!»

«Internationaler Terrorismus ist erst einmal eine Folge der Globalisierung. In den sechziger und siebziger Jahren ist in Deutschland die Rote Armee Fraktion aus Bürger- und Kapitalismusverdruss heraus entstanden. Ein Politiker wie die deutsche Kanzlerin, die ernsthaft behauptet, dass die Globalisierung nur ein Segen für unsere Welt sein soll, ist entweder dumm oder verantwortungslos oder beides. Die Globalisierung reisst die Wirtschaft aus ihrem gesellschaftlichen Kontext. Bei allen Vorzügen, welche die Digitalisierung haben mag, birgt sie eine grosse Gefahr, indem sie den Prozess der Entmenschlichung beschleunigt.»

Dornach räusperte sich. «Hast du tatsächlich ‹dumm› gesagt?»

«Ich glaube, ‹kurzsichtig› war der Ausdruck, den ich verwendet habe. Globale Verschiebungen führen zur Marginalisierung von bildungsfernen Schichten in den westlichen Staaten. Gleichzeitig werden Rohstoffe und billige Arbeitskräfte in weniger entwickelten Ländern auf neokolonialistische Weise ausgebeutet. Das führt zu Verelendung und erhöht den Migrationsdruck. Es bildet den Nährboden für Radikalisierung, der zu Extremismus und Terrorismus in allen Farben führt. Diese Entwicklungen zu vermeiden kann nicht Aufgabe der Sicherheitskräfte sein.»

«Meine Güte, Jana, du musst die Leute in regelrechte Begeisterungstaumel versetzt haben.»

«Vor allem an der Stelle, an der ich ihnen sagte, dass die westlichen Regierungen Mitverantwortung für die Misere tragen, solange sie durch Finanz- und unkontrollierte Waffen- und Technologiegeschäfte mit Ländern wie Saudi-Arabien und den Golfstaaten den islamistischen Terror zumindest indirekt unterstützen und fördern.»

Jana stellte ihr Glas ab. Sie beugte sich leicht zu ihm vor und stützte ihr Kinn auf ihre Hände. «Stell dir vor, was passiert, wenn eine Weltregion mit Waffen geflutet wird, die eh schon vor Waffen strotzt.»

«Der Überschuss wird weiterverhökert», mutmasste Dornach. «Unsere Exporte von Kriegsmaterial unterliegen immerhin einer strengen Kontrolle durch die Regierung.»

Mit einem unvermittelten Lachen fuhr Jana ihm mit der Hand über die Wange. «Ach, Dominik, manchmal beneide ich euch senkrechte Schweizer um eure Naivität. Erinnerst du dich an den Vorfall vor Jahren, bei dem Kriegsmunition, die ihr an Katar geliefert habt, in Libyen aufgetaucht ist?»

Er hielt ihre Hand fest. «Du sagst also, dass selbst bei striktesten Waffenausfuhrkontrollen Waffen in falsche Hände geraten?»

«Es gibt einen schönen Spruch: Der Weg zur Hölle ist mit guten Absichten gepflastert. Etwa so verhält es sich mit den Waffenausfuhrkontrollen. In diese Geschäfte sind viele Mittelsmänner involviert. Niemand hat mehr die Übersicht, wo die Waffen schliesslich landen. Die Ausfuhrgesetze sind Alibiparagrafen, die den Politikern und Rüstungsproduzenten ein sanftes Ruhekissen verschaffen. Auch wenn alle das Gegenteil behaupten, gibt es keine Garantien. Waffen werden immer wieder dorthin gelangen, wo sie gebraucht werden. Und das sind meistens die falschen Hände. Erst recht, wenn die Geschäftspartner aus dem Mittleren Osten stammen. Das wissen die Exporteure ebenso wie wir.»

«Du glaubst, bei uns gibt es Unternehmen, die sich am Terrorismus bereichern?»

«Wissentlich vielleicht, unwissentlich sicher. Terroristen werden als Geschäftsleute stark unterschätzt. Es geht ihnen nicht um Ideologie oder Religion, sondern um Einfluss und Macht. Wir sind leichtsinnig zu glauben, mit der Niederlage des Islamischen Staates werde sich die Sicherheitslage in Europa verbessern. Im Gegenteil: Es wird schwieriger werden, sie zu kontrollieren.»

Jana blickte nachdenklich in ihr fast leeres Glas. «Wie dem auch sei. Das Rad lässt sich nicht zurückdrehen. Die neuen Technologien und die Globalisierung sind da, um zu bleiben – ebenso die Fanatiker. Es ist der Westen, der den Krieg gegen den Terror angezettelt hat.»

«Mit anderen Worten: Wir können Terrorismus nicht verhindern?»

«Nicht mit den bisherigen Rezepten aus Repression und Ausgrenzung. Damit wird der Radikalismus angeheizt. Das Gegenteil von dem, was wir wollen, wird erreicht. Die Politik und vor allem die Gesellschaft müssen Normen und Kodizes des Zusammenlebens, die grösstenteils der Industrialisierung der Gesellschaft im 19. Jahrhundert entstammen, neu formulieren. Dazu gehört, die Regeln einer globalen Wirtschaft neu festzulegen.»

«Du willst die freie Marktwirtschaft abschaffen?»

«Schmarrn. Ich will gar nichts. Der Punkt ist, dass die freie Marktwirtschaft aufgehört hat zu existieren, seit ihre wichtigsten Bereiche von einigen wenigen Grosskonzernen und Banken beherrscht und kontrolliert werden. Die heutigen sogenannten liberalen Parteien, die stets vollmundig die individuelle Verantwortung preisen, tun das nur insofern es den Interessen ihrer Klientel dient und ihre Profite sichert. Solange es einige wenige

Mächtige gibt, die von der heutigen Situation und damit direkt oder indirekt, wissentlich oder nicht vom Terrorismus profitieren, wird sich nichts ändern.»

«Deine Sicht der Dinge bereitet mir Mühe, Jana. Es tönt gerade so, als ob dunkle Mächte in unseren Reihen ein Komplott gegen uns schmieden.» Dornach konnte mit Verschwörungstheorien nichts anfangen.

«Keine Angst. Wir sind nicht in einem amerikanischen Superheldenfilm. Der gigantische Bösewicht, der die Zerstörung der Welt will, damit er über eine Trümmerwüste herrschen kann, existiert nicht. Was hier und heute passiert, ist eine direkte Folge unseres Tuns und Lassens. Regierungen, Politiker, Bürger, wir alle sind Mitwisser und Komplizen. Die Kolonialpolitik der Briten nach dem Zweiten Weltkrieg in Palästina und in Mesopotamien war aus heutiger Sicht verheerend. Sie machte den Mittleren Osten zu einem Pulverfass. Was wir heute erleben, ist die Folge davon. Daran sind wir alle beteiligt. Und wie Goethes Zauberlehrling wissen wir nicht mehr, wie wir die Geister loswerden können, die wir gerufen haben.» Sie leerte ihr Glas. «Es ist, wie's ist. Der Terrorismus wird so schnell nicht weggehen. Die Menschen in Europa werden lernen müssen, damit zu leben. Derweil versuchen Staatsschutz und Polizeikräfte das Schlimmste zu verhindern.»

«Unsere BKP und der NDB haben die Überwachung verdächtiger Elemente intensiviert. In der Schweiz sind rund sechshundert Gefährder auf dem Radar, davon hundert aktiv.»

«Sie tun gut daran, sie im Auge zu behalten. Vor allem, wenn Leute wie die Osmankovic und Adil hier herumgeistern. Die Schweiz ist eine wichtige Logistik- und Finanzbasis für die Terroristen.»

«Wie meinst du das?»

«Dank euren liberalen Gesetzen und der grosszügigen Sozialhilfe werden Imame und andere Dschihad-Anwerber vom Staat mit Geldmitteln ausgestattet. Ausserdem dient ihnen die Schweiz als Versorgungsbasis für Waffen, Ausrüstung und Finanzen. Terroristenführer denken pragmatisch, sie scheissen nicht in die Ecke, in der sie essen und schlafen. Das macht euch vielleicht etwas sicherer als andere Staaten.»

«Apropos Islamisten ...» Dornach erzählte Jana vom Prozess, den Casagrande am Vortag im Obergericht bestritten hatte. «Die Verteidigerin, Dr. Judith Weingarten, ist eine eifrige Konvertitin und mit einem Afghanen verheiratet, Idris Hamsa. Er ist Präsident des Hamdala-Rates Schweiz und zugleich Imam der Oltner Moschee.»

Jana dachte kurz nach. «Die Frau sagt mir nichts. Bei Hamsa und diesen Salafisten von der Hamdala klingelt's bei mir. Ich werd mich schlaumachen.»

«Du glaubst an eine konkrete Bedrohung?»

«Ich will den Teufel nicht an die Wand malen. Seit den letzten Vorkommnissen besteht jederzeit und überall eine mehr oder weniger konkrete Bedrohung.»

Dornach stand auf. «Ich glaube, ich brauche ein neues Bier. Willst du auch noch was trinken?»

«Warum nicht.»

Mit neuen Getränken versorgt, hatten sie keine Lust mehr, auf das Thema zurückzukommen.

«Was läuft nun eigentlich zwischen dir und Angela?», fragte Jana.

Dornach erzählte ihr von der Auseinandersetzung, die er am Nachmittag mit Casagrande gehabt hatte.

Ihre Mundwinkel verzogen sich zu einem Lächeln.

«Findest du die Geschichte lustig?», fragte er.

«Kompliziert seids ihr schon, ihr beide. Das hab ich der Angela schon gesagt.»

«Wie meinst du das?»

«Bitte, das werd ich dir nicht erklären müssen. Ich spiele sicher nicht eure Paartherapeutin. Da habe ich eigene Interessen.»

«Ich verstehe nicht ganz.»

Sie stand auf und setzte sich rittlings auf seinen Schoss. «Verstehst du's jetzt?» Sie küsste ihn.

«Hm, den zweiten Teil müsstest du mir näher erklären.»

«Nicht hier. Ich möchte nicht von den Mädels überrascht werden. Komm mit, ich muss schauen, ob ich selber noch alles kann.»

* * *

Ausser Abschürfungen an Oberschenkeln und im Gesicht hinterliess der Vergewaltigungsversuch bei Casagrande keine nennenswerten physischen Spuren. Sie würde lernen müssen, über ihre Scham und die Wut hinwegzukommen. Im Moment machte ihr der Schock über das Zusammentreffen mit ihrem Ex-Freund Franco Tiziani zu schaffen, ihrem Retter. Erinnerungen, die sie in den Katakomben ihrer Seele begraben geglaubt hatte, kamen wieder hoch.

«Was machst du in Solothurn?», fragte sie. Er hatte sie in ihre Wohnung begleitet. Erst wollte sie nicht, dass er mit nach oben kam. Ihr fehlte die Energie, ihn davon abzubringen.

Er tupfte schweigend Schürfwunden auf ihrer Wange mit einem Desinfektionsmittel ab, bis sie seine Hand wegstiess. «Ich kann das selber. Sag mir endlich, was du in Solothurn verloren hast. Und erzähl mir nicht, dass du zufälligerweise bei der Schanze warst. Du hast nie etwas dem Zufall überlassen, so gut kenne ich dich.»

Er hatte sich äusserlich nicht stark verändert. Sein scharf geschnittenes Gesicht war hager geworden, der angedeutete Kinnbart mit dem dünnen Schnurrbart war derselbe.

«Ist es so?», insistierte sie. «Stalkst du mich. Hast du mir die Briefe geschickt?»

«Was für Briefe? Nein … und ja.»

«Was jetzt? Ja oder nein?» Sie ging auf Abstand zu ihm. Sie hatte nicht vergessen, was er damals mit ihr gemacht hatte.

«Nein, ich weiss nichts von Briefen. Und ja, es ist kein Zufall, dass ich hier bin. Ich wollte zu dir.»

«Du willst mir erzählen, dass du bei der Schanze auf mich gewartet hast, auf die Möglichkeit hin, dass ich irgendwann dort auftauche?»

«Natürlich nicht.» Er senkte den Blick. «Ich habe bei der Franziskanerkirche gewartet, bis du zu deinem Büro herauskamst, und bin dir gefolgt.»

«Und hast so lange dort gestanden, bis dieser dreckige Typ schon fast in mir drin war?»

Tiziani senkte schuldbewusst den Blick. «Tut mir leid, Angie. Ich war beim Turm oben. Als ich sah, welchen Weg du zurückgingst, bin ich hinunter zur Strasse. Du kamst nicht, und so bin ich hoch, um nachzusehen. Hätte ich eine Ahnung gehabt, dass der Kerl dir auflauert, wäre ich –»

Sie winkte mit einer müden Geste ab. «Schon gut, vergiss es. Aber warum, Franco? Nach all der Zeit.»

«Weil … weil es mir leidtut, was damals passiert ist. Glaub mir, ich wollte nicht, dass –»

«Ja sicher, natürlich wolltest du die minderjährige Praktikantin auf deinem Schreibtisch in der Bank nicht ficken. Und das blaue Auge, das du mir verpasst hast, als ich dich zur Rede gestellt habe, war sicher ein Versehen.»

«Angie, ich …» Er ging auf sie zu.

Sie wich zurück. «Bleib mir vom Leib, Franco. Mein Bedarf an übergriffigen Männern ist für eine sehr lange Zeit gedeckt. Zwischen uns gibt es nichts mehr.»

«Aber ich will dich nicht –»

«Ich weiss nicht, was du nicht willst, und es interessiert mich auch nicht. Ich will, dass du jetzt gehst. Danke für deine Hilfe von vorhin.»

«Bist du sicher, dass du keinen Arzt brauchst?»

«Um die paar Kratzer kann ich mich selber kümmern. Beim Rest hilft mir im Moment kein Arzt. Bitte.» Sie zeigte zur Tür.

Bevor er die Tür öffnete, drehte sich Tiziani mit hängenden Schultern um. «Wir müssen reden. Kann ich dich morgen anrufen?»

Casagrande wollte nicht. Aber immerhin hatte er sie davor bewahrt, vergewaltigt zu werden, wenn nicht vor Schlimmerem. «Ruf mich morgen an, am Nachmittag. Am Vormittag arbeite ich im Büro Akten durch.»

«Am Samstag?»

«Glaubst du, in Solothurn ist es anders als in Zug?»

«Danke, Angie. Bis morgen.»

Casagrande sperrte hinter ihm ab. Sie legte die Kette vor. Am ganzen Körper zitternd, schleppte sie sich zum Esstisch. Dort lag ihr Handy. Dornachs Nummer war die erste gespeicherte Kurzwahl. Sie zögerte. Der innere Kampf dauerte einige Sekunden, bevor sie den Abbruchknopf betätigte und zu weinen begann.

ACHT

An diesem Samstagmorgen wäre Dornach liebend gerne gleich in die Schanzmühle gefahren, um seinen Kollegen bei den Nachforschungen im Skelettfall zur Hand zu gehen. Jana und Pia waren zeitig zu ihrer Motorradtour aufgebrochen. Manu lag in den Federn. Vor Mittag würde man sie nicht zu Gesicht bekommen. Er musste wohl oder übel den Markteinkauf erledigen.

Er war früh dran. Nur wenige Leute hielten sich vor den Ständen auf. Frau Reinhards Einkaufsliste war zügig abgehakt. Es reichte sogar für den einen oder anderen Schwatz mit den Standbetreibern.

Er diskutierte lange mit der temperamentvollen Seeländerin Astrid, die ihm ihre Kirschensorten präsentierte. Den Abschluss machte er wie üblich bei Nicolas. Der Käsehändler aus Olten konnte ihn für einen aromatisch duftenden, sehr reifen Brie aus Ziegenmilch begeistern. Innerlich schmunzelnd hatte Dornach Pia vor Augen, wie sich ihre empfindlichen Nasenschleimhäute kräuselten, wenn sie den Käse heute Abend nur schon ansehen musste.

Er schwankte zwischen einem Kaffee auf einer der Terrassen der Altstadt und im Büro, als eine Frauenstimme seinen Namen rief.

Sie war etwa in seinem Alter und hatte einen kleinen Jungen an der Hand. In einer dunklen Ecke seines schlechten Gewissens regte sich für einen kurzen Moment die Befürchtung, dass ihm eine alte Bettgeschichte ihren gemeinsamen Sohn präsentieren wollte.

«Du erinnerst dich nicht an mich, wie?», fragte die Frau.

«Es tut mir leid, aber –»

«Ich bin Melanie.»

«Melanie?»

«Die Melly vom Kantifest.»

Der Groschen fiel. Melly. Da war was gewesen, damals während der Maturafeier der Kantonsschule.

«Warte. Melanie … jetzt hab ich's, Melanie Scheurer, richtig?»

Sie hatte die Jugendlichkeit in ihren Gesichtszügen bewahrt. Sonst hatte das Leben die Unbekümmertheit der behüteten Tochter von einst ausradiert. Die Furchen um ihre Mundwinkel waren keine Lachfalten.

«Ich bin verheiratet und heisse Howald.»

Eine rote Alarmlampe in seinem Kopf begann zu blinken. «Howald? Bist du etwa –»

«Die Mutter von Raphael, richtig. Deine Mitarbeiterin, Frau Jäggi, war gestern bei uns.»

«Es tut mir leid, Melanie.»

Sie hob die freie Hand. «Schon gut, mach dir keine Sorgen. Es hat wehgetan. Aber es wird uns helfen, von Raphael Abschied zu nehmen.»

«Es ist nicht definitiv sicher, dass es Raphael ist, dessen sterbliche Überreste wir gefunden haben.»

«Frau Jäggi hat es uns erklärt. Sie ist eine einfühlsame Person.»

Dornach schaute zu dem Jungen, der schweigend neben ihr stand. «Ist das …?»

Sie schüttelte den Kopf. «Wir haben keine anderen Kinder. Das ist Jonas, der Sohn meines Bruders. Meine Schwägerin ist nicht da. Roger muss Akten abarbeiten.»

«Roger Scheurer, der Oberrichter? Du bist seine Schwester?»

«Ja, wusstest du das nicht?»

«Vermutlich hab ich's mal mitgekriegt und vergessen. Für mich warst du immer nur Melly.»

«Und eine von vielen.» Weder Vorwurf noch Reue klangen in ihrer Stimme mit. «Es war ein wildes Leben gewesen.» Sie sagte es mit einem Hauch von Wehmut in den Augen.

Dornach war unschlüssig, was er darauf antworten sollte. Sie nahm es ihm ab, indem sie auf die Uhr sah. «Ich muss weiter.

Ich will mit Jonas einen Ausflug machen. Es hat mich gefreut, dich wiederzusehen, Dominik.»

«Mich auch. Ich melde mich bei euch, sobald wir mehr wissen.»

«Ich danke dir, ich bin froh, dass sich jemand darum kümmert, den ich kenne.» Mit einem grüssenden Kopfnicken und dem Anflug eines Lächelns setzte sie ihren Marktbummel fort. Jonas, der die ganze Zeit über stumm ihre Hand gehalten hatte, begann mit ihr zu plaudern, sobald sie einige Meter entfernt waren.

Mit einem kurzen Lächeln nahm Karin von Dornach die schmeichelhafte Rückmeldung von Frau Howald zur Kenntnis. Sie hatte Neuigkeiten. «Maja und ich haben uns die Akte Raphael Howald vorgenommen. Der Junge verschwand auf dem Nachhauseweg zwischen dem Schulhaus Hermesbühl und seinem Elternhaus an der Amanz-Gressly-Strasse.»

«War er zu Fuss unterwegs?»

«Angeblich. Interessant ist, dass ein Zeuge damals sah, wie auf der Unteren Steingrubenstrasse auf der Höhe des Klosters ‹Namen Jesu› ein Auto neben dem Jungen angehalten hat. Leider existieren im Dossier keinerlei Angaben, dass dieser Information nachgegangen wurde.»

«Beschreibung?»

«Vom Auto ja: ein dunkelblauer Daimler Jaguar der XJ-Serie. Der Zeuge ist Autonarr und kann sich deshalb so gut daran erinnern. Er meinte, der Wagen sei brandneu gewesen.»

«Das heisst Baujahr 2008?»

«So in etwa. Leider kann er sich nicht an die Autonummer erinnern. Er ist aber überzeugt, dass es ein Solothurner Kontrollschild war. Vom Fahrer gibt es leider keine Beschreibung.»

«Schade. Wie heisst der Zeuge?»

«Strahm, Ruedi, Jahrgang 55.»

«Befragt ihn, sobald ihr könnt. Das Dossier ist derart mangelhaft, dass es mich nicht wundern würde, wenn er sich noch an etwas erinnert, was nicht drinsteht.»

«Maja ist schon unterwegs zu ihm. Wir haben uns gesagt, dass es für dich in Ordnung geht.»

«Und wie. Irgendwann kommt der Tag, an dem ich mich fragen muss, was ich hier überhaupt noch soll.»

«Wenn wir das riskieren, schalten wir ab sofort einen Gang runter – noch etwas: Daimler Jaguars waren vor zehn Jahren bei uns in der Region dünn gesät. Google hat uns eine Halterliste dieses Typs mit Farbe Dunkelblau hervorgezaubert.» Sie legte ein A4-Blatt vor Dornach hin. «Es ist der markierte Name.»

Er starrte auf das Papier. «René Howald?»

«Der Vater von Raphael. Wenn du mit ihm sprechen willst, musst du dich bis Montag gedulden. Er kommt erst Sonntagabend von einer Geschäftsreise aus Abu Dhabi zurück.»

∗∗∗

Pia stieg aus dem dunklen Wasser des Moorsees. Jana betrachtete ihre athletische Gestalt. «Du siehst fit aus.» Sie trocknete Pias Rücken. «Bist du gewachsen, oder warst du schon immer so gross? Neben dir komme ich mir schmächtig vor.»

«Das macht Majas Training. Sie mäkelt ständig an meiner Haltung herum. Aber du bist auch nicht schlecht in Form.»

Jana trug einen Badeanzug, der ihre grazile, gleichzeitig muskulöse Figur betonte.

«Frau bemüht sich, optisch zu gefallen.» Jana legte sich in die Sonne. «Es ist wunderschön hier. Dieser wunderbare See mitten in dem moorigen Fichtenwald erinnert mich an Südschweden, wo ich mal in einem Einsatz war.»

Von der Villa Dornach waren sie zuerst Richtung Norden über den Weissenstein nach Moutier gefahren. Weiter ging es quer durch den Berner Jura bis zu ihrem ersten Etappenziel, dem Étang de la Gruère, einem verästelten See inmitten eines idyllischen, von Fichten, Föhren und Birken umgebenen Hochmoores in den jurassischen Freibergen.

Pia liess sich nicht vom Thema abbringen. «Paps gefällst du nach wie vor, nicht nur optisch.»

«Wie meinst du das?»

«Komm schon, Jana. Ich bin keine zwölf mehr. Paps kommt normalerweise nicht frühmorgens im offenen Hemd und mit verschlafenem Kopf zu Haustür herein. Ihr habt miteinander geschlafen – bei dir.»

«Stört dich das?»

«Vor anderthalb Jahren hätte ich nicht gewusst, was ich darauf antworten soll. Jetzt finde ich es gut. Paps liebt dich. Die Frage ist, ob du das Gleiche für ihn fühlst.»

«Definiere Liebe.»

«Ich weiss es doch auch nicht. Habt ihr Gefühle füreinander? Werdet ihr zusammenbleiben und vielleicht mal … ich meine, wirst du –»

«Ob wir mal heiraten, willst du sagen?» Jana blinzelte über die glitzernde Wasserfläche. «Nein, Pia. Ich kann Dominik nicht heiraten. Ich liebe ihn, weil er …» Sie suchte vergeblich nach Worten. «Ja, weil er mir einen Weg aus der Hölle gezeigt hat, in die ich mich selber manövriert habe.»

«Du liebst ihn, willst aber nicht mit ihm zusammenbleiben?»

«Möchtest du das denn?»

Eine vorbeiziehende Wolke verdeckte die Sonne. Für einen Moment wurden die Geräusche der Natur mit dem gefilterten Licht gedämpft.

«Was ich will, spielt bald keine Rolle mehr», sagte Pia nachdenklich. «Kann sein, dass ich schon schnell mal weg bin. Manu setzt alles daran, in den Staaten zu studieren, und ich werde vielleicht …» Sie schob den Gedanken mit einer Handbewegung beiseite. «Mir ist nicht wohl, wenn ich daran denke, dass Paps alleine in dem grossen Haus bleibt, das genug Platz für mindestens zwei Familien hat. Ich finde, dass ihr beide gut zusammenpasst. Zwei einsame Wölfe, die sich endlich finden.»

«Ich nehm's als Kompliment dafür, dass ich dich nicht so nerve wie seine Verflossenen.»

«Diese Tussis hatte er nur für seinen spätpubertären Zeitvertreib am Laufen», sagte Pia herablassend.

«Na, na, Dirndl, etwas mehr Respekt vor deinem alten Herrn

und diesen Frauen bitte. Du magst von Dominiks erotischen Eskapaden denken, was du willst. Er ist ein rücksichtsvoller Mann. Ich glaube nicht, dass es ihm gefällt, wenn du seine Geliebten als Tussis bezeichnest. Da kenne ich andere, glaub mir.»

«Ach ja? Findest du es gut, alle halbe Jahre die Frau zu wechseln?»

«Es ist keine Frage des Wieviel, nur des Wie.»

«Wenn du das sagst.»

Jana umfasste Pias Schultern und schüttelte sie sanft.

«Geh erst mal auf die vierzig zu, dann reden wir wieder.»

Pia zuckte mit den Achseln. Sie legte sich neben Jana ins Gras.

«Apropos», fuhr Jana fort. «Ich dachte überhaupt, dass Dominik und Angela mittlerweile zusammen sind. Warum machen es sich die beiden so schwer?»

Pia setzte sich ruckartig auf. «Ist das dein Ernst? Es ist für die Beziehung zwischen den beiden wenig förderlich, wenn du ihn jedes Mal in dein Bett zerrst, sobald ihr euch trefft.»

«Also bittschön, ja? Ich möcht schon klarstellen, dass ich Dominik nicht zu zerren brauche. Er hat mir erzählt, dass er sich mit Angela gestritten hat. Das geht mich ja auch nichts an. Was die Casagrande betrifft: Bei mir würd's auch nicht klappen, wenn mir bei der Liebe ständig der Kopf im Weg steht.»

«Ach, die beiden lagen sich mal wieder in den Haaren? Paps hat mir nichts davon erzählt. Das ist in den letzten sechs Monaten öfter passiert als in den anderthalb Jahren zuvor.» Die Wolke vor der Sonne hatte sich nicht verschoben. Pia legte das Badetuch um ihre Schultern.

«Weisst du», fuhr Jana fort, «ich werde bald für längere Zeit wegmüssen, und ich weiss nicht, wann ich zurückkomme.»

«Was?» Pia sah sie erschrocken an. «Was musst du denn tun?»

Ein kühler Wind schob sanfte Wellen über die Wasseroberfläche. Jana fröstelte leicht.

«Ich habe dir vorhin gesagt, dass Dominik mir den Weg aus meiner Hölle gezeigt hat.»

«Ich kenne deine Geschichte. Und?»
«Ich bin noch nicht draussen und weiss auch nicht, ob ich es schaffen werde.»

***

Jackie, die brasilianische Bardame der «Grünen Fee», stellte Casagrande ein Glas Rotwein hin. «Heute keine ‹Bohème› für dich, Angela?»
«Den Absinth vielleicht später gerne, Jackie. Für die nächsten Minuten brauche ich einen klaren Kopf.»
«Verstehe, Männerprobleme.»
«Etwas in der Art.»
«Nicht etwa mit Dominik?»
Tiziani betrat das Lokal. Jackie musterte ihn eingehend. «Oder mit dem da?»
Casagrande, die mit dem Rücken zur Tür sass, drehte kurz ihren Kopf. «Ja, mit dem.»
Jackie beugte sich zu ihr hinunter. «Ruf mich, wenn du Hilfe brauchst. Der Typ gefällt mir nicht. Glaub mir, ich kenne mich aus.» Mit einem Lächeln, das zwei Reihen schneeweisser Zähne freilegte, begrüsste sie Tiziani und nahm seine Bestellung auf.
«Du bist spät», sagte Casagrande.
«Entschuldige, ich hatte ein dringendes Geschäft zu besprechen.»
«Am Samstagnachmittag?»
«Grosses Geld schläft nicht, solltest du wissen, Angie. Ein Investor wollte ein paar Tipps von mir.»
«Nicht umsonst, wie ich dich kenne.»
Bei ihrer ersten Begegnung mit Tiziani war es um sie geschehen gewesen. Ein tiefer Blick in seine Augen hatte genügt. Das war vorbei. Sie schaute auf die Uhr. «Ich habe zwanzig Minuten. Was willst du bereden?»
Er wollte ihre Hand ergreifen. Casagrande zog sie rasch zurück.
«Vorsicht, heiss!», warnte Jackie. Sie stellte ein Bier vor ihm

hin, sodass er Casagrandes Hand loslassen und sich zurücklehnen musste. «Sorry, bin auch schon wieder weg.» Sie zwinkerte Casagrande zu, ohne dass er es sehen konnte.

Tiziani nahm einen zweiten Anlauf. «Vor zweieinhalb Jahren habe ich Riesenmist gebaut, Angie. Ich verstehe, dass du mich damals wegen dieses Ausrutschers verlassen hast.»

«Einen Ausrutscher nennst du das? Du hattest mit eurer sechzehnjährigen Praktikantin Sex. Mehrmals, nicht nur in deinem Büro, auch in unserer Wohnung, auf unserer Couch, in unserem Bett und weiss Gott, wo sonst. Nachdem du weg warst, habe ich hinter den Büchern im Regal eine Schachtel mit Sexspielzeugen und Kondomen gefunden. Du hattest nicht mal den Anstand, gründlich aufzuräumen.» Sie nahm einen Schluck Wein. Sie hoffte, dass ihm nicht auffiel, wie ihre Hände vor Erregung zitterten.

«Wie hätte ich aufräumen können? Du hast mich mit Schimpf und Schande davongejagt. Wir konnten nicht mal reden.»

«Reden? Nachdem du mir zwei Faustschläge verpasst hast, weil ich wütend wurde? Einer hat mir fast das Nasenbein gebrochen. Dann wolltest du auf einmal reden. Wenn ich mal einen Abend mit dir brauchte, konntest du nicht, weil du angeblich Überstunden schieben, einen Abend mit den Kumpels verbringen oder deinen Schwanz in fremden Gärten spazieren führen musstest.»

«Das ist so lange her. Ich bin hier, um dir zu sagen, dass du recht hast. Ich war ein Arschloch, eine Frau wie dich zu hintergehen.»

Seine Hand näherte sich erneut der ihren. Sie klopfte ihm auf die Finger. «Rühr mich nicht an.»

Trübselig blickte er in sein Glas. «Wir hatten drei gute Jahre zusammen. Ist dir das nichts mehr wert?»

Zu Beginn ihrer gemeinsamen Zeit war Casagrande glücklich gewesen. Tiziani hatte sie im Sturm erobert und auf Händen getragen. Für den Sex mit ihm gab es damals nur einen Ausdruck: himmlisch. Danach hatte es angefangen: längere unerklärte Abwesenheiten, abendliche Sitzungen oder Geschäftsessen. Die Affäre mit der Praktikantin liess eine Welt für sie zusammenbrechen. Es stellte sich heraus, dass er in dieser Zeit auch mit anderen Frauen geschlafen hatte. Casagrande hatte es ihm nie beweisen können. Nachdem sie ihn zum Teufel gejagt hatte, war sie zusammengebrochen – Burn-out. Sie kündigte ihre Stelle bei der Zuger Staatsanwaltschaft und zog nach Solothurn.

«Angie, du willst mir nicht weismachen, dass du an diesem … Ort hier glücklich bist. Das sehe ich dir kilometerweit weit an.»

Verfluchter Kerl. Sie hatte es nie vor ihm verbergen können, wenn es ihr nicht gut ging. Für ihn war sie noch immer ein offenes Buch. Das ärgerte sie. «Das zwischen uns war unendlich wertvoll für mich, Franco. Du hast es kaputt gemacht, nicht ich. Was erwartest du von mir?»

«Dass du mir eine neue Chance gibst, bitte. Wenn du willst, gehe ich vor dir in die Knie.»

Sie musste lachen, obwohl ihr nicht danach zumute war. «Ausgerechnet jetzt? Warum, Franco? Brauchst du Geld?»

Tiziani hatte vor Jahren einen geschickt sortierten Kapitalfonds für sie eingerichtet, der für heutige Verhältnisse eine beträchtliche Rendite abwarf. Eine ganz schöne Summe war zusammengekommen. Nach der Trennung von Tiziani hatte sie den Fonds einem Anlageberater übergeben, dem sie vertraute.

Er breitete die Hände aus. «Hey, Angie, komm schon. Sehe ich so aus wie einer, der in Geldnöten steckt?»

Sie blinzelte. «Nur mal angenommen, wir kommen wieder zusammen.» Sie stoppte ihn, bevor er etwas sagen konnte. «Rein hypothetisch, Franco: Wie stellst du dir das vor? Ich werde meinen Job hier nicht aufgeben.»

«Ich will dich zurück. Wenn nötig, ziehe ich sogar hierher. Allerdings brauchen wir ein grösseres Appartement. Die erweiterten Besenschränke, die sie hier Wohnungen nennen, sind unzumutbar.» Tiziani war ein Snob. Echte Lebensqualität und Kultur in der Schweiz gab es für ihn nur im Grossraum

Zürich–Zug–Luzern. Der Rest war gut genug für Bauern und Touristen.

«Meine Wohnung gefällt mir gut, vielen Dank», sagte Casagrande und griff in ihre Handtasche. Sie wollte zahlen.

Anstelle einer Antwort blickte Tiziani erstaunt an ihr vorbei. Gleich darauf spürte Casagrande eine sanfte Hand auf ihrer Schulter. «*Allegra, chera!*» Sie atmete erlöst auf. Ines war rechtzeitig.

Tiziani sah den Neuankömmling verblüfft an. Casagrande wusste nicht, ob es damit zu tun hatte, dass Ines ihm in die Parade gefahren war, oder damit, dass ihn der Hingucker mit dem rostroten Bubikopf, den Sommersprossen und den grünen Augen faszinierte.

«Sorry, bin ich zu früh? Störe ich euch bei etwas?» Ines gab vor, verwirrt zu sein. «Ich dachte schon, fünf Minuten überfällig zu sein.»

«Kein Problem, Ines, Liebes. Wir waren gerade fertig, nicht wahr, Franco?» Casagrande stellte die beiden einander vor.

Tiziani hatte keine Wahl. Er stand auf. «Ich rufe dich übermorgen an und lade dich zum Abendessen ein, Angie.» Casagrande machte eine unbestimmte Geste. Er entfernte sich rasch.

Wenige Minuten nach ihm verliessen die beiden Frauen die Bar. «War ich glaubwürdig genug?», fragte Ines.

«Hollywoodreif. Danke, dass du mitgespielt hast.»

«Ich sollte es nicht sagen, weil ich dich nach wie vor lieber für mich hätte, aber dein Ex sieht ja gut aus. Was riskierst du, wenn du dich wieder auf ihn einlässt?»

«Ganz ehrlich, Ines: Ich weiss es nicht. Vielleicht finde ich es bald heraus. Danke, dass du mir ausgeholfen hast, du bist ein Schatz.»

«Gerne, was immer ich für dich tun kann. Pass auf dich auf, *chera*.» Sie umarmten sich. «Was hast du da?» Ines fuhr mit dem Zeigefinger über die Abschürfung an Casagrandes Wange, die trotz Abdecker zu sehen war.

«Lange Geschichte. Erzähle ich dir ein andermal.»

«Sicher nicht. Das will ich genau wissen.» Ines hakte sich bei Casagrande unter.

***

Dornach setzte sich mit einem Ruck im Bett auf. Die Balkontüre stand offen, der Vorhang blähte sich leicht im Nachtwind. Die Glut einer Zigarette glomm auf dem Balkon. Schemenhaft erkannte er Janas nackte Schulter im fahlen Mondlicht.

Vom Garten mit den uralten Lindenbäumen ging eine fast greifbare Ruhe aus. Er stellte sich hinter Jana, umfasste ihren Oberkörper und presste sie an sich. «Hey», wisperte er in ihr Ohr, bevor er ihren Nacken küsste.

«Hey.» Sie streckte ihm die Zigarette hin. Er nahm einen Zug. Das leichte Mentholaroma des Tabaks vermischte sich mit ihrem Duft.

«Es ist so schön hier, ich möchte am liebsten weinen und alles vergessen», sagte sie. Es schien, dass sie in seiner Umarmung versinken wollte. Dornachs Hand fuhr über die Narbe der Schusswunde zwischen ihren Brüsten. Die äusserliche Verletzung, die Vukovics Kugel ihr zugefügt hatte, war gut verheilt. Die Wunde im Inneren schwärte noch. Dornach wünschte, er könnte ihrer Seele Heilung verschaffen. Das konnte nur sie selber. Würde sie die Kraft dazu aufbringen, oder lasteten die Toten ihrer Vergangenheit bereits zu schwer auf ihr?

Durch ihren Körper fuhr ein Schauer. Jana weinte. Sie war nicht mehr die Kriegerin, die das bittere Unrecht an ihr und ihrer Familie mit dem Tod derjenigen vergolten hatte, die dafür verantwortlich waren. Für Dornach hatte sie ihren Panzer abgelegt. Darunter kam das verletzte Mädchen Lilijana zum Vorschein, dessen Glück ein bestialischer Krieg zerstört hatte und das nicht mehr wusste, wo es Schutz fand. Es bedurfte keiner Worte für Dornach, zu verstehen, was in diesem Moment in ihr vorging. Würde Jana Cranach je ihren Frieden finden?

Sie drehte sich um. «Ich habe Angst, Dominik.» Sie sagte nicht, wovor. Er fragte nicht. Seine Hände umfassten sanft ihr Gesicht. Er nahm ihr die halb aufgerauchte Zigarette ab und drückte sie auf dem Balkongeländer aus.

NEUN

Kurz nach acht Uhr am Montagmorgen legte Tschanz die Resultate der DNA-Analyse auf Dornachs Tisch.

«Es ist offiziell: Die DNA des Skeletts stimmt mit den sichergestellten Proben von Raphael Howald überein.»

«Wer sagt es den Eltern?», fragte Lüthi.

«Nicht mein Bier», wehrte Tschanz ab. «Ich habe den Job, den ich habe, damit ich mich nicht mit solchen Dingen befassen muss.»

«Ich dachte an uns beide, Mike», sagte Dornach. «Wir müssen René Howald eh ein paar Fragen stellen.»

Lüthi machte eine unbehagliche Grimasse. «Das ist nicht mein Ding, das weisst du. Nimm lieber eine von den Frauen, von wegen Einfühlungsvermögen bei der Mutter und so. Karin ist immer gut für so was.»

Wie aufs Stichwort kamen Karin und Maja herein.

«Maja, wir beide überbringen den Eltern von Raphael Howald die Nachricht, dass es sich bei dem Skelett um ihren Sohn handelt», sagte Dornach.

Wenn er ihr eröffnet hätte, dass sie in die Kriminaltechnik versetzt wurde, wäre ihre Reaktion nicht anders ausgefallen.

«Ausgerechnet ich? Karin könnte besser –»

«Ich will, dass wir beide das machen», erwiderte Dornach. «Karin hat anderes zu tun. Wie weit seid ihr mit den Hintergrundinformationen zu Hauser?»

«Bin dran», sagte Karin. «Hausers Mutter lebt. Sie ist siebenundachtzig. Allerdings wohnt sie nicht mehr an der letzten gemeldeten Adresse in Gerlafingen. Sie ist dort weggezogen, ohne ihre Anschrift zu ändern. Ich fahre hin und erkundige mich bei der Einwohnerkontrolle und bei der Post, das heisst, wenn dort so was wie eine Poststelle geblieben ist.»

Dornach fiel auf, dass jemand fehlte. «Wo steckt Google überhaupt?»

«Musste notfallmässig zum Zahnarzt», sagte Maja. «Eines der Rindviecher, die er so gerne verspeist, ist ihm wohl quer zwischen die Zähne geraten.»

Nach einem kurzen Moment der Erheiterung wechselte Dornach das Thema. «Mike, erkundige dich mal bei den Kollegen von der BKP, was sie über verdächtige Aktivitäten von Islamisten in der Region wissen.»

«Glaubst du, die geben uns die Infos einfach so?», fragte Lüthi skeptisch. «Gibt es einen konkreten Anlass für deine Anfrage?»

«Eher ein ungutes Gefühl.» Dornach fasste die Diskussion mit Jana vom Freitagabend zusammen. «Die aggressive Reaktion der Demonstranten vor dem Amthaus nach dem Prozess am Donnerstag gibt mir zu denken.»

«Kann ich verstehen», sagte Maja. «Schadet nichts, diesen komischen Vollbärten und Kopftuchträgerinnen ein bisschen auf die Finger zu schauen.»

Dornach seufzte. «Maja, du brauchst frische Luft und Sonnenschein.»

✳✳✳

Jasmin Blankart war überrascht. Anstelle einer kurzen Begrüssung winkte der Pförtner des Amthauses sie zu sich. In der anderen Hand hielt er einen Umschlag.

«Machst du das neuerdings, Roli?», fragte sie. «Ist unser Pöstler krank?» Sie betrachtete das kartonierte Couvert. Auf dem Absenderfeld prangte das eidgenössische Wappen, ergänzt mit der Anschrift der Medienstelle des Bundesamtes für Justiz. Das Paket war dünn, aber es hatte ein beträchtliches Gewicht.

«Nein, der hat die Post schon geholt und nach oben gebracht. Das hier wurde vorhin von einem Kurier abgegeben, persönlich für Scheurer.»

«Komisch, Scheurer kriegt normalerweise keine Post von der Medienstelle, auch nicht per Kurier.»

«Unterlagen für einen Prozess?»

«Wüsste nicht, für welchen. Egal, hast du sonst noch was für mich?»

«Langt dir das nicht? Die Liebesbriefe deiner Verehrer musst du woanders abholen.»

Blankart schenkte ihm ein müdes Lächeln. «Hauptsache, du hast deinen dazugelegt.» Sie stieg die Treppe hoch in den zweiten Stock des Amthauses, wo sich die Kanzlei des Obergerichtes befand. Der Postbeamte der Justiz hatte die restliche Post auf ihren Schreibtisch gelegt.

Blankart musste das Büro heute alleine hüten. Eine ihrer beiden Kolleginnen hatte Ferien. Die andere war in einer Weiterbildung. Blankart machte sich zuerst in aller Ruhe einen schwarzen Kaffee mit viel Zucker. Mit der Tasse in der Hand und der Post unter dem Arm betrat sie das Büro des Oberrichters, einen geräumigen, um diese Tageszeit kühlen Eckraum. Scheurer würde ebenfalls den ganzen Tag abwesend sein. Sie öffnete das Fenster, um Luft hereinzulassen, solange sie einigermassen frisch war. Von der Busstation tönte Geschrei zu ihr herüber. Wahrscheinlich stritten ein paar Randständige um eine Dose Bier oder etwas Kleingeld. Bei einer Baustelle am Bieltor wurde der Kompressor eines Presslufthammers angelassen. Blankart schloss das Fenster. In einer Stunde müsste sie die Jalousien herunterlassen, um die vom aufgeheizten Asphalt aufsteigende Hitze draussen zu halten. Ihr Arbeitstag sollte ruhig verlaufen. Es standen keine Prozesse an. Sie nahm sich vor, am Nachmittag früher Feierabend zu machen. Sie wollte in die Badi gehen. Die Aussicht auf ein paar faule Stunden an der Sonne und ein kühles Bad in der Aare peppte ihre ohnehin schon gute Laune auf. Sie öffnete die Musikdateien auf ihrem Smartphone. Der temperamentvolle Rhythmus des populärsten Sommerhits füllte den Raum. Auf dem Stuhl sitzend wippte Blankart mit ihrem Oberkörper im Takt der Melodie, während sie die Post öffnete.

Es war tägliche Routine. Die nicht persönlich an Scheurer adressierten Schreiben legte sie auf einen gesonderten Stapel, um sie intern weiterzuleiten. Blankart war vom Oberrichter ermächtigt, die an ihn gerichteten Briefe in seiner Abwesenheit zu öffnen. Sie sollte entscheiden, ob eine Antwort warten konnte. Wenn nicht, hatte sie das Dokument zur Bearbeitung an den Stellvertreter weiterzuleiten.

Heute betraf das nur den einen Brief vom Bundesamt für Justiz. Achselzuckend machte sie sich daran, den Umschlag zu öffnen. Er war mit verstärktem Klebeband verschlossen. Blankart hatte Mühe, es mit ihrem herkömmlichen Brieföffner aufzutrennen. Die stumpfe Klinge riss am Verschluss, ohne dass es ihr gelang, den zähen Streifen zu zerschneiden. Sie kramte in Scheurers Schubladen. In einer hatte sie einmal ein Militärtaschenmesser gesehen. Ausgerechnet jetzt war es nicht auffindbar. Schliesslich riss und zerrte sie mit den Fingern so lange an dem Klebeband, bis es sich abzulösen begann. Sie wollte es mit einem Ruck aufreissen. Ein schneidender Schmerz fuhr durch ihre Handfläche. Sie hatte sich an einer scharfen Kante des Kartons geschnitten. Reflexartig warf sie den Umschlag heftig von sich.

***

Melanie Howald nahm die Gewissheit über den Tod ihres Kindes gefasst auf. Es erleichterte Dornach, dass sie trotzdem weinen konnte. Es waren Tränen des Abschieds und der Heilung. Maja hatte sofort ein Glas Wasser geholt.

«Ich danke euch.» Frau Howald setzte das Glas ab. «René und ich können Raphael endlich loslassen.»

«Bist du in der Lage, uns ein paar Fragen zu beantworten, Melanie?», fragte Dornach.

Frau Howald nickte stumm. Sie trocknete mit einem Papiertaschentuch ihre Augen.

«Zuerst würde mich interessieren, warum ihr Raphael damals erst einen Tag nach seinem Verschwinden vermisst gemeldet habt.»

Frau Howald sank in sich zusammen. Sie kämpfte um Beherrschung. «Ich weiss, dass es ein Fehler war. René … wir haben gedacht, es handle sich um eine Entführung. Wir wollten Raphael nicht gefährden. Im Nachhinein gesehen war es falsch. Ich mache mir jeden Tag Vorwürfe.» Sie zerknüllte das Taschentuch zwischen ihren Fingern.

Dornach wollte nicht mehr in sie dringen. Die Fehler der Vergangenheit liessen sich nicht mehr abwenden. «Ist dein Mann nicht da? Ich dachte, er ist gestern von seiner Reise zurückgekehrt.»

«Ist er auch. Er wäre gerne heute zu Hause geblieben, aber er wurde zu einer Sitzung mit wichtigen Investoren gerufen. Es tut mir leid, dass ihr mit mir vorliebnehmen müsst.»

«Keine Sache. Trotzdem müssen wir unbedingt mit ihm reden.» Dornach gab Frau Howald seine Karte. «Er soll mich anrufen, sobald er kann.»

Er bedeutete Maja, mit der Befragung fortzufahren. Sie blätterte in einem Dossier mit Kopien von Befragungsprotokollen. «Wir möchten mit Ihnen einige Abweichungen zwischen den Akteneinträgen und unseren letzten Informationen prüfen.»

«Ich verstehe nicht. Was für Abweichungen? Ich dachte, Raphaels Mörder ist im Gefängnis gestorben.» Sie warf Dornach einen ratlosen Blick zu.

Maja antwortete an seiner Stelle. «Es gab damals einen Augenzeugen. Er will gesehen haben, wie Raphael am Tag seines Verschwindens auf dem Nachhauseweg von der Schule in ein Auto stieg. Das geschah kurz vor Mittag. Ist Ihnen das bekannt?»

«Das ist nicht möglich, Raphael wäre nie bei einem Fremden ins Auto gestiegen. Der Zeuge muss sich irren. Wann hat er diese Aussage gemacht?»

«Wir haben ihn gestern ausfindig gemacht und befragt. Er kann sich gut erinnern. Es besteht keine Veranlassung, ihn nicht ernst zu nehmen.»

Frau Howalds zweifelnder Ausdruck wich tiefer Betroffenheit.

«Wo befanden Sie und Ihr Mann sich zu diesem Zeitpunkt, Frau Howald?», fragte Maja.

Erstaunt über den abrupten Themawechsel brauchte Frau Howald einen Moment, um ihre Erinnerungen hervorzuholen. «Das ist lange her. Ich weiss es nicht mehr genau. Ich war sicher zu Hause und habe das Mittagessen zubereitet.» Sie zögerte einen Augenblick, bevor sie fortfuhr. «Der 12. Juni ist mein Geburtstag. Aber seit Raphaels Verschwinden mögen wir ihn nicht mehr feiern.»

«Dann versuchen Sie sich zu erinnern. Es gibt Ereignisse im Leben, bei denen man nie vergisst, wo man sich zum Zeitpunkt ihres Eintretens aufhielt oder was man gemacht hat, gerade wenn es ein Geburtstag ist. Solche Erinnerungen brennen sich ins Gedächtnis ein.»

«Jedenfalls war René nicht zu Hause. Ich musste ihn auf seinem Handy anrufen.»

«War er an seinem Arbeitsplatz in Zürich?»

«Ich glaube nicht. Ich konnte ihn über den Direktanschluss in seinem Büro in der Bank nicht erreichen. Deshalb habe ich ihn auf dem Handy angerufen. Warum müssen Sie das wissen?»

«Das sollten wir mit Ihrem Mann besprechen. Können Sie uns sagen, ob Raphael vor seinem Verschwinden Ihnen gegenüber erwähnt hat, dass er von fremden Personen verfolgt oder angesprochen wurde?»

«Nein, so was hätte er uns sofort gesagt. Raphael war sehr scheu und zurückhaltend, was den Umgang mit Fremden anging. Das hatte er von seinem Vater.»

«Ihr Mann ist ein zurückhaltender Mensch?»

«René ist nicht Raphaels leiblicher Vater. Mein erster Mann ist kurz nach Raphaels Geburt bei einem Kletterunfall ums Leben gekommen. René hat Raphael nach unserer Heirat adoptiert.»

Dornach und Maja sahen sich an. Ein Detail mehr, das nicht im Falldossier vermerkt war. Wahrscheinlich hatte niemand danach gefragt.

Bevor Dornach das Gespräch beendete, zeigte er Frau Howald den Ring in natura. Er hatte ihn sich von Tschanz ausgeborgt. «Und dir sagt das wirklich nichts?», hakte er nach.

«Schau dir bitte die Gravur auf der Innenseite an. ‹Für das beste Mami 2008›, damit kannst eigentlich nur du gemeint sein.»

Frau Howald nahm den Beutel mit dem Ring entgegen. Sie drehte und wendete ihn ein paarmal, bevor sie ihn Dornach zurückgab. «Tut mir leid, aber ich habe diesen Ring nie gesehen und kann mir auch nicht erklären, wie Raphael dazu gekommen sein soll.»

Dornach steckte den Beutel wieder ein. Für wen mochte der Ring gewesen sein, wenn nicht für Raphaels leibliche Mutter? Er erinnerte Frau Howald daran, ihrem Mann auszurichten, dass er sich in der Schanzmühle melden sollte.

«Darf ich dich etwas fragen, Dominik», sagte Frau Howald beim Abschied.

«Sicher.»

«Deine Kollegin, diese Frau Jäggi, hat gesagt, dass ihr Raphaels … Überreste in der Burgruine in Balm gefunden habt, ist das richtig?»

«Ja, warum fragst du?»

«Es ist nur … Raphael mochte Burgen so gerne, besonders die in Balm. Er sagte immer, sie sei besonders, weil sie in den Berg gebaut wurde – und dass er, wenn er mal alt sein und sterben würde, am liebsten als Ritter dort begraben sein wollte. Und jetzt …» Ihre Stimme versagte.

Dornach nahm ihre Hand. «Wer wusste von seiner Vorliebe für Burgen, und wem könnte er das wegen dem Rittergrab gesagt haben?»

Frau Howald schnäuzte sich. «Das war kein Geheimnis. Er konnte sich so dafür begeistern, dass er es sicher allen seinen Kameraden gesagt hat.»

Wer mochte einem Buben neun Jahre nach dessen Tod den grössten Wunsch erfüllt haben?

«Danke, Melanie, es ist gut, dass wir das wissen.»

«Die Frau hat keine Ahnung davon, dass ihr Mann zum Zeitpunkt des Verschwindens in Solothurn war», sagte Maja beim

Einsteigen in Dornachs Volvo. «Warum wurde von uns damals nicht nachgehakt? Da hat jemand schwer geschlampt.»

«Mag sein, wir können im Moment nichts daran ändern, höchstens versuchen, es zurechtzubiegen. Wenn sich René Howald bis heute Abend nicht meldet, bieten wir ihn auf», sagte Dornach. Er zog das vibrierende Handy aus der Innentasche seines Jacketts.

Der Verkehr staute schon an der Unteren Steingrubenstrasse. Dornach bog vor der Kulturgarage links in die Loretostrasse und fuhr durch die engen, verwinkelten Gassen des Greibenquartiers. Kurz darauf raste er mit blinkendem Blaulicht und Martinshorn die Kapuzinerstrasse hinunter. Die uniformierten Beamten, die bei der Einmündung zur Werkhofstrasse die Schaulustigen vom Amthausplatz fernhielten, sorgten dafür, dass er ungehindert die Strasse überqueren und bei der reformierten Stadtkirche in die Zufahrt zum Amthausplatz einbiegen konnte.

Auf dem hermetisch abgeriegelten Platz herrschte ein organisiertes Durcheinander von Polizei, Feuerwehr und Rettungsfahrzeugen. Dornach sah Einsatzwagen der Sondereinheit Falk, deren Männer an strategischen Stellen platziert waren.

Ein Posten lotste sie zu einem Abstellplatz. «Hier sieht's aus wie im Krieg», sagte Maja.

«Sofern uns niemand sagen kann, dass nur eine Gasleitung explodiert ist, ist es das möglicherweise.» Ein irrationaler Vorwurf nistete sich in Dornachs Bewusstsein ein. Eine Explosion im Amthaus konnte verschiedene Ursachen haben. In den heutigen Zeiten kam einem das Naheliegende zuerst in den Sinn. Hatten er und Jana mit ihrem Gespräch vom Wochenende den Dämonen mit der Fratze des Terrors heraufbeschworen? Dornach blickte die Fassade des Amthauses 1 hoch. Zwei Fenster im zweiten Stock auf der Ostseite an der Bielstrasse waren regelrecht zerfetzt worden. Teile eines Rahmens hingen halb heraus. Die Fassade darum herum war rauchgeschwärzt.

Jäggi trat im Schutzanzug aus dem Eingang des Amthauses in die Sonne.

«Wie sieht es aus, Urs?»

Der Chef der Kriminalpolizei wischte sich den Schweiss aus der Stirn. «Eine Explosion im Büro von Oberrichter Scheurer. Sebi will sich nicht festlegen. Er tippt auf eine Paket- oder Briefbombe. Es gibt eine Schwerverletzte, die Assistentin des Oberrichters. Alles in allem muss man wohl sagen, dass es glimpflich abgelaufen ist.»

Dornach war überzeugt, dass die verletzte Frau anderer Meinung war. «Ist das Opfer vernehmungsfähig?»

«Keine Chance. Sie hat eine schwere Schädelfraktur und eine Rückenverletzung. Tschanz kann dir mehr dazu sagen.»

«Ist es sicher, dass eine Bombe die Explosion verursacht hat?»

«Daran gibt's nichts zu rütteln», sagte Jäggi. «Passanten an der Busstation hörten plötzlich einen dumpfen Knall.» Er zeigte zu den geborstenen Fenstern hinauf. «Die Fenster sind regelrecht geplatzt. Splitter schossen zusammen mit einer dichten Rauchwolke hinaus auf die Strasse. Zwei Stadtpolizisten, die ebenfalls bei der Station waren, haben sofort Alarm geschlagen und den ganzen Bereich evakuiert.»

Zwei Sanitäter trugen eine Bahre zum Eingang heraus. Darauf lag die Frau. Die Retter hatten ihr einen Verband um den Kopf und eine Nackenkrause angelegt. Sie war jung. Eine Sauerstoffmaske bedeckte die Hälfte des Gesichts. Jäggi warf dem begleitenden Arzt einen fragenden Blick zu. Der hob anstelle einer Antwort die Achseln und stieg hinter der Bahre in das Ambulanzfahrzeug.

Dornach sah dem wegfahrenden Rettungswagen nach. «Sonst ist niemand verletzt?»

«Nichts Ernstes», sagte Jäggi. «Die Explosion beschränkte sich auf das Amtszimmer des Richters. Die Assistentin befand sich allein im Raum. Die übrigen Leute, die sich im Gebäude aufhielten, sind mit dem Schrecken davongekommen. Passanten, die unter den berstenden Fenstern des Richterbüros durchgingen, haben Schnittwunden und Kratzer herunterfallender Splitter und Scherben davongetragen. Eine Person hat sich auf der Flucht den Knöchel verstaucht. Wie gesagt, es könnte schlimmer sein, viel schlimmer.»

Tschanz trat aus dem Gebäude zu ihnen. «Die Frau hatte Glück im Unglück. Die Zerstörungskraft der Bombe hätte sie in Stücke reissen können. Sie heisst Jasmin Blankart, Jahrgang 1990, ledig.»

«Kann ich mir das Büro ansehen?» Dornach zeigte zum Gebäude.

«Die BKP ist bereits unterwegs, Dominik», rief ihm Jäggi nach.

Dornach nahm die Information zur Kenntnis. Sprengstoffdelikte fielen in der Schweiz automatisch in die Zuständigkeit des Bundes. Er schätzte es nicht, wenn die Bundeskriminalpolizei sich in Fälle innerhalb seines Territoriums einmischte. Aber Spielregeln waren nun mal Spielregeln.

Sie standen im verwüsteten Büro des Oberrichters. «Zeig mir, was du gefunden hast, Sebi, bevor die Berner Bürogummis das Chaos perfekt machen.»

Tschanz zeigte auf eine Markierung hinter dem Arbeitstisch. «Die Frau lag hier.» Der Tisch lag umgekippt etwa einen Meter nach hinten verschoben im Raum. Seine Vorderseite war stark beschädigt. «Sie hat wie gesagt Glück im Unglück gehabt, was ich nicht so ganz verstehe.»

«Weshalb nicht?»

Tschanz zeigte auf vier Dellen am Boden, die den ursprünglichen Standort des Schreibtisches markierten. «Maja, kannst du dich mal so hinter die Marke kauern, wie wenn du dort sitzen würdest?»

«Wir müssen uns Folgendes vorstellen», fuhr Tschanz fort, nachdem Maja die gewünschte Position eingenommen hatte. «Blankart sitzt hinter dem Schreibtisch.»

«Moment», unterbrach ihn Dornach. «Warum denkst du, dass sie dort gesessen hat? Sie könnte woanders gestanden haben.»

«In diesem Fall hätten es eine Kehrichtschaufel und ein Abfallsack anstelle einer Bahre für sie getan», sagte Tschanz trocken.

Dornach bedeutete ihm weiterzufahren.

«Wir haben Fetzen von Kartonage sichergestellt. Es könnte sein, dass der Mechanismus in einem Paket oder in einer Versandtasche verpackt war. Etwa in der Art, wie man sie verwendet, um Bücher zu versenden.»

«Wenn sie am Schreibtisch sass und das Paket oder den Brief in den Händen gehalten hat, hätte sie die Explosion trotz allem in Stücke reissen müssen», sagte Maja.

Tschanz breitete die Arme aus. «Wann entscheidest du dich endlich, in mein Team zu kommen, Maja? Dein Scharfsinn wäre eine Bereicherung.»

«Träum weiter. Eher fahre ich wieder Patrouille.»

Dornach beendete das Geplänkel. «Du sagst, dass Blankart nicht zu nahe an der Bombe war, Sebi?»

«Das ist das eine. Gleichzeitig muss sie von der Wucht der Explosion abgeschirmt worden sein, sonst würde sie erheblichere Verletzungen aufweisen.»

«Sie hat einen Schädelbruch erlitten und wurde am Rücken verletzt», sagte Maja, die immer noch am virtuellen Tisch kauerte.

Tschanz zeigte auf eine Stelle am Boden vor dem Schreibtisch. «Die Explosionsspuren weisen darauf hin, dass die Bombe hier am Boden lag, als sie hochging.»

«Sie hat sie weggeworfen?», fragte Dornach.

«Mal angenommen, es handelt sich tatsächlich um eine Briefbombe: Sie hat sie geöffnet. Kann sein, dass sie im letzten Moment gemerkt hat, was es war. Möglicherweise hat sich die Zündung aus irgendeinem Grund verzögert. Jedenfalls konnte sie die Bombe wegschmeissen. Sie ist vor dem Schreibtisch zu Boden gefallen, bevor sie detonierte.»

«Der massive Tisch hat die Wucht abgeschirmt und ihr das Leben gerettet.»

«Vermutlich. Die Bombe liegt am Boden und geht hoch. Der

Tisch wird von der Wucht der Explosion nach hinten gestossen.» Tschanz stellte sich vor Maja hin und versetzte ihr einen kräftigen Stoss vor die Brust, sodass sie rückwärts gegen einen Aktenschrank taumelte.

«Hackt's oder was? Wenn du einen stillen Todeswunsch hast, mach das noch mal. Ich bin dir gerne behilflich.»

«Sorry, Maja, alles zum Zwecke der Wahrheitsfindung.»

«Ich zeig dir gleich, wo du deine Wahrheit finden kannst.» Dornach beachtete die beiden nicht. Er trat zum Aktenschrank. «Hier ist Blut», sagte er. «Stammt wohl von Frau Blankart. Sie hat sich den Kopf schwer auf der Kante aufgeschlagen.»

«Und einer der Handgriffe der Schubladen hat sich in ihren Rücken gebohrt», sagte Tschanz. «Die Druckwelle muss sie heftig gegen das Möbel geschleudert haben. Das hätte für sie ebenfalls fatal enden können.»

«Könnte es etwas anderes als eine Briefbombe gewesen sein?», fragte Dornach.

«Theoretisch kann jemand eine Handgranate oder eine Bombe in den Raum geworfen haben. Die Schlussfolgerungen überlasse ich den Kollegen aus Bern.»

«Ich will mich nicht auf die verlassen müssen. Wie ist deine Einschätzung?»

«Der Täter hat die Ladung so dosiert, dass nur dieser Raum und diejenigen, die sich darin befanden, in Mitleidenschaft gezogen wurden.»

«Also war es ein gezielter Anschlag auf den Oberrichter. Warum war er nicht in seinem Büro? Hatte er einen Prozess?»

«Oberrichter Scheurer befindet sich seit gestern und bis heute Abend in Stuttgart. Er trifft sich zusammen mit Richtern aus anderen Kantonen zu einem Erfahrungsaustausch mit seinen Kollegen vom Baden-Württemberger Oberlandesgericht.»

Dornachs Handy klingelte. Jäggi informierte ihn, dass Marius Châtelain von der BKP eingetroffen war.

Dornach hörte dem Leitenden Staatsanwalt Hofmann mit ausdrucksloser Miene zu. Innerlich kochte er. Ihm gegenüber sass Urs Jäggi. Seine Augen waren auf die Platte des Konferenztisches gerichtet. Hofmann hatte alle Beteiligten im Konferenzraum des Franziskanerhofs zusammengerufen. Casagrande, die neben dem Chef der Kriminalpolizei sass, sah genau in diesem Moment zu Dornach. Sobald sich ihre Blicke begegneten, drehte sie den Kopf weg. Châtelain und Jana waren die Einzigen, die Hofmann ihre ungeteilte Aufmerksamkeit zukommen liessen, während er die Modalitäten der Zusammenarbeit erläuterte.

«Ich habe mit dem Bundesanwalt gesprochen. Die Leitung der Untersuchung liegt bei ihm.» Hofmann räusperte sich. Er wuchs förmlich in seinem Stuhl. «Aufgrund unseres exzellenten Arbeitsverhältnisses hat er die Leitung vor Ort mir übertragen.»

Na wunderbar, wer immer die Tat begangen hatte, durfte getrost auf das Wohl der Bürokraten an der Berner Taubenstrasse anstossen. Die hätten geradeso gut den Bock zum Gärtner machen können.

Hofmann räusperte sich erneut. «Da ich gegenwärtig in anderen wichtigen Angelegenheiten … ähm … eingebunden bin, übertrage ich diese Aufgabe an meine geschätzte Kollegin und Stellvertreterin Angela Casagrande. Sie wird selbstverständlich jeden Schritt mit mir absprechen.»

Noch war nicht aller Tage Abend.

«Die Leitung der polizeilichen Ermittlungen wird Marius Châtelain von der BKP innehaben mit tatkräftiger Unterstützung Ihrer Leute, Major Jäggi.» Hofmann vermied es tunlichst, Dornach in die Augen zu sehen.

«Frau Casagrande und Herr Châtelain können auf die vollste Unterstützung der Kriminalabteilung und des ganzen Korps zählen.» Jäggis warnender Blick Richtung Dornach verbat jeglichen Kommentar.

«Gut, wenn keine Fragen mehr sind, überlasse ich dir das Feld, Angela», schloss Hofmann. Er machte Anstalten, den

Raum zu verlassen. Casagrandes erhobene Hand hielt ihn davon ab.

«Ich möchte an dieser Stelle etwas geklärt haben: In welcher Funktion ist Frau Cranach hier? Ich bin mir nicht bewusst, dass wir Amtshilfe von Europol angefordert hätten. Soweit mir bekannt ist, ist ihre Anwesenheit in Solothurn rein … privater Natur.»

Hofmanns wasserblaue Babyaugen blinzelten zuerst Jana, dann Casagrande an. Ihm waren die Vorzeichen eines Zickenkrieges wohl ebenfalls vertraut. Bevor er etwas sagen konnte, ergriff Châtelain das Wort.

«Ich habe Deputy Director Cranach gebeten, der BKP bei den Ermittlungen beratend zur Seite zu stehen. Das offizielle Amtshilfeersuchen wurde via Bundesanwaltschaft und Fedpol in die Wege geleitet. Wie die meisten von euch wissen, hat sie unseren Einsatz gegen die islamistische Terrorzelle in Genf hervorragend unterstützt.»

«Bei dem den Zielpersonen Abdul Adil und Jemina Osmankovic die Flucht gelungen ist», erwiderte Casagrande. Dornach gefiel ihr ironischer Unterton nicht.

Châtelain liess sich davon nicht beeindrucken. «Die Verantwortung dafür kann keineswegs Frau Cranach zugeschoben werden. Adil befand sich zum Zeitpunkt des Einsatzes gar nicht vor Ort. Osmankovic gelang die Flucht, weil wir nicht vollständig über alle Fluchtmöglichkeiten im Gebäude informiert waren.»

«Bleibt zu hoffen, dass uns bei dieser Untersuchung derartige Missgeschicke erspart bleiben.»

Dornach wollte nicht glauben, was er gehört hatte. Jana hatte bei Casagrandes ungeheuerlicher Anspielung mit keiner Wimper gezuckt. Châtelain sprang erneut für Jana in die Bresche.

«Bedenken Sie, dass dank Frau Cranachs mutigem Eingreifen eine gefährliche Extremistin unschädlich gemacht werden konnte, die womöglich ebenfalls hätte entkommen können. Sie wird im Moment befragt und kann uns wertvolle Hinweise über die Zelle geben.»

«Wirklich?», murmelte Casagrande. «Sie hat sie diesmal nicht einfach abgeknallt?» Jana musste das verstanden haben. Sie sah Casagrande unverwandt an.

Dornach platzte der Kragen. «Wie kannst du so etwas sagen, Angela? Wenn Jana damals nicht rechtzeitig reagiert hätte, würdest du kaum hier sitzen. Eine junge Mutter und ihre zwei kleinen Kinder wären tot, erschossen von Killern der serbischen Mafia.»

Casagrande erwiderte nichts. Wie Hofmann vermied sie geflissentlich, Dornach in die Augen zu sehen.

Hofmann sah sich gemüssigt, ein Machtwort zu sprechen. «Stellvertretende Direktorin Cranach ist eine international angesehene Spezialistin im Kampf gegen organisiertes Verbrechen und Terrorismus. Ihre Anwesenheit hier und heute ist ein Glücksfall. Ich erwarte, dass alle die Gelegenheit wahrnehmen, ihre Kenntnisse zu nutzen. Die Solothurner erwarten von uns, ihre Sicherheit zu garantieren. Der Anschlag ist nicht einfach ein regionaler Vorfall. Die Augen der Schweiz und des Auslandes sind auf uns und unsere Stadt gerichtet.»

So geschwollen hätte Dornach es nicht ausgedrückt, aber zum gefühlt ersten Mal war er mit Hofmann einverstanden.

Dornach und Casagrande gingen zusammen durch den Stadtgarten hinüber zur Schanzmühle, wo die Einsatzzentrale der «Sonderkommission Amthaus» eingerichtet wurde. Sie gab sich Mühe, zwei Schritte vor ihm zu gehen, bis er sie am Arm packte.

«Du tust mir weh», sagte sie ungehalten.

Er liess los. «Ich habe vielmehr das Gefühl, dass du dir selber wehtust. Was ist los mit dir, Angie? Was sollte die unnötige Attacke gegen Jana? Das ist sonst nicht dein Stil.»

«Dafür scheint es ihr Stil zu sein, mir nichts, dir nichts bei uns aufzutauchen und sich den Fall unter den Nagel zu reissen.»

«Jana hat sich das nicht ausgesucht. Sie arbeitet mit der BKP zusammen, wo ist dein Problem?»

«Ich traue ihr nicht, das ist alles. Sie hat uns schon mal an der Nase herumgeführt. Das hast du wohl schon vergessen. Ist ja auch kein Wunder. Jedes Mal wenn sie in deiner Nähe ist, verlagert sich deine Denksteuerung nach unten.» Sie wollte weitergehen.

«Moment!», sagte Dornach wütend. «Was nimmst du dir heraus, mir so etwas an den Kopf zu werfen? Ja, zwischen mir und Jana gibt es Gefühle. Und ja, wir haben miteinander geschlafen, wenn du es genau wissen willst. Ich bin dir keine Rechenschaft schuldig.»

Casagrandes Augen wetterleuchteten. «Lass mich auf der Stelle los, oder du fängst dir eine.» Sie machte sich frei von ihm. «Ab sofort verkehren wir nur noch dienstlich miteinander. Hast du das verstanden?»

«Angie, ich –»

«Dominik, ich warne dich. Wenn ich merke, dass Jana irgendwelche Spielchen spielt, ist sie geliefert – in zehn Minuten ist Lagebesprechung. Sei pünktlich.»

Zwei Stunden später, im Lageraum der SOKO in der Schanzmühle, beendete Tschanz seine Ausführungen. Dornach war froh, dass der Sprengstoffexperte des Bundes die Schlussfolgerungen von Tschanz stützte, und ergänzte: «Es wurde Plastiksprengstoff verwendet, vermutlich C4, der mittels eines Reisszünders zur Explosion gebracht wurde.»

«Wie kommt man so leicht an Plastiksprengstoff?», fragte Maja.

«Mit Verbindungen», sagte der Experte. «Waffen und Sprengstoff können über das Darknet beschafft werden. Mit einigermassen soliden Kenntnissen in Chemie und Anleitung aus dem Internet ist es möglich, eine funktionsfähige Bombe zu basteln. Es mag komplizierter geworden sein, an die Bestandteile heranzukommen, seit der offene Handel für grössere Mengen wegen der Terrorgefahr teilweise strengen Regulierungen unterliegt. Unmöglich ist es nicht, wie wir leider immer wieder feststellen müssen.»

«Wissen wir, wie die Bombe ins Amthaus gekommen ist», fragte Châtelain.

«Normalerweise holt der Postbeamte der Justiz jeden Tag die Post aus dem Fach beim Postamt an der Wengistrasse ab», sagte Lüthi. «Nach Aussage des Pförtners wurde der Brief, der den Sprengsatz enthielt, von einem Kurier an der Pforte des Amthauses hinterlegt.»

«Kann er den Kurier beschreiben?»

«Leider nicht. Als der ankam, musste der Pförtner einen Anruf annehmen und hat weggesehen. Der Kurier hat den Brief rasch hingelegt und war gleich wieder weg. Wir vermuten, dass der Anruf ein Ablenkungsmanöver war. Wir haben ihn zurückverfolgt.»

«Und?», fragte Dornach.

Lüthi winkte ab. «Prepaid-Handynummer – nicht nachvollziehbar.»

«Der Pförtner hat den Umschlag weitergeleitet, einfach so?»

«Es war eine Versandtasche, auf der das Bundesamt für Justiz als Absender figurierte. Sie war korrekt an Oberrichter Scheurer adressiert. Die Etikette wies die Pauschalfrankatur des Bundesamtes auf. Der Pförtner hat gedacht, es handle sich um ein wichtiges Dokument für einen Prozess oder etwas in der Art.»

«Womit wieder mal bewiesen wäre, dass bei allen Sicherheitsvorkehrungen der Mensch stets das schwächste Element ist», kommentierte Châtelain. Mit einem Augenzwinkern versuchte er, der düster dreinblickenden Casagrande ein Lächeln zu entlocken.

Es klopfte kurz an der Tür. Karin kam mit hochrotem Kopf herein. Unter Châtelains und Casagrandes missbilligenden Blicken nahm sie mit einer gemurmelten Entschuldigung Platz.

Gubler wurde gebeten, seine bisherigen Ergebnisse aus der Auswertung der Videoüberwachung des Amthauses zu präsentieren. «Die gute Nachricht ist, dass wir möglicherweise Aufnahmen vom Täter haben.»

«Sag uns lieber die schlechte zuerst», sagte Lüthi.

«Die besteht in der Erkenntnis, dass wir ihn damit leider nicht identifizieren können. Seht selbst.» Gubler projizierte die Videosequenz von seinem Rechner via Beamer auf die Wand. Zunächst war nur das unbesetzte Pförtnerpult zu sehen. Der Rücken eines Mannes mit schwarzer Kapuzenjacke schob sich ins Bild. Er machte sich am Pult zu schaffen. Der Körper war von der Kamera abgewandt. Das Gesicht war nicht zu erkennen.

«Gibt es weitere Kameras im Umfeld des Amthauses?», fragte Châtelain.

«Die benachbarte Bank in der Westbahnhofstrasse verfügt über eine im Eingangsbereich. Wir sind am Auswerten», sagte Gubler. «Ansonsten nichts.»

«Kommen wir zu möglichen Motiven. Vorschläge?»

«Vorerst eine andere Frage», sagte Dornach. «Wie ist der Zustand von Jasmin Blankart?»

Betretenes Schweigen breitete sich aus. Offenbar hatte niemand daran gedacht, sich zu erkundigen. Unten am Tisch ging zögernd eine Hand in die Höhe. «Karin?»

«Ich habe mich erkundigt, weil … ja, also weil ich wissen wollte, ob sie allenfalls schon befragt werden kann.»

«Und?»

«Keine Chance. Der behandelnde Arzt meint, dass sie einige Tage im Koma bleiben wird. Ihr Zustand ist nach wie vor kritisch.»

«Hat sie Angehörige?»

«Sie lebt allein. Ihre Eltern wohnen im Thal, in Laupersdorf. Ich war bei ihnen, um ihnen die Nachricht zu überbringen. Deshalb bin ich zu spät gekommen. Ich hoffe, das war in deinem … Ihrem Sinn.» Karins Augen wanderten unsicher zwischen ihrem Chef, Châtelain und Casagrande hin und her.

Dornach sah Châtelain auffordernd an.

Es war ihm peinlich, dass er nicht an das Opfer gedacht hatte. «Das war sehr gut, Frau … ähm … Jäggi. Können wir nun zu den Motiven kommen?»

Eine knappe Dreiviertelstunde später verliess Dornach beinahe fluchtartig den Raum. Um ein Haar wären er und Casagrande im Plenum erneut aneinandergeraten. Er rief Jana von seinem Handy aus an. Sie verabredeten sich an einem Ort, wo die Chance gering war, einer Casagrande oder einem arroganten Châtelain zu begegnen.

Dornach traf vor Jana im Restaurant Kreuz am Landhausquai ein. Es war ein bevorzugter Treffpunkt der linken und alternativen Szene. Obwohl es in der Zwischenzeit bei einem breiteren Publikum beliebt war, hat es sich das rebellische Cachet bewahrt. Dort waren sie vor unerwünschten Ohren sicher. Vorsichtshalber belegte er einen Tisch in der fast leeren holzgetäferten Gaststube.

Jana betrat eine knappe Viertelstunde nach ihm das Lokal. Er hatte schon bestellt. Kaum fünf Minuten nachdem sie sich gesetzt hatte, kam das Essen.

Die Serviererin stellte ein ansehnliches Rosshuftsteak mit Gemüsebeilage vor Jana hin. «Ich habe mir gedacht, dass du ein grosses Stück Fleisch brauchst», sagte Dornach angesichts ihres zufriedenen Lächelns.

«Und du offenbar Komfortessen», erwiderte sie mit Blick auf seinen Teller mit dem mit Greyerzerkäse gefüllten Kalbfleisch-Cordon-bleu mit Belper Knolle, Gemüse und Pommes frites als Beilage, die für zwei reichte.

«Es gibt so Tage.» Er trank einen Schluck Wasser.

«Dir geht's grad nicht so gut, wie?», fragte Jana.

«Ich kenne mich selbst nicht mehr.» Er legte sein Besteck ab. «Angela ist wie ein umgedrehter Handschuh. Ich verstehe nicht, was über sie gekommen ist.»

«Ich schon.»

Er sah sie fragend an.

Jana tippte sich auf die Brust. «Dürfte mit mir zu tun haben.»

«Das will mir nicht in den Kopf.»

Jana verschluckte sich vor Lachen fast an ihrem Bissen. «Du bist so herzig, Dominik. Bei all den Frauen, die dir im Laufe der Jahre durch die Hände gegangen sind, hast du immer noch keine Ahnung, wie wir ticken.»

«Muss wohl so sein», brummte er. «Pia hat mir so was Ähnliches auch schon an den Kopf geworfen.»

«Angela liebt dich. Sie ist eifersüchtig.» Jana prostete ihm zu. «Und sie hat allen Grund dazu.»

«Bist du nie eifersüchtig?»

«Ich sehe das Ganze pragmatisch.» Sie schnitt sich ein Stück von ihrem Steak ab. «Sagen wir so: Wenn du dich ausgerechnet jetzt einer anderen zuwenden würdest, dann …» Sie spiesste das Fleisch auf und führte es langsam zum Mund. Dann biss sie mit einem Ruck zu und kaute genüsslich. Dabei sah sie Dornach durchdringend an.

«Okay … ähm … Themenwechsel: Findest du es gut, dass Châtelain und Casagrande die Ermittlungen auf die Islamisten fokussieren, nur weil es nach dem Prozess gegen diesen Ergin Ismajli Drohgebärden gab? Das ist dünn.»

«Es ist das Naheliegende. Dass die Bombe im Büro des Richters hochging, der dem Prozess gegen diesen Ismajli vorsass, lässt sich nicht als Zufall abtun. Insbesondere Ismajlis Sohn Gezim ist bei euren Behörden bekannt für seine Kontakte zu den Salafisten.»

«Schon. Trotzdem frage ich mich, warum sie sich so kurz nach dem Prozess zu dieser Aktion verleiten lassen. Denen muss klar sein, dass der Verdacht sofort auf sie fällt.»

«Fanatiker sind unberechenbar. Sie denken, dass sie einen göttlichen Auftrag haben, und leiten jegliches Recht davon ab. Die Leute dieses Hamdala-Rates solltet ihr nicht unterschätzen. Ich bin überzeugt, dass sie auch hier den Dschihad predigen und dafür junge Leute rekrutieren.»

«Das müssen wir beweisen. Die Tat kann auch andere Gründe haben. Scheurer ist ein strenger Richter, der einigen Leuten harte Strafen aufgebrummt hat. Dem sollten wir ebenfalls nachgehen.»

«Dann tut das.»

«Erst mal können, du hast ja gesehen, wie sich die verehrte

Frau Staatsanwältin dagegen sperrt. Sie sagt, wir sollen unsere Ressourcen bündeln und erst mal gegen Vater und Sohn Ismajli ermitteln.»

«Geh, Dominik, seit wann lässt du dich deswegen von etwas abbringen?»

Jana hatte recht. Der Konflikt mit Casagrande brachte ihn aus dem Gleis. «Bei Terroristen stelle ich mir immer vor, dass sie mit ihren Taten die Bevölkerung in Schrecken versetzen und ein grösstmögliches Ausmass an Zerstörung erzielen wollen.»

«Das mit dem Schrecken ist ihnen jedenfalls gelungen.»

«Einverstanden, so was hat es in Solothurn noch nie gegeben. Trotzdem, ein islamistischer Terroranschlag auf nur eine Person, mit nur einer Briefbombe?»

Jana legte ihr Besteck zur Seite. «Das ist gerade das Problem. Wir versuchen, die Terroristen in Muster zu zwängen und uns vorzustellen, was sie tun oder nicht tun können oder werden. Dabei gibt es eine simple Regel: Sie können alles, was wir uns nicht vorstellen wollen. Die Islamisten sind hochmobil und zellulär organisiert. Die Gruppe Abdul Adil ist bekannt dafür, dass sie gezielte Aktionen auf einzelne Personen unternimmt. Entführung, Erpressung und Attentate auf Einzelpersonen gehören zu ihrem Geschäftsmodell. Jemina Osmankovic hat mehrmals bewiesen, dass sie die Spezialistin für solche Aktionen ist.»

«Also ist Scheurer ein Ziel?»

«Eher Mittel zum Zweck. Auch wenn die Tat heute Morgen im Ausmass begrenzt war, kann ich mir vorstellen, dass sie von Leuten verübt wurde, die ihre Wurzeln hier haben und ihr Vorgehen entsprechend dosierten. Sie haben eine Nachricht für die Bevölkerung dieser Stadt hinterlassen: Seht euch vor! Wir treffen euch, wann und wo wir wollen.»

«Kann ich nachvollziehen. Trotzdem ist das kein Grund, die Grundregel der Ermittlung in alle Richtungen fallen zu lassen. Es könnten andere Gründe dahinterstecken.»

«Finde sie heraus.»

«Ich habe noch nie etwas hinter Angies Rücken gemacht. Es fühlt sich einsam an, ihren Rückhalt nicht zu haben.»

«Du hast vorerst mal meinen», sagte Jana. «Angela ist eine Gefangene im Wirbelsturm ihrer Gefühle. Wenn es hart auf hart kommt, wird sie dir den Rücken stärken.» Sie zögerte. «Ich wünschte von Herzen, dass ich es auch könnte.»

ZEHN

Nach dem Abendessen waren sie nach Hause gegangen. Jana fühlte sich müde. Dornach beschloss, sich etwas die Füsse zu vertreten. Das Haus des Oberrichters lag am Sälirain, nur einen Steinwurf vom Grafenfelsweg entfernt. Dornach hatte den Besuch bei ihm weder mit Casagrande noch mit Châtelain abgesprochen.

Er hatte Glück: Scheurer war gerade aus Stuttgart zurückgekehrt. Die Nachricht vom Anschlag hatte ihn erreicht. Er war zutiefst betroffen.

«Ich war vorhin bei Jasmin im Spital. Es ist furchtbar. Die Ärzte konnten mir nicht sagen, wann sie aus dem Koma erwachen wird, wenn überhaupt. Erst letzte Woche haben wir auf ihren Geburtstag angestossen, und jetzt – sie ist so jung.»

«Es tut mir leid, Herr Scheurer.»

«Wissen ihre Eltern Bescheid, sie wohnen irgendwo im Thal, ich weiss gerade nicht auswendig –»

«Meine Kollegen haben sich darum gekümmert.»

«Natürlich. Sie glauben wirklich, dass es Islamisten waren, die mich mit dieser Bombe treffen wollten?» Er zeigte auf eine komfortable Ledersitzgruppe. «Bitte, setzen Sie sich.»

Dornach lehnte dankend ein Getränk ab. «Im Hinblick auf den Prozess von letzter Woche rückt diese Möglichkeit natürlich in unseren Fokus, wobei wir in alle Richtungen ermitteln.» Er erläuterte Scheurer, dass die Leitung der Ermittlungen bei der Bundesanwaltschaft lag.

«Eine Vergeltung für das Urteil von letzter Woche? Ehrlich gesagt kann ich mir nur schwerlich vorstellen, dass Frau Dr. Weingarten eine militante Islamistin sein soll.»

«Die Anwältin von Ergin Ismajli?», fragte Dornach. Casagrande hatte diesen Namen erwähnt. «Sie ist immerhin die Vizepräsidentin des Hamdala-Rates. Ihr Mann ist ein militanter Imam. Er steht unter Beobachtung der BKP und des NDB.»

«Trotzdem, Weingarten ist Juristin und sollte wissen, dass es andere Mittel gibt, ihre Anliegen durchzusetzen.»

Dornach, ebenfalls Doktor der Rechte, liess den Richter im Glauben an die Fähigkeiten der Jurisprudenz, alle Konflikte der Gegenwart mit korrekter Interpretation und Anwendung des Gesetzesbuchstabens lösen zu können.

Scheurer stand unvermittelt auf. «Entschuldigen Sie mich bitte einen Moment.» Er ging hinaus. Keine Minute später kam er mit einer Plastikmappe in der Hand zurück, in der ein Briefumschlag im Postkartenformat steckte. «Ich habe dem ursprünglich keine Bedeutung beigemessen. Es ist schliesslich nicht der erste Drohbrief, den ich bekommen habe.»

«Sie haben einen Drohbrief erhalten? Wann?»

«Er war am Freitag im Briefkasten, am Tag nach dem Prozess.» Er zog den Brief aus dem Umschlag und gab ihn Dornach. Der Text bestand aus ein paar gedruckten Zeilen:

Der Ungläubige redet gegen die Gesetze Allahs und seines Propheten. Er und die Familie, die ihm gehört, werden die Schärfe des Schwertes und das reinigende Feuer der Strafe des Allmächtigen erfahren. Allahu Akbar!

«Wo steht Ihr Briefkasten?», fragte Dornach. Er hatte beim Herkommen nicht darauf geachtet.

«Direkt an der Strasse.»

«Könnte einer der Nachbarn gesehen haben, wie jemand etwas in Ihren Briefkasten gesteckt hat?»

«Keiner hat mir etwas gesagt. Ich habe auch nicht gefragt.»

«Ich muss Brief und Umschlag für die kriminaltechnische Untersuchung mitnehmen. Hat ihn ausser Ihnen sonst jemand in den Händen gehalten?»

Scheurer verneinte. «Meine Frau ist für längere Zeit verreist. Jonas verbrachte das Wochenende bei seiner Tante.»

Es wurmte Dornach zwar, aber er musste sich eingestehen, dass es Sinn machte, wenn Casagrande den Schwerpunkt der Ermittlungen auf die Salafisten und ihr Umfeld richtete. Trotzdem störte ihn etwas an diesem Gedanken, wobei er sich darüber im Unklaren war, was es sein könnte. «Haben Sie in der letzten Zeit von anderer Seite Drohungen erhalten?»

Scheurer dachte nach. «Nichts, was ich ernst nehmen kann. Sie wissen ja: Bellende Hunde beissen nicht.» Der Erfinder dieses Sprichwortes war sicher kein Orientale und erst recht kein Islamist. «Wir müssen auch den Hintergrund von Frau Blankart durchleuchten. Fällt Ihnen dazu etwas ein?»

«Von Jasmin?», fragte Scheurer verblüfft. «Warum sollten islamistische Terroristen es auf meine Assistentin abgesehen haben?»

«Es ist ein Ansatz. Immerhin ist Frau Blankart das Opfer. Es besteht die Möglichkeit, dass der Anschlag ihr gegolten haben könnte.»

«Das wäre ja verrückt. Wer sollte Jasmin eine Briefbombe schicken?»

«Kennen Sie sie privat? Wir wissen, dass sie alleine eine Wohnung im Segetzquartier bewohnt. Hat sie einen Freund?»

«Sie hat mir erzählt, dass sie mal liiert war. Das war alles. Das Privatleben meiner Mitarbeiter geht mich nichts an.»

«Bis wir Klarheit über die Täterschaft haben, müssen wir Sie unter Polizeischutz stellen, Herr Scheurer. Ich werde das mit der Sicherheitsabteilung in die Wege leiten. Ihr Sohn –»

«Er ist die nächsten Tage bei seiner Tante, bis meine Frau wieder da ist. Er geht auch von dort aus zur Schule.»

«Wo befindet sich Ihre Frau?»

«Sie besucht Freunde in Skandinavien. Momentan befindet sie sich in Stockholm.»

Darum sollte sich Châtelain kümmern. Dornach bat Scheurer, ihm den Reiseplan seiner Frau zukommen zu lassen.

«Weiss jemand, dass Ihr Sohn bei seiner Tante ist?»

«Nur ich, meine Frau – und Melanie und ihr Mann natürlich.»

«Melanie Howald ist Ihre Schwester, nicht wahr? Wissen Sie, dass wir die sterblichen Überreste ihres Sohnes gefunden haben?»

«Melanie hat es mir gesagt. Es ist schmerzlich. Mindestens haben wir endlich Gewissheit und können damit abschliessen.»

«Mein Beileid. Wussten Sie, dass Raphaels Mörder im Gefängnis gestorben ist?»

«Das ist mir bekannt. Der Anwalt von Bernhard Hauser legte damals gegen das erstinstanzliche Urteil bei der Strafkammer des Obergerichts Rekurs ein. Als Onkel des Opfers trat ich in den Ausstand.»

«Können Sie mir etwas zum Verhältnis ihres Neffen Raphael zu seinem Stiefvater René sagen?»

«Ich bin nicht sicher, ob ich verstehe, was Sie meinen. René hat Raphael adoptiert, als Melanie und er geheiratet haben. Soweit ich es beurteilen kann, war er ihm ein fürsorglicher Stiefvater. Melanie hat mir gegenüber nie etwas anderes angedeutet.»

«Wie empfanden Sie Ihren Neffen?»

«Wir waren uns nicht so nah. Er war scheu und zurückhaltend. Ich habe nicht viel Zeit mit ihm verbracht.»

Auf dem Weg nach Hause dachte Dornach über die Wege des Schicksals nach, das innerhalb derselben Familie einen Sohn das Leben kostete und sie Jahre danach einer heimtückischen Bedrohung aussetzte.

***

Casagrande goss den restlichen Weisswein in ihr Glas. Sie hatte die ganze Flasche alleine getrunken. Über ihren Esstisch verstreut lagen Unterlagen, die sie in Ruhe durcharbeiten wollte, daneben Reste ihres Abendessens: Tiefkühlpizza und ein heruntergeschriebener Take-away-Salat, den sie kurz vor Ladenschluss im Solomarkt ergattert hatte.

Sie war verärgert über Châtelain, weil er sie nicht gegen Jana unterstützt hatte. Trotzdem bereute sie, die Einladung des charmanten Bundespolizisten nicht angenommen zu haben – und wäre es auch nur gewesen, um Dornach eins auszuwischen. Noch wütender war sie über sich selbst. Solche Gedanken waren eines eifersüchtigen Teenagers würdig, nicht einer Staatsanwältin. Ausserdem kannte sie Dornach lange genug, um zu wissen, dass er derartige Spielchen rasch durchschaute.

Sie fühlte sich so miserabel, wie ihr armseliges Abendessen geschmeckt hatte. Einzig der Wein, ein Chardonnay, war es wert, am nächsten Tag mit einem Kater zu erwachen. Ihr Kopf war schon schwer. Ausserdem war ihr speiübel. Am liebsten hätte sie ein Aspirin eingeworfen und wäre ins Bett gegangen. Sie hatte keine Tabletten mehr in ihrer Wohnung, seit sie sich im Vorjahr während ihrer Depression im Alkoholrausch mit Schmerztabletten vergiftet hatte. Dornach und Ines hatten sie in ihrem eigenen Erbrochenen liegend gefunden und geglaubt, dass sie versucht hatte, sich umzubringen. «Dominik Dornach, du vernagelter Idiot!», rief sie mit schwerer Zunge in die dunkle Leere ihrer Wohnung. «Was bildest du dir ein. Kein Kerl ist es wert, dass ich mich wegen ihm um die Ecke bringe.»

Ihr Blick fiel auf ihre Papiere. Zuoberst lag der Ausdruck eines E-Mails von Staatsanwältin Regina Flint aus Zürich. Es war eine Rückfrage zu einer Auskunft, die sie Casagrande vor über einem Jahr bezüglich einer Person gegeben hatte. Diese war zuvor im Marriott Courtyard Hotel in Oerlikon zusammen mit dem Journalisten Walter H. Lötscher gesehen worden. Lötscher war später in Solothurn überfallen und dabei so schwer verletzt worden, dass er einige Tage darauf verstarb. Flint merkte an, dass sie von Casagrande seither nichts mehr gehört hatte. Sie frage an, weil ein Fahndungsaufruf von Europol nach einer gewissen Cara Andrazy hereingekommen sei. Die Personenbeschreibung der besagten Frau in Zürich passe auf die Gesuchte. Falls Casagrande die Anfrage ebenfalls erhalten habe, könne sie sie direkt beantworten. Flint würde sich in jedem Fall über eine Rückmeldung freuen.

Casagrande hatte tatsächlich ein E-Mail mit dem internationalen Aufruf von Europol via Fedpol erhalten. Sie leerte ihr Glas und zerknüllte das ausgedruckte Mail von Flint, bevor sie es in den Abfall warf.

Ohne den Tisch abzuräumen, ging sie in ihr Schlafzimmer. Die Türglocke hielt sie davon ab, ins Bett zu steigen. Es gab nur einen Mann, der sich erlaubte, um diese Uhrzeit an ihrer Tür zu klingeln: Dornach. Nach einem prüfenden Blick in den Spiegel legte sie ihren Kimono an.

Bevor sie die Tür öffnete, begann sie schon mit ihrer Tirade.

«Hör mal, wenn du glaubst, dass …»

Franco Tiziani stand vor ihr. In einer Hand hielt er einen Blumenstrauss, in der anderen eine Flasche Dom Pérignon im passenden Eiskübel. Es war kurz vor Mitternacht. Casagrande hatte keine Ahnung, wo in Solothurn man um diese Zeit so was auftreiben konnte. Sein umwerfendes Lächeln war in ihrem angeschlagenen Zustand nicht gut für sie.

«Waren wir nicht für heute Abend verabredet?», fragte er.

Ihr fiel es wie Schuppen von den Augen. Sie hatte es im Trubel des Tages komplett vergessen. Verdammt, Angie, kriegst du nichts mehr auf die Reihe?

«Woher hast du den Champagner und den Eiskübel?» Etwas Besseres fiel ihr nicht ein.

«Von diesem neuen Hotel gegenüber der Kathedrale, ‹La Couronne›. Ich habe dem Barmann gesagt, es gehe um Leben und Tod. Er hat mir für hundert Franken Aufpreis den Kübel und das Eis überlassen. Er will es morgen zurückhaben, also nur den Kübel. Ich dachte –»

Sie zog ihn an seiner Krawatte in die Wohnung. Auf dem Weg zum Futonsofa zog sie ihm das Jackett aus. Sie versetzte ihm einen Stoss, sodass er auf die Kissen fiel.

«Wollen wir nicht zuerst den Champagner …», fragte er verblüfft.

«Später.» Sie zerrte an der Krawatte und den Hemdknöpfen. Sie öffnete seinen Gurt und Hosenbund, bevor sie ihren Kimono zurückschlug.

***

«Paps?»

Dornach löste erstaunt seinen Blick vom Bildschirm. «Pia? Kannst du nicht schlafen?»

Sie stand nur in einem extragrossen T-Shirt in der Tür des Arbeitszimmers.

«Ich habe ein Geräusch gehört und wollte nachsehen. Es ist schon bald zwei. Kann ich reinkommen?»

Sie hatten eine Vereinbarung. Beide konnten jederzeit, überall und in allen Räumen der Villa frei ein und aus gehen, mit Ausnahme ihrer Schlafzimmer und seines Arbeitszimmers. Dornach wollte ursprünglich vermeiden, dass Klein-Pia Unterlagen zu Gesicht bekam, die nicht für Kinderaugen bestimmt waren. Sie hielt sich bis heute daran.

Er klappte den Rechner zu und winkte sie heran. Pia gab ihm einen Kuss auf die Wange und umfasste seinen Oberkörper.

«Du siehst geschafft aus. Wie geht's dir?»

«Harter Tag heute.»

«Hab davon gehört. Die arme Frau. Meinst du wirklich, das waren IS-Terroristen?»

«Wer sagt das?»

«Alle, Facebook, Twitter, Snapchat, wer du willst.»

Dornach stöhnte auf.

«Also stimmt es. Es war der IS.»

«Wir wissen es nicht. Die Ermittlungen laufen, und ich darf nicht darüber reden. Ausserdem ist es zu spät dafür.»

«Warst du bei Jana drüben?»

«Wie kommst du darauf?»

Sie schnupperte an seinem Haar. «Ich kann ihr Parfüm riechen.»

«Aha.» Er zog ihren Kopf zu sich und küsste sie auf die Stirn.

«Und du riechst nach Rafik. Was macht er eigentlich? Ich habe ihn lange nicht mehr gesehen.»

«Er schläft oben.»

«Dann geh zu ihm zurück, anstatt mich Dinge zu fragen, die ich dir nicht beantworten kann.» Er schubste sie Richtung Türe.

«Warte rasch, ich muss dir noch was sagen.»

«Schiess los.»

«Ich bin morgen den ganzen Tag mit Manu unterwegs. Wir

begleiten Nadal auf die Schulreise mit ihren Erstklässlern auf den Weissenstein.»

«Wer ist Nadal?»

«Rafiks Schwester, Nadal Mousavi. Ich habe dir schon ein paarmal von ihr erzählt.»

«Richtig, ich erinnere mich. Also dann, habt einen schönen Tag.»

«Schlaf gut, Paps.»

Kaum hatte Pia die Tür hinter sich geschlossen, klappte Dornach den Rechner wieder auf. Er las das Fedpol-Mail mit dem Europol-Fahndungsaufruf nach Cara Andrazy noch einmal durch.

ELF

Der Summton riss Jana aus dem Tiefschlaf. Sie brauchte einen Moment, um sich zurechtzufinden. Der Platz neben ihr im Bett war leer und kalt. Sie hatte nicht mitbekommen, dass Dornach gegangen war. Die Vibration des Telefons holte sie in die Gegenwart zurück. Die Stimme des Anrufers war ihr vertraut: Horacek. Sie sah auf die Uhr. Es war kurz nach fünf.

«Sagen S' mir ned, Sie sind schon im Büro, Stephan. Sorgen S' mal dafür, dass Sie jemanden bekommen, der Ihnen zeigt, was Leben heisst.»

«Gehen Sie auf die abhörsichere Linie, Jana.»

«Augenblick.» Sie gab einen Tastencode ein, bis ein Freigabezeichen ertönte. «In Ordnung.»

«Die meisten Rückmeldungen zur Fahndung nach Cara Andrazy sind eingetroffen.»

Jana umklammerte den Hörer. «Wie sieht es aus?»

«Negativ. Lediglich unsere Kollegen in Wien haben einen Hinweis gegeben, dass eine Frau, auf welche die Beschreibung passt, im Zusammenhang mit einem Hotelzimmermord am Opernring in Wien im Frühjahr letzten Jahres gesehen wurde. Die Beschreibung ist vage. Das Bundeskriminalamt veranlasste damals eine Grossfahndung. Die Spur ist im Sand verlaufen.»

«Könnte unsere Frau sein», sagte Jana. «Was gibt's weiter?»

«Nichts. Einige Länder stehen aus, unter anderem die Schweiz. Das Fedpol verweist auf fehlende Rückmeldungen aus einigen Kantonen. Solothurn ist auch darunter. Könnten Sie gelegentlich mit Hauptmann Dornach darüber sprechen?» Die Tonlage seiner Stimme kommunizierte, dass es von ihm aus keine Eile hatte.

Jana strich mit der flachen Hand über die schwache Delle von Dornachs Kopfabdruck auf dem Kissen neben ihr. «Mach ich.»

Einige Sekunden blieb die Leitung stumm.

«Jana?»

«Ja.»

Es war fühlbar, dass er mit sich kämpfte. «Ich habe mir die Unterlagen, Fotos und die Beschreibung der Frau angesehen, und ich wollte …»

«Ja, Stephan?»

«Ich wollte Sie fragen, ob es was gibt, das ich wissen müsste.»

Ein Anflug von trauriger Rührung überkam Jana. Wie lange noch konnte sie ihrem treu ergebenen Assistenten etwas vormachen?

«Gehen S', wie kommen S' denn da drauf?»

«Diese Cara Andrazy … sie sieht aus wie … Ich dachte –»

«Ich hab's Ihnen eh schon g'sagt. Sie denken zu viel. Leben S' a bisserl und kümmern Sie sich nicht um mich.»

«Es ist mein Job, mich um Sie zu kümmern, Jana.»

«Gut, halten S' mich auf dem Laufenden und grüssen S' den Vockinger von mir.»

Jana hängte ein, ohne seine Erwiderung abzuwarten. Ein eiskalter Schauer lief über ihren Rücken. Sie wickelte sich in die leichte Decke, die sie im Schlaf weggestossen hatte, und vergrub das Gesicht im Kissen, auf dem Dornachs Kopf gelegen hatte.

Bevor sie aufstand, tippte sie eine Nachricht in ihr Handy: «Die Zeit wird knapp. Mach dich bereit.»

***

Beides weckte Casagrande gleichzeitig: ein flacher, dumpfer Kopfschmerz und der Duft von frisch gebrautem Kaffee. Zögernd bahnten die Gedanken sich einen Weg durch den Dunstschleier des Restalkohols. Das Ziehen in ihrem Unterleib pendelte zwischen Schmerz und Lust hin und her. Es liess die Erinnerung an das aufleben, was Tiziani mit ihr oder sie mit ihm in der Nacht gemacht hatte.

Selbstvorwürfe gesellten sich zu diesen Gedanken. Hatte sie es dermassen nötig, dass sie ausgerechnet ihren Ex bespringen musste? Sie hatte geschworen, ihn nie wieder auch nur anzusehen. Der Totalfrust mit Dornach sowie je eine Flasche Weisswein und Champagner genügten, ihren Schoss demjenigen zu öffnen, den sie geschworen hatte, nicht mehr haben zu wollen, und wäre er der letzte Mann auf Erden.

Tiziani kam herein. Auf einer Hand balancierte er elegant ein Tablett. Kaffee, frisch gepresster Orangensaft, Croissants. Der köstliche Duft breitete sich im Zimmer aus. Weiss der Henker, wo er die Früchte und das Gebäck hergezaubert hatte. In ihrem Kühlschrank herrschte gähnende Leere. Im Vorratsschrank fristete eine angebrochene, abgelaufene Packung Knäckebrot ein derart einsames Dasein, dass sie irgendwann von selber davonkriechen würde.

Mit der anderen Hand hielt Tiziani ein Badetuch zusammen, das seine gebräunten, muskulösen Hüften knapp bedeckte. Körper und Haar rochen nach Casagrandes Duschgel.

«Guten Morgen, *cara*. Wie hast du geschlafen?» Das unwiderstehliche Lächeln und das Schimmern in seinen Augen. Beides rüttelte an ihrer Widerstandskraft. Er setzte das Tablett auf dem Boden ab und beugte sich über sie, um sie zu küssen. Sie wollte ihn wegstossen. Das Badetuch rutschte von ihm ab. Das Ziehen in ihrem Unterleib wurde stärker. Eine Welle der Lust schlug über ihr zusammen.

***

René Howald wirkte gelassen, obwohl man ihn über zehn Minuten im Besprechungsraum der Schanzmühle hatte warten lassen. Lüthi und Karin betraten den Raum gemeinsam. Lüthi grüsste knapp. Karin fragte fürsorglich, ob Howald ein Glas Wasser wünschte. Die Rollenaufteilung «guter Polizist – böser Polizist» hatten sie im Vorfeld abgesprochen.

Bis Karin mit dem Wasser zurückkehrte, blätterte Lüthi schweigend in einem Dossier. Das genügte, Howald zu beunruhigen. In rascher Folge ballten sich seine Hände abwechselnd zu Fäusten und streckten sich wieder. Karin stellte einen Pappbecher mit Mineralwasser vor ihm hin. Das Szenario war einstudiert. Howald sollte den Ernst der Lage spüren. Lüthi ging davon aus, dass seine Frau ihm von den merkwürdigen Fragen erzählt hatte, die Dornach und Maja am Freitag gestellt hatten.

Howalds Blick wanderte nun unruhig zwischen den beiden Polizisten hin und her. «Dürfte ich erfahren, worum es hier geht? Meine Frau hat Ihren Kollegen gestern alles gesagt.»

Bevor Lüthi darauf einging, klärte er Howald über seinen rechtlichen Status als befragte Person auf. Er benötige vorläufig keinen Rechtsbeistand.

«Schildern Sie uns bitte so präzis wie möglich, wo Sie am Donnerstag, den 12. Juni 2008 waren und was Sie getan haben.»

«Das war der Tag, an dem Raphael verschwunden war. Weshalb wollen Sie das wissen?»

«Beantworten Sie bitte die Frage.»

«Meine Frau hat mir gesagt, dass Raphael in ein Auto gestiegen sein soll. Hat das damit zu tun?»

Lüthis Ton wurde schärfer. «Das ist keine Antwort, Herr Howald.»

Howald errötete. Ein Schweissfilm bildete sich auf seiner Stirn. Karins Mimik deutete an, dass sie das Gleiche dachte wie Lüthi.

«Ich glaube, es war ein Mittwoch oder ein Donnerstag.»

«Donnerstag», korrigierte Karin freundlich.

«Ich war wohl in Zürich, in der Bank.»

«Gibt es dafür Zeugen?»

«Sie können meine Sekretärin und die Mitarbeiter fragen. Jemand von denen muss mich gesehen haben. – Hören Sie, was soll das? Sie fragen mich nach einem Alibi zum Zeitpunkt des Verschwindens meines Stiefsohnes. Verdächtigen Sie mich einer Straftat?»

Lüthi blätterte weiter im Dossier. «Sie haben uns gegenüber verschwiegen, dass Raphael Ihr Stiefsohn war.»

«Was bitte spielt das für eine Rolle? Ich habe den Jungen adoptiert, nachdem Melanie und ich geheiratet hatten. Er war mein Sohn.»

Lüthi ignorierte die Frage. «Uns liegt eine Zeugenaussage vor, dass Raphael an diesem Tag auf dem Nachhauseweg von der Schule von einem Automobilisten angesprochen wurde. Kurz darauf stieg der Junge in das Auto.»

«Ja, und?»

«Gemäss Beschreibung des Augenzeugen handelte es sich um einen blauen Daimler Jaguar XJ, Baujahr 2008. Sagt Ihnen das etwas?»

«Was sollte es mir sagen?»

Lüthi wurde ungeduldig. «Sie wollen mir allen Ernstes weismachen, dass Sie sich nicht erinnern können, dass Sie zum damaligen Zeitpunkt einen blauen Daimler desselben Typs besessen haben?»

Die Grenze der Anspannungskraft von Howalds Nerven war erreicht. «Das ist bald zehn Jahre her. Ich wechsle alle zwei Jahre das Auto. Wie soll ich wissen, was ich vor so langer Zeit gefahren habe?»

«Es gab zu diesem Zeitpunkt im Kanton vier Halter, die einen Daimler Jaguar dieses Typs und in dieser Farbe besassen. Sie waren einer davon», sagte Karin.

«Trotzdem müssen Sie beweisen, dass es mein Auto gewesen sein soll, in das Raphael eingestiegen ist. Ausserdem kann sich der Zeuge im Autotyp und der Farbe getäuscht haben.»

«Der Zeuge ist sich sicher. Etwas viel Übereinstimmung für einen Zufall, finden Sie nicht?», fragte Lüthi.

«Wollen Sie behaupten, ich hätte meinen eigenen Sohn entführt? Das ist lächerlich.»

«Adoptivsohn», präzisierte Lüthi. Howald war drauf und dran, aufzuspringen.

«Herr Howald», sagte Karin beschwichtigend. «Wir verstehen natürlich, dass die Entführung Ihres Sohnes für Sie ein Trauma war. Sie müssen jedoch einsehen, dass wir diesen Fragen nachgehen müssen, wenn wir den Sachverhalt restlos aufklären wollen.»

Lüthi liess ihm keine Atempause. «Ihre Frau hat gegenüber unseren Kollegen ausgesagt, dass sie an diesem Tag vergeblich versuchte, Sie an Ihrem Arbeitsplatz zu erreichen. Schliesslich hat sie Sie auf Ihrem Handy erreicht.»

«Ja und? Ich bin Kundenberater für das oberste Segment. Kann sein, dass ich mich zu jenem Zeitpunkt mit einem Bankkunden getroffen habe oder unterwegs zu oder von einem solchen Treffen war.»

Lüthi ordnete seine Papiere. «Wir werden das prüfen, Herr Howald. Sie können gehen. Halten Sie sich zur Verfügung.»

Bevor sie das Gespräch beendeten, zeigte Karin Howald den Silberring. Der betrachtete ihn kaum und schob ihn über den Tisch an Karin zurück. «Nie gesehen, woher haben Sie den?»

«Gefunden bei den sterblichen Überresten Ihres Sohnes. Sagt Ihnen das wirklich nichts?»

«Nein, und weitere Fragen beantworte ich nur im Beisein meines Anwalts», verkündete Howald, bevor er zur Tür hinausging.

«Was ist denn in den gefahren?», fragte Karin, als sie alleine waren. Howalds schroffe Antwort hatte sie anscheinend nicht erwartet.

«Einer, der sich sein eigenes Grab schaufelt», meinte Lüthi achselzuckend.

✻✻✻

Üblicherweise rief Casagrande Dornach persönlich an, wenn sie etwas von ihm wollte. Der Anruf vom Sekretariat der Staatsanwaltschaft verhiess nichts Gutes. Er wurde regelrecht in den Franziskanerhof zitiert.

Casagrande sah übernächtigt aus. Andererseits strahlte sie an diesem Morgen Zufriedenheit aus, obwohl sie reichlich Abdeckcrème verwenden musste, um die dunklen Ringe unter ihren Augen zu verbergen. Dornach kannte diesen Zustand aus der Zeit, in der sie mit Ines Degonda zusammen gewesen war. Hatte sich Casagrande über Nacht verliebt? Etwa in Châtelain? Der Bundespolizist passte in ihr Beuteschema. Der Gedanke stiess ihm sauer auf.

Der Blick, den sie ihm zuwarf, bevor sie anfing zu reden, verriet, dass er in Teufels Küche war. Sie bot ihm keinen Stuhl an. Er setzte sich trotzdem hin.

«Wenn ich mich nicht täusche, haben wir gestern klar festgelegt, wie die Zuständigkeiten in der ‹Soko Amthaus› geregelt sind.» Sie sprach in normaler Lautstärke. Ein leichtes Zittern der Stimme verriet ihre Wut.

«Glasklar, Angie.»

«Wie kommst du dann dazu, gestern Abend Oberrichter Scheurer zu befragen, ohne mich oder Châtclain zu informieren?»

«Weil ich es in diesem Moment für richtig hielt. Wir sind Nachbarn. Es war schon spät. Er war zu Hause. Ich habe spontan entschieden.»

«Und dabei vergessen, dass das Telefon erfunden wurde, oder was?»

«Ich habe ihn gestern befragt und wollte dich heute Morgen darüber ins Bild setzen. Was soll's, Angie?»

«Was es soll? Hör mir gut zu: Ich bin die kommissarische Leiterin dieser Untersuchung. Das Erste, was du tust, ist gegen eine eindeutige Direktive zu verstossen. Vorhin hat mich Châtelain angerufen. Er war ausser sich, weil er bei Scheurer aufgelaufen ist.»

«Ach? Ich wusste gar nicht, dass er so früh am Tag handlungsfähig ist.»

«*Porca madonna*, Dominik!» Casagrande fuhr von ihrem Stuhl hoch wie eine Rakete. Hätte er sie nicht schon lange gekannt, wäre er von diesem Ausbruch eingeschüchtert gewesen. «Willst du mich desavouieren, ist es das?», rief sie. «Wenn wir den Fall in den Sand setzen, werden wir zum nationalen Gespött. Wir müssen wohl oder übel zusammenarbeiten.» Sie trat vor ihn hin und stützte sich mit den Händen auf die Armlehnen seines Stuhles ab. «Wenn das noch einmal vorkommt, bekommst du von mir ein Disziplinarverfahren an den Hals. Hast du mich verstanden?»

Er zuckte mit keiner Wimper. «Verstanden. Bist du fertig?»

Mit einem wütenden Ruck stiess sie sich ab und kehrte zu ihrem Platz zurück. Es war ihr anzusehen, dass seine Ruhe sie fast wahnsinnig machte.

«Ich habe eine Information, die wichtig sein könnte», sagte er. «Nur wenn es dich interessiert.» Er zog Scheurers Briefumschlag aus einem Dossier.

«Was ist das?»

«Scheurer hat mir gestern einen Drohbrief gezeigt, den er am Freitag erhalten hat.»

«Das erzählst du mir erst jetzt?» Der Vulkan brodelte erneut.

«Entschuldige, bis gerade eben war ich damit beschäftigt, mich von dir nicht in der Luft zerreissen zu lassen.»

«Treib es nicht zu weit, Dominik, auch wenn wir Freunde sind. Ich kann auch anders.»

«Ganz ehrlich, Angie. Unsere Freundschaft zu gefährden ist das Letzte, was ich will, auch wenn du es mir im Moment nicht gerade leicht machst.» Kurz und knapp orientierte er sie über das Gespräch mit Scheurer. «Es ist sicher nicht falsch, Ermittlungen im Umfeld der Islamisten zu führen. Trotzdem bestehe ich darauf, dass wir andere Möglichkeiten nicht aus den Augen verlieren.»

Sie zeigte auf den Brief. «Ist das nicht Hinweis genug, dass wir auf der richtigen Spur sind?»

«Ja, es ist ein Hinweis. Die Bedrohung durch Islamisten ist plausibel. Umso mehr sollten wir sichergehen, dass das Schreiben wirklich von dem Absender kommt, den wir dahinter vermuten. Bis wir Gewissheit haben, will ich alternative Ansätze verfolgen.»

«Wir müssen unsere Ressourcen bündeln. Wenn die Islamisten hinter dem Anschlag stecken, stehen wir womöglich vor einer weit grösseren Bedrohung, als wir denken.»

«Gibt es denn konkrete Anzeichen für eine solche Bedrohung?»

«Nein, aber das kann sich schnell ändern. Das sagt übrigens auch deine Busenfreundin von Europol.»

Dornach ignorierte die Spitze. «Ich brauche nur eine Person, die mir hilft. Stell Maja von der Amthaus-Untersuchung frei. Dir bleiben Mike, Karin und die anderen.» Dass er sich aus dem Spiel nahm, hatte für ihn den Vorteil, in Ruhe ermitteln zu können, während Casagrande sich mit Châtelain abgab. Zum jetzigen Zeitpunkt konnte es dem Arbeitsfortschritt nur zuträglich sein, wenn er und die Staatsanwältin sich nicht allzu oft über den Weg liefen. Diesen Gedanken behielt er für sich.

«Was sind deine Ansätze?»

«Ich will den Hintergrund des Opfers, Jasmin Blankart, beleuchten. Wir müssen ausschliessen, dass der Bombenleger es auf sie abgesehen hatte. Zudem sollten wir prüfen, ob nicht jemand aus Scheurers Umfeld hinter dem Anschlag steckt. Wir dürfen nicht darüber hinwegsehen, dass jemand, den er früher mal verurteilt hat, sich an ihm rächen will und versucht, die Tat auf die Islamisten abzuschieben.»

«Das ist dünn.»

«Nicht dünner, als wegen nur eines Drohbriefes eine religiöse Gemeinschaft unter Generalverdacht zu stellen.»

«Es liegt auf der Hand.»

«Trotzdem, ohne konkrete Beweise und ohne Bekennerbotschaft dürft ihr sie nicht festnageln. Die Bombe wurde gezielt verwendet, das entspricht nicht dem üblichen Vorgehen von Terroristen.»

«Das heisst aber nicht, dass sie es nicht gewesen sein können.»

«Wenn wir uns ohne konkrete Handhabe auf die Islamisten einschiessen, wird man uns alles Mögliche an den Kopf werfen. Religiöse Verfolgung, Rassismus oder Einschüchterung. Die Blösse würde ich mir nicht geben wollen.»

Sie sah ihn prüfend an. Er erwiderte den Blick und wartete. «Du hast vierundzwanzig Stunden.»

«Ich brauche achtundvierzig.»

Erneutes Schweigen füllte den Raum. «Also gut, morgen um Mitternacht. Wenn du mir bis dahin nichts Konkretes bringst, ziehe ich den Stecker, klar?»

Dornach sah auf seine Uhr. Ihm blieben knapp achtunddreissig Stunden. «Klar.»

Sie stand auf. «Kommst du mit rüber? Châtelain will Vater und Sohn Ismajli befragen. Sie wurden auf meine Anordnung hin vorgeladen.»

«Bin gerne dabei.»

«Damit das klar ist: Châtelain leitet die Befragungen», sagte sie beim Hinausgehen. «Dr. Judith Weingarten Hamsa vom Hamdala-Rat und ihr Mann werden schon von ihm befragt.»

Dornach nickte. Es fuchste ihn, dass sich Casagrande so stark auf Châtelain stützte. Liess sie sich von seinem welschen Charme einlullen?

Casagrandes Handy klingelte. Sie bedeutete Dornach, schon vorzugehen. Er bekam mit, wie der Tonfall ihrer Stimme von professionell sachlich zu privat zärtlich überging. Ein Hauch von Eifersucht kroch Dornachs Magenwände hoch.

In der Schanzmühle angekommen, sah Dornach, wie Châtelain eine von Kopf bis Fuss mit Nikab und Tschador verschleierte Frau und einen Mann mit Turban und Kaftan verabschiedete.

Dornach lud ihn zu einem Kaffee in sein Büro ein. «Wer waren die beiden?», fragte er, sobald Châtelain den ersten Schluck mit anerkennender Miene gekostet hatte.

«Imam Idris Hamsa und seine Frau Judith Weingarten.»

«Das war eine kurze Befragung.»

«Die beiden haben komplett gesperrt und jegliche Kenntnis und natürlich die Beteiligung zurückgewiesen. Der Hamdala-Rat sei eine friedfertige Organisation, die zu Unrecht von den schweizerischen Strafbehörden verfolgt werde, bla, bla, bla.»

«Und was ist mit den Ismajlis?»

«Untergetaucht.»

«Wie bitte?»

«Die ganze Familie. Wir wollten Vater und Sohn zur Befragung an ihrer Wohnadresse in Luterbach abholen. Sie waren ausgeflogen. Ich habe vorhin mit Angela deswegen telefoniert.»

Wenn es das Gespräch von vorhin gewesen war, hatten die beiden nebenbei andere Dinge besprochen.

«Ich wette, Hamsa und Weingarten wissen, wo sich die Familie aufhält, wenn sie sie nicht sogar versteckt halten», sagte Châtelain.

«Wir können es ihnen nicht nachweisen.»

«Ehrlich gesagt glaube ich nicht, dass der Vater Ismajli etwas damit zu tun hat. Er ist bisher nicht auffällig geworden. Gezim, sein Sohn, schon eher. Er wird regelmässig im Umfeld der Oltner Moschee gesehen. Ich habe bei Angela eine Durchsuchung beantragt.»

«Haben Sie konkrete Hinweise, dass in der Moschee terroristische Aktivitäten stattfinden?»

«Weingarten und Hamsa sind mir eine Spur zu selbstsicher. Es entspannt die Lage nicht gerade, wenn Abdul Adil und Osmankovic hier irgendwo frei herumlaufen. Jedenfalls haben wir die Observierung der Oltner Moschee intensiviert. Früher oder später geht uns einer von denen oder alle beide ins Netz.»

Dornach sagte ihm, was er mit Casagrande vereinbart hatte.

«Ich habe nichts dagegen, Dornach. Flankierende Ermittlungen können auf keinen Fall schaden. Aber sprechen Sie sich mit mir ab, verdammt. Ich will nicht noch mal so ein Debakel erleben wie mit Scheurer.»

Nach der Lagebesprechung nahm Dornach Jana zur Seite. Um neugierigen Blicken und spitzen Ohren aus dem Weg zu gehen, spazierten sie dieses Mal auf dem Vauban-Weg den Schanzengraben entlang in Richtung Baseltor. Sie sprachen über Casagrandes Verhalten. Dornach erstaunte, dass Jana sie in Schutz nahm. «Angela steht unter massivem Druck», sagte sie. «Der Zeitfaktor ist bei Terrorermittlungen enorm wichtig. Das bindet alle Ressourcen. Wenn man nur ein kleines Detail übersieht, kann das verhängnisvolle Folgen haben.»

«Du trägst ihr nicht nach, wie sie gestern über dich gesprochen hat.»

Jana sah ihn lange an. «Ich habe keine Zeit mehr, mir den Luxus von Animositäten zu leisten, Dominik, weder im Job noch privat. Wenn Angela ein Problem mit mir hat, muss sie damit klarkommen, nicht ich.»

Sie gingen schweigend nebeneinander bis zum Baseltor. Bevor sie den Rückweg über den Bastionweg antraten, hielt Dornach Jana am Arm fest. «Gibt es etwas, was ich wissen sollte, Jana?»

Ihr klarer Blick drohte ihn zu durchbohren. «Wenn das der Fall wäre, würde ich es dir sagen.»

Er zog ein gefaltetes Blatt Papier aus der Brusttasche seines Hemdes. «Ich habe gestern dieses E-Mail erhalten. Im Zusammenhang mit dem Attentat auf Slavko Vukovic im letzten Herbst haben deine Kollegen bei Europol eine Grossfahndung nach Cara Andrazy in die Wege geleitet.»

Jana nahm das Papier, las es kurz und gab es Dornach zurück. «Das ist mir bekannt, ich selber habe die Fahndung sanktioniert.» Sie setzte ihren Weg fort.

Er wartete auf eine weitere Erklärung. «Jana?»

«Was ist?»

«Sprich mit mir darüber. Der Name Cara Andrazy war einer deiner Aliasse, während du Vukovic und seine Leute durch ganz Europa gejagt und die meisten von ihnen umgebracht hast. Warst du im letzten September in Den Haag?»

«Fragst du mich, ob ich Vukovic erschossen habe?»

Dornach antwortete nicht.

«Ich war immer mal wieder in Den Haag, bevor ich den Posten bei Europol übernommen habe. Damals war ich noch Beraterin der Abteilung ‹O› im Kampf gegen das organisierte Verbrechen, das weisst du.»

Er blieb stehen. «Warum diese Fahndung? Das E-Mail ging auch an alle Staatsanwaltschaften. Angela hat es sicher gesehen. Ich muss das wissen, Jana: Hast du Vukovic erschossen?»

Sie ging weiter, ohne ein Wort zu sagen. Er hielt sie erneut zurück. «Ich hätte gerne eine Antwort.»

«Was für mich zählt, ist, dass er tot ist. Lass uns das vergessen.»

«Ich mache mir Sorgen. Ich glaube nicht, dass ich deine Spuren wieder verwischen kann, wenn es hart auf hart kommt.»

«Das will ich auf keinen Fall.» Sie blieb stehen. «Ich verdanke dir viel. Was jetzt auf mich zukommt, muss ich selber tragen.»

«Du hast meine Frage nicht beantwortet.»

«Es spielt keine Rolle, wer ihn erschossen hat. Der Wolf ist tot. Ich möchte dich um eines bitten.»

«Was?»

«Der Moment wird kommen, wo ich mich meiner Verantwortung stellen muss.»

«Jana, ich –»

«Lass mich zu Ende sprechen. Sollte mir etwas passieren, werden die Erben des Wolfs alles daransetzen, sich zu rächen.»

«Ich dachte, die Organisation hätte sich mit Vukovics Verhaftung aufgelöst.»

«Die Mafia ist wie eine Hydra. Wenn du einen Kopf abschlägst, wachsen zwei neue nach. Sie haben ihre Leute überall.»

«Was soll ich tun?»

«Ich will, dass du Stephan Horacek hilfst, meine Adoptiveltern zu schützen, wenn ich es nicht mehr kann.»

Dornach starrte sie an.

«Bitte, Dominik.»

«Ich werde alles tun, was in meiner Macht steht, um dir zu helfen, das weisst du.»

«Danke.» Sie ging den Bastionweg hinauf. «Lass uns zurückgehen. Die Arbeit wartet.»

Dornach traf Maja vor dem Mehrfamilienhaus an der Heilbronnerstrasse, wo Jasmin Blankart eine Zwei-Zimmer-Wohnung bewohnte. Er hatte sie zuvor im Bürgerspital besucht. Ihr Arzt meinte, dass ihr Zustand stabil sei. Trotz allem war nicht damit zu rechnen, dass sie innert der nächsten achtundvierzig Stunden aus dem Koma erwachte.

Maja ging voraus die Treppe hinauf. Vor Blankarts Türe blieb sie abrupt stehen.

«Was ist?», fragte Dornach.

Maja bedeutete ihm, still zu sein. Sie nickte zum Türschloss. Es zeigte Spuren gewaltsamen Eindringens. Sie zogen ihre Pistolen. Maja gab der Tür einen Stoss. Sie schwang widerstandslos auf. Maja blickte hinein, lauschte kurz, dann schüttelte sie den Kopf.

Im Treppenhaus über ihnen hörten sie Geräusche. Maja zeigte nach oben. Dornach nickte. Behutsam nahm sie eine Stufe nach der anderen.

Er betrat die Wohnung. Sie bestand aus einem Wohnraum mit Küchenecke. Daneben lagen ein geräumiges Schlafzimmer und ein kleines Badezimmer mit Dusche. Am Boden verstreute Kleidungsstücke, Bücher, Papiere und umgeworfene Möbel trübten das Bild. Dornach zweifelte, dass eine Assistentin am Obergericht dermassen chaotisch hauste. Jemand war ihnen zuvorgekommen.

«Halt, Polizei!» Majas Ruf hallte durch das Treppenhaus. Rasche Schritte polterten die Stufen hinunter. Dornach eilte zur Wohnungstür. Draussen sah er einen Schatten auf der unteren Treppenflucht aus seinem Gesichtsfeld verschwinden. Aus einem Reflex heraus wollte er ihm folgen, aber er machte sich Sorgen um Maja. Sie war nicht heruntergekommen.

«Maja, bist du in Ordnung?», rief er nach oben. Sie gab keine Antwort. Er rannte die Treppe hinauf. Maja stand fluchend und ihre Seite reibend zuoberst vor dem Eingang zum Estrich. «Alles gut bei dir?», fragte er atemlos, obwohl er wusste, dass es unnötig war. Wenn Maja fluchte, ging es ihr gut.

«Der Mistkerl hat mich überrumpelt und zur Seite gestossen. Ich bin über das Gerümpel gestolpert und hingefallen. So ein Scheiss, verdammter!» Ein Verdächtiger, der ihr durch die Lappen ging, konnte Maja richtig in Rage versetzen. «Warum bist du ihm nicht nach? Du hättest ihn kriegen können», fuhr sie Dornach an.

«Weil ich zuerst wissen wollte, wie's dir geht. Wenn du beschädigt wirst, kann ich dich bei Casagrande nicht eintauschen.»

«Sehr witzig, Chef.»

«Hast du sein Gesicht gesehen?»

«Keine Chance. Wie sieht's in der Wohnung aus? War der Kerl drin?»

«War er, und er hielt nicht viel von Aufräumen. Ruf Sebi an. Er soll jemand vorbeischicken.»

«Was meinst du?», fragte Maja, nachdem sie einen ersten Augenschein genommen hatten. «Ein Einbrecher, der die Gunst der Stunde nutzte, oder hat er was gesucht?»

«Schwer zu sagen. Ich hab's nicht so mit Zufällen.» Die teilweise herausgezogene Schublade einer Kommode erregte Dornachs Aufmerksamkeit. Sie war offenbar durchwühlt worden. Er zog sie ganz heraus. Nach kurzer Suche hielt er eine längliche, mit edlem Leder bezogene Schatulle hoch. Er öffnete den Verschluss. Mit einem Pfiff durch die Zähne hielt er die Schachtel Maja vor die Nase. «Chopard Damenuhr, scheint echt zu sein, Roségold.»

Maja rümpfte die Nase. «Möchte ich nicht mal geschenkt.»

«Es sind nicht alle so anspruchsvoll wie du. Es würde mich wundern, wenn dieses Schmuckstück im Laden unter fünfundzwanzigtausend Franken zu haben wäre. Jeder normale Einbrecher, der etwas auf sich hält, lässt sich so etwas nicht entgehen, erst recht, wenn es sozusagen offen herumliegt.»

«Es sei denn, er ist zu blöd. Soll es geben.»

«Immerhin hat er es fertiggebracht, dich zu überrumpeln.» Dornach zwinkerte ihren bösen Blick weg. «Ich glaube nicht, dass er auf Wertsachen aus war.»

«Es gibt einen Computer.» Maja zeigte auf den Gerätestecker eines Netzkabels, dessen anderes Ende in der Dose an der Wand steckte. «Es sollte einen geben, wollte ich sagen.»

Sie setzten die Suche fort. Im Abfallkübel unter dem Spülbecken der Küchennische fanden sie Fotoschnipsel. Auf den meisten posierte eine lächelnde Jasmin Blankart in verschiedenen Haltungen. Auf einigen war sie nicht alleine. Der Oberarm einer zweiten Person war teilweise zu sehen, sehr wahrscheinlich ein Mann. Es waren keine Selfies. Es gab keinen Hinweis darauf, mit wem sich Blankart hatte ablichten lassen oder wer die Kamera hielt. Dornach steckte die Bilder ein. Sie überliessen das Feld den Spurensicherern.

ZWÖLF

Die Klasse wollte am nordöstlichen Rand des «Göiferlätsch», gleich hinter der ökumenischen Bergkapelle, picknicken. Die Solothurner hatten der Bergwiese unterhalb des Weissenstein-Kurhauses den Dialektnamen gegeben, weil sie von Weitem aussah wie ein nach unten zulaufendes dreieckiges Sabberlätz-chen, das eine Riesenhand dem Bergkamm angelegt hatte. Für die ursprünglich französischsprachige Pia war die korrekte Aussprache des Namens noch heute eine Herausforderung.

Unweit der ökumenischen Bergkapelle bereiteten ein paar Kinder unter Pias Anleitung zwei Feuerstellen vor. Manu streifte mit einer anderen Gruppe durch den Wald, um trockenes Brennholz zu sammeln. Nadal geleitete eine Gruppe Mädchen zur Toilette im Kurhaus.

Gleich nach der Ankunft mit der Gondelbahn waren die Erstklässler ein Stück des Planetenweges abgelaufen, der die Distanzen von der Erde zu den Planeten des Sonnensystems im Massstab von eins zu einer Milliarde wiedergab. Der Spaziergang hatte sie mit Pausen von der Sonne beim Kurhaus bis hin zu Jupiter auf dem Weg zum Hinter Weissenstein und retour geführt.

Manu kehrte mit dem Holzsuchtrupp zurück. Sie zeigte ihnen, wie sie das Feuer bauen sollten. Während die Kinder damit beschäftigt waren, legte sie sich neben Pia ins Gras. «Hab ich einen Hunger. Schade habe ich nicht daran gedacht, eine Wurst mitzunehmen. So ein ‹Chlöpfer› über dem Lagerfeuer wär jetzt genau meins.»

Pia stupste sie an. «Ich glaube, dein Wunsch ist gerade erhört worden.»

Einer der Holzsucher kam zu ihnen. Er hatte kurze braune Haare und das Gesicht voller Sommersprossen. In den Händen balancierte er eine Tupperware-Dose mit mehreren Bratwürsten und Cervelats. Er sah Manu mit einem verklärten Grinsen an. «Ähm, Frau Bürki, meine Mutter hat mir eine Unmenge Würste eingepackt. Wollen Sie eine?»

«Das ist aber nett, Mirko, sehr gerne.» Manu nahm einen Cervelat aus der Dose.

«Sie können auch zwei nehmen.»

«Du bist lieb, vielleicht möchte ja Pi… ich meine, Frau Zenklusen eine.» Pia lehnte dankend ab. Mirko trollte sich mit stolzgeschwellter Brust.

«Mann, Frau Bürki, die sind so klein, und du verdrehst ihnen schon den Kopf», foppte Pia.

«Der Knirps hat Geschmack, musst du zugeben. In diesem Alter achten die Typen vor allem auf die inneren Werte einer Frau.»

«Unbedingt.» Pia sah hinüber zum Kurhaus. «Hast du Nadal irgendwo gesehen. Die ist bereits vor einer halben Ewigkeit mit den Mädchen zu ihrem Toilettengang aufgebrochen.»

«Keine Ahnung, ich geh mir mal einen Spiess für meine Cervelat suchen.» Manu ging Richtung Wald.

Pia stieg über die Wiese hinauf zum Kurhaus. Auf halber Distanz kamen ihr die vier Mädchen ohne Nadal entgegen. «Wo habt ihr Frau Mousavi gelassen?», fragte Pia.

«Die hat da oben einen Mann getroffen und gesagt, wir sollen schon mal alleine zurückgehen», sagte eines der vier.

«Einen Mann, was für einen Mann? Ich meine, wie hat er ausgesehen?»

«Riesengross, etwa so», sagte ein anderes Mädchen. Es streckte einen Arm hoch, sodass seine Hand bis oberhalb von Pias Bauchnabel reichte. «Ganz schwarze Haare hat er und einen dunklen Bart.»

«Böse dreingeschaut hat er auch», sagte ein drittes.

Pia spähte zur Terrasse. Nadal war nicht zu sehen. Sie wandte sich an die Mädchen. «Hört zu, ihr geht zurück zu den anderen und bleibt dort. Wenn ihr etwas braucht, fragt ihr Frau Bürki.»

«Ja, Frau Zenklusen», sagten die vier im Chor und trotteten plappernd davon.

Die Aussenterrasse des Kurhauses war bis auf den letzten Platz belegt. Nicht nur Wanderer und Touristen, auch Geschäftsleute aus der Stadt wollten ihre Mittagspause in kühleren Gefilden auf knapp tausenddreihundert Metern Meereshöhe verbringen. Der Himmel strahlte blau. Wolkenschwaden eines Gewitters, das am frühen Morgen über dem Jura niedergegangen war, hatten sich in den Hängen zwischen Hinter Weissenstein und Hasenmatt verfangen. Pia konnte weder Nadal noch den Mann, dessen Beschreibung auf Gezim passte, unter den Leuten erkennen. In der leeren Gaststube des Kurhauses oder in einem der Nebenräume waren die beiden ebenso wenig zu finden.

Pia verliess das Gebäude durch den Hinterausgang. Von da aus konnte sie die Bergstation der Seilbahn, die Sennhaus-Wirtschaft unterhalb des Kurhauses und den Parkplatz überblicken. Dort sah sie die beiden stehen. Sie waren in eine heftige Diskussion verwickelt. Unvermittelt packte Gezim Nadal am Arm und schüttelte sie. Pia hörte den Schmerzensschrei und begann zu rennen.

«Geh nach Hause, Gezim, lass mich in Ruhe», hörte sie Nadal schon von Weitem rufen.

«Du kommst mit mir. Dein Vater will dich sehen.» Gezim wollte Nadal erneut an der Schulter packen. Pia war bei ihnen. Sie hielt seinen Arm fest. «Sie hat gesagt, du sollst sie in Ruhe lassen.»

«Misch dich nicht ein, du Hure. Ihr Vater –», sagte Gezim.

«Nadal entscheidet, mit wem sie wohin geht und weswegen.»

«Wenn Abu etwas von mir will, soll er selber herkommen», rief Nadal. «Oder bist du sein Schosshündchen?»

Gezims Augen verengten sich zu Schlitzen. «Du nennst mich einen Hund?» Er hob die Faust. Nadal warf schützend ihre Hände vors Gesicht. Pia zog sie mit einer raschen Bewegung auf die Seite. Sein Schlag ging ins Leere. Der Elan brachte ihn aus dem Gleichgewicht. Er stolperte. Pia half nach, indem sie ihm einen Tritt in den Hintern versetzte. Gezim fiel kopfvoran hin.

Schäumend vor Wut richtete er sich auf und machte Anstalten, auf Pia loszugehen. Dabei rannte er direkt in ihren ausgestreckten Fuss, der sich in seinen Magen bohrte. Nach Luft ringend klappte Gezim zusammen. Er blieb keuchend auf dem mit Kalksteinmergel bedeckten Platz liegen. Sobald er sich hustend aufrichten wollte, setzte Pia den Fuss auf seine Brust.

«Ich sag's dir nur noch dieses eine Mal: Lass Nadal in Ruhe, oder ich tu dir richtig weh, verstanden?»

Ohne ein weiteres Wort zu verlieren, liessen sie ihn am Boden liegen und kehrten zum Kurhaus zurück. Unterwegs wandte Pia kurz den Kopf. Gezim stolperte in gekrümmter Haltung zu seinem Auto.

«Danke, Pia», sagte Nadal mit gezwungenem Lächeln. «Wenn du nicht gekommen wärst, hätte er mich diesmal geschlagen.»

«Majas Lektionen in Selbstverteidigung, die mir mein Vater aufgebrummt hat, sind eben doch für was gut. Was will der Typ denn noch von dir? Du hast ihm deutlich gesagt, dass es aus ist zwischen dir und ihm.»

«Für Männer wie Gezim ist es unmöglich, zu akzeptieren, dass eine Frau mit ihm Schluss macht.»

«Dann wird's Zeit, dass er lernt, damit umzugehen.»

Nadal wischte eine Träne von der Wange. «Vorher war er anders. Nachdem er seinen Job verloren und keinen mehr gefunden hatte, ging er regelmässig in diese Moschee nach Olten. Seitdem hat er sich verändert.»

«Du meinst, die haben ihn dort einer Gehirnwäsche unterzogen oder so was?»

«Ganz zu Beginn sind wir zusammen zum Gebet gegangen. Der Imam der Moschee ist ein Afghane. Seine Frau ist Schweizerin. Irgendwie hatte ich von Anfang an Angst vor ihm. Seine Worte sprechen vordergründig von Frieden. Dahinter versteckt sich Gewalt. Seine Augen sind voller Hass.»

Pia beobachtete, wie Gezims Wagen in die Passstrasse hinunter nach Solothurn einbog. «Lass uns zurück zu den Kindern gehen.» Sie berührte Nadal am Arm, worauf diese mit einer schmerzverzerrten Grimasse zusammenzuckte. «Was hast du? Hat Gezim dich verletzt?», fragte sie besorgt.

Nadal wehrte ab. «Nein, nein, es ist nichts. Ich hatte gestern einen kleinen Unfall.»

«Was für einen Unfall?»

«Nur ein misslungenes Experiment im Chemieraum bei Konrad. Ich habe mit ihm etwas geübt, das ich mal den Kindern zeigen wollte. Ich hantierte mit einer Flasche Lackmus. Dabei ist sie zu Boden gefallen und zerbrochen. Beim Zusammenlesen der Scherben bin ich ausgerutscht und habe mich in den Arm geschnitten.» Nadal rollte den Ärmel zurück. «Zum Glück war Konrad da. Er hat mir geholfen und mich in die Notfallstation gefahren.»

«Du musstest deswegen ins Spital?»

«Ja, Konrad meinte, der Schnitt wäre zu tief und müsste genäht werden. Die Blutung wollte nicht aufhören.»

«Hättest du heute nicht besser zu Hause bleiben sollen?»

«Es ist nicht so schlimm. Ich wollte die Kinder nicht enttäuschen. Lass uns gehen, sie warten sicher schon auf uns.»

***

In seinem Büro versuchten Dornach und Maja, die Fragmente der Fotos aus Blankarts Wohnung zu puzzeln. Nach einmaligem Anklopfen kam Tschanz herein.

«Hallo, Maja, heute mal deinen Meister gefunden?», begrüsste er sie, nachdem er Dornach zugenickt hatte. Es hatte sich herumgesprochen, dass ihr ein Verdächtiger entwischt war.

«Ich zeig dir gleich, wer hier der Meister ist.»

«Hast du was für uns, Sebi?», fragte Dornach schnell.

«Sie hatte einen Freund.»

«Wer?», fragten Dornach und Maja gleichzeitig.

«Die Blankart, wer sonst?»

«Sag nur, du hast das in den Spuren gelesen», sagte Maja.

«Nicht ganz. Während meine Leute in der Wohnung zugange waren, klingelte eine Nachbarin und erkundigte sich, was wir in Blankarts Wohnung treiben.»

«Es würde sicher helfen, wenn sich deine Wühlmäuse zwischendurch mal rasieren, damit man sie nicht gleich mit Einbrechern verwechselt», bemerkte Maja.

Tschanz ignorierte das geflissentlich. «Jedenfalls hat die freundliche Dame namens», er prüfte seine Notizen, «Margrit Schürch mitgeteilt, dass Frau Blankart bis vor etwa sechs Wochen regelmässig Herrenbesuch hatte. Sie konnte den Betreffenden sogar recht genau beschreiben.»

«Und?», fragte Dornach. «Habt ihr ein Phantombild angefertigt?»

«Schon erledigt.» Tschanz legte ein A4-Blatt mit einer computergenerierten Zeichnung auf den Tisch.

«Es wäre schön, wenn du es ausnahmsweise nicht so spannend machen würdest, Sebi. Zeit ist nicht gerade das, was wir im Überfluss haben.»

«Mach dir keine Sorgen, Dominik. Google lässt es schon durch die Datenbank laufen.»

«Was hat Frau Schürch sonst gesagt?»

«Sie wohnt in der darüberliegenden Wohnung. Bei Frau Blankart muss zwischendurch der Haussegen recht schief gehangen haben. Frau Schürch gibt an, dass sie oft mitten in der Nacht aufwachte und mitbekam, wie sich Blankart und ein Mann heftig stritten.»

«Sie hat nicht gesehen, mit wem sie sich gezofft hat?», fragte Maja.

«Leider nicht, sie hat nur die Stimmen gehört, glaubt aber, dass es dieser Freund war. Die beiden waren recht laut. Einmal habe sie sogar die Polizei gerufen, weil die Frau so laut geschrien habe, dass sie befürchtete, der Mann würde sie zusammenschlagen oder ihr Schlimmeres antun.»

«Wann war das? Davon müsste ein Rapport vorliegen.»

«Ich habe es an die Kollegen von der Stadtpolizei weitergeleitet. Sie suchen den Vorgang.»

«Die Blankart streitet mit dem Freund, von dem sie sich später trennt. Er macht auf beleidigten Liebhaber und rächt sich mit einer Briefbombe. Grad ein wenig heftig, findet ihr nicht?», fragte Maja.

«Aber durchaus nicht von der Hand zu weisen, verehrte Kollegin Hartmann.» Gubler schloss die Tür hinter sich. Er stellte sein Notebook auf Dornachs Tisch, sodass alle auf den Bildschirm sehen konnten. «Wir haben ihn. Achtundneunzig Komma drei Prozent Übereinstimmung.»

«Laubscher, Renato, Jahrgang 1986», las Dornach. «Hoppla, der hat ja einen ganz schönen Lebenslauf aufzuweisen: Körperverletzung, schwere Beleidigung, Verdacht auf Zuhälterei.»

«Ein nettes Früchtchen hat sie sich da angelacht, das gute Fräulein Assistentin vom Obergericht», sagte Gubler.

«Wahrscheinlich hat sie es eingesehen und sich deshalb von ihm getrennt», mutmasste Tschanz.

«Und Laubscher lässt sie dafür im wahrsten Sinne des Wortes hochgehen? Muss er zuerst mal können, ich meine technisch», warf Maja ein.

«Kann er auch.» Gubler zeigte auf den Bildschirm. «So wenig man es vermuten möchte, der Mann hat einen anständigen Beruf gelernt, sofern man das anständig nennen will.»

Dornach spitzte die Lippen. «Schau, schau. Er hat bis vor zwei Jahren bei der SSE in Brig gearbeitet.»

«Bei wem?», fragte Maja.

«‹Société Suisse des Explosifs›, das ist eine Sprengstofffabrik mit Hauptsitz im Wallis.»

«Die SSE soll der grösste Sprengstoffhersteller der Schweiz sein», setzte Gubler die Erläuterungen fort. «Sie exportiert Spezialsprengstoffe und Sprengschnüre in die ganze Welt. Laubscher hat sich dort zum Chemietechnologen ausbilden lassen.»

«Also kennt er sich im Bombenbau aus?», fragte Maja.

«Davon sollten wir ausgehen», meinte Dornach. «Setz dich mit der SSE in Brig in Verbindung, Maja. Ich will wissen, weshalb Laubscher die Firma vor zwei Jahren verlassen hat. Er soll danach arbeitslos gewesen sein. Ich will auch wissen, ob und wohin ihn die Regionale Arbeitsvermittlung seit dieser Zeit vermittelt hat.»

«Soll er herkommen?»

«Auf jeden Fall. Er soll sich nicht selber bemühen müssen, wir schicken ihm eine Eskorte.»

Maja nickte und griff zum Telefon.

Tschanz legte einen Plastikbeutel vor Dornach hin, der mehrere Streichholzschachteln und Bierdeckel enthielt. Alle zeigten das gleiche gezeichnete Sujet auf schwarzem Grund: eine üppige, minimal bekleidete Blondine, die sich mit einer Zigarettenspitze in der Hand in einem Champagnerkelch räkelte. Darüber stand in rosafarbenen Lettern «Pink Flamingo – Oase der Entspannung».

«Das Pink Flamingo ist ein einschlägig angesagter Füdli-Club mit Kontaktzone in der Klus», erläuterte Tschanz.

«Das habt ihr in Blankarts Wohnung gefunden?», fragte Dornach verblüfft.

«Nein, auf der Strasse.» Tschanz verdrehte die Augen. «Natürlich haben wir es aus Blankarts Wohnung.»

«Ich hätte Blankart nicht zugetraut, dass sie auf Swingertreffs steht», sagte Dornach.

«Es könnte sein, dass sie das Zeug von Laubscher hatte. Streichhölzer und Bierdeckel kann man immer brauchen. Sie hat seine Rechnungen bezahlt, und er hat sie mit Naturalien abgegolten.»

«Wie bitte?»

«Wir haben im Chaos der Wohnung Rechnungen gefunden, die an Laubscher gerichtet waren. Strom-, Telefon- und Handyabrechnung und sogar eine Steuerrate. Google hat die Beträge mit ihren Bankverbindungen abgeglichen.»

«Stimmt überein», bestätigte Gubler.

Dornach lehnte sich in seinem Stuhl zurück. Blankart hielt den Sprengstoffexperten Laubscher finanziell aus. Einige Wochen nachdem sie ihm den Laufpass gegeben hatte, wurde sie Opfer eines Bombenattentats. Auf das Gespräch mit ihrem Ex war er gespannt.

***

Ein kindlicher Schmerzensschrei riss Pia aus dem Schlummer. Nadal und Manu hatten nach dem Essen mit den Kindern gespielt. Pia war irgendwann müde geworden. Sie hatte sich hingelegt und musste sofort eingeschlafen sein.

Ein paar Meter entfernt kniete Manu neben einem der Buben, der weinend auf dem Grasboden hockte. Pia kauerte neben den beiden nieder. «Was ist passiert?»

«Nicht weiter schlimm. Jonas ist hingefallen und hat sich das Knie aufgeschürft.» Sie klebte ein Heftpflaster mit der Abbildung eines Indianers auf die Wunde. «Tut schon nicht mehr weh. Ein echter Indianer kennt keinen Schmerz, was, Jonas?» Manu verstrubbelte ihm die Haare. Er sah sie erst scheu an. Dann erhellte ein breites Grinsen sein Gesicht. «Klar, Frau Bürki, danke.» Jonas sprang wie von der Feder getrieben auf und stürmte davon.

Pia sah ihm nach. «Erstaunlich, dieser Jonas ist sonst schüchtern für zwei. Du hast wirklich ein Händchen für Kids.»

«Bin eben ein Naturtalent. Meinst du, ich soll mich zur Männerflüsterin ausbilden lassen? Wenn es ihn gäbe, hätte dieser Beruf echt Zukunft.»

«Träum weiter, du Naturtalent.» Pia sah Manu an und schüttelte den Kopf. «Ein Indianer kennt keinen Schmerz? Echt jetzt? Dir ist schon klar, dass wir uns auf diese Art die Machos selber heranzüchten.»

«Was soll's? Die Wehwehchen bauen Widerstandskräfte auf.» Manu verstaute das Verbandszeug im Rucksack. Sie rannte hinüber zu den Kindern, die sogleich Jagd auf sie machten.

«Wenn es die Kerle nur mal schaffen würden, dir zu widerstehen», murmelte Pia. Sie sah sich suchend um. «Wo steckt Nadal schon wieder?», rief sie Manu zu.

Diese befreite sich von drei Buben, die sie bei einem Fangspiel eingekreist hatten. «Sie wollte sich einen Moment die Füsse vertreten. – Dort kommt sie ja.» Manu zeigte zum Waldrand, wo Nadal unter den Bäumen hervortrat.

«Alles gut mit dir?», fragte Pia, sobald sie neben ihr im Gras sass. «Wo warst du?»

«Ich brauchte Ruhe zum Nachdenken. Manu hat gesagt, ich soll nur gehen, sie hätte die Bande unter Kontrolle.»

Das war tatsächlich der Fall. Die Kinder spielten ein Spiel, das «Alle gegen Manu» oder ähnlich heissen musste. Dabei legten sich die Buben besonders ins Zeug.

«Denkst du an Gezim?», fragte Pia.

Nadal flocht ein Armband aus Wiesenblumen. «Schon. Ich kann nicht begreifen, wie sich ein Mensch so verändern kann. Nur weil ihm ein paar Idioten fanatischen Mist einflüstern und ihm sagen, es sei der Wille Gottes.»

«Religion macht so was mit einem.»

«Das ist nicht wahr, Pia. Ich bin Muslimin. Was die Leute in dieser verfluchten Moschee predigen, hat nichts mit dem Koran und dem Willen Allahs zu tun. Diese Leute von der Hamdala und ihr Imam sind teuflische Einflüsterer. Sie vergiften die Seele der Gläubigen.»

«Du allein kannst Gezim nicht retten, Nadal. Er hat seine Wahl getroffen.»

«Er kann mir gestohlen bleiben. Ich habe keine Lust, einem Mann ins Verderben zu folgen, wie andere Frauen es tun.» Sie reichte Pia das Blumenband. «Für dich. Danke für vorhin.»

Eine halbe Stunde später waren die Reste des Picknicks, Abfälle und Pullover sowie Jacken in den Rucksäcken verstaut. Die Klasse stand in Zweierkolonne, um Richtung Bergstation zu marschieren. Pia hatte dreimal durchgezählt. Ein Kind fehlte – Jonas Scheurer. Nadal hatte sich mit Manu auf die Suche nach ihm gemacht.

«Wer von euch hat Jonas zuletzt gesehen?», fragte Pia die Kinder. Die Sorge schnürte ihre Kehle zusammen.

Die Kinder sahen sich erst gegenseitig, dann Pia ratlos an. Ein dunkelhäutiges Mädchen mit kugelrunden Augen hob schüchtern die Hand.

Pia zögerte einen Moment, bevor ihr der Name der Tamilin einfiel. «Ja, Mira?»

«Ich habe Jonas vorhin gesehen. Er ist in den Wald gegangen.»

«Wann hast du ihn gesehen?»

Mira zuckte die Achseln. «Vor einem Weilchen, bevor wir aufräumen mussten.»

«Hat sonst jemand gesehen, wie Jonas in den Wald gegangen ist?», fragte Pia. Zwei weitere Mädchen und ein Junge bestätigten Miras Aussage.

Nadal und Manu kehrten zurück. Ihr Gesichtsausdruck sagte alles. «Er ist in den Wald gelaufen. Habt ihr gründlich nachgeschaut?», fragte Pia.

«Wir sind überall gewesen, wo wir seit heute Mittag mal vorbeikamen», sagte Manu. «Ich bin die Stellen abgelaufen, wo ich mit den Jungs Holz gesucht habe. Nichts.»

«Ich habe im Kurhaus und in den Toiletten nachgeschaut», sagte Nadal. «Fehlanzeige, dem Personal und den Gästen, die ich gefragt habe, ist kein Junge aufgefallen, der alleine herumgelaufen ist.»

Ein Knirps mit Brille aus Manus Holzsuchgruppe zupfte an ihrem T-Shirt. «Was ist, Petar?»

«Ich glaube, ich habe auch was gesehen.»

«Was hast du denn gesehen?»

«Einen Mann.»

«Einen Mann, wo?» Pia und Nadal sahen sich an.

«Am Waldrand. Er hat uns zugewinkt.»

Die drei Frauen knieten hin, sodass sie mit Petar auf Augenhöhe waren. «Der Mann hat euch gewinkt? Bist du sicher?»

Petar nickte mehrmals eifrig.

«Ist Jonas zu ihm hingegangen?», fragte Pia.

«Weiss nicht, zuerst blieb er bei uns. Später war er nicht mehr da.»

Es war zwecklos, die Kinder nach Zeiten zu fragen. In diesem Alter hatten sie dafür ein anderes Empfinden als Erwachsene.

«Kannst du den Mann beschreiben? War er gross oder klein, dick oder dünn? Hatte er schwarze oder blonde Haare?»

«Er war fast so gross wie Frau Zenklusen.»

«Und sein Gesicht?»

«Er trug so einen schwarzen Pullover mit Kapuze.»

«Hast du sein Gesicht erkannt?»

Der Kleine sah sie bedauernd an. «Die Kapuze war so tief in seinem Gesicht.»

Pias Magen krampfte sich zusammen. Wenn bei diesen Temperaturen jemand mit einem Hoodie in der Nähe von Kindern herumlungerte, verhiess das nichts Gutes.

Nadal griff zu ihrem Handy. «Ich muss die Polizei anrufen und dann Jonas' Eltern.»

Pia zog ebenfalls ihr Telefon hervor. «Ruf du die Eltern an. Ich spreche mit Paps.»

***

Entgegen Casagrandes Anweisung hatte Dornach Lüthi und Karin nicht vom Bubenfresser-Fall abgezogen. Châtelain, der das realisiert haben musste, hatte sich bisher nicht darüber beklagt. Das verdankte Dornach Jana, die den Bundespolizisten bei Laune hielt. Vorläufig war es zwischen ihm und Dornach weder zu ernsthaftem Konkurrenzkampf noch Kompetenzgerangel gekommen. Châtelain rechnete Dornach offenbar an, dass er ihm keine Steine in den Weg legte. Der wiederum zollte ihm Respekt für seine pragmatische Vorgehensweise. Er hatte Dornach nicht bei Casagrande angeschwärzt. Sie hingegen ignorierte ihn seit dem Vormittag und gab sich demonstrativ eingehend mit dem Bundespolizisten ab. Dornach konnte nicht behaupten, glücklich darüber zu sein. Wenigstens liess sie ihn in Ruhe seine Arbeit machen.

Es gab zu viele Ungereimtheiten, die ihn davon abhielten, den schon zum vorneherein nachlässig ermittelten Fall von Kindesentführung ohne Weiteres zu den Akten zu legen. Dornach fühlte, dass er es Melanie Howald und vor allem Raphael schuldig war, das Verbrechen aufzuklären.

«Es existiert ein Dossier über Howald», sagte Karin. «Gegen ihn wurde im Zusammenhang mit einem Kindersex-Skandal im Thurgau und in Baden-Württemberg ermittelt. Das war, bevor er Frau Howald heiratete. Die Beschuldigungen gegen ihn wurden fallen gelassen.»

«Oje, auch das noch», sagte Dornach. «Vorstrafe?»

«*Njet*. Das Ganze hat sich offenbar als falsche Anschuldigung erwiesen, und die Untersuchung gegen Howald wurde eingestellt.»

«Weiss seine jetzige Frau davon?»

«Wir haben sie nicht darauf angesprochen», sagte Lüthi.

«Bietet sie auf, beide. Befragt sie getrennt.» Er schlug mit der Hand auf den Tisch. «Warum zum Teufel haben wir das damals nicht gemerkt?»

«Komm schon, Dominik», beschwichtigte Lüthi. «Bernhard Hauser hat sich damals als Täter regelrecht auf den Präsentierteller gelegt. Während der Befragungen hat er Fakten wiedergegeben, die eindeutig Täterwissen waren. Beim Prozess hat er nie widerrufen. Was wollten wir mehr?»

«Er hat uns nicht verraten, wo sich Raphaels Leiche befand. Sonst hat er alles gestanden, nur das nicht. Das hätte uns stutzig machen sollen.»

«Im Nachhinein bin ich auch immer klüger», sagte Lüthi trocken.

«Hast ja recht, Mike. Es hilft nichts, wir müssen das eben jetzt klären. Nehmt euch Howald noch einmal vor.»

Das Klingeln von Dornachs Handy unterbrach das Gespräch.

DREIZEHN

Die Suche nach Jonas Scheurer begann mit einem Grossaufgebot. Innert kurzer Zeit durchkämmten Suchmannschaften mit Hilfe von Suchhunden das Gebiet um das Kurhaus weiträumig. Zwei Helikopter kreisten mit Wärmebildkameras über der Region. Deren Suche wurde durch die hohen Aussentemperaturen erschwert. Dornach telefonierte lange mit seiner aufgelösten Tochter, die sich Vorwürfe machte, weil sie nicht die ganze Zeit über wach geblieben war.

Manu hatte zu Protokoll gegeben, dass Pia nicht länger als ein paar Minuten geschlafen haben konnte. Jonas war noch bei der Gruppe. Er hatte sich wehgetan, und Pia hatte geholfen, ihn zu verarzten. Danach hatte sich der Bub entgegen Nadals strengsten Anweisungen entfernt, während Manu mit ein paar Kindern spielte. Pia hatte sich währenddessen nach Nadal umgesehen.

Die neue Dimension des Falles gab Dornach zu denken. Vor ein paar Tagen wurden die sterblichen Überreste von Scheurers Neffen Raphael Howald gefunden. Sein Sohn verschwand knapp vierundzwanzig Stunden, nachdem ein Bombenanschlag auf sein Büro verübt worden war. All das ereignete sich wenige Tage nach einem Urteil, das den Zorn der Islamisten erregte. Gleichzeitig hielten sich international gesuchte Terroristen in der Schweiz auf. Der Zusammenhang lag auf der Hand. Es gab ein Element, das nicht passte: Wie fügte sich der Skelettfund in die Geschichte ein? Sollte er das überhaupt?

Dornach hielt den Hörer in der Hand, um Casagrande anzurufen. Die Zuständigkeiten mussten neu festgelegt werden, damit sich die Ermittler der Kantons- und der Bundespolizei nicht gegenseitig auf die Füsse traten. Bevor er ihre Nummer wählen konnte, klingelte sein Handy erneut. Es war Pia.

«Sie haben seinen Rucksack gefunden, Paps.»

«Den von Jonas?»

«Ja, sein Pen ist noch drin.»

«Was für ein Pen?»

«Ein Injektionspen. Jonas muss sich Insulin spritzen. Er hat Diabetes.»

Dornach rief sich in Erinnerung, was er über die Krankheit wusste. «Weisst du, wann er seine letzte Injektion hatte?»

«Nadal meint, er brauchte keine. Der Pen war nur für den Notfall, falls seine Pumpe nicht funktioniert.»

«Jonas trägt eine Insulinpumpe?»

«Ja, Nadal versucht herauszufinden, wie lange der Vorrat in der Pumpe ausreicht. Normalerweise ist eine Charge für zwei bis drei Tage ausgelegt.»

Dornach hoffte inständig, dass sie vor nicht langer Zeit erneuert worden war. Er rechnete, dass ihnen maximal zweiundsiebzig Stunden blieben, um Jonas zu finden.

Die Lagebesprechung dauerte nicht lange. Dornach hatte Lüthi, Maja und Karin mitgenommen. Châtelain kam mit zweien seiner Leute, flankiert von Jana.

Casagrande war voller Energie. Etwas hatte sie in Hochform versetzt. Das grüne Teufelchen in Dornach fragte erneut, ob es an dem guten Einvernehmen zwischen ihr und Châtelain liegen mochte.

Zuständigkeiten und Kompetenzen waren rasch zugewiesen: Châtelain sollte sich weiterhin mit der Aufklärung des Bombenanschlags befassen. Dornach ermittelte in Blankarts Umfeld, mit Schwerpunkt auf ihren Beziehungen. Obschon sie ihm nach wie vor die kalte Schulter zeigte, hatte Casagrande offenbar davon Abstand genommen, sich auf die Islamisten als Tatverdächtige zu versteifen.

Sie wollte Dornach alleine in seinem Büro sprechen. «Ich hoffe, dass du endlich damit aufhörst, hinter meinem Rücken und gegen meine Anweisungen zu ermitteln.»

«Ich weiss nicht, was du meinst, Angie?», sagte er mit hochgezogenen Augenbrauen.

«Lass das Pokerface, Dominik. Wir haben das Spielchen zu oft gemeinsam gegen Hofmann gespielt. Ich warne dich, ich bin nicht er.»

«Es macht mich echt froh, das von dir zu hören. Ich hatte schon meine Zweifel.»

Sie baute sich vor ihm auf. Nur eine Handbreit Raum lag zwischen ihren Gesichtern. «Meinst du, ich weiss nicht, dass du neben Maja auch noch Lüthi und Karin immer noch im Fall ‹Bubenfresser› ermitteln lässt? Eins sage ich dir, Dominik: Umgehe mich oder meine Anweisungen weiterhin, und ich mache dir dermassen die Hölle heiss, dass sich das Innere des Vesuv für dich anfühlen wird wie Ferien im Winter am Nordkap. Angekommen?»

«Angekommen.»

«Gut. Dann darfst du mir jetzt einen Espresso anbieten.»

Während der Kaffee einlief, stürmte Maja ohne anzuklopfen herein. «Wir haben Laubscher, er ist …»

Sie verschluckte den Satz, sobald sie Casagrande erblickte. «Entschuldigt, ich wusste nicht, dass –»

«Macht gar nichts», sagte Casagrande und winkte sie heran. «Was du zu sagen hast, interessiert mich sicher auch.»

Maja sah unsicher zu Dornach.

«Schon gut, Maja, ich habe Angela über den Stand unserer Ermittlungen informiert.»

«Und selbstverständlich bin ich begierig, über all die kleinen, feinen Details ins Bild gesetzt zu werden, erst recht, wenn sie dich in derartige Begeisterungstaumel versetzen, Maja.»

Nach einem letzten fragenden Blick zu Dornach berichtete Maja, dass Laubscher an seiner regulären Wohnadresse nicht anzutreffen war. Dank Zeugenbefragungen mit Unterstützung durch Gublers digitale Fertigkeiten, auf die Maja im Hinblick auf Casagrandes Präsenz nicht eingehen wollte, hatten sie herausgefunden, dass Laubscher ein Zimmer im «Pink Flamingo» bewohnte. «Dort ist er im Moment ebenfalls nicht auffindbar. Angeblich verkehrt er aber fast jeden Abend im Lokal. Google hat herausgebracht, dass er Teilhaber des Etablissements ist. Heute Abend steigt dort angeblich eine besondere Party – eine Art Maskenball mit dem Motto ‹*Be surprised* – Lass dich überraschen›.»

«Originell», sagte Dornach. «Ich kann mir kaum vorstellen, was die Überraschung sein könnte.»

«Ausser Mann stellt fest, dass die Verführerin unter der Maske die eigene Gattin ist – der Klassiker gewissermassen», sagte Casagrande.

«Ich schlage vor, wir kreuzen mit der Falk auf», sagte Maja. «Die tragen auch schöne Masken. Einige der Damen und Herren stehen womöglich auf Uniformen. Das wäre echt die Überraschung des Abends.»

Dornach überlegte. Eine Razzia in einem angesagten Swingerclub würde bei der zu erwartenden illustren Gästeschar Medienaufmerksamkeit nach sich ziehen. Ein mögliches Störfeuer gewisser Notabeln, die sich ihrer Privatsphäre beraubt fühlten, wollte er im Moment vermeiden.

«Einverstanden, aber Falk wird ausserhalb des Lokals Posten beziehen. Wir locken Laubscher heraus und nageln ihn fest.»

«Findet ihr es nicht etwas krass, gleich mit der Sondereinheit aufzukreuzen, um einen Mann festzunehmen?», fragte Casagrande.

«Laubscher ist Sprengstoffexperte mit einem ausgewiesenen Hang zu Gewalt. Er könnte bewaffnet sein. Ich will ihn aus dem Lokal voller unbeteiligter Dritter heraushaben, wenn wir zugreifen.»

«Also schön, wie gedenkt ihr das hinzukriegen?»

«Mit einem Lockvogel», sagte Maja.

«Ein Lockvogel? Wer soll das sein?»

Maja setzte sich neben Casagrande auf einen Stuhl und streckte die Beine von sich. «Ich kreuze dort als Gast auf und bezirze Laubscher so lange, bis ich ihn unter einem Vorwand dazu bringe, mich nach draussen zu begleiten.»

«Du?», fragte Dornach.

«Ja, ich. Nur damit ihr Bescheid wisst: Ich kann auch anders als burschikos. Fragt mal Mike.»

Casagrande musterte Maja von oben bis unten. Sie trug wie üblich ihre verwaschenen Jeans mit einem den herrschenden

Temperaturen geschuldeten Tanktop, das immerhin neu aussah.
«So angezogen kommst du dort nicht rein.»

Maja sah an sich herunter. «Ich weiss nicht, was ihr ständig an meinem Outfit zu mäkeln habt. Wenn's nur das ist, ich habe ein paar andere Sachen zu Hause im Kleiderschrank.»

«Also gut, ich bin einverstanden», sagte Casagrande. «Unter einer Bedingung: Du gehst nicht alleine dorthinein. Ich will, dass du Rückendeckung hast.»

«Ich nehme Mike mit.»

«Zu heikel», sagte Casagrande. «Es gibt nicht umsonst die Regel, dass privat liierte Polizisten nicht gemeinsam eingesetzt werden sollen. Ich glaube, ich habe den richtigen Partner für dich.» Sie sah Dornach lange an.

«Ich? Ich glaube nicht, dass ich der Richtige dafür –»

«Doch, doch, du bist goldrichtig. Etwas Luftveränderung wird dir guttun. Ich kann dich natürlich nicht zwingen», sagte Casagrande mit einem spitzen Lächeln.

So ein Luder. Das war eine Retourkutsche mit Turbo.

«Für mich kein Problem, Dominik. Ich habe mir schon lange mal ein Date mit dir gewünscht», frotzelte Maja. «Deine Garderobe musst du nicht wechseln. Zieh dein dunkles Jackett an und vergiss die schwarze Maske nicht. Bei Pia findest du so ein Teil. Ich hab's an der letzten Fasnacht an ihr gesehen. Treffen wir uns um neun?»

Nachdem Maja weg war, um sich zu Hause frisch zu machen und sich umzukleiden, fiel Casagrandes Blick auf Dornachs Füsse. «Zieh dir einfach keine weissen Socken an, sonst denken die Leute noch, du bist ein Aargauer.» Sie fuhr mit den Fingerspitzen über sein Kinn. «Dreitagebart hast du ja schon. Steht dir sicher gut heute Abend. *Ciao, bello.*»

＊＊＊

Dornach hatte Karin auf den Weissenstein geschickt, um unverzüglich zu ermitteln. Zu diesem Zweck wurde ihr einer der Seminarräume im Kurhaus zur Verfügung gestellt.

Scheurer war der Erste, mit dem sie sich unterhielt. Sie wollte wissen, was die Risiken in Bezug auf Jonas' Diabeteserkrankung waren.

«Die Charge wurde heute Morgen gewechselt. Das Set, also Katheter und Reservoir, müssen alle drei Tage gewechselt werden. Jonas ist empfindlich. Die Infektionsgefahr ist gross, wenn der Katheter zu lange nicht ersetzt wird.»

Karin rechnete aus, dass ihnen ab jetzt rund sechzig Stunden blieben, um Jonas wohlauf zu finden. «Wurde Ihr Sohn früher schon von Fremden angesprochen, in der Schule oder auf dem Weg?»

«Nie», sagte Scheurer. «Wir schärfen ihm stets ein, dass er sich nicht auf Fremde einlassen darf, geschweige denn zu jemandem ins Auto steigen, den er nicht kennt.»

«Anders gefragt: Denken Sie, dass Jonas nur einer Person in den Wald gefolgt wäre, die er kannte?»

«Ich kann es mir nur so erklären.»

«Wo ist Ihre Frau, Herr Scheurer?»

«Sie ist immer noch in Schweden. Ich habe vorhin mit ihr gesprochen.»

Karin machte sich eine Notiz. Frau Scheurer war permanent abwesend, eine grosse Unbekannte.

Pia war die Nächste. Sie schilderte den genauen Ablauf des Nachmittags. Sie machte sich immer noch Vorwürfe, dass sie nicht bei der Klasse geblieben war. «Manu ist auch völlig zerknirscht. Sie kann ja nichts dafür, wenn sie von den Kindern abgelenkt war.»

«Keine von euch hat diesen Mann mit der schwarzen Kapuze gesehen?»

Pia verneinte. Karin wollte wissen, weshalb Nadal sich von der Gruppe entfernt hatte. Pia erzählte ihr vom Vorfall mit Gezim.

Karin hörte abrupt auf zu schreiben. «Frau Mousavi ist die Freundin vom jungen Ismajli?»

«War», korrigierte sie Pia. «Nadal hat schon vor einiger Zeit mit ihm Schluss gemacht.»

«Weshalb?»

«Gezim wurde für sie zu fundamentalistisch. Nadal ist praktizierende Muslimin, aber was Gezim von ihr wollte, ging ihr zu weit.»

Karin machte hinter Nadals Namen ein Ausrufezeichen.

«Hältst du es für möglich, dass Gezim Jonas verschleppt hat?», fragte Pia. «Vielleicht, um Nadal eins auszuwischen?»

«Ausschliessen würde ich es nicht.»

Karin überlegte. Hatte Jonas Gezim gekannt? Wenn ja, gut genug, dass er mit ihm weggehen würde? Nur Nadal konnte das beantworten.

Diese fiel aus allen Wolken, als Karin sie darauf ansprach. «Gezim? Er soll das getan haben? Weshalb? Das kann ich nicht glauben.»

«Warum nicht?»

«Gezim liebt Kinder über alles. Als wir Zukunftspläne geschmiedet haben, hat er mir gesagt, dass er mindestens sieben Kinder haben wollte. Sieben ist die höchste Glückszahl im Islam.»

«Vielleicht will er dem Jungen ja nichts zuleide tun», sagte Karin. «Könnte es sein, dass er Sie unter Druck setzen will, zu ihm zurückzukehren?»

«Das glaube ich einfach nicht.» Nadals Augen füllten sich mit Tränen. «Deswegen soll er ein unschuldiges Kind entführt haben?»

«Haben Sie eine Möglichkeit, ihn telefonisch zu erreichen, Frau Mousavi? Falls er den Jungen hat, könnten Sie ihn davon überzeugen, ihn zurückzubringen. Das würde sich positiv für ihn auswirken.»

«Ich … ich kann es versuchen.» Nadal zog ihr Handy hervor. Karin bat sie, auf Lautsprecher zu stellen.

Die neutrale Stimme des Anrufdienstes antwortete, dass der Anschluss vorübergehend ausser Betrieb sei.

Karin stand am Tresen des Restaurant Kurhaus und wartete auf ein bestelltes Mineralwasser. Ein uniformierter Polizist drückte ihr einen Plastikbeutel in die Hand. «Das hat der Suchtrupp vorhin im Wald gefunden.»

Karin betrachtete den Beutel, ohne ihn zu öffnen. «Ist das ein schwarzer Kapuzenpullover?»

«Ja, es sind Blutflecken drauf.»

Karin wurde gleichzeitig heiss und kalt. Der Beamte versuchte sie zu beruhigen. «Es ist nicht viel. Der Notarzt meint, was immer die Blutung verursacht hat, es kann keine lebensgefährliche Verletzung sein.»

«Ich nehme das mit und bringe es selber in die Kriminaltechnik», sagte Karin. Sie trank die Halbliterflasche Mineralwasser in einem Zug aus.

***

«Bist du bereit, Schatz?»

Dornach sah überrascht von der Lektüre eines Berichtes auf, den er mit Randnotizen versah. Im ersten Augenblick glaubte er, dass die aufreizend gekleidete Frau, die ihn von der Tür aus anlächelte, eine Kollegin oder die Freundin eines Kollegen sein musste, die sich in der Tür geirrt hatte. Ihr Lächeln wurde angesichts seiner Verblüffung breiter.

«Maja?»

«Wer denn sonst. Wir haben eine heisse Verabredung, du erinnerst dich?» Den Hüftschwung, mit dem sie auf ihn zukam, hätte er ihr nie im Leben zugetraut. All die Jahre hatte er Maja nie in einer solchen Aufmachung gesehen. Sie trug ein hautenges rotes, einseitig bis weit oben geschlitztes Abendkleid, das ihre sportlichen Waden und noch etwas mehr freilegte. Ein traditioneller chinesischer Kragen schloss es ab. Das Décolleté war ebenfalls ein raffiniert geschnittener Schlitz. Jedes Mal wenn Maja sich vorbeugte, klaffte er auseinander und gewährte einen grosszügigen Ausblick auf zwei makellose, feste Rundungen. Sie drehte sich vor Dornach einmal um die eigene Achse. Er musste bei ihrer Rückenansicht unvermittelt leer schlucken. Auf der Rückseite bestand das Kleid aus einem weiten Ausschnitt, der den ganzen Rücken bis zum Ansatz eines muskulösen Hinterteils freilegte. Anstatt der üblichen Zopffrisur lag Majas brünettes Haar mit Hilfe eines extrastarken Gels eng am Kopf. Dunkles Augenmascara und ihrer Augenfarbe angepasster grünlicher Lidschatten verliehen ihr die Aura purer Verführung. Ihre Sommersprossen waren nicht abgedeckt, sondern lediglich gedämpft. Glitter-Make-up schimmerte dezent auf ihren markanten Wangenknochen. Der Lippengloss passte zur Farbe des Kleides.

«Gefalle ich dir?»

«Umwerfend», sagte Dornach. «Ist das nicht ein bisschen übertrieben.»

«Komm schon, Dominik, ist das alles, was du dazu zu sagen hast? Es hat mich zwei geschlagene Stunden gekostet, so auszusehen. So was mache ich sonst nur für Mike.»

«Er kann sich glücklich schätzen.»

«Das will ich ihm geraten haben. Diese Fahne habe ich extra für ihn gekauft, nur damit er sie mir jeweils gleich wieder ausziehen kann.» Sie strich mit beiden Händen über das Kleid. «Laubscher soll gleich anbeissen, damit wir es rasch hinter uns haben. Gehen wir? Wenn ich das Ding zu lange trage, fängt's an zu zwicken.»

Von den anderen einschlägigen Lokalen, die im Schatten der Burg Alt-Falkenstein im Dorfkern von Klus ihr Dasein fristeten, hob sich der Standort des «Pink Flamingo» deutlich ab. Der Betreiber hatte keine Kosten gescheut, ein ehemaliges Fabrikverwaltungsgebäude aus der Gründerzeit in einen Tempel der Sinnlichkeit zu verwandeln. Unweit einer Lachsräucherei und dem Bahnhof Klus durften zahlungskräftige Gäste aus dem ganzen Land in absoluter Diskretion ihren Trieben freien Lauf lassen.

Das ehemalige Grossindustriegebiet in der Talenge, die das Flüsschen Dünnern durch den Jurawall getrieben hatte, beherbergte einst grosse Namen der Solothurner Industrie, unter anderem einen Zweigbetrieb der Maschinenfabrik Dornach AG, der ehemaligen Firma von Dornachs Eltern. Dornach fragte sich, was diese oder der erste Industriepionier, Ludwig von Roll, heute denken mochten, wenn sie wüssten, was an der Stätte ihres einstigen Schaffens getrieben wurde.

Ein diskretes Schild am Gebäudeeingang mit einem stilisierten rosafarbenen Flamingo und der Aufschrift «Pink Flamingo – for your entertainment» deutete die geheimen Freuden im Inneren lediglich an. Dornach und Maja betraten den Club. Die Standorte der Kollegen von Falk und der Sicherheitspolizei waren ihnen bekannt. «Alle in Position, bereit für Zugriff», hörte Dornach die Stimme des Falk-Einsatzleiters in seinem Ohrstöpsel.

«Zugriff erfolgt auf mein Kommando», sprach Dornach diskret ins Knopfmikrofon am Revers seines Jacketts. Er sah Maja an, die nickte. Sie hatte ebenfalls einen Knopf im Ohr, eine Leihgabe von Châtelain. Sie trug kein Mikrofon am dünnen Stoff. Sofern sie nicht sprechen konnte, kommunizierte sie mit zuvor vereinbarten Gesten. Das setzte ständigen Sichtkontakt zu Dornach voraus. Sie hatte eine farblich auf das Kleid abgestimmte, an den Rändern mit Swarovski-Brillanten versetzte Halbmaske auf.

«Die Steine sind nicht echt, oder?», wisperte Dornach Maja zu.

«Wofür hältst du mich? Nur für internen Gebrauch.»

«War nur eine Frage.» In Majas Liebesleben herrschte anscheinend keine Langeweile. Er hatte eine dunkle Sonnenbrille im Stil von «Men in Black» aufgesetzt. Erleichtert stellte er fest, dass einige der anwesenden Herren im Foyer es ihm gleichgetan hatten.

Nach Bezahlung des Eintrittsgeldes erhielten beide ein reissfestes Papierarmband, das ihnen Zutritt zu allen Einrichtungen des Etablissements, inklusive Wellnesszone, verschaffte, ergänzt mit je zwei Gutscheinen für ein Glas Champagner.

Maja ergriff Dornachs Hand und legte sie auf ihre Hüfte. «Streng dienstlich, Chef», hauchte sie ihm ins Ohr. Dabei gab sie den Anschein, sie knabbere an seinem Ohrläppchen.

Dornach fühlte sich ausserstande, mit mehr als einem heiseren Räuspern zu antworten.

Um den Schein zu vervollkommnen, lösten sie einen Getränkegutschein ein, bevor sie eine Erkundungstour durch die Räumlichkeiten unternahmen. Die Einrichtung des Hauptbereiches mit der Bar entsprach einem typischen Nachtclub. Im Zwielicht hatten es sich einige Gäste in Sitznischen oder an Clubtischchen bequem gemacht und sahen sich die Show an. Eine barbusige Schönheit, deren Oberweite ohne silikonhaltige Zusätze zweifellos weniger herausragend gewesen wäre, vollführte in einem überdimensionierten, mit Schaumbad gefüllten Champagnerkelch spektakuläre Verrenkungen.

Das «Pink Flamingo» erfüllte jede erdenkliche Phantasie. In sogenannten Themenräumen konnte sich Mann mit Frau und, zwecks männlicher Lustförderung, vereinzelt Frau mit Frau wahlweise im Piraten-, Spital- oder Büroambiente austauschen. Einer der Räume enthielt nichts ausser einer Matratze, welche die gesamte Fläche ausfüllte. Zu dieser Stunde war die Belegung überschaubar. Eine ausschliesslich mit einer schwarzen Halbmaske bekleidete Dame liess sich von zwei Männern und einer Frau gleichzeitig verwöhnen, welche gleichermassen dürftig gekleidet waren.

«Zu viel Fleisch hier», flüsterte Maja. «Gehen wir zurück an die Bar. Laubscher scheint noch nicht da zu sein. Der taucht vermutlich dort zuerst auf.»

An der Bar verlangte Maja im Austausch für ihren zweiten Gutschein ein Glas Rotwein. Sie raunte Dornach ins Ohr, dass der Geschmack des Champagners sie an das Badewasser der barbusigen Nixe von vorhin erinnerte.

«Wollen Sie wirklich keinen Champagner?», vergewisserte sich die freundliche Serviererin hinter dem Tresen.

«Lieber nicht», erwiderte Maja leichthin. «Von dem Zeug komme ich immer zu schnell.» Mit einem verständnisvollen Lächeln schenkte ihr die Bardame den Wein ein. Maja schmiegte sich demonstrativ an Dornach. «Gefällt's dir hier, Schatz?»

«Wie einem Kind im Süssigkeitenladen. Zu grosse Augen und zu kleiner Magen.»

«Der Magen dürfte nicht das Problem sein. Zumindest nicht, wenn man den Fusel vermeidet, den sie hier als Schämpis anpreisen.»

Beide achteten darauf, nach aussen hin den Eindruck zu erwecken, miteinander zu turteln. Derweil liessen sie ihre Blicke durch den Raum schweifen. Ein Pärchen auf einem Sofa manifestierte Interesse an Maja. Eine katzenäugige, kräftig gebaute Blondine mit Lockenmähne versuchte mit ihren Blicken, Dornach in ihren Bann zu ziehen.

«Ich sehe ihn», flüsterte Maja. «Hinter dir, er setzt sich an die Bar.»

Dornach blickte diskret in die Richtung und erkannte ihn sofort. Laubscher war mittelgross und offenbar bemüht, seinen ansetzenden Schmerbauch zu verbergen. Er war ein Enddreissiger mit nach hinten gekämmtem schmutzig blonden Haar und einem brutalen Zug um den Mund. Es war Jasmin Blankart nicht zu verdenken, dass sie mit ihm Schluss gemacht hatte.

«Okay, ich räume das Feld.» Dornach drückte ihr einen Kuss auf die Wange. «Viel Glück.»

«Bleib sauber.»

Vorgeblich suchend setzte sich Dornach in der gegenüberliegenden Ecke des Raumes in einen Sessel, sodass er ständig Sichtkontakt zu Maja hatte. Sie drehte sich auf ihrem Barhocker zu Laubscher hin. Er sollte erkennen, dass sie Blickkontakt mit ihm suchte. Sie drückte den Rücken durch und den Hintern raus, um ihre Pracht zur Geltung kommen zu lassen. Laubscher müsste blind sein, sie nicht zu beachten.

***

Laubscher fackelte nicht lange. Er setzte sich mit seinem Bier, worum ihn Maja beneidete, zu ihr.

«Na, du geile Sau, kleiner Fick gefällig? Siehst aus, als hättest du es nötig.»

Maja unterdrückte den Reflex, ihm den Inhalt ihres Glases ins Gesicht zu schütten und ihre Faust folgen zu lassen. Um den Wein wäre es nicht schade gewesen. «Aber hallo, du verstehst es, mit Frauen zu reden», sagte sie. «Ich bin schon ganz feucht, willst du mal fühlen?»

«Klar, am liebsten mit der Zunge.»

«Kein Problem.» Sie hielt seine Hand fest, die sich unter ihren Rocksaum geschoben hatte. «Hast du ein Auto?»

«Mein Maserati steht draussen.»

«Ich mag Maseratis. Am liebsten, wenn ich auf der Motorhaube drangenommen werde. Gehen wir?»

«Übertreib's nicht», hörte sie Dornachs warnende Stimme im Ohr.

«Wie? Du willst es auf dem Parkplatz machen?», fragte Laubscher.

«Sag bloss, du hast Hemmungen? Hätte ich dir gar nicht zugetraut.»

Laubscher liess sich kein zweites Mal bitten. Sie verliessen das «Pink Flamingo». Maja hörte Dornachs Instruktionen. «An alle, sie kommen heraus. Bereit machen zum Zugriff.»

Der Parkplatz lag hinter dem Club. Maja musste mit Laubscher das Gebäude umrunden. Sie konzentrierte sich auf den Zugriffsbefehl und liess sich während einer Schrecksekunde überrumpeln. Laubscher nahm sie ohne Vorwarnung in den Schwitzkasten. Es gelang ihm, sie in eine Nische zu schleifen. Dort drückte er sie gegen die Wand und griff ihr zwischen die Beine.

«So, du Nutte, jetzt erlebst du etwas, das du nicht so schnell vergessen wirst.»

Bevor der Befehl «Zugriff!» in Majas Ohrmuschel ertönte, hatte sie die Überraschung verdaut. Sie rief: «Nein, ich will das nicht!» Daraufhin, anstatt Widerstand zu leisten, machte sie sich schwer und liess sich fallen. Laubscher wurde zum Verhängnis, dass er seinen Griff lockerte. Maja federte mit beiden Händen vom Boden weg. Aus der Hocke versetzte sie ihm einen kräftigen Hieb in die Genitalien. Laubscher stiess einen grunzenden Laut aus. Sein Oberkörper klappte nach vorne. Blitzschnell verpasste Maja ihm einen Faustschlag, der seinen Kopf zur Seite schleuderte. Laubscher ging rücklings zu Boden.

«Das soll dich lehren, anständig mit Frauen zu reden.» Sie versetzte ihm eine schallende Ohrfeige. «Und die ist für den ungefragten Griff, du weisst schon, wohin. Normalerweise lasse ich Typen für so was ihre eigenen Eier schlucken. Leider bin ich im Dienst.» Sie drehte den vor Schmerzen ächzenden Laubscher mit einem Schwung auf den Bauch. Mit einem Knie presste sie seinen Kopf hart auf den gekiesten Untergrund. «Hartmann, Kantonspolizei. Renato Laubscher, Sie sind vorläufig festgenommen. Wir wären Ihnen dankbar, wenn Sie uns auf das Kommando in Solothurn begleiten und dort ein paar Fragen beantworten. Auf!» Sie zerrte ihn auf die Füsse.

***

Maja übergab Laubscher den Kollegen von Falk. Einer von ihnen konnte es nicht lassen, zur allgemeinen Erheiterung einen lockeren Spruch über ihre Garderobe zu machen. Normalerweise hätte Dornach ihn zurechtgewiesen. Bei Maja war das nicht notwendig. Sie rief die Truppe kurzweg zusammen. «Danke für eure Unterstützung, Kollegen. Toller Einsatz. Noch etwas: Sollte es einem von euch Witzbolden in den Sinn gekommen sein, mich in diesem Aufzug zu fotografieren und die Bilder zirkulieren zu lassen, weiss er, was ihm blüht.» Sie zeigte zum lädierten Laubscher hinüber, der in einen Einsatzwagen verfrachtet wurde. «Gibt's Fragen?»

Dornach wies dem Geschäftsführer des «Pink Flamingo» einen Durchsuchungsbeschluss vor. Er bat ihn höflich, die Party abzubrechen, damit die Gäste das Lokal diskret und ohne Aufsehen räumen konnten. Danach kam die Kriminaltechnik zum Zug. Die Durchsuchung konzentrierte sich auf Laubschers Zimmer.

Während der Befragung in der Schanzmühle blieb Laubscher

stumm. Er drohte Maja mit einer Anzeige wegen Amtsmissbrauch und schwerer Körperverletzung.

Sie sah dem gelassen entgegen. «Sie haben ganz andere Probleme, Herr Laubscher. Es gibt genug qualifizierte Zeugen, die gesehen haben, dass Sie versucht haben, mich zu vergewaltigen.»

«Du verdammte Hure hast mich in der Bar angemacht. Dann bist du freiwillig mit mir gegangen.»

«Wie dem auch sei», sagte Dornach. «Ein Dutzend Beamte können bezeugen, dass Sie Feldweibel Hartmann sexuell bedrängt haben, obwohl sie laut und deutlich gesagt hat, dass sie das nicht will. Somit liegt ein Tatbestand von versuchter Vergewaltigung vor. Das ist leider nicht Ihr erstes Mal.»

Laubscher sah lauernd von Dornach zu Maja. «Du verdammte Fotze», sagte er mit vor Wut gepresster Stimme. «Wart's ab, du kriegst dein Fett ab, dafür sorge ich.»

Dornach wandte sich an den Polizisten, der das Protokoll aufnahm. «Bitte festhalten, dass Beleidigung und Bedrohung eines Beamten im Dienst dazukommen.»

Laubscher verschränkte die Arme. «Ohne Anwalt hört ihr von mir gar nichts.»

Dornach sah auf die Uhr. «Ihre Festnahme erfolgte vor einer Stunde. Sie bleiben für die nächsten dreiundzwanzig unser Gast. Bis dahin bekomme ich von der Staatsanwaltschaft einen Haftbefehl. Sie können uns auch gleich sagen, was Sie in der Wohnung Ihrer Ex-Freundin wollten.»

Laubscher sah zur Seite.

«Du hast ihn zu hart angepackt, Maja», sagte Dornach, sobald sie in seinem Büro waren. «Er lag schon am Boden, und du hast zugeschlagen.»

«Ich weiss, was ich tue, Dominik. Es waren zwei Ohrfeigen. Davon kriegt er ein blaues Auge, wenn's hochkommt. Damit kommt dieses feige Arschloch noch gut weg.»

«Maja, du bist meine beste Beamtin, wenn es hart auf hart kommt. Lerne endlich, dich zu beherrschen. Irgendwann kann ich dich nicht mehr raushauen.»

«Du solltest seinen Zustand sehen, wenn ich mich nicht beherrsche. Ich hätte ihn aus Notwehr erschiessen können.»

«Womit denn?»

«Hiermit.» Sie griff unter den Schlitz des Kleides und streifte ein spitzenbesetztes schwarzes Elastikband mit einem Holster über die Beine. Sie zeigte Dornach die Kleinpistole.

Ihm fielen fast die Augen aus dem Kopf. «Du hattest eine Waffe bei dir?»

«Denkst du, ich gehe ohne Zähne zum Steakessen?», fragte sie grinsend.

«Bist du dir klar darüber, was du für ein Risiko eingegangen bist? Das ist keine Dienstwaffe. Wenn du sie benutzt hättest … Woher hast du das Ding überhaupt?»

«Von mir.» Jana war hereingekommen und setzte sich neben Maja. «Ich benutze dieses Spielzeug zwischendurch für spezielle Einsätze. Es ist eine bei Europol registrierte Dienstwaffe. Sieh es als Amtshilfe, Dominik.»

Ihm fehlten die Worte. Er machte eine ergebene Geste. «Gegen euch beide zusammen komme ich heute eh nicht mehr an.»

Tschanz kam mit zwei Plastikbeuteln in der Hand herein. Er sah überrascht in die Runde. «Entschuldige, Dominik, ich wusste gar nicht, dass du so charmanten Besuch hast.» Er sah Maja und vergass für einen Moment, den Mund zu schliessen.

«Atmen nicht vergessen, Sebi», sagte Maja. «Nie eine Frau im roten Kleid gesehen?»

Erschrocken hob Tschanz die Hände. «Wer sind Sie, und was haben Sie mit Maja Hartmann gemacht?»

Maja streckte ihm den Drohfinger entgegen. «Noch ein Wort und du hast einen meiner Stilettos im Hintern – Spitze zuerst.»

Tschanz atmete demonstrativ erleichtert auf. «Gott sei Dank, du bist es doch, Maja. Alles gut.»

«Idiot.»

Dornach liess ein Räuspern vernehmen. «Wenn wir uns alle wieder auf den eigentlichen Fall konzentrieren könnten. Hast du was, Sebi?»

«Nicht viel. Wir haben Laubschers Zimmer im «Pink Flamingo» komplett auf den Kopf gestellt. Die gute oder je nachdem, wie man es sehen will, schlechte Nachricht zuerst: Es gibt keine Hinweise, dass dort mit Sprengstoff hantiert wurde.»

«So blöd wird er wohl nicht gewesen sein, die Bombe in seinem Schlafzimmer zu basteln», sagte Maja.

«Da würdest du dich wundern, liebe Kollegin», entgegnete Jana.

Tschanz fuhr fort. «Meine Männer nehmen den Rest des Lokals auseinander, insbesondere die Kellerräume. Und wir haben das da gefunden.» Er legte einen Plastikbeutel auf Dornachs Schreibtisch.

«Eine Walther PPK, neun Millimeter. Er hatte sie unter seiner Matratze versteckt.»

«Wie originell. Haben wir die Waffe im System?»

«Positiv! Zwei Raubüberfälle bei Juwelieren in Olten und Dornach. Die Täter haben in die Decke geschossen, um die Angestellten einzuschüchtern. In Olten wurde eine Lehrtochter dabei leicht verletzt.»

«Das heisst Auszubildende, heutzutage», murrte Maja.

«Sehr schön.» Dornach war zufrieden. «Ein Nagel mehr in Herrn Laubschers Sarg. Was hast du sonst?» Er wies auf den zweiten Beutel.

«Weitere Sargnägel in Form von Perlen- und Goldketten, Diamantbroschen und -ringen, mutmasslich Beute aus den Überfällen. War wohl als Notvorrat für schlechte Zeiten gedacht.»

«Die bei Laubscher definitiv angebrochen sind», kommentierte Maja.

«Zudem haben wir ein MacBook Air bei ihm gefunden, teures Teil, kostet über zweitausend Franken.»

«Todsicher das Notebook, das wir in Blankarts Wohnung nicht gefunden haben.»

«Leider wurde die Festplatte gelöscht. Google kümmert sich darum. Er kommt gleich, um eine Entdeckung zu verkünden.»

«Er soll sich beeilen, ich will endlich raus aus diesen Klamotten», sagte Maja.

Gubler kam keine zwei Minuten später herein. Er zeigte gegenüber ihr die gleiche Reaktion wie zuvor Tschanz.

«Komm zur Sache, Google», sagte Dornach, bevor der eine Bemerkung machen konnte. «Wir wollen in den Feierabend oder was davon übrig ist.»

Obwohl er ansonsten nicht ohne Notebook unterwegs war, hatte Gubler diesmal nur ein Tablet dabei. «Aus purer professioneller Neugier habe ich die Eigentumsverhältnisse des ‹Pink Flamingo› unter die Lupe genommen. Seid ihr bereit dafür?»

«Kurzversion, bitte.»

«Das Lokal ist im Besitz einer Firma namens Visiontrade. Der gehören weitere ähnliche Etablissements und Spielsalons in der Deutschschweiz. Die Visiontrade ist wiederum Teil einer Holdinggesellschaft mit dem klingenden Namen ‹Al Saïd› mit Sitz in Doha, im schönen Golfemirat Katar.»

«Hochinteressant, wo ist die Pointe?»

«Kommt – oder willst du, Jana?»

Jana winkte ab. «Ich will dir auf keinen Fall die Show stehlen, lieber Google.»

«Merci. Dank unserer allseits geschätzten Kollegin von Europol habe ich erfahren, dass die ‹Al Saïd›-Holding einem gewissen Mahmud Bakir gehört, einem Bruder von Yusuf Bakir, jenem Herrn also, der bei Geheimdiensten und Terrorabwehr der meisten Staaten auf den Künstlernamen Abdul Adil oder der ‹Scheich› hört. Bakir ist über diese Holding übrigens auch stolzer Besitzer einer Firma ‹Gloria Defense Brokers›, die Waffengeschäfte zwischen dem Golf und dem Westen, unter anderem auch mit schweizerischen Rüstungsbetrieben, vermittelt.»

Man hätte eine Stecknadel zu Boden fallen hören können, bevor Jana die Stille unterbrach. «Ich hab's dir gesagt, Google: Damit landest du den Scoop des Tages. Die ‹Al Saïd› steht bei uns seit einiger Zeit in Verdacht, für die Gruppe Abdul Adil Geld zu waschen und mit Waffen zu handeln.»

«Ich glaube, das müssen wir erst mal verdauen», sagte Dornach. Er sah in die Runde. «Ich brauche ein kühles Bier. Wer kommt mit?»

Jana nickte enthusiastisch. «Bin dabei, wenn's nicht nur Bier sein muss.»

Maja wollte sich erst umziehen. «Wenn ich noch länger in dem Fummel herumsitzen muss, laufe ich demnächst Amok.»

∗

Châtelain begleitete Casagrande bis vor ihre Haustüre. Nach einem anstrengenden Arbeitstag, der lange in den Abend hinein dauerte, hatten sie beschlossen, im Restaurant Wengihaus eine Pizza zu essen. Châtelain war ein charmanter und witziger Unterhalter. Casagrande hatte seit einer gefühlten Ewigkeit erstmals wieder herzhaft gelacht. Sie schrieb es zu gleichen Teilen der Galanterie des Neuenburgers und dem toskanischen Rotwein zu. Wäre das Intermezzo mit Tiziani nicht gewesen, hätte sie Châtelain zu einem Schlummertrunk in ihre Wohnung eingeladen. Den Rest hätte sie geschehen lassen – oder nicht. Der Wein begann ihre Gedanken zu vernebeln. Zeit, eine Grenze zu ziehen.

«Danke für den schönen Abend, Marius.»

«Wir sollten das unbedingt wiederholen, ohne dass eine Terrorermittlung zwischen uns steht.» Er küsste ihre Hand. Die gehauchte Berührung auf ihrem Handrücken liess sie erschauern. Seine Lippen näherten sich ihrem Mund. Zeit für den Rückzug. Sie deutete drei Wangenküsse an. «Bis morgen, Marius.»

Sie wandte sich rasch zur Tür, um die Enttäuschung in seinen Augen nicht sehen zu müssen.

«Angela?»

Sie drehte sich um. Er stand direkt hinter ihr. Er nahm ihren Kopf in beide Hände. Sie wehrte sich nicht, während er sie auf den Mund küsste. *Je dis ce que je pense*», sagte er. «Ich sage, was ich denke. Wir müssen das wiederholen. Du bist eine wunderbare Frau. Dornach ist ein Idiot, wenn er dich links liegen lässt.»

«Er lässt mich nicht links liegen, es ist nur –»

«Ich weiss», sagte er sanft, «du hast es mir erklärt. *C'est votre déontologie* – euer Pflichtbewusstsein. Diese Deutschschweizer wissen nicht, wie man lebt. Die Liebe ist da, Angela. Sie findet nicht im Kopf statt. Du sollst wissen, dass ich für dich da bin, wenn du mich brauchst. *Bonne nuit!*» Er wandte sich um und ging davon.

«Bonne nuit, Marius, et merci!» Was hätte sie sonst sagen sollen? Sie schalt sich, während sie die Treppe zu ihrer Wohnung hochstieg. Erst verschmähte sie der eine, den sie wollte. Nun hatte sie zwei unverhoffte andere Verehrer am Hals. Warum war sie so idiotisch gewesen, sich auf Sex mit Tiziani einzulassen? Früher schon hatte er sie damit gekapert und buchstäblich bis zur Selbstaufgabe gebracht. War das wirklich Liebe? Franco war ohne Frage gut im Bett. Aber deswegen erneut mit ihm zusammenzuziehen, nur um in kurzer Zeit so weit zu sein wie vor knapp drei Jahren? Auf keinen Fall. Das wollte sie ihm bei der nächsten Gelegenheit klarmachen.

Kaum hatte sie die Wohnungstür hinter sich abgeschlossen und ein Glas Wasser eingegossen, hörte sie das Summen ihres Handys in der Handtasche. Sie hatte keine Lust, mit jemandem zu reden. Dornach konnte es nicht sein. Er hatte sie bereits über Laubschers Festnahme informiert. Kaum hatte sie das Glas ausgetrunken, hörte das Klingeln auf. Der Signalton ihrer Combox ertönte. Seufzend kramte sie den Apparat aus der Tasche. Tiziani hatte angerufen. Sie rief zurück. Er antwortete nach dem ersten Klingelton. «Wer war das vorhin?»

«Wer war was vorhin?»

«Der Kerl, den du vor deiner Haustüre so innig geküsst hast?»

«Wir haben uns nicht innig ... Spionierst du mir nach?»

«Ich habe auf dich gewartet, Angela. Den ganzen Abend sass ich auf einer Bank auf dem Platz vor deinem Haus. Ihr seid vorhin an mir vorbeigegangen. Du hast mich nicht einmal bemerkt.»

Casagrande hatte die Person gesehen, die auf der Bank in der Mitte des Platzes gegenüber dem Restaurant «Zum Alten

Stephan» sass. Sie war zu sehr in das Gespräch mit Châtelain vertieft gewesen, um Tiziani zu erkennen. «Warum hast du dich nicht bemerkbar gemacht?»

«Warum wohl?»

«Es ist nicht so, wie du denkst, Franco. Marius und ich, wir wollten nicht –»

«Ach, du nennst ihn schon Marius. Habt ihr schon gebumst?»

Casagrande schloss die Augen und verschluckte eine heftige Entgegnung. Das musste sie sich nicht anhören, nicht jetzt und erst recht nicht von ihm. «Franco, es ist schon spät. Lass uns später darüber reden. Morgen oder übermorgen könnte ich –»

«Morgen oder übermorgen könntest du was? Dir fünfzehn Minuten Bettzeit für mich nehmen? Ich dachte, dass zwischen uns wieder etwas wächst, dass wir wieder zusammenkommen und glücklich werden, wie früher.»

Das Glück war eher auf deiner Seite, du Bastard. Die Nacht würde ewig dauern, wenn sie anfing, mit ihm darüber zu diskutieren. «Es ist komplizierter, als du denkst. Lass uns in aller Ruhe reden. Ich lege auf. Gute Nacht, Franco.»

Er schrie ins Telefon. «Das wagst du nicht, Angela. Ich werde dich –» Sie drückte auf die rote Taste. Der Rest seines Satzes blieb im digitalen Universum hängen.

VIERZEHN

Dornach verspürte beim Aufstehen einen Bärenhunger. Er überlegte, ob er ausnahmsweise ein Frühstück mit Rührei und Speck machen sollte. Am Vorabend hatte er in der «Hafebar» lediglich ein Bier getrunken. Anschliessend war er allein nach Hause gegangen. Maja, Jana und Karin waren ein paar Häuser weitergezogen. Er hatte keine Ahnung, ob Jana überhaupt zurückgekehrt war.

Auf der Treppe stieg ihm der aromatische Duft von gebratenem Speck in die Nase. Eine göttliche Instanz musste seine Wünsche erhört und sie an Jana weitergereicht haben. Er erinnerte sich an das vorzügliche Rührei, das sie ihm letztes Mal im Herbst in ihrer Wiener Wohnung zubereitet hatte.

Seine Vorfreude wurde dahingehend enttäuscht, dass nicht Jana in der Küche mit Pfannen hantierte, sondern Pia. Das tat jedoch dem betörenden Duft keinen Abbruch, der von demjenigen frisch gebrauten Kaffees ergänzt wurde.

«Morgen, Paps», flötete Pia. Sie gab ihm einen Kuss auf die Wange, um sich gleich wieder den Eiern zu widmen, die sie in einer Schüssel verrührte. Dornach sah sich in der Küche um. Frau Reinhard, die Haushälterin, hielt den für sie allerheiligsten Raum des Hauses peinlichst sauber. Dass er nun aussah wie ein Schlachtfeld, konnte er getrost seiner Tochter zurechnen. Schüsseln, Eierpackung und -schalen überstellten die Arbeitsablage. In einer Pfanne brutzelten Fleischstreifen, die, obwohl sie wie Speck aussahen, garantiert nichts vom Schwein enthielten. Spritzer von Eigelb zierten Wände und Flächen.

«Du kochst?» Er gab sich Mühe, die Frage nicht wie einen Aufschrei klingen zu lassen.

«Wonach sieht es deiner Meinung nach aus?»

Er ersparte sich und ihr die Antwort. Pia war in den meisten Belangen eine strukturierte und organisierte Person, ausser wenn sie kochte. Einen Teil der Schuld daran trug Frau Reinhard, die hinter seiner Tochter herputzte und ihr alles durchgehen liess. Auch diesmal würde es nicht anders sein. Es war zwecklos, sich überhaupt darüber aufzuregen.

«Wie komme ich zu der Ehre, von dir zu früher Stunde bekocht zu werden?»

Sie tippte sich mit der eiverschmierten Kelle an das Kinn. «Weil du mein Paps bist und ich dich gernhab. Ausserdem arbeitest du hart in letzter Zeit. Brauchst du weitere Gründe?»

«Ein Geständnis von etwas, das du dir verzeiht haben möchtest, vielleicht?»

«Mann, Paps, du bist ein Spielverderber.»

«Warum, weil ich meine Tochter kenne?» Er tippte mit dem Finger auf sein Kinn. «Du hast da was.»

Sie wischte sich mit einem Stück Küchenpapier einen Fleck flüssiges Eigelb ab. «Ich wollte dich was fragen, und da dachte ich, ich mache Frühstück für dich, ganz einfach.»

Also doch. Bei Pias Naturell und dem Aufwand, den sie hier trieb, hatte sie mindestens eine Bank überfallen. Es konnte auch sein, dass sie gleich von ihm verlangte, dass er gefälligst dafür zu sorgen habe, dass sich die Erde in die andere Richtung drehte.

«Hast du Jana gesehen?», fragte er, in der Hoffnung, Zeit zu gewinnen.

Pia lud Rührei mit Speck auf einen Teller und stellte ihn vor ihm hin. «Die war vorhin schnell da und hat einen Kaffee getrunken. Sie sagte etwas von Zweikampf trainieren mit Maja.»

Janas Zähigkeit war erstaunlich. Er war etwa um ein Uhr ins Bett gekommen. Sie musste einiges nach ihm heimgekommen und um kurz nach fünf aufgestanden sein.

Das Rührei schmeckte hervorragend. Das speckähnliche Etwas war entgegen seiner Erwartung essbar. «Was ist das?»

«Trutenspeck.» Pia setzte sich mit einer Tasse Kaffee neben ihn.

«Was ist aus der Speckseite geworden, die uns Frau Reinhard von ihrem Hof mitgebracht hat?»

«Aufgegessen.»

«Alles? Das war ein ganz schönes Stück.»

«Ja und? Es hing schon eine ganze Weile im Vorratsraum. Zwischendurch mache ich auch für Rafik Frühstück.»

«Rafik?» Dornach liess seine Gabel auf halbem Weg in der Luft hängen. «Ich dachte, Muslime essen kein Schwein.»

«In welcher Welt lebst du eigentlich, Paps? Rafik ist ein moderner Mensch und liebt frisch gebratenen Speck. Zudem trinkt er Alkohol. Überhaupt, du nimmst es mit den Zehn Geboten auch nicht so genau, vor allem nicht mit dem sechsten.»

«Da geht es um Ehebruch. Die Frauen, mit denen ich zusammengekommen bin, waren nie verheiratet – die meisten jedenfalls.» Er tippte sich auf die Nase. «Du hast da übrigens wieder etwas.»

«Mann!» Sie wischte heftig über ihre Nase, um den Eigelbspritzer wegzumachen.

«Wenn ich richtig verstehe, isst Rafik unseren schönen, für Christen bestimmten Schweinespeck, und ich verspeise dafür das Surrogat, das eher seiner Religion entsprechen würde. Kein Problem, schmeckt auch nicht schlecht.» Er legte das Besteck ab und drückte ihr einen Kuss auf die Stirn. «Danke. Was muss ich denn dafür tun?»

Pia druckste einen Moment herum. «Ich wollte mit dir reden, wegen diesem Jungen, der gestern verschwunden ist.»

«Jonas Scheurer?»

«Ja, Karin Jäggi hat uns gestern befragt. Jetzt hat Nadal Angst.»

«Ach ja?» Karin hatte Dornach telefonisch Bericht erstattet, bevor er mit Maja zum «Pink Flamingo» aufgebrochen war.

«Sie war mal mit diesem Gezim zusammen. Karin verdächtigt ihn, Jonas entführt oder ihm sonst etwas angetan zu haben. Nadal meint, dass man sie ebenfalls ins Visier nimmt. Könntest du nicht mal mit Karin darüber reden.»

«Was soll ich ihr denn deiner Meinung nach sagen? Dass sie ihre Ermittlung einstellen soll? Ein Kind ist verschwunden, Pia. Wir müssen schnell handeln und jeden Hinweis prüfen.»

«Nadal ist unschuldig.»

«Wenn das der Fall ist, wird sich das erweisen.»

«Und wenn Karin sie trotzdem beschuldigt, weil sie irgendwelche Hinweise findet?»

«Was für Hinweise?» Dornach sah Pia scharf an. «Willst du mir etwas sagen? Dann rede nicht um den heissen Brei herum. Gibt es einen Zusammenhang zwischen Nadal und dem Verschwinden von Jonas Scheurer?»

«Ganz sicher nicht. Nadal liebt die Kinder ihrer Klasse über alles. Sie würde nie wollen, dass einem von ihnen etwas zustösst, aber …»

«Aber was, Pia?»

Sie begann den Tisch abzuräumen. «Ich weiss nicht. Ich habe ein komisches Gefühl.»

«Nadal hat nichts zu befürchten, wenn sie nichts getan hat. Wenn du mir was verschweigst, was uns helfen kann, Jonas zu finden, machst du dich mitschuldig. Das ist dir schon klar?»

«Da ist nichts, echt.» Pia wirkte ehrlich betroffen. «Wenn ich etwas erfahre, sage ich es dir sofort. Ich mache mir Sorgen um Nadal. Sie ist in letzter Zeit so anders geworden, irgendwie traurig.»

«Niemand wird unschuldig bestraft, glaub mir.»

Da war sie wieder, Pia, die ihr Leben für diejenigen geben würde, die sie liebte. Dornach hatte begriffen, dass ihm nichts anderes übrig blieb, als in die Vorsehung und seiner Tochter zu vertrauen.

Laubscher hatte seinen Anwalt mobilisiert. Dr. François Kohler war bei Polizei und Staatsanwaltschaft kein Unbekannter. Seit einiger Zeit hatte er sich auf eine in ethisch-moralischer Hinsicht eher nebulöse Klientel spezialisiert.

«Wenn du in diesem Job alt werden willst, musst du dich bald mal damit abfinden, dass auch lusche Typen wie Laubscher Rechte haben», sagte Dornach zu Maja, die auf dem Weg zum Untersuchungsgefängnis die Bemerkung fallen liess, dass Anwalt und Klient zueinander passten wie der Schweinedeckel auf den Schweinetopf.

Maja hörte nicht auf, Dornach Rätsel aufzugeben. In seiner

Karriere hatte er wenige Kollegen erlebt, die ihr punkto Kompetenz, Spürsinn und Durchsetzungskraft überlegen waren, ganz abgesehen von ihrer physischen Leistungsfähigkeit. Majas Schwachpunkt war ihre Selbstbeherrschung oder der Mangel an derselben. Kritisch wurde es, wenn sie mit Männern zu tun hatten, die sich an Frauen vergingen. Da konnte es schon passieren, dass sie die Täter härter als nötig anpackte. Wenn diese darüber hinaus die Dummheit begingen, Widerstand zu leisten, riskierten sie ein blaues Auge, eine blutige Nase oder ausgeschlagene Zähne. Seine grösste Sorge war, dass sie es einmal zu weit treiben könnte. Oft fragte er sich, was diesen unbändigen Zorn in ihr auslöste.

Sobald sie im Vernehmungsraum des Untersuchungsgefängnisses versammelt waren, ging Anwalt Kohler in die Offensive. Er vermied Augenkontakt mit Maja und sah nur Dornach an. «Mein Mandant hält fest, dass er gestern Abend kurz vor zweiundzwanzig Uhr vor dem Lokal ‹Pink Flamingo› im Ortsteil Klus der Gemeinde Balsthal auf dem Weg zu seinem Auto von Ihrer Kollegin angegriffen und geschlagen wurde. Er wird Anzeige gegen Feldweibel Hartmann wegen Amtsmissbrauch, schwerer Nötigung und Körperverletzung machen.»

Dornach kam einem heftigen Einwand von Maja zuvor. «Ich schlage vor, wir sparen uns das unnötige Scharmützel, Herr Kohler. Selbstverständlich steht es Herrn Laubscher frei, Frau Hartmann anzuzeigen. Sie und ich wissen, dass er angesichts der Beweislage wenig Aussicht auf Erfolg hat. Es existieren Audioaufnahmen des Gespräches zwischen den beiden sowie mehr als ein Dutzend Augenzeugen, die belegen, dass Frau Hartmann sich gewehrt hat, nachdem er sie gepackt und in diese Nische gedrängt hatte.»

«Sie hat mich angemacht», rief Laubscher dazwischen, bevor Kohler ihn mit einem warnenden Blick zum Schweigen brachte.

«Sie hat Nein gesagt, und Sie haben sie trotzdem weiter bedrängt», erwiderte Dornach. «Die Zustimmung der Frau zum

Geschlechtsverkehr gibt Ihnen nicht das Recht, gegen ihren Willen auf offener Strasse über sie herzufallen.»

Kohler schaltete sich erneut ein. «Sie und Ihre Leute haben Herrn Laubscher überfallen, weil Sie ihn befragen wollten. Das ist unverhältnismässig, Herr Dornach.»

«Langsam, Herr Laubscher hat unseren früheren Aufforderungen, sich zu melden, keine Folge geleistet. Die gestrige Festnahme hätte gewaltlos über die Bühne gehen können, wenn er Frau Hartmann nicht grundlos angegriffen hätte.»

«Gewaltlos? Sie haben eine schwer bewaffnete Sondereinheit eingesetzt.»

«Sie müssen den Haftbefehl und die Akte richtig lesen.» Er schilderte Kohler das Verhältnis, das Laubscher zu Jasmin Blankart hatte, und die letzten Auseinandersetzungen des Paares. Zudem wies er den Anwalt darauf hin, dass Laubscher Sprengstoffexperte war, was den Einsatz von Falk rechtfertigte. «Inzwischen hat unsere Kriminaltechnik die Faserspuren am Schmuck analysiert, den wir im Zimmer des ‹Pink Flamingo› gefunden haben. Sie stimmen mit Kleidungsstücken überein, die sich in Frau Blankarts Wäscheschublade befanden. Somit ist erwiesen, dass sich dieser Schmuck bis vor Kurzem in Blankarts Wohnung befunden hat. Ausserdem haben wir eine Schusswaffe sichergestellt und einen Rechner, der offensichtlich Frau Blankart gehörte. Die Pistole und die Kenntnisse von Herrn Laubscher im Umgang mit Sprengstoffen rechtfertigen den Einsatz der Sondereinheit.»

«Ich habe Jasmin die Klunkern geschenkt. Dann wollte ich sie mir zurückholen, das ist alles», sagte Laubscher, bevor ihn Kohler mit einer verzweifelten Geste zum Schweigen brachte.

«Deswegen sind Sie bei Ihrer Ex-Freundin eingebrochen? Warum sind Sie geflüchtet und haben sich uns nicht zu erkennen gegeben? Im Gegenteil, Sie haben Frau Hartmann bereits dort angegriffen und sind geflohen, obwohl sie sich als Polizistin identifiziert hat.»

«Die Tusse hat mit einer Pistole vor meiner Nase herumgefuchtelt. Was sollte ich denn tun, verdammt noch mal?», entfuhr es Laubscher erneut. Kohler machte eine resignierte Miene.

«Was wollten Sie in der Wohnung?»

Laubscher verschränkte die Arme.

«Herr Laubscher macht von seinem Aussageverweigerungs-recht Gebrauch», sagte Kohler.

«Schön, dann sage ich Ihnen mal, was in unserem Bericht an die Staatsanwaltschaft stehen wird.» Dornach öffnete demonstrativ einen Hefter. Er brauchte nichts abzulesen, da er genau wusste, was er sagen wollte. «Uns liegt ein Einsatzrapport der Stadtpolizei vor, datiert von vor sechs Wochen. Eine Patrouille wurde zur Wohnung von Frau Blankart gerufen, weil sie mit Ihrem Mandanten heftig stritt. Frau Blankart hat gegenüber den Beamten ausgesagt, dass Herr Laubscher sie bedrohte. Sie verzichtete auf eine Anzeige, unter der Bedingung, dass Herr Laubscher sich nicht mehr bei ihr blicken lässt.»

«Die Schlampe hat mich vor die Türe gesetzt. Sie wollte den ganzen Schmuck behalten.»

Kohler platzte der Kragen. «Halten Sie endlich den Mund, Laubscher, oder ich lege mein Mandat nieder.»

Dornach fuhr fort. «Am letzten Montag wurde Frau Blankart Opfer eines Bombenanschlags an ihrem Arbeitsplatz im Amthaus. Kurz zuvor hat die Überwachungskamera einer Bank in unmittelbarer Nähe an der Westbahnhofstrasse Herrn Laubscher aufgenommen, wie er sich vom Tatort entfernte.» Dornach legte einen Screenshot auf den Tisch. Gubler hatte ihm vor dieser Befragung Bilder aus der Auswertung verschiedener Sicherheitskameras in der Umgebung des Amthauses zugesteckt. Laubschers Kopf war darauf verschwommen, aber einigermassen deutlich zu sehen. «Nur für den Fall, dass Sie sich nicht erinnern können.»

«Das beweist lange nicht, dass mein Mandant für den Anschlag verantwortlich ist. Unter der Woche sind jede Menge Leute auf der Westbahnhofstrasse unterwegs.»

«Wir haben einen rechtserheblichen Sachverhalt. Herr Laubscher ist im Umgang mit Sprengstoffen ausgebildet. Damit verfügt er über die Mittel. Zudem hatte er ein klares Motiv und die Gelegenheit, Frau Blankart zu töten. Über seine Verbindungen war es ihm ein Leichtes, den dazu benötigten Sprengstoff zu beschaffen. Zu guter Letzt war er zum Zeitpunkt der Explosion vor Ort.»

Kohler wollte etwas erwidern. Dornach kam ihm zuvor.

«Es gibt ein weiteres Element, das sich belastend auf Ihren Mandanten auswirkt: Als Teilhaber des ‹Pink Flamingo› ist er über ein verschachteltes Firmenkonglomerat in der Golfregion mit Leuten verbandelt, die unter Beobachtung unseres Staatsschutzes stehen. Die Einzelheiten dazu finden Sie in den Unterlagen. Herr Laubscher steckt in einer Zwickmühle. Für uns steht fest, dass er mit dem Anschlag in Verbindung steht. Es stellt sich lediglich die Frage, ob er aus persönlicher Motivation gehandelt hat, um seine Ex-Freundin zu bestrafen, oder ob er das Werkzeug einer Organisation ist, die versuchte, einen Anschlag gegen kantonale Behörden zu verüben. Eine Anklage wegen Terrorismus würde ich nicht auf die leichte Schulter nehmen.»

Im Zug von Dornachs Ausführungen wurde Laubscher zunehmend blasser. Kohler machte ein nachdenkliches Gesicht.

Zeit für ein Zückerchen. «Wenn Herr Laubscher kooperiert, lege ich bei der ermittlungsführenden Behörde des Bundes ein gutes Wort ein.» Mit einem demonstrativen Blick auf die Uhr lehnte sich Dornach im Stuhl zurück.

Laubscher und Kohler steckten die Köpfe zusammen. Nach einer Weile nickte Laubscher einmal kurz. Dornach liess sich seine Erleichterung nicht ansehen.

«Mein Mandant will eine Aussage machen», sagte Kohler. «Unter der Bedingung, dass Frau Hartmann ihre Anzeige zurückzieht und wir uns darauf einigen, dass der vermeintliche Vergewaltigungsversuch von gestern ein, sagen wir, unglückliches Missverständnis war. Mein Mandant fühlte sich durch den massiven Polizeizugriff gestresst. Er hat in Panik gehandelt.»

Dornach sah Maja an. Sie zuckte mit den Achseln und nickte. «Darauf können wir uns einigen.»

«Ich habe nichts mit Terroristen am Hut», sagte Laubscher. «Ich bin Teilhaber des ‹Pink Flamingo›, habe aber sonst keine Ahnung, wer noch alles die Finger drin hat, das müssen Sie mir glauben.»

«Weshalb waren Sie zur Tatzeit am Montag im Amthaus?»

«Ich mache gelegentlich Kurierdienste für spezielle Sendungen, die nicht per Post befördert werden können, wenn Sie verstehen, was ich meine.»

Dornach konnte sich denken, worum es ging. «Und?»

«Am Sonntag hat mich so ein Typ angerufen, anonym mit unterdrückter Nummer. Ich sollte in einem Schliessfach am Bahnhof einen Umschlag abholen und ihn am Montagmorgen ins Amthaus bringen. Das war alles. Im Fach lag dieser Umschlag und daneben zweitausend Franken in einem separaten Couvert.»

«Können Sie die Stimme am Telefon beschreiben?»

«Sie war verzerrt, ganz sicher eine Männerstimme.»

«Ausländer oder Schweizer?»

«Schwer zu sagen. Er hat Schweizerdeutsch gesprochen, wenn auch nicht ganz rassenrein.»

«Sie meinen, er hatte einen Akzent?»

«So etwas in der Art, vielleicht, ich weiss nicht.»

Dornach sah Laubscher prüfend an, bis dieser es nicht mehr aushielt. «Das ist alles, was ich dazu sagen kann, echt.»

«Gut, wir überprüfen das.» Dornach sah Maja an. «Wolltest du noch was wissen?»

«Was wolltest du in Blankarts Wohnung?», sagte sie zu Laubscher.

«Ermahnen Sie Ihre Untergebene, dass sie meinen Mandanten korrekt anzusprechen hat, Herr Dornach», sagte Kohler.

Maja verschränkte die Arme. Dornach ging nicht darauf ein und nahm den Faden auf. «Was haben Sie in der Wohnung Ihrer Ex-Freundin gesucht, Herr Laubscher?»

«Ich wollte mir den Schmuck holen. Ich habe nichts mit den Überfällen auf die Juweliere zu tun. Die Klunkern wurden mir zu einem fairen Preis angeboten.»

«Und die Walther PPK? War das eine Dreingabe, oder wie bist du an die Waffe gekommen?», fragte Maja.

Bevor Kohler erneut Einspruch erheben konnte, fuhr Dornach an Laubscher gewandt fort: «Wenn Ihre Aussage stimmt, haben Sie sich mindestens der Hehlerei schuldig gemacht. Unsere Fahndungsabteilung wird dem nachgehen. Mich interessiert, warum Sie den Schmuck bei Frau Blankart versteckten.»

«Weil ich gerade keine Bleibe hatte.»

«Sie haben Ihrer Freundin die Geschichte mit dem Kauf serviert, und sie hat sie Ihnen geglaubt?»

«Weil sie wahr ist. Ich habe oft Geschäfte mit Schmuck gemacht, der mir günstig angeboten wurde. Ich muss ja von was leben. Die Pistole haben mir die Verkäufer tatsächlich geschenkt.»

Und du warst blöd genug, sie zu nehmen, ging es Dornach durch den Kopf. Manchmal waren Verbrecher tatsächlich dümmer, als die Polizei erlaubte.

«Ich kann mir vorstellen, wie *Sie* am Hungertuch nagen, weil *Sie* nur mit Zuhälterei und Kuppelei auskommen müssen», sagte Maja.

Diesmal war es Dornach, der ihr einen scharfen Blick zuwarf. Maja stand auf. «Ich gehe mal telefonieren», murmelte sie.

Dornach legte die Chopard-Uhr auf den Tisch, die sie bei Blankart gefunden hatten. «Mich wundert, warum Sie diese Uhr haben liegen lassen.»

«Ganz einfach, weil sie mir nicht gehört», sagte Laubscher. «Das Teil hat Jasmin von ihrem neuen Stecher gekriegt, als Lohn, dass sie für den die Beine breitmachte.»

«Sie wollen damit sagen, dass Frau Blankart nach Ihnen eine neue Beziehung hatte?»

«Was heisst hier ‹nach mir›? Die hat es mindestens ein halbes Jahr lang mit uns beiden getrieben, bevor sie mir den Laufpass gegeben hat.»

«Wann war das?»

«Vor etwa sechs Wochen. Ich war ihr nicht mehr gut genug.»

Er lachte dreckig. «Dabei hat sie es immer wieder genossen, wenn ich sie richtig hart rangenommen habe. Am liebsten von hin–»

«Die Einzelheiten können Sie sich sparen», sagte Dornach kalt. «Haben Sie Frau Blankarts neuen Freund jemals zu Gesicht bekommen?»

«Von wegen. Jasmin hat ein richtiges Brimborium um den Kerl gemacht. Der muss sie ganz schön verwöhnt haben. Über Neujahr war sie angeblich mit ihm in einer Luxusabsteige in Venedig. Damit kompensierte der Typ andere Defizite, wenn Sie wissen, was ich meine.»

Kohler fand, dass es an der Zeit war, einzugreifen. «Ich glaube, mein Mandant hat Ihre Fragen zur Genüge beantwortet.»

«Gut.» Dornach sammelte seine Papiere zusammen. «Das wäre vorläufig alles. Herr Laubscher bleibt bis auf Weiteres unser Gast. Der Haftantrag läuft bereits.»

***

Casagrande starrte gedankenverloren von ihrem Fenster auf den Vorplatz des Franziskanerhofes. Der Streit mit Tiziani von vergangener Nacht liess sie nicht mehr los. Mit ihm und Châtelain hatte sie es wieder einmal geschafft, sich zwischen Stuhl und Bank zu manövrieren. Ganz zu schweigen von Dornach, den sie nicht aus ihrem Herzen wegkriegte, obwohl er in ihrem Kopf weit im Abseits stand. Mit einem Ruck riss sie sich los. Sie musste mit Tiziani reden.

Es kostete sie Mühe, ihre Konzentration auf die E-Mails in ihrem Posteingang zu richten. Eines davon blinkte rot, Regina Flints Anfrage betreffend Cara Andrazy. Casagrande hatte den Ausdruck vernichtet, ohne das Mail auf ihrem Rechner zu löschen. Flint erwartete eine Antwort.

«Zum Teufel damit», sagte sie laut. Sie wollte, dass diese Sache wegging. Sollte die Cranach glücklich werden, sogar mit Dornach, wenn ihr so viel daran lag. Kaum schwebte ihr Finger über der Delete-Taste, kamen ihr Zweifel. Nach einigen Sekunden des Zögerns klappte sie das Notebook zu und griff zum Telefon.

∗∗∗

Dornach und Maja tranken Kaffee vor seinem offenen Bürofenster mit Blick auf die tiefgrün belaubten Bäume des Stadtparks und der St. Ursen-Bastion und liessen den Mief des Untersuchungsgefängnisses auslüften.

Maja zeigte auf die Chopard-Uhr, die auf Dornachs Tisch lag. «Ich möchte sie immer noch nicht geschenkt, aber es muss schon Liebe sein, wenn ein Mann einer Frau so was kauft.»

«Meinst du?», sagte Dornach. «Für mich sieht das entweder nach Besitzanspruch oder erkaufter Zuneigung aus – ein Geschenk für ein Trophäenweibchen.»

«Weiss nicht.» Maja stellte ihre leere Tasse auf der Ablage bei der Bezzera ab. «Ich hab Blankarts Kleider in ihren Schränken gesehen. Nicht gerade billig, aber auch nicht exklusiv. Ausser dem Raubschmuck haben wir keinen Luxusartikel oder überteuerte Parfüms bei ihr gefunden. Etwas Modeschmuck, das ist alles.»

«Was sagt dir das»?

«Dass Blankart kein überkandideltes Glamourgirl ist, das seinen Sugardaddy ausnehmen will.»

«Vielleicht kriegen wir Klarheit darüber, wenn sie aus dem Koma erwacht.»

«Was sagen die Ärzte?»

«Morgen, übermorgen oder erst in ein paar Tagen.»

«Immerhin sieht es mittlerweile so aus, als ob sie über den Berg ist.» Maja betrachtete die Unterseite des Uhrengehäuses.

«Suchst du was?»

«Die Seriennummer. Damit können wir möglicherweise vom Hersteller erfahren, an welchen Händler er das Teil geliefert hat. Vielleicht kommen wir so an den Käufer.»

«Gute Idee, darauf hätte ich auch kommen sollen.»

«Du darfst mir ruhig einen kleinen Triumph gönnen, Chef. Ich schau mir das mit Google an.»

Lüthi und Karin verhinderten, dass sie ihr Vorhaben sofort umsetzen konnte. Lüthi begrüsste seine Freundin mit einem Kuss. «Du solltest bleiben, könnte dich auch interessieren.»

Er berichtete, dass Dr. Andriessen von der Rechtsmedizin vorbeigeschaut hatte, während Dornach und Maja Laubscher befragt hatten.

«Er konnte nicht auf euch warten, weil er auf der Durchreise zu einem Seminar in Basel war. Er wollte uns seine neueste Entdeckung zum Thema Skelettfund zeigen.» Lüthi legte Dornach einen Schnellhefter auf den Tisch. «Steht alles hier drin.»

«Hat Rasmus es euch erklärt?»

«Ja, sicher.»

«Ich leide heute an fortgeschrittener Lesefaulheit.» Dornach sah seinen Kollegen auffordernd an. Lüthi machte eine Grimasse. «Weisst du, ich und dieses wissenschaftliche Zeug. Das kann Karin besser.»

Karin liess sich nicht zweimal bitten. «Rasmus hat Erdrückstände am Skelett festgestellt, die eindeutig nicht dem Fundort in der Ruine Balm zugeordnet werden können. Darf ich mal?» Sie nahm den Hefter von Dornachs Schreibtisch, um darin zu blättern. «Es handelt sich dabei teilweise um Rückstände karbonreicher, sandiger Erde, die wahrscheinlich einem Gebiet mit wechselndem Wasserhaushalt entstammt. Das heisst, dass es dort entweder sehr nass oder sehr trocken sein kann.»

«Machen sie im IRM neuerdings auch Analysen von Erdreich?», fragte Dornach erstaunt.

«Rasmus hat gemeint, dass er uns Arbeit ersparen wollte. Er hat einen Freund, einen Landsmann, der in einem Umweltlabor arbeitet und ihm einen Gefallen schuldete.»

«Sebi wird's ihm danken», sagte Dornach. «Der hat im Moment Land unter.»

«Denke ich auch. Dieser Freund hat des Weiteren mullartige Partikel von sehr schwachem Säuregehalt festgestellt, vermutlich vom Oberboden. Der Leichnam muss demnach in einer

Gegend von Flussalluvionen mit mittlerem Grundwasserstand gelegen haben.»

«Heisst auf Deutsch?», fragte Maja.

«Auenwald», sagte Dornach. «Oder ein Waldgebiet in Gewässernähe, das gelegentlich überschwemmt wird.»

«Das grenzt den Radius nicht besonders ein», bemerkte Lüthi.

«Vielleicht doch, wenn wir davon ausgehen, dass unser mysteriöser Unbekannter mit dem Skelett in der Nacht vom letzten Mittwoch auf Donnerstag nicht über lange Strecken durch das Land gefahren ist, nur um es in der Ruine Balm rituell zu bestatten. Am besten fangen wir in der Nähe an und ziehen den Kreis weiter. Karin, kannst du dich mal mit dem Amt für Umwelt in Verbindung setzen? Dort müsste es ein Waldinventar für den Kanton geben.»

«Gibt es, aber nicht im Umweltamt. Für die Wälder im Kanton ist das Amt für Wald, Jagd und Fischerei im Volkswirtschaftsdepartement zuständig. Ich habe mich mal mit denen in Verbindung gesetzt. Gemäss dem Zuständigen dort kämen für uns die Gebiete an der Aare im unteren Kantonsteil zwischen Gösgen und der Kantonsgrenze bei Eppenberg-Wöschnau sowie der Unterlauf der Emme zwischen Gerlafingen und dem Emmenspitz Attisholz – Luterbach – Zuchwil in Frage.»

«Ist immer noch gross genug», sagte Lüthi.

«Bei der Eingrenzung hilft uns wieder Rasmus.» Karin blätterte ein paar Seiten um. «Neben natürlichen Bestandteilen hat er einen massiven Anteil von Verunreinigungen und Fremdbestandteilen gefunden. Ich erspare euch die Details. Offenbar weist das Erdreich des Gebietes, wo das Skelett ursprünglich gelegen hat, eine hohe Belastung an Schwermetallen wie Blei und Zink auf. Zudem wurden auch Partikel von Industrie- und Hausmüll festgestellt.»

«Hausabfall?», fragte Dornach. «Du meinst, Raphaels Leiche wurde in einer Müllhalde verscharrt?»

«Wenn, dann war es eine alte Müllhalde. Aufgrund eines hohen Anteils von holz- und holzstoffartigen Inertstoffen müsste es sich zusätzlich um Abfall aus einer Papierfabrik handeln. Allerdings meint Rasmus, dass die Zersetzung so gross ist, dass die Deponie schon seit Jahren oder besser seit Jahrzehnten stillgelegt sein muss.»

«Da fallen mir nur zwei Möglichkeiten ein», sagte Dornach. «Die ehemalige Papierfabrik in Biberist oder die Zellulosefabrik Attisholz, dort, wo Jana damals Vukovic und seine Bande festgenagelt hatte. Die liegt gegenüber dem Emmenspitz an der Aare.»

«Meines Wissens existiert in Attisholz keine Mülldeponie, die dafür in Frage käme», gab Lüthi zu bedenken.

«Stimmt.» Dornach rieb nachdenklich sein stoppeliges Kinn.

«Entschuldigung», sagte Karin, «ich war nicht fertig.»

«Sorry, Karin, fahr weiter.»

«Rasmus erwähnt im Bericht ausserdem, dass ihm ein hoher Anteil von schwarzem Kies aus metallhaltiger Schlacke aufgefallen ist.»

«Metallschlacke? Das deutet auf das Von-Roll-Stahlwerk in Gerlafingen hin. Wozu wird Schlacke aus der Metallherstellung verwendet?»

«Für Verschiedenes», sagte Karin. «In der Baustoffindustrie wird sie granuliert für die Zementherstellung verwendet. Sie dient als Dämmmaterial für die Isolierung von Häusern. Asphalt für den Strassenbau kann ebenfalls Anteile von Metallschlacke enthalten.»

«Der Schwarzweg!», rief Dornach unvermittelt.

Die anderen sahen ihn fragend an. «Der Schwarzweg ist ein unbefestigter Spazierweg. Der Ausgangspunkt liegt bei der ehemaligen Papieri in Biberist. Von dort führt er der Emme entlang und, jetzt kommt's, durch einen Auenwald bis Derendingen.»

«Schön», sagte Lüthi. «Was hat das mit der Schlacke zu tun?»

«Der Name ‹Schwarzweg› kommt daher, dass damals beim Bau des Strässchens anstelle des üblichen gelben Kalksteinmergels granulierte Metallschlacke als Belag verwendet wurde. Versteht ihr? Die Leiche von Raphael Howald muss in unmittelbarer Nähe dieses Weges gelegen haben, bevor sie in die Ruine gebracht wurde.»

Lüthi sprang auf. «Ich alarmiere Sebi und fahre mit ein paar Leuten hin.»

«Warte.» Dornach setzte sich vor seinen Rechner und rief eine Seite auf. «Na bitte, ich wusste, dass da etwas ist. Wir kommen der Sache näher.»

«Von ‹wir› kann erst die Rede sein, wenn du uns an deinen Erkenntnissen teilhaben lässt, Chef», sagte Maja.

«Bei der Erwähnung von ‹Deponie› und ‹Schwarzweg› hat es geklingelt.» Dornach drehte den Bildschirm, sodass alle daraufsehen konnten. Es war eine Webseite des kantonalen Baudepartementes. «Es gibt ein Projekt zur Renaturierung des Laufes der Emme ab Biberist bis zur Aaremündung beim Emmenspitz. Es wurde nach den Hochwassern von 2005 und 2007 ausgearbeitet. Die Breite des Flussbettes soll sich beinahe verdoppeln. Schwellen und Uferbefestigungen werden zurückgebaut.»

«Ich verstehe trotzdem nicht ganz, worauf du damit hinauswillst.»

«Steht alles da», sagte Dornach. Er tippte auf den Bildschirm. «In den dreissiger und vierziger Jahren des letzten Jahrhunderts benutzte die Gemeinde Derendingen die Hohlräume hinter der Ufermauer für die Ablage ihres Unrates. In den Sechzigern bis Ende der Siebziger war das Gebiet hinter der Flussmauer die offizielle Mülldeponie. 1978 wurde sie mit Aushub rekultiviert und aufgeforstet.»

«Ein Waldgebiet in Flussnähe», sagte Karin.

«Richtig. Mit der vorgesehenen Verbreiterung des Flussbettes muss es verschwinden. Das heisst, die ehemalige Deponie muss saniert und entsorgt werden. Die Arbeiten beginnen diesen Herbst.»

«Deswegen wurde das Skelett ausgegraben», sagte Lüthi. «Der Täter wollte nicht, dass es bei den Bauarbeiten entdeckt wird.»

«Vermutlich.»

«Dann fahre ich jetzt mit Sebis Truppe hin?»

«Ich bitte darum.»

«Da ist noch was, was du sehen musst. Ich hole es rasch»,

sagte Karin, nachdem Lüthi und Maja zusammen rausgegangen waren. Sie legte den Plastikbeutel mit dem Kapuzenpullover auf den Tisch. «Die Suchaktion nach Jonas Scheurer war bisher erfolglos, aber wir haben das.» Sie zeigte Dornach den Bericht mit der Analyse der Blutspuren, die man auf dem Kleidungsstück sichergestellt hatte. «Wir wissen nun mit ziemlicher Sicherheit, wer Jonas entführt hat.»

FÜNFZEHN

Karin fühlte sich nicht wohl, als sie Nadal vor den grossen Augen ihrer Schüler aus dem Klassenzimmer holen musste. Noch verstörtere Augenpaare begegneten ihr, als sie der Lehrerin Handschellen anlegte, bevor sie sie ins Auto setzte.

«Wir bringen Sie zu einer ersten Befragung auf das Kommando. Danach werden Sie ins Untersuchungsgefängnis gebracht, bis der Richter entschieden hat, ob Sie in Haft bleiben oder nicht.»

«Ich … ich verstehe nicht. Warum?»

«Sie können Ihre Lage erheblich verbessern, wenn Sie uns sagen, wohin Sie Jonas gebracht haben. Sie müssen sich bewusst sein, dass er Medikamente braucht.»

«Nein … ja, ich weiss, dass Jonas unter Diabetes leidet. Wie kommen Sie darauf, dass ich etwas mit seinem Verschwinden zu tun habe? Ich könnte nicht …»

Karin blieb ungerührt. Bei Kindesentführung hörte bei ihr die Empathie auf. «Wir besprechen das in der Schanzmühle. Besser, Sie nehmen sich einen Anwalt. Kennen Sie jemanden, oder wünschen Sie, dass wir Ihnen einen Rechtsbeistand zuweisen?»

Bevor Nadal antworten konnte, rief eine Stimme von hinten: «Was geht hier vor?»

Konrad Tanner rannte auf die Gruppe zu. Einer der Beamten stoppte ihn. «Was soll das? Was wollen Sie von Frau Mousavi? Sie dürfen sie nicht einfach vor ihren Schülern in Handschellen legen wie eine Verbrecherin.»

«Lass, Konrad, das ist sicher ein Missverständnis», sagte Nadal. «Kannst du Dr. Weingarten anrufen?» Die Polizisten schlossen die Wagentür.

«Ich tue alles, ich lasse dich nicht im Stich, Nadal, nie», rief er.

Interessant, dachte Karin. Die Juristin der Islamisten ist Nadals Anwältin. Das eine kommt zum anderen.

Eine Stunde später war die erste Befragung beendet. Nadal beharrte auf ihrer Unschuld. Im Gegensatz zur Vollverschleierung, in der sie am Vortag zusammen mit ihrem Mann in der Schanzmühle erschienen war, trug Dr. Weingarten heute einen Hosenanzug und einen Hidschab. Sie unterbrach die Befragung auf der Stelle und verlangte, mit ihrer Mandantin unter vier Augen sprechen zu können. Karins Einwand, dass es um Leben und Tod eines Kindes ging, liess sie nicht gelten.

«Wo kommen wir hin, wenn die Polizei anfängt, willkürlich Leute zu verhaften? Sie jagen schon Ergin Ismajli und seinen Sohn Gezim, ohne auch nur die Spur eines Beweises zu haben.»

«Wir haben triftigen Grund zur Annahme, dass Frau Mousavi in die Entführung von Jonas Scheurer verwickelt ist», sagte Karin und schilderte, dass sich Nadal sowie Pia und Manu für eine freiwillige Blut- und DNA-Probe zur Verfügung gestellt hatten. Nadals Probe stimmte mit derjenigen auf dem sichergestellten Kapuzenpullover überein. Es war Gefahr in Verzug. «Jonas Scheurer braucht medizinische Betreuung, sonst ist sein Leben in Gefahr.»

Weingarten war unbeeindruckt. Sie beharrte auf Nadals Rechte.

Ungeduldig lief Karin in ihrem Büro im Kreis, bis ein Anruf vom Empfang kam. «Besuch für dich, Karin. Pia Zenklusen will dich unbedingt sprechen.»

* * *

Lüthi bemerkte, dass Dornach stirnrunzelnd auf das Display seines Handys sah. Er ging ihm durch das Waldstück am Schwarzweg entgegen.

«Probleme?»

«Wie man's nimmt. Karin schreibt, dass Pia auf dem Kriegspfad ist, weil wir Nadal Mousavi festgenommen haben. Sie ist die Schwester ihres Freundes.»

«Pia mal wieder, was? Töchter», sagte Lüthi seufzend.

«Wart's ab, bis du selber ein Exemplar von dieser Spezies grossziehen darfst.»

«Pressiert nicht, mir reicht Maja als Freundin vollauf.»

«Was gibt's?» Dornach zeigte zum Waldstück hinter der Abschrankung.

«Ein Glück, dass wir rasch fündig geworden sind. Die Erde war an dieser Stelle gelockert. Die Hunde haben angeschlagen.» Sie hatten mit der systematischen Suche von Derendingen aus begonnen. Lüthi führte Dornach zu einem weiträumig abgesperrten und sorgfältig ausgegrabenen Loch im Erdreich. Die feuchte Erde war auf einer Plastikplane ausgebreitet. Davor kauerten drei Spurensicherer, die mit Pinzetten darin herumstocherten.

«Bingo», sagte Tschanz hinter ihnen, «Karin war mal wieder scharfsinnig für drei, das kannst du ihr ausrichten.»

Sie standen vor einem Klapptisch, auf dessen Fläche Plastiktüten mit verschiedenen Gegenständen verteilt lagen. Dornach zeigte auf ein Tütchen, das etwas Ähnliches wie einen Knochensplitter enthielt.

«Ein Eckmilchzahn», sagte Tschanz. «Wohl ein Bestandteil des Knochenpuzzles auf Rasmus' Tisch in Bern.»

«Das da?», fragte Lüthi. Er zeigte auf einen Beutel mit Stofffetzen.

«Reste der Kleidung des Opfers. Oberhemd, Hose, Unterwäsche, ist von allem etwas da.» Er hielt ein Säckchen mit Teilen eines goldenen Armkettchens mit Namensplättchen hoch. Die Buchstaben waren unleserlich. «Wissen wir, ob Raphael Howald so ein Kettchen trug?»

Lüthi sah zu Dornach. «War so was im Dossier? Ich hab nichts gesehen.»

«Ich ebenso wenig. In dieser Akte fehlte so manches, sodass das wohl keine Rolle mehr spielt.»

«Ich frage die Eltern. Zuletzt sind es immer wieder die verdammten Details, die entscheidend sind.»

Lüthi ging etwas abseits, um zu telefonieren.

Sie standen in einem mit Eschen und anderen Laubhölzern

bewachsenen Waldstück an der Emme zwischen Biberist und Derendingen. Auf der gegenüberliegenden Seite des Weges lag ein künstlicher Weiher. Hinter ihnen umspülte die Emme den Bleichenberg auf ihrer verbleibenden kurzen Reise zum Emmenspitz, wo sie in die Aare mündete. Wenige Meter Richtung Norden traf der Schwarzweg auf die ersten Häuser von Derendingen.

«Ich habe auf der Hinfahrt das Bauschild des Kantons gesehen», sagte Dornach. «Ist irgendwie komisch, sich vorzustellen, dass in ein paar Monaten das alles hier verschwindet.»

«Halb so schlimm, wenn es dafür nachher schöner und natürlicher ist», meinte Tschanz. «Sofern sie es so hinkriegen, wie es auf den Skizzen und Fotomontagen aussieht, bekommen wir ein schönes Naherholungsgebiet.»

«Ich frage mich, ob die Skelette der anderen beiden Jungen auch hier irgendwo liegen oder ob Hauser sie weggebracht hat», sinnierte Dornach.

«Wir suchen den gesamten Perimeter ab. Wenn was da ist, finden wir es, vorausgesetzt, Casagrande spielt weiter mit.»

«Zuerst müssen wir den vermissten Buben finden. Wir haben nicht genügend Leute für alles.»

Lüthi kam zurück. «Frau Howald bestätigt, dass das Kettchen Raphael gehörte.»

«Können wir sagen, ob der Bub hier gestorben ist oder ob er nur an dieser Stelle begraben wurde?», fragte Dornach.

«Nach so langer Zeit nicht mehr», sagte Tschanz.

Das Klingeln von Dornachs Handy unterbrach das Gespräch. «Wahrscheinlich ist es Pia.»

Er hörte zu, währenddessen verdüsterte sich seine Miene. «Das ist uns klar. Ich verspreche Ihnen, dass wir unser Bestes tun», sagte er und beendete das Gespräch. «Das war Scheurer. Er erinnert mich daran, dass uns weniger als sechsunddreissig Stunden bleiben, um Jonas zu finden.»

***

Während des Rapportes am Nachmittag berichtete Châtelain, dass die Fahndung nach Vater und Sohn Ismajli erfolglos geblieben war. Die beiden waren wie vom Erdboden verschluckt. «Wir haben die Beobachtung aller Moscheen in der Region verstärkt und unsere Quellen sensibilisiert, offene und verdeckte. Früher oder später müssen sie irgendwo auftauchen.»

«Wir können die Möglichkeit nicht von der Hand weisen, dass die Familie von Oberrichter Scheurer massiv von Islamisten bedroht wird», sagte Casagrande. «Nach allem, was wir bis jetzt wissen, wurde sein Sohn entweder von Nadal Mousavi oder von Gezim Ismajli entführt, wahrscheinlich von beiden gemeinsam. Zumindest hat Mousavi die Entführung begünstigt.»

«Wobei ich Nadal Mousavi nicht zu der islamistischen Szene zähle, nur weil sie mal mit diesem Gezim zusammen war», erwiderte Dornach. «Sie passt nicht ins Profil der typischen Islamistin. Sie kleidet sich nicht so, sie hat einen angesehenen Job und lebt allein. Ausserdem hat sie mit Gezim gebrochen, weil er ihr zu extrem wurde.»

«Woher willst du das so genau wissen, Dominik?», fragte Casagrande. «Nur weil sie Pia nahesteht und die Schwester von ihrem Freund ist? Das sind alles keine Ausschlussgründe. Frau Mousavi hüllt sich auf Anraten ihrer Anwältin in beharrliches Schweigen. Das spricht weder für sie noch für Frau Dr. Weingarten.»

«Dazu kommt, dass Mousavi bis vor Kurzem regelmässige Besucherin der Oltner Moschee war», sagte Châtelain.

«War. Häufige Moscheebesuche machen aus Gläubigen keine Terroristen.»

«Was wissen Sie davon, Dornach? Mousavi kann uns so viel Theater vorspielen, wie sie will. Sie gehört ziemlich sicher zum Netzwerk der Hamdala. Wir haben Beweise, dass sie Verbindungen zu Personen hatte, die unter dem Verdacht terroristischer Aktivitäten stehen. Es gibt Fotos von ihr, die sie im Gespräch mit Idris Hamsa zeigen. Sie war die Freundin von Gezim Ismajli, der ebenfalls in unserer Watchlist aufgeführt ist.

Dass sie sich darüber hinaus Judith Weingarten als Anwältin nimmt, spricht für sich.»

«Wir sollten den Tatsachen ins Auge blicken», sagte Casagrande. «Der Verdacht, dass die Islamisten hinter diesen Aktionen gegen die Familie Scheurer stecken, liegt auf der Hand.»

Die Kategorisierung von Menschen nur aufgrund ihrer Religion machte Dornach wütend. Eine Person zu verdächtigen, weil sie eine Moschee besuchte, fand er ungeheuerlich. Bevor er eine heftige Erwiderung machen konnte, mischte sich Jana ein.

«Angela hat recht, Dominik. Solange wir keine gesicherten gegenteiligen Informationen haben, bleibt uns nichts anderes übrig, als Nadal Mousavi zu den Verdächtigen zu zählen. Ich habe dir bereits einmal gesagt, dass diese Art von Aktionen wie der Anschlag vom Montag und die Entführung von Jonas ins Muster der Gruppe ‹Abdul Adil› passt.»

«Meinetwegen, trotzdem bestehe ich darauf, dass wir weiter alternativ ermitteln. Es gibt zu viele lose Enden.»

«Du hast Zeit bis heute Mitternacht», sagte Casagrande. «Bis dahin brauche ich Resultate. Du hast selber vorhin gesagt, dass die Insulinpumpe von Jonas Scheurer spätestens übermorgen früh ersetzt werden muss. Seht zu, dass ihr etwas aus dieser Mousavi herausbringt.»

«Wenn ihr mit euren Methoden nicht weiterkommt, übernimmt der Bund die Mousavi», sagte Châtelain. «Der NDB verfügt über Spezialisten, die diese Information sicher aus ihr herausholen können.»

Dornach legte den Kugelschreiber, mit dem er gespielt hatte, betont sorgfältig auf den Tisch. Er fixierte zuerst Casagrande, dann Châtelain. «Ihr wollt den Nachrichtendienst des Bundes einschalten, ernsthaft? Was können wir denn von den Schlapphüten erwarten? Ausser Negativschlagzeilen, die unser Land international lächerlich machen, bringen die rein gar nichts auf die Reihe. Denen wollt ihr Mousavi übergeben? Was für Spezialisten sollen das denn sein bitte schön?»

«Das ist vertraulich», sagte Châtelain. «Mousavi wird übergeben und weitergeleitet. Mehr weiss ich nicht.»

«Weitergeleitet?» Dornach schwante etwas. «Sie übergeben sie den Amerikanern, die sie womöglich in einen geheimen Folterkeller oder gleich nach Guantánamo verschleppen?» Er sah Casagrande an. «Das kannst du nicht zulassen, Angela. Mousavi ist eine wichtige Zeugin für ein Verbrechen auf unserem Territorium. Ich weigere mich, Nadal an die Berner Schosshündchen der Amis auszuliefern.»

«Dornach, glauben Sie ernsthaft, dass die Gruppe ‹Abdul Adil› nur unser kleines schweizerisches Problem ist? Wir haben eine Verpflichtung gegenüber unsern Partnern, die ihre eigenen Bürger schützen müssen. Die Amerikaner haben Mittel und Wege», sagte Châtelain barsch.

«Dafür schrecken Sie nicht davor zurück, Unschuldige zu foltern, oder wie?»

«Also bitte, ich foltere nicht. Und Nadal Mousavi ist nicht unschuldig.»

«Doch, ist sie, solange wir ihr nicht das Gegenteil beweisen. Wenn wir anfangen, die gleichen Methoden anzuwenden wie die andere Seite, dann gnade uns Gott.»

«Sie werden pathetisch», sagte Châtelain.

Dornach sprang auf, Châtelain ebenfalls.

«Dominik!» Casagrande stellte sich zwischen die beiden Männer, die sich wie Kampfstiere gegenüberstanden.

«Angie, du darfst das nicht zulassen. Das ist gegen alle Regeln und Werte, für die wir einstehen.»

«Diese Ermittlung fällt in die Zuständigkeit des Bundes», beharrte Châtelain. «Sie haben es gehört. Sie haben bis Mitternacht, um Mousavis Unschuld zu beweisen. Nutzen Sie die Zeit. Es sei denn …» Châtelain sah Casagrande fragend an. Sie nickte. «Wissen Sie was? Ich bin grosszügig und gewähre Ihnen zwölf Stunden mehr. Wenn Sie bis morgen Punkt zwölf Uhr mittags nichts anderes bringen, wird Mousavi von meinen Leuten abgeholt.»

Klar, dass die Zusatzfrist Casagrandes Idee war. Sie verliess mit Châtelain den Raum, ohne Dornach eines weiteren Blickes zu würdigen. Warum redete sie nicht mit ihm darüber? Er hielt Jana, die ebenfalls gehen wollte, am Arm zurück. Sie hatte sich aus dem zweiten Teil der Diskussion herausgehalten. «Wusstest du davon?»

«Ich bin in beratender Funktion hier. Ich darf mich nicht einmischen. Das ist euer Territorium.»

Sie wollte sich von ihm losmachen. Er festigte seinen Griff. «Châtelain lässt die Mousavi zu einem Folterkeller im Ausland fliegen, nur damit unsere Herren Politiker und Funktionäre ihre Hände in Unschuld waschen und sagen können, dass in der sauberen Schweiz keine Menschen gefoltert werden. Das hilft uns nicht, Jonas Scheurer zu finden.»

«Du tust mir weh», sagte Jana mit ruhiger Stimme und löste sich von seiner Hand.

«Du beantwortest meine Frage nicht.»

«Ich bin nicht zimperlich, wenn es um Verhöre geht», sagte Jana. «Was Châtelain vorhat, wird nichts bringen und ist meiner Meinung nach unverhältnismässig. Ich habe ihm das gesagt. Seine Hände sind, wie meine, gebunden. Er hat dir eine Zusatzfrist gewährt. Nütze sie, Dominik. Mehr können Châtelain und deine Staatsanwältin nicht tun – und ich auch nicht. Es steht mir nicht zu, euren Bundesbehörden Weisungen zu erteilen.»

«Du findest es also auch nicht gut?»

«Ich habe dir gesagt, was ich davon halte. Aber das spielt keine Rolle. Das Einzige, was du tun kannst, ist, schnellstmöglich Beweise für Mousavis Unschuld zu finden. Das schaffst du, wenn es welche gibt.» Sie verabschiedete Dornach mit einem Kuss auf den Mund.

Karin kam herein. «Ups, sorry!» Sie wollte rückwärts zur Tür hinaus. Jana winkte sie heran.

«Passt schon, Karin. Dein Chef und ich haben unser Koordinationsgespräch beendet.» Jana tätschelte Dornach kurz mit der flachen Hand auf die Brust.

«Entschuldige, Dominik, ich wollte nicht … also ich dachte nicht, dass ihr …»

«Vergiss es. Habt ihr inzwischen etwas aus Nadal herausgeholt?»

«Nein. Sie ist verstockter als ein Fisch.»

Dornach erzählte Karin, was Châtelain mit Nadal vorhatte.

«Das dürfen sie nicht», rief sie empört. «Die haben keine Handhabe.»

«Der Zweck heiligt die Mittel.»

«Ja, und im Arsch ist's auch dunkel.» Karin hielt die Hand vor den Mund. «Sorry, ist mir rausgerutscht.»

«Wir müssen uns trotzdem sputen.»

«Vielleicht …» Karin zögerte.

«Was willst du mir sagen?»

«Es ist eine verrückte Idee von Pia. Mike meint, es könnte klappen.»

Pia. Dornach verdrehte innerlich die Augen. Schlimmer konnte es unmöglich kommen. «Raus damit!»

«Nadal hat grosses Vertrauen in ihren Bruder. Rafik und Pia könnten versuchen, Nadal zum Reden zu bringen.»

«Du meinst, Pia und Rafik sollen aus ihr herausholen können, wohin sie Jonas gebracht hat?»

«Warum nicht? Es geht um das Leben eines Kindes.»

Dornach schwieg.

Karin winkte ab. «Okay, dummer Vorschlag.»

«Die Idee ist gut. Es könnte Nadals letzte Chance sein, einigermassen heil da rauszukommen. Sagst du es Pia?»

«Wieso, ich dachte, dass du mit ihr reden willst.»

Dornach lachte trocken. «So wie es aussieht, muss ich heute Abend froh sein, wenn mir meine Tochter nicht die Augen auskratzt. Ich schaue, wie ich Angela dazu bringe, den Besuch von Pia und Rafik im Gefängnis zu bewilligen.»

SECHZEHN

Dornach brachte Casagrande Pias Vorschlag so umsichtig wie möglich telefonisch bei. Sie zeigte sich überraschend gelassen. Er mutmasste, dass ihr ebenso daran lag, zu verhindern, dass Nadal womöglich den Amerikanern in die Hände fiel.

«Ich bezweifle, dass Dr. Weingarten es zulassen wird, ihre Mandantin von Aussenstehenden befragen zu lassen, abgesehen davon, dass wir die daraus gewonnenen Erkenntnisse gerichtlich nicht verwerten können.»

«Das ist nicht das Ziel, Angie. Wir wollen Jonas Scheurer finden, bevor sich sein Gesundheitszustand lebensgefährlich verschlechtert.» Dornach glaubte durch die Leitung hindurch zu spüren, wie sich Casagrande innerlich verbog. Dass sie überhaupt gewillt war, seinen Vorschlag zu würdigen, war ein Zeichen dafür, dass das Vertrauensverhältnis zwischen ihnen nicht gänzlich bachab gegangen war.

«Wir machen es so», sagte sie. «Ich bewillige einen Angehörigenbesuch für Rafik Mousavi. So können wir die Weingarten fernhalten. Jemand von deinen Leuten muss dabei sein, entweder Mike, Karin oder du.»

«Wird gemacht. Und Pia?»

«Sie soll Rafik so weit als nötig instruieren, dann aber im Hintergrund bleiben. Meinetwegen könnt ihr das Gespräch aufzeichnen. Nadal und Rafik müssen damit einverstanden sein. Du verfolgst das Gespräch in einem Nebenraum. Pia kann von mir aus dabei sein.»

«Danke, Angie.»

«Wofür? Dass ich wieder mal meinen Ruf und meinen Job für deine abstrusen Ideen aufs Spiel setze?»

«Nein, für die Fristverlängerung vorhin. Das war deine Idee, nicht wahr?»

«Beeil dich, Dominik, viel Glück.» Sie hängte auf.

Sie starrten auf den Monitor. Das Gespräch zwischen Nadal und Rafik wurde aus dem Nebenraum übertragen. Dornach lehnte an der Wand und beobachtete Pia. Sie blickte gebannt in den Bildschirm. Ihre Mimik und ihre Gesten verrieten, dass sie wütend auf ihn war. In ihren Augen hatte er sie und Nadal verraten.

«Wenn du es mit mir komplett verscheissen willst, brauchst du nur so weiterzufahren, Paps», hatte sie ihm am Telefon gesagt. Seine Erklärungen, die im Wesentlichen dem entsprachen, was ihr Karin schon am Morgen erläutert hatte, liessen sie kalt. Kühl war auch die Atmosphäre im Raum. Dornach fühlte, dass etwas in Pia vorging. Sie war seit einigen Tagen anders, nachdenklicher geworden. Was enthielt sie ihm vor? Konnte es sein, dass seine Tochter ihm entglitt? Das kleine Mädchen, das früher vertrauensvoll zum Vater aufblickte, war eine kritische und anspruchsvolle junge Frau mit eigenen Ideen geworden. Dornach hätte viel darum gegeben, das Rad der Zeit einige Jahre zurückdrehen zu können, um es dort anzuhalten, wo er für Pia der einzig wahre Mann gewesen war. Er nahm sich vor, sich nach der Auflösung dieses Falles Zeit für sie zu nehmen. Sobald sie im Herbst ihr Studium begann, würde es weniger Gelegenheiten geben.

Es war vereinbart, dass die Unterhaltung zwischen Nadal und ihrem Bruder auf Deutsch geführt wurde. Dornach wollte für diese juristisch grenzwertige Übung keinen Übersetzer aufbieten.

Nadal sagte nichts, was Dornach nicht schon wusste. Sie beharrte darauf, den schwarzen Kapuzenpullover nie im Leben gesehen zu haben. «Ich habe keine Ahnung, wie mein Blut auf das Ding gekommen sein soll und noch dazu dasjenige von Jonas. Es ist so furchtbar.»

«Was mit deinem Arm passiert?», fragte Rafik. Nadal hatte den Ärmel ihrer Bluse zurückgerollt, sodass man den Verband sehen konnte.

Nadal schilderte ihm den Vorfall im Chemieraum des Kollegiumschulhauses.

«Bist du sicher, dass du den Pullover nachher nicht angezogen hast? Möglicherweise ist dabei dein Blut daraufgekommen», hakte Rafik nach.

«Ich sage dir doch, dass ich das Teil nie gesehen habe. Es ist nicht meins.»

«Die Geschichte mit der Schnittwunde kommt mir irgendwie komisch vor», sagte Pia. «Schon gestern wollte sie nicht darüber reden. Das ist nicht sehr hilfreich.»

Dornach schnappte sich einen Stuhl und setzte sich neben seine Tochter. «Der Amtsarzt hat Nadals Wunde beim Haftantritt untersucht. Er meinte lediglich, dass es stark geblutet haben musste. Sie war gut versorgt worden.»

Der Lautsprecher gab Nadals Stimme aus dem Nebenraum etwas verzerrt wieder. «Ich wäre fast verblutet, wenn mir Konrad nicht geholfen hätte. Er brachte mich ins Spital. Der Schnitt war so tief, dass sie nähen mussten. Mir wurde schlecht. Die Schwester musste wegen eines Notfalls kurz weg. Konrad half mir auf die Toilette.»

«Du hast dir die Verletzung ganz sicher nicht beim Ausflug zugezogen?», fragte Rafik. «Vielleicht bei dem Streit mit Gezim?»

Nadal machte eine ungehaltene Geste. «Pia war dabei, frag sie, wenn du willst.» Sie sah ihren Bruder flehend an. «Bitte, Rafik, du musst mir glauben. Ich tue doch keinem meiner Schüler etwas an.» Nadal schaute direkt in die Kamera. «Ihr müsst Jonas finden, bevor es zu spät ist, bitte.»

Ausser Spesen nichts gewesen, fasste Dornach das Gespräch zusammen. Er hatte gehofft, danach wenigstens kurz mit Pia reden zu können. Diese hatte den Abend für Rafik reserviert, der am nächsten Morgen mit ein paar Freunden nach London fliegen wollte, um das Ende der Prüfungen zu feiern. Die Zurückhaltung, mit der Pia ihm das erzählte, signalisierte ihm erneut, dass bei ihr etwas im Busch war.

Dornachs Leuten stand eine lange Nacht bevor. Er, Lüthi und Karin beschlossen kurzerhand, beim Griechen am Stalden etwas zu essen. Maja blieb im Büro, weil sie Pendenzenstau abbauen wollte. Dann wollte sie mal zeitig ins Bett.

In der Taverna Amphorea fanden sie einen Tisch auf der kleinen Gartenterrasse zur Westringstrasse hinaus. Sie waren früh dran und vorläufig die einzigen Gäste. Bevor sie ein Wort über die Arbeit verloren, fielen sie mit Heisshunger über eine Platte mit gemischten Vorspeisen her.

«Ich tendiere dazu, Nadal zu glauben», sagte Dornach. Er nahm einen Schluck Retsina, um den eingelegten Kalmar darin schwimmen zu lassen.

Karin schnappte sich drei Keftedes, bevor Lüthi sie monopolisieren konnte. «Mir geht es genauso.» Sie zerteilte eines der Fleischbällchen und schob eine Hälfte in den Mund. «Sie macht mir nicht den Eindruck einer kaltblütigen Fanatikerin.»

«Das Problem ist, dass Châtelain einen Erfolg vorweisen muss», sagte Dornach. «Wenn er die Mousavi dem NDB übergeben kann, ist das immerhin etwas. Nach all den Pleiten, die sich unsere Taschenformat-James-Bonds in letzter Zeit geleistet haben, können sie positive Schlagzeilen gebrauchen.»

«Auf Kosten einer Unschuldigen?»

«Für dich mag sie das sein, Karin.» Die Kellnerin hatte inzwischen die Hauptspeise serviert. Lüthi machte sich über seinen Teller Gyros her. Die restlichen Fleischbällchen der Vorspeise überliess er Karin, die sich nur einen grossen griechischen Salat bestellt hatte. «Bei islamistischem Terror gilt bei uns so etwas wie eine inoffizielle umgekehrte Beweislast: Sobald jemand Muslim ist, muss er beweisen, dass er unschuldig ist, und nicht umgekehrt.»

«Ich hoffe, du beziehst diese Haltung nicht auf unser Korps, Mike.» Karin legte frustriert ihre Gabel ab. «Wieso versteifen wir uns eigentlich darauf, dass die Islamisten Jonas entführt haben?»

«Worauf willst du hinaus?», fragte Dornach.

«Mir scheint, dass sich niemand mehr um den Bubenfresser kümmert.»

«Den gibt's nicht mehr, schon vergessen?», erwiderte Lüthi.

«Glaubst du, er ist von den Toten auferstanden, damit er als ‹Böölimaa› kleine Buben in Angst und Schrecken versetzen kann?»

«Kann sein, dass es einen Nachahmer gibt. Was ist mit dem Typen, der Raphaels Skelett ausgegraben und in die Burg geschafft hat?»

«Typ? Wer sagt dir, dass es ein Mann ist?»

Karin dachte kurz nach. Sie nahm ihr Besteck auf, um sich den verbleibenden Keftedes zu widmen. «Niemand, ich traue es keiner Frau zu, das Skelett eines Kindes auszugraben.»

Lüthi seufzte. «Selig diejenigen mit dem Glauben an die perfekte Welt.»

«Na schön, meinetwegen kann es auch eine Frau gewesen sein. Warum verfolgen wir die Spur nicht weiter?»

«Alte Knochen, Mörder gefasst und tot, Akte geschlossen. Wir haben andere Sorgen.»

«Mike hat nicht unrecht, Karin», bemerkte Dornach. «Wir müssen uns auf das Wesentliche beschränken. Das besteht für uns in erster Linie darin, dass wir Jonas Scheurer finden, möglichst lebend und unversehrt.»

«Ich frage mich, warum wir die Spur von René Howald nicht weiterverfolgen», sagte Lüthi. «Seine Vergangenheit wirft Fragen auf. Ausserdem hat er damals Raphael in seinem Auto mitgenommen.»

«Wir müssen ihm einen Missbrauch beweisen, und genau das können wir nicht», sagte Dornach. «Wenn ein Vater mit seinem Sohn einen Ausflug macht, ist das nicht strafbar, auch wenn er zu einer ungewöhnlichen Zeit stattfindet und die Mutter nichts davon weiss.»

«Ausser wir können ihm nachweisen, dass er etwas mit dem Verschwinden von Jonas Scheurer zu tun hat. Der Junge kennt Howald. Er ist immerhin sein Onkel.»

«Habe ich überprüft», sagte Karin. «Howald hat ein Alibi für den Zeitpunkt von Jonas' Verschwinden – eine Videokonferenz mit dem Hauptsitz seiner Bank in Paris.»

Dornach dachte kurz nach. «Du hast recht, Mike. Nimm dir

gleich morgen früh Howald nochmals vor. Wenn nötig, nimmst du seine Frau dazu. Kann nicht schaden, wenn wir etwas mehr Dampf unter diesem Kessel machen.»

Lüthi nickte.

Karin stocherte in ihrem Salat. Das Glühen auf ihren Wangen zeigte Dornach, dass sie mit etwas hinter dem Berg hielt.

«Karin?» Dornach fixierte sie.

«Was?»

«Besser du sagst uns, was du denkst, bevor du explodierst.» Sie spiesste ihren letzten Kefte auf. «Seine Mutter lebt.»

«Wessen Mutter?», fragte Lüthi.

«Des Bubenfressers, wir haben darüber geredet. Schon vergessen?», äffte sie seine Bemerkung von vorhin nach.

«Hauser?»

Karin stibitzte blitzschnell ein Stück Gyros von Lüthis Teller. «Nach dem Trubel und dem Verschwinden von Jonas bin ich erst heute Morgen dazu gekommen, dem nachzugehen.»

«Okay», sagte Lüthi. «Irgendwie war mir, dass die schon lange tot sein müsste.»

«Sie leidet unter einer beginnenden Demenz und lebt in einer privaten Pflegeresidenz in Langnau im Emmental.»

«Privat?», fragte Dornach. «Das geht ins Geld.»

«Rund vierhundert Franken pro Tag, die Pflege- und Sonderkosten nicht inbegriffen. Die Krankenkasse zahlt nur das Minimum, den Rest berappt die Frau selber.»

«Komisch, ich wusste gar nicht, dass die Familie wohlhabend ist. Die Hausers lebten zwar nicht armselig, aber eher unterdurchschnittlich.»

«Wir, also eigentlich Google hat herausgefunden, dass sie vor ein paar Jahren geerbt hat.»

«Geerbt?»

«Frau Hauser war alleinerziehend. Bernhards Vater war kurz nach dessen Geburt verschollen. Angeblich ging er nach Übersee und hat nie mehr etwas von sich hören lassen.»

«Klassiker», bemerkte Lüthi. «Unübertroffen und immer wieder gerne gehört.»

«Bis auf die Tatsache, dass er sich vor seinem Tod auf seine Verantwortung besonnen hat und sein ganzes Vermögen mangels weiterer Erben der Mutter seines einzigen Sohnes vermachte. Das Ganze ist noch etwas vernebelt, aber Google bleibt dran.»

«Wie viel hat sie geerbt?»

«Rund eine Million – Dollar, Erbschaftssteuer bereits abgezogen und alles in bar.»

Dornach pfiff durch die Zähne. «Womit das exklusive Pflegeheim erklärt wäre.»

«Schade, dass sie nichts davon mitkriegt.» Lüthi machte eine kreisende Bewegung mit dem Zeigefinger an der Stirn.

«Ich will mit ihr reden», sagte Karin.

«Worüber denn?», fragte Lüthi. «Wenn ihr Oberstübchen beschädigt ist, wie du sagst, hat sie vergessen, wer du bist, bevor du dich fertig vorgestellt hast. Womöglich verwechselt sie dich mit ihrem verstorbenen Kanarienvogel.»

Karin sah Lüthi missbilligend an. «Ich will es trotzdem versuchen. Möglicherweise hat sie einen lichten Moment und kann etwas über ihren Sohn erzählen, über seine Freunde und Bekannten. Etwas, das uns auf eine Spur führen könnte.»

«Wenn du nach Langnau fährst, kostet dich das alles in allem einen halben Tag. Können wir uns das leisten?»

«Die Frage ist eher, ob wir es uns leisten können, diesen Faden nicht aufzunehmen», sagte Dornach, der dem Disput zwischen den beiden schweigend zugehört hatte. Er nickte Karin zu. «Fahr hin, aber setz dich möglichst heute Abend mit dem Pflegeheim in Verbindung, damit du in etwa weisst, in welchem Zustand du Frau Hauser antriffst.»

Mit einem triumphierenden Grinsen schnappte Karin das letzte Stück Fleisch vor Lüthis Nase von dessen Teller.

***

Es kostete Casagrande einen Spaziergang durch den Stadtpark zum Chantier-Areal und zwei Zigarillos, bis sie sich entschliessen konnte, den Weg ins «La Couronne» einzuschlagen, wo Tiziani sich ein Zimmer genommen hatte. Am Morgen hatte er sie angerufen, nur um ihr erneut Vorwürfe zu machen.

Nach dem Treffen mit Tiziani war sie mit Châtelain im «Ramada» verabredet. Das Hotel war vor Kurzem in «H4» umfirmiert worden. Für viele Solothurner, einschliesslich Casagrande, blieb es das «Ramada». Es entsprach dem pragmatischen Geist der Stadt, den Dingen mit ihren vergangenen Namen die Patina der Tradition zu erhalten. Schon bald nach ihrem Umzug hatte Casagrande gelernt, dass der Refrain des «Solothurner Liedes» nicht umsonst die typischste aller hiesigen Redewendungen wiedergab: *'s isch immer eso gsii* – es war schon immer so.

Die Ablenkung mit solchen Gedankengängen half nichts. Sie konnte der Auseinandersetzung mit Tiziani nicht aus dem Weg gehen. Sie hatte sich die Suppe eingebrockt. Irgendwo musste sie mit dem Aufräumen beginnen. Danach galt es, ihr Verhältnis mit Châtelain zu bereinigen und ihre Beziehung zu Dornach auf die Reihe zu kriegen.

Der Hoteleingang des «La Couronne» trennte die Boulevardterrasse des Restaurants von derjenigen der «Bar à Vin». Bevor Casagrande eintrat, drehte sie den Kopf nach rechts. Ihr Blick begegnete demjenigen von Jana Cranach. Sie sass an einem der Tische der Barterrasse und hatte ein Glas Weisswein vor sich. Jana hob die Augenbrauen, bevor sie kurz grüssend winkte. Casagrande antwortete mit einem knappen Kopfnicken. Von Janas Gegenüber sah sie nur den Rücken. Es war Châtelain.

Sie hatte sich so weit im Griff, bei dem Anblick nicht gleich in eifersüchtige Grübeleien zu verfallen. Sie traute Jana die Heimtücke zu, zweigleisig zu fahren. Ob sie es mit Châtelain tat, würde sie bald erfahren.

In der Hotellobby fiel ihr ein, dass Tiziani ihr seine Zimmernummer nicht genannt hatte. Sie war gezwungen, am Empfang zu fragen. Die Rezeptionistin musterte sie kühl, bevor sie die gewünschte Auskunft gab. Casagrande erwiderte den Blick in der Hoffnung, nicht automatisch in die falsche Kategorie Frauen eingereiht zu werden.

Tiziani öffnete nach dem ersten Klopfen. Er küsste sie mit stürmischem Verlangen auf den Mund, bevor sie sich dagegen wehren und ihn auf Abstand halten konnte. «Hast du nichts Vernünftiges anzuziehen?» So wie am Vortag trug er nichts ausser einem Frottétuch, das seine Lenden bedeckte. Das ärgerte Casagrande. Zweimal hintereinander. Da steckte Kalkül dahinter.

«Sorry», sagte er mit einem unschuldigen Lächeln, das selbst für einen Chorknaben eine Herausforderung gewesen wäre. «Bin gerade aus Zürich zurück. Ich rasiere mich rasch, dann bin ich bei dir.»

«Ich warte solange unten.»

«Warum denn? Ist ja nicht das erste Mal, dass du mich nackt siehst. Wenn du willst, ziehe ich mich im Bad um. Reichst du mir Unterwäsche, Hose und Hemd herein? Ist alles im Koffer.» Er verschwand im Bad.

Das Gepäckstück lag geöffnet auf dem Bett, die Kleider obenauf. Nachsichtig lächelnd suchte Casagrande die Stücke heraus. Selbst wenn er länger als nur eine Nacht in einem Hotel blieb, lebte Tiziani direkt aus dem Koffer. Die Ein- und Auspackerei konnte er auf den Tod nicht ausstehen.

Casagrande hatte das «La Couronne» seit der Eröffnung nie von innen gesehen. Bei ihrem Einzug in Solothurn befand es sich mitten im Umbau. Das Zimmer gefiel ihr. Es war geschmackvoll mit gedeckten Farben renoviert worden, barocker Pomp gepaart mit moderner Schlichtheit. Ein Fenster des Eckraumes bot Aussicht auf die strahlend weisse Fassade der St. Ursen-Kathedrale. Das andere gab die Sicht auf den belebten Kronenplatz frei. Es war ruhig, kein störendes Geräusch drang von aussen in den klimatisierten Raum.

Der Koffer auf der Bettkante störte das Bild. Nachdem sie Tiziani die Kleider durch den Spalt der Badezimmertür gereicht hatte, wollte sie das Gepäckstück auf die dafür vorgesehene Ablage hieven. Sie hob den Deckel an, um ihn zuzuklappen. Er war so schwer, dass er ihr aus der Hand rutschte. Die verschobene Schwerkraft liess den Koffer kopfüber von der Bettkante rutschen. Sein Inhalt ergoss sich über den Fussboden.

Betreten machte sie sich hastig daran, die Utensilien einzusammeln. Sie wollte damit fertig sein, bevor Tiziani seine Toilette beendete.

Mit einer Hand hatte sie einen Stapel Unterhemden gegen die Brust gepresst. Mit der anderen wollte sie eine schwarze Dokumentenmappe aufheben. Sie entglitt ihr, sodass die Papiere ebenfalls über den Boden verstreut wurden. Anstatt sich zu ärgern, wunderte sich Casagrande darüber, dass Tiziani eine rosafarbene Papeterie verwendete. Hatte er vor, Liebesbriefe zu schreiben? Erst in diesem Augenblick fuhr ihr ein furchtbarer Gedanke durch den Kopf.

Sie legte die Hemden auf das Bett und hob einen Briefumschlag auf. Dann sah sie es. Ein eiskalter Schauer überzog ihren Körper. Vier eingravierte schwarze Rosen wuchsen ihr aus dem Umschlag entgegen. Sie setzte sich auf die Bettkante, weil ihre Knie weich wurden.

«Das hättest du nicht finden sollen, Angie.» Tiziani stand in Hemd und Hose hinter ihr.

«Du warst es?», fragte sie mit tonloser Stimme. «Du hast mir diese ganzen Scheissbriefe mit den Rosen geschickt? Und die Fotos von mir und … Ines damals? Du warst es, der mich die ganzen Monate gestalkt hat.»

«Ich wollte das nicht, Angie. Nicht so. Ich habe nicht gewusst, wie ich dich wiedergewinnen konnte.»

«Da hast du gedacht, dass ein paar anonyme Briefe mit heimlich gemachten Fotos und ein, zwei Drohungen es richten werden?» Die Fassungslosigkeit verschlug ihr schier die Stimme. Eine weitere Erkenntnis traf sie wie ein Keulenschlag. «Am letzten Freitag, das war kein Zufall, nicht wahr? Du hast den Überfall arrangiert, damit du den Retter spielen konntest.»

«Es wäre dir nichts passiert», sagte Tiziani.

«Nichts passiert? Hast du gesehen, was der Kerl mit mir gemacht hat. Du bist so ein armseliges Schwein, Franco.»

«Du hast mir gefehlt, Angie, von der Minute an, als du weg warst.»

«Das hätte dir mal einfallen sollen, bevor du dir von dieser … ich weiss nicht mal ihren Namen, dein bisschen Hirn hast wegblasen lassen.»

«Ich habe mich gleich danach von Jessy getrennt.»

«Gut zu wissen. Die Nächste war bestimmt schon am Start.»

«Bitte, was immer auch gewesen ist. Es gibt keine andere mehr, ich will nur mit dir zusammen sein.»

Casagrande hob die Umschläge und das Papier vom Boden auf. Mit Schwung schmiss sie ihm alles an den Kopf. «Weisst du was, Franco? Ich gehe. Und du tust das am besten auch gleich. Ich gebe dir den guten Rat, nie wieder in Solothurn aufzutauchen. Du bist spätestens ab heute für mich gestorben.»

«Du … du zeigst mich nicht an.»

«Eigentlich sollte ich das. Aber weisst du was? Ich kann es nicht, weil ich dann ständig einen fauligen Geschmack im Mund hätte. Verschwinde aus meinem Leben.»

Sie ging zur Tür.

«Angela?»

Casagrande drehte sich um. Sie sah den Schlag nicht kommen. Seine Faust traf sie an der Wange. Ihre Oberlippe platzte auf. Sie schmeckte ihr Blut. Die Wucht schleuderte sie über das Bett zu Boden. Ihr Kopf schlug auf dem Fussboden auf. Benommen sah sie, wie Tiziani über ihr stand. Bett und Wand zwängten sie ein. Sie versuchte von ihm zurückzuweichen.

«Glaubst du, dass du mich so rasch loswirst, du Lesbenschlampe?» Tiziani holte wieder aus.

* * *

Der Wein war zu gut, um ihn stehen zu lassen. Châtelain trank sein Glas aus. Jana hatte sich verabschiedet. Er hatte Zeit, bevor er sich mit Casagrande in seinem Hotel traf. Er freute sich auf den gemeinsamen Abend, erst recht auf die Aussicht dessen, was möglicherweise darauf folgte. Casagrande war offen für Neues, das fühlte er.

Es war Jana, die vorgeschlagen hatte, in der «Bar à Vin» ein Glas zu trinken. Sie wollte mit ihm über den Sinn einer Überstellung von Nadal Mousavi an den NDB diskutieren. Châtelain war zu lange Polizist, um nicht erkannt zu haben, in welchem Verhältnis Dornach und die Österreicherin zueinander standen. Es war anzunehmen, dass Dornach hinter ihrem Vorstoss steckte. Er musste Jana zugestehen, dass sie es verstand, ihre Argumente mit überzeugendem Charme zu verbinden. Châtelain trug es ihr nicht nach. Sie war Profi genug, nicht so weit zu gehen, sich in seine Entscheidungen einzumischen. Er war auch nicht glücklich mit der Aussicht, den Geheimdienst einzuschalten. Es war pure Machtpolitik. Das sozialdemokratisch geführte Eidgenössische Justiz- und Polizeidepartement wollte sich vom rechtsbürgerlich dominierten Verteidigungsdepartement, dem der NDB unterstellt war, nicht vorwerfen lassen, unentschlossen mit klaren Bedrohungen der öffentlichen Sicherheit umzugehen.

Jana hatte ihn gebeten, zu überlegen, ob es den Skandal wert war, den Dornach in den Medien aus Nadals Überstellung an den Nachrichtendienst machen würde. Mit nüchternen Worten hatte sie ihm erklärt, dass der Solothurner, im Gegensatz zu Châtelain, weder politisch noch beruflich etwas zu verlieren hatte. Dornach war nicht zwingend darauf angewiesen, für seinen Lebensunterhalt zu arbeiten.

Jana hatte ihn auf Casagrande aufmerksam gemacht, die das Hotel betreten hatte. Zuerst hatte er sich keine Gedanken darüber gemacht. Im Nachhinein war er stutzig geworden. Dass die Staatsanwältin keine Lust hatte, sich mit Jana ausserhalb der Dienstzeit an einen Tisch zu setzen, konnte er nachvollziehen. Weshalb aber wollte sie bei diesem phantastischen Wetter drinnen und alleine trinken? Traf sie sich mit jemandem? Es war eher die professionelle Neugier eines Spezialisten der Terrorabwehr denn aufkeimende Eifersucht, die ihn bewog, sich unbefangen beim Hotelempfang nach einer attraktiven dunkelhaarigen Enddreissigerin zu erkundigen, die ihn gesucht haben könnte.

«Sind Sie Herr Tiziani?» Die Empfangsdame wartete seine Antwort nicht ab. «Es war eine Dame hier, die sich nach Ihnen erkundigte. Ihr Schlüssel war nicht im Fach. Da dachte ich, dass Sie auf Ihrem Zimmer sind. Ich habe die Dame in den zweiten Stock geschickt, sie aber nicht runterkommen sehen. Vielleicht sitzt sie im Restaurant oder in der ‹Bar à Vin›.»

«Dort ist sie nicht.» Châtelain stand so, dass er das Schlüsselfach hinter ihr sehen konnte. Nur ein Schlüssel fehlte im zweiten Stock. «Ich sehe mal nach.»

Im Korridor der Etage war es totenstill. Châtelain legte ein Ohr an die Füllung von Tizianis Zimmertür. Er hörte ein Geräusch wie einen Schlag mit einem nassen Lappen, gefolgt von einem dumpfen Schrei. Die Stimmlage war eindeutig die einer Frau. Es wiederholte sich, diesmal lauter. Châtelain schätzte die Stärke der Zimmertür ein. Er zog seine Dienstwaffe. Nach zwei heftigen Fusstritten sprang die Tür auf.

Châtelain betrat das Zimmer mit angelegter Pistole. Auf den ersten Blick war niemand zu sehen. Aus der Ecke beim Fenster hörte er ein Wimmern. Er umrundete vorsichtig das Bett, bis er Casagrande sah. Sie kauerte mit blutigem Gesicht am Boden.

«Angela!» Er kniete vor ihr nieder.

Sie hob den Kopf. Ihre Augen weiteten sich vor Angst. «Marius!»

Châtelain realisierte zu spät, dass ihr angstvoller Blick nicht ihm, sondern dem Schatten, der sich hinter ihm aufbaute, galt. Der Schlag mit einem harten Gegenstand raubte ihm fast die Besinnung. Das Letzte, was sein Bewusstsein registrierte, war ein stechender Schmerz in der Bauchgegend und Casagrandes Aufschrei.

***

Ein sanftes Surren weckte Jana. Sie fühlte die Wärme von Dornachs Körper an ihrem Bauch und an ihrer Brust. Eine Welle von Sehnsucht übermannte sie. Nicht mal vor sich selber mochte sie zugeben, wie sehr sie diesen Mann für immer in ihrer Nähe haben wollte.

Es ging nicht. Sie würde nie in der Lage sein, ein normales Leben zu führen. Es war nicht nur die Rache am Wolf für den brutalen Tod ihrer leiblichen Eltern und ihres Cousins, die sie zur Selbstjustiz angetrieben hatte. Auf ihrer Seele lastete der Schmerz einer verlorenen Generation aus diesem Krieg. Mit der scheinbaren Leichtigkeit ihres Wesens hatte sie versucht, ihn zu überdecken. Sie war bald am Ende des Weges. Nichts wünschte sie sich mehr, als dass Dornach sie begleiten könnte. Doch dieses letzte Stück musste sie alleine gehen.

Sie hatte ihre Beine um seine geschlungen. Sein ruhiger Atem übertrug sich auf sie. Von ihr aus könnte die Nacht ewig dauern. Ihr kam in den Sinn, was sie geweckt hatte. Schweren Herzens löste sie sich behutsam von Dornach. Sie nahm das Handy von dem Nachttischchen und schlich auf Zehenspitzen ins Badezimmer, das Dornach und Pia teilten. Jana verriegelte die Verbindungstüren zu beiden Zimmern und setzte sich auf den Toilettendeckel, bevor sie die Nachricht öffnete, die das Display anzeigte.

«Alles bereit. Wir warten.»

Jana tippte. «Ab wann?»

«Jederzeit, wenn du das ‹Go› gibst.»

«Es könnte bald passieren.»

«Kein Problem, sie weiss Bescheid.»

«Ist sie sicher, dass sie das tun will? Gefährlich.»

«Sie weiss das. Es hängt nun von dir ab.»

«Klar! Danke für alles.»

«Viel Glück, Cara.»

Jana blieb sitzen, bis das Zittern in ihren Händen nachliess. War es so weit – war jetzt der Anfang der Sühne und das Ende der Schuld?

Das Klingeln von Dornachs Handy drang durch die Tür zu

ihr. Kurz darauf hörte sie ihn gedämpft sprechen, bevor es sanft an der Tür klopfte. «Jana, bist du da drin?»

«Ja, ich hab's gleich, eine Sekunde.»

«Keine Eile. Ich muss noch mal weg, es ist etwas passiert.»

«Soll ich mitkommen?»

«Nicht nötig, geh nur wieder ins Bett. Wir reden am Morgen darüber.»

✳✳✳

Lüthi wartete in der Intensivstation.

«Wie geht es ihm», fragte Dornach.

«Châtelain hat Glück gehabt. Der Stich in den Bauch mit dem Brieföffner war nicht tief. Die Wunde hat zwar stark geblutet, lebenswichtige Organe wurden aber keine verletzt. Eine kleine Gehirnerschütterung durch den Schlag mit der Weinflasche. Das ist alles.»

Sie sahen auf das Bett mit Châtelain hinter der Glasscheibe.

«Für die nächsten Tage ist er ausser Gefecht», sagte Lüthi.

«Und Angela?»

«Sie wird in diesem Moment in der ambulanten Notfallstation verarztet. Das Schwein hat ihr einen Zahn ausgeschlagen. Ansonsten hat sie ebenfalls eine leichte Gehirnerschütterung und ein Veilchen. Sie wollen sie über Nacht zur Beobachtung dabehalten. Der Arzt will sie am Morgen nur nach Hause entlassen, wenn sie ihm verspricht, sich mindestens eine Woche auszuruhen.»

Lüthi schüttelte den Kopf. «Die Casagrande und sich ausruhen. Ich weiss nicht, in welcher Welt manche Leute leben.»

«Wünschen darf man immer», sagte Dornach. «Was ist mit dem Täter? War es wirklich dieser Tiziani, Angies Ex?»

«Sagt sie jedenfalls. Er konnte sich absetzen. Die Fahndung läuft schon.»

Dornach kämpfte um Beherrschung. Wäre in diesem Moment Tiziani vor ihm gestanden, hätte man ihn mit Gewalt zurückhalten müssen.

«Starr mich nicht so an», sagte Casagrande. «Ich weiss selber, dass die böse Hexe aus Schneewittchen jeden Schönheitswettbewerb gegen mich gewinnen würde.»

«Wie geht es dir?» Dornach konnte seine Erleichterung nicht verbergen.

Gazeverbände drapierten die Platzwunden in Casagrandes Gesicht. Der Bluterguss unter ihrem Auge verfärbte sich dunkel. «Kommt darauf an. Zum Glück ist nichts gebrochen. Die Schmerzmittel helfen. Ansonsten eher durchschnittlich. Angesichts dessen, was passiert wäre, wenn Marius nicht gekommen wäre, muss ich mich wohl glücklich schätzen. Wie geht es ihm?»

«Er wird durchkommen. Sieht schlimmer aus, als es ist.» Dornach setzte sich auf einen Stuhl. «Erklär mir mal, was zum Teufel du von deinem Ex wolltest? Wie kommst du dazu, dich alleine mit ihm in einem Hotelzimmer zu treffen?»

Je mehr sie ihm erzählte, desto schwerer wurde der Klumpen in seinem Magen. Schliesslich platzte es aus ihm heraus. «Verdammt noch mal, Angie. Warum hast du nie mit mir darüber gesprochen?»

«Wann? Du warst anderweitig beschäftigt.»

Dornach sah zu Lüthi hinüber, der an die Wand gelehnt das Gespräch mit wachsendem Unbehagen verfolgte. Er stiess sich ab und ging zur Tür. «Ich schau mal in der Cafeteria nach, ob es schon Kaffee gibt.»

Dornach wandte sich wieder Casagrande zu. «Ich verstehe das nicht. Wir waren bis vor Kurzem beste Kollegen und Freunde. Zeigst du mir die kalte Schulter wirklich nur wegen Jana?»

«Ist das nicht Grund genug? Kaum betritt das gnädige Fräulein die Bühne, benimmst du dich wie ihr Schosshündchen. Alle anderen sind Luft für dich.»

Das war ja nun kompletter Blödsinn. «Wir haben vor einiger Zeit über unser Verhältnis gesprochen und waren uns einig, dass –»

«*Madonna!* Ja, das haben wir.» Eine Träne lief über ihre malträtierte Wange. «Hat dir nie jemand gesagt, dass Gefühle ihre eigenen Regeln haben. Das sind keine Dienstvorschriften.»

Dornach seufzte. «Ich werde gelegentlich von berufener Stelle daran erinnert.»

«Ich weiss nicht, was mit mir los ist», sagte sie mit unterdrückter Stimme. «Vor etwas mehr als einem Jahr war die Welt für mich in Ordnung. Ich dachte, dass ich hier *den* Job gefunden habe, mit Leuten, die ich mag und die mich mögen, und an einem Ort, an dem ich bleiben könnte. Jetzt stehe ich vor einem Scherbenhaufen.» Sie versuchte, mit der Hand die Tränen wegzuwischen. Dornach hielt sie fest. Er nahm eine Gaze aus der Packung des Nachttischchens und tupfte ihre Wangen ab.

«Ich hab's mir mit allen verdorben», sagte sie, «angefangen mit dir. Und mit Jana, gegen die ich im Grunde nichts habe, ausser dass sie von dir das kriegt, was ich gerne hätte.»

«Angie, ich –»

«Sag nichts, Dominik. Ich weiss es ja selbst. So kann es nicht weitergehen. Wenn das hier durch ist, kündige ich.»

«Das kannst du nicht machen.»

«Glaubst du wirklich, dass wir in Zukunft unbelastet weiter zusammenarbeiten können wie bisher?»

«Warum denn nicht? Klar, der Bombenanschlag und das Verschwinden des Jungen fordern das Letzte von uns. Und das mit Jana …» Er suchte nach Worten. «Es ist einfach passiert. Ich kann es nicht ändern. Ich will dich nicht verlieren – als Kollegin und als Freundin.»

«Liebst du Jana?»

Von ihr traf ihn diese Frage überraschend. Sie hatte ihn stets spüren lassen, dass sie es glaubte. Nie hatte sie von ihm verlangt, es auszusprechen.

Er stand auf. «Du brauchst Ruhe, du hast eine Gehirnerschütterung.»

Sie hielt seinen Arm fest. «Ich kann immer noch klar denken. Weich nicht ständig aus und beantworte gefälligst die Frage. Liebst du sie?»

Es hatte keinen Zweck. Sie würde nicht lockerlassen. «Ja, ich liebe Jana, auch wenn ich nicht weiss, was daraus werden soll.» Sie liess ihn los. Unter dem Verband war ihr Gesichtsausdruck nicht zu lesen. «Bitte geh jetzt. Ich muss schlafen.»

SIEBZEHN

Zwei grosse Augenpaare sahen ihnen entgegen, als Maja und Lüthi den Vernehmungsraum betraten. Melanie Howald hatte geweint. Ihr Mann senkte den Blick, als er Majas begegnete. Lüthi hatte die beiden gleich nach sechs Uhr morgens von einer Patrouille abholen und in die Schanzmühle bringen lassen, weil er sichergehen wollte, dass Howald sich nicht für den Tag nach Zürich absetzte. Es war tatsächlich Gefahr in Verzug. Sie hatten immer noch keine brauchbaren Hinweise auf den Entführer von Jonas Scheurer. Es blieben noch vierundzwanzig Stunden, bis seine Insulinreserve aufgebraucht war.

Weder Maja noch Lüthi glaubten ernsthaft, dass Melanie Howald etwas mit Jonas' Verschwinden zu tun hatte. Bei Stiefvater René waren sie sich weniger sicher. Seine Reaktion auf den Ring bei der letzten Vernehmung war Lüthi verdächtig vorgekommen. Im Gegensatz zu seiner Frau kannte Howald das Schmuckstück. Was verheimlichte er? Mit der Anwesenheit seiner Frau sollte er unter Druck gesetzt werden. Dass dem bereits jetzt so war, zeigte seine Körpersprache. Sein Blick wanderte nervös zwischen den beiden Polizisten hin und her, während er unaufhaltsam seine Hände knetete.

Nachdem Lüthi das Ehepaar über seine Rechtslage aufgeklärt hatte, beide galten vorderhand nicht als Beschuldigte, legte er den Beutel mit dem Ring zusammen mit Fotos auf den Tisch. Die Bilder zeigten den Ring in Vergrösserung, die die Details wie die Gravur auf der Innenseite besser sichtbar machte.

«Sie beide haben diesen Ring bereits einmal gesehen», begann er. «Sie, Frau Howald, als Herr Dornach und Frau Hartmann am letzten Montag bei Ihnen waren. Herr Howald, Sie haben gestern ausgesagt, dass Sie ihn nie zuvor vor Augen hatten. Ist das richtig?»

«Ich verstehe nicht, warum Sie mir die gleiche Leier wie

letztes Mal vorbeten. Ich habe Ihnen bereits gesagt, was ich zu sagen habe.»

«René», ermahnte ihn seine Frau. Sie wollte ihre Hand auf seine legen, die er sofort zurückzog, was ihm einen langen, fragenden Blick von ihr einbrachte.

Lüthi und Maja sahen sich kurz an. Maja nickte kaum merklich.

Lüthi fuhr fort: «Herr Howald, wo waren Sie am 12. Juni 2008 zwischen zehn Uhr und mittags?»

«Auch das wissen Sie bereits. Wenn Sie denken, dass Sie mich in Widersprüche verstricken können, irren Sie sich gewaltig.»

«Wir brauchen Sie nicht in etwas zu verstricken, Sie stecken bereits bis zum Hals drin. Sie erinnern sich: Der Augenzeuge, der Sie gesehen hat, war eindeutig. Wir haben ihm inzwischen ein neues Foto von Ihnen gezeigt. Er hat Sie darauf sofort erkannt.»

Lüthi liess das erst einmal sinken. Frau Howald sah ihren Mann von der Seite an. Ihre Augen waren ein grosses Fragezeichen. «René, wovon sprechen sie?»

«Hör nicht auf sie. Die wollen uns nur verunsichern.»

«Herr Howald, weshalb lügen Sie uns an? Es war doch der Geburtstag Ihrer Frau, es wäre nicht ungewöhnlich, wenn Sie sich einen Tag freigenommen hätten.»

«Ich hatte Termine mit Kunden in Zürich. Fragen Sie auf der Bank.»

«Haben wir. Niemand, der damals dort arbeitete, hat den Tag vergessen, an dem Ihr Sohn verschwand. Hingegen kann sich keiner erinnern, Sie an diesem Donnerstag in der Bank gesehen zu haben.»

«Ich auch nicht, René», sagte Frau Howald. «Ich habe zuerst versucht, dich im Büro zu erreichen, zuerst auf der Direktnummer, dann über die Zentrale. Sie sagten mir, du seist unterwegs bei Kunden.»

«Ja, dann war das halt so. Was soll die ganze Fragerei?»

Auftritt Maja mit ihrer Holzhammermethode. «Verdammt noch mal, Herr Howald. Sie lügen uns an. Wir fragen uns, weshalb. Ist es wegen der Sache von früher?» Sie zog ein Blatt aus einem Mäppchen und legte es offen vor Howald hin. Es war eine Kopie des Berichtes zu der Kindersexaffäre. «Sie wissen, worum es sich handelt, nicht wahr?»

Howald wollte das Blatt zu Maja zurückschieben. Seine Frau war schneller. Sie nahm es zu sich und las es durch. Dabei erblasste sie zusehends. «Was ist das?», fragte sie ihren Mann.

Er entriss ihr das Blatt und zerknüllte es. «Das ist Dreck, mit dem sie mich hier beschmeissen wollen, weil sie unbedingt einen Täter brauchen. Die Anklage gegen mich wurde fallen gelassen.»

«Richtig», sagte Maja. «Aus Mangel an Beweisen. Das heisst nicht, dass Sie unschuldig sind. Und wenn Sie es sind, warum haben Sie Ihrer Frau nie davon erzählt?»

«Weil es nichts zu erzählen gab. Es war nichts, und ich wollte sie nicht damit belasten.»

Frau Howalds Gesichtsausdruck war schlagartig von betroffen in wütend umgeschlagen. Sie drehte sich auf ihrem Stuhl zu ihrem Mann. «Du Schwein hast Kinder missbraucht, und ich vertraue dir meinen Sohn an? Was hast du ihm angetan?» Zunächst stiess sie Howald nur an, dann plötzlich begann sie, ihn mit beiden Fäusten zu traktieren, sodass Lüthi und Maja sich gleichzeitig erheben und sie von ihm entfernen mussten.

«Du Schwein!», rief sie. «Hast du Raphael umgebracht? Und jetzt hast du Jonas entführt. Rede!»

Sie wollte sich losreissen und wieder auf Howald losgehen. Maja musste einige Kraft aufwenden, um sie festzuhalten. «Beruhigen Sie sich, Frau Howald. Ihr Mann hat Jonas nicht entführt. Wir haben sein Alibi geprüft.»

«Aber es wäre besser, wenn Sie uns endlich sagen, was an jenem Tag passierte, als Ihr Sohn Raphael verschwand, Herr Howald», sagte Lüthi. «Ihre jetzige Lage kann nur noch besser werden.»

Howald sass nach wie vor am Tisch und sah die Anwesenden unverwandt an. Seine Frau atmete heftig und starrte hasserfüllt zurück. Wenn Maja sie nicht immer noch festgehalten hätte, wäre sie wieder auf ihn losgegangen. Er fuhr sich mit beiden

Händen über das Gesicht und setzte sich dann kerzengerade auf. «Also gut, ich war an diesem Tag in Solothurn, und ich habe mich mit Raphael getroffen.»

Frau Howald stiess einen tränenerstickten Schrei aus und fiel in Majas Armen in sich zusammen. Lüthi stand auf und schob einen Stuhl an die Wand, auf den Frau Howald sich in sicherem Abstand zu ihrem Mann setzen konnte.

«Es ist nicht so, wie Sie denken», fuhr Howald fort. «Ich habe mich mit Raphael verabredet, weil er seine Mutter zu ihrem Geburtstag überraschen wollte.» Er zeigte auf den Ring. «Er hatte diesen Ring im Schaufenster bei Christ in der Stadt gesehen. Er wollte ihn dir unbedingt schenken, Melanie.» Er sah seine Frau bittend an. «Raphael hatte sein ganzes Geld dafür gespart. Die Verkäuferin hat ihm vorgeschlagen, ihn gravieren zu lassen. Das ginge ganz schnell. Dafür hatte er kein Geld mehr, deswegen fing er an zu weinen.» Er richtete seinen Blick erneut von der Tischplatte zu Frau Howald. Die Wut war aus ihren Augen verschwunden. Sie hingen gebannt an den Lippen ihres Mannes.

«Raphael war so verzweifelt. Er wollte unbedingt alles alleine bezahlen. Es sollte sein Geschenk an dich sein, Melanie. Ein Silberring in Herzform für die beste Mutter der Welt, wie er immer wieder sagte. Ich wäre bereit gewesen, ihm das Geld für die Gravur zu geben. Er wollte es nicht. Die Verkäuferin war so gerührt, dass sie anbot, es umsonst für Raphael zu machen.» Tränen strömten über Howalds Wangen, als er weitersprach. Seine Frau schluchzte ebenfalls. Lüthi glaubte, sogar in den Augen seiner sonst hartgesottenen Freundin einen feuchten Schimmer zu erkennen.

«Ich habe Raphael noch nie so glücklich und stolz gesehen wie an diesem Tag», sagte Howald mit einem Lächeln, bevor sich seine Miene verdunkelte und er seine Frau traurig ansah. «Wir wollten zusammen nach Hause fahren, damit er dir den Ring gleich geben konnte. Dann rief mich ein Kunde aus Biel an. Er war wütend, weil irgendetwas mit einem Investment nicht so lief, wie es sollte. Ich musste gleich hin, wenn ich sein Portfolio nicht verlieren wollte. Raphael versicherte mir, dass er alleine nach Hause gehen konnte. Den Weg kannte er. Ich habe mir gedacht, was kann schon passieren, er war ja immer vorsichtig.» Howald begann zu schluchzen. «Das war das letzte Mal, dass ich Raphael lebend gesehen habe, das müssen Sie mir glauben.» Er weinte ungehemmt.

Raphael Howald war entweder schon in der Altstadt oder auf dem Weg von dort nach Hause seinem Mörder begegnet und nicht auf dem Schulweg, wie die Eltern immer angegeben hatten. Lüthi verkniff sich die Bemerkung, dass René Howald mit seinem Verhalten die damaligen Ermittlungen stark behindert hatte. Er war genug gestraft.

Frau Howald erhob sich von ihrem Stuhl und trat zu ihrem Mann. Sie legte die Hand auf seine Schulter. «Warum hast du mir das nie gesagt?»

Er sah zu ihr hoch. «Weil seither kein Tag vergangen ist, an dem ich mir nicht die Schuld an Raphaels Tod gebe. Hätte ich mir die zehn Minuten Zeit genommen, ihn nach Hause zu fahren, würde er noch leben. Ich schäme mich so, Melanie, es tut mir leid.» Seine Stimme versagte. Frau Howald beugte sich zu ihm herunter und umarmte ihren Mann.

Lüthi bemerkte aus den Augenwinkeln, wie Maja verstohlen eine Träne wegwischte. Er stand auf. «Sie können gehen. Zwei Beamte werden Sie nach Hause begleiten und Ihren Reisepass einziehen, den Sie zurückbekommen, sobald wir Ihre Aussagen überprüft haben.»

Im Korridor, auf dem Weg zu ihrem Büro, stupste Lüthi Maja mit dem Ellbogen an. Er hatte seine Freundin noch nie so emotional aufgewühlt gesehen. «Hast du geweint?»

Sie antwortete mit einem kurzen Achselzucken und verzog sonst keine Miene. «Wenn du den Kollegen auch nur ein Sterbenswörtchen sagst, gucke ich dich bis Weihnachten nicht mal mehr mit dem Hintern an, verstanden?»

**

Die Bahnhofsansage in Solothurn kündigte den Zug Richtung Zürich Flughafen an. Pia küsste Rafik zärtlich auf den Mund.

«Bleib sauber», sagte sie.

«Du weisst, dass ich dich nie hintergehen könnte.»

«Wissen das die Londoner Girls auch?»

«Falls nicht, werden sie's erfahren.»

Rafik hatte mit dem Gedanken gespielt, die Reise wegen der Inhaftierung seiner Schwester abzusagen. Pia hatte es ihm ausgeredet. Sie hatte ihm versprochen, dass sie es schaffen würde, Nadal herauszupauken. Es würde ihr nichts nützen, wenn er aus Sorge um Nadal ständig dazwischenfunkte. Er sollte lieber mit seinen Kumpels London unsicher machen.

«Apropos! Hast du es dir überlegt?», fragte er.

«Was?»

«Wegen Bagdad?»

Pia biss sich auf die Lippen. Sie hatte es im Trubel der letzten Tage verdrängt.

«Du hast nicht darüber nachgedacht», sagte Rafik enttäuscht.

«Doch … nein. Es war zu viel los. Wir reden darüber, wenn du zurück bist.»

«Einverstanden, du wolltest es auch deinem Vater sagen.»

«Das tue ich erst, wenn ich genau weiss, was ich will. Es wird ihm nicht gefallen.»

Der Zug fuhr ein. Pia wartete, bis Rafik eingestiegen war und einen Sitzplatz gefunden hatte. Er winkte ihr kurz zu. Sie schickte ihm einen Luftkuss. Eines stand für sie fest: Sie würde diesen Mann nicht so rasch loslassen. Sobald der Zug anrollte, ging sie zu Manu, die in diskreter Entfernung vor dem Minisupermarkt auf sie wartete. Sie hielt Pia ein Schächtelchen Tic Tac hin, die dankend ablehnte.

«Ich brauche erst einmal einen starken Kaffee.»

Sie setzten sich mit zwei Cappuccinos an eines der Tischchen des Bahnhofcafés, die auf dem ersten Perron aufgestellt waren. Pia verdrängte Rafiks Zukunftspläne. Die Befragung von Nadal vom Vortag beschäftigte sie. Sie versuchte eine Erklärung zu finden, wie Nadals Blut auf den Kapuzenpullover gekommen war.

«Vielleicht kann sie sich im Schock nicht mehr daran erinnern, dass der Pullover ihr gehörte», sagte Manu. «Solche Blackouts vom Vorabend soll's geben, weiss ich aus Erfahrung.»

«Die auf Unmengen von Wodka Red Bull beruht, die du an den Partys in dich hineinschüttest. Das ist bei Nadal eher nicht der Fall.»

«Na hör mal. Nadal kann uns alles Mögliche erzählen. Kennst du sie so gut?»

«Sie hat nicht mit mir gesprochen, sondern mit ihrem Bruder. Rafik ist felsenfest davon überzeugt, dass ihn seine Schwester nicht anlügt.»

«Halleluja, dann kann es nur ein Wunder sein. Neben der Blut weinenden Madonna gibt es seit gestern den blutenden Pullover. Wir sollten das gewinnbringend beim Bischof anmelden.»

Pia verdrehte die Augen. «Hast du noch mehr konstruktive Beiträge?»

«Die im Labor könnten sich geirrt haben.»

«Schon besser, trotzdem wenig wahrscheinlich.»

«Oder Nadals Blut wurde absichtlich auf den Pullover geschüttet.»

«Das habe ich mir auch schon überlegt. Wozu sollte jemand Nadal Jonas' Verschwinden anhängen wollen?»

Manu leerte ihre Tasse. «Du hast gesagt, dass Nadal Montagnacht notfallmässig ins Spital musste, weil sie sich in der Schule an den Scherben einer zerbrochenen Flasche verletzte, richtig?»

«Richtig.»

«Ihre Wunde soll stark geblutet haben.»

«Stimmt, sie ist fast ohnmächtig geworden. Tanner war zum Glück bei ihr.»

«Das ist doch der, den wir in der Badi gesehen haben, mit den Kids? Der sich in Nadal verknallt hat.»

«Ja.»

«Er war die ganze Zeit bei Nadal im Spital?»

«Ja, worauf willst du eigentlich hinaus?»

«Ich habe eine Idee», sagte Manu. Sie stand auf. «Komm mit.»

«Wohin? Wir wollten schwimmen gehen, damit du morgen auf dem Märetfescht deine Partyfigur präsentieren kannst.»

«Willst du Nadal helfen oder nicht?»

«Natürlich will ich.»

Manu sah auf die Uhr. «Dann los.»

***

Karin machte sich frühzeitig auf den Weg. Die Leiterin der «Residenz Aurora Dürsrüti» hatte ihr am Vorabend gesagt, dass Frau Hauser in der Regel früh erwachte. Sie konnte Karin nicht garantieren, dass bei dem Gespräch etwas Brauchbares herausschaute. Die Demenz war in den letzten Wochen schlimmer geworden.

Karin fuhr nicht zum ersten Mal in den Emmentaler Hauptort. Vor Jahren war sie für ein paar Monate mit einem Einheimischen zusammen, der in Solothurn arbeitete. Er war ein eifriger Fan der «SCL Tigers» gewesen. Um möglichst viel Zeit mit ihm zu verbringen, begleitete sie ihn zu allen Heimmatches des Eishockeyclubs, der damals in der obersten nationalen Liga spielte. Die bodenständige Begeisterung der Emmentaler Fans für ihren Club hatte sie angesteckt. Sogar einen «Tiger»-Kleber hatte sie auf ihr Auto gepflastert. Kaum war die Liebe vorüber, verschwand der Tigerkopf an der Heckscheibe mitsamt Mann aus ihrem Leben.

Sie kam zügig an den verkehrskritischen Stellen auf der A 1 vorbei und passierte kurz darauf die Umfahrung des mittelalterlichen Städtchens Burgdorf und seinen imposanten Schlosshügel. Kurz vor acht Uhr sauste das Innerortsschild von Langnau an ihr vorüber. Karin hoffte, dass ihr Navigationsgerät sie auf dem Weg zur Dürsrüti nicht in die Irre führte. Das letzte Mal war sie im Teenageralter dort gewesen, weil ihre Eltern sie zu einem Sonntagsausflug genötigt hatten. Sie sollte wenigstens einmal die höchsten und ältesten Tannen der Schweiz gesehen haben.

Das Navi liess Karin nicht im Stich. Ohne Umwege hielt sie vor dem Portal der aus zwei Gebäudetrakten bestehenden Residenz. Ein prächtiges Bauernhaus mit imposantem Walmdach war erst vor Kurzem aufwendig renoviert worden. Daneben stand ein Neubau, dessen Stil und Farben auf das alte Gebäude abgestimmt waren. Ein Schild wies darauf hin, dass Besucher sich dort anmelden sollten. Bevor Karin hineinging, nahm sie die Aussicht über die waldigen Hügel und Gräben bis hin zu den Voralpen am Horizont auf. Die behäbige Landschaft strahlte eine gelassene Ruhe aus. Ein Glückspilz, der hier seinen Lebensabend verbringen durfte, dachte sie, bevor sie das Gebäude betrat.

Die Leiterin wartete bereits, um sie hinüber ins Bauernhaus zu begleiten, wo sich der Speise- und Gemeinschaftsbereich befand. Um genügend grosse Räume zu erlangen, hatten die Architekten die alten Stuben durchbrochen. Im Übrigen wurde der traditionelle regionale Stil mit holzgetäferten Räumen beibehalten. Prächtige rote Geranien blühten in Holzkistchen vor den Fenstern. Karin wähnte sich in das Dekor eines alten Spielfilms nach Geschichten von Jeremias Gotthelf versetzt: «Ueli der Knecht» oder «Die Käserei in der Vehfreude». Aus den Lautsprechern klang volkstümliche Musik. Man berieselte die Senioren, die sich den Lebensabend an diesem Ort leisten konnten, mit Bauernromantik.

«Sie haben Glück», sagte die Leiterin. Ihr gedehnter, breiter Dialekt verriet die Einheimische. «Frau Hauser scheint heute einen guten Tag zu haben. Nutzen Sie das, es gibt immer weniger davon.» Sie führte Karin zu einem Tisch etwas abseits in einer Nische neben einem Kachelofen, der garantiert so alt war wie der ursprüngliche Hof.

Eine Frau sass allein dort. Sie brockte Brot in ein Chacheli, eine henkellose Keramiktasse, die mit hellem Milchkaffee gefüllt war. Bis auf die sorgfältig gepflegten weissgrauen Haare, die in einer Dauerwelle oberhalb des Nackens endeten, hätte man Frau Hauser ihre fünfundachtzig Jahre nicht gegeben. Die Kleidung war korrekt angelegt. Das Personal der Aurora legte Wert auf das gepflegte Erscheinungsbild seiner Residenten.

«Guten Tag, Frau Hauser», sagte die Heimleiterin mit erhobener, freundlich-zuvorkommender Stimme. «Haben Sie gut geschlafen? Schmeckt Ihnen der Bröcklikaffee?»

Frau Hauser sah mit einem Lächeln hoch. «Guten Morgen, Marianne. Der Kaffee schmeckt heute viel besser.» Ihr Blick fiel auf Karin, die ihr bestes dunkles Hosenkostüm trug, ergänzt mit einem blütenweissen Hemd. «Ist das die neue Gouvernante?»

Die Heimleiterin warf Karin einen ermunternden Blick zu. Frau Hauser hatte eine luzide Phase.

«Das ist Frau Jäggi von der Solothurner Kantonspolizei, Frau Hauser. Sie will Ihnen ein paar Fragen stellen.»

«Von der Polizei? War ich etwa zu schnell mit dem Rollator unterwegs?» Frau Hauser blinzelte keck. «Setzen Sie sich zu mir, Fräulein. Ich darf doch Fräulein zu Ihnen sagen? Es fällt mir schwer, jede junge Frau wie eine Verheiratete anzusprechen. Oder sind Sie schon verheiratet, so jung wie Sie sind?»

Karin erwiderte, dass dem nicht so sei. Sie hatte auch kein Problem mit der Anrede. Die Heimleiterin verabschiedete sich mit dem Versprechen, Karin einen Kaffee und frische Gipfeli bringen zu lassen.

«Ich würde gerne mit Ihnen über Ihren Sohn sprechen, Frau Hauser.»

«Mein Sohn?»

«Ja, Bernhard Hauser war doch Ihr Sohn.»

Das Gesicht der Frau verdüsterte sich. Karin befürchtete kurz, sie würde zumachen. Schliesslich kam Glanz in ihre altersträben Augen. «Ja, der Bernhard. Der dumme Bub hat mir grosse Sorgen bereitet. Jetzt ist er beim Herrgott und muss das mit ihm ausmachen. Ich hoffe, dass er nicht zu streng ist mit ihm.»

«Ich würde gerne wissen, ob Bernhard Freunde hatte, bevor er … bevor das passierte und er ins Gefängnis musste.»

«Freunde? Was für Freunde meinen Sie?»

«Ist er häufig mit gewissen Personen zusammen gewesen, mit Männern oder mit Frauen?»

«Frauen?» Frau Hauser lachte. «Bernhard hat sich nie gross etwas aus Frauen gemacht. Ich habe ihm oft gesagt, er soll sich mal eine Gute suchen, mit der er Kinder haben kann. Kinder hat er gerngehabt, mein Bernhard, vor allem Buben.»

Eine junge Frau in der Kluft einer traditionellen Serviertochter mit weisser Bluse, einem knielangen schwarzen Rock und weissem Servierschürzchen stellte Kaffee und ofenfrische Gipfeli auf den Tisch. «Hatte er keine Familie?»

«Nein», sagte Frau Hauser betrübt. «‹Ich habe die richtige Frau nicht gefunden, Mueti›, sagte er immer zu mir. Die gab es auch nie.»

«Und besonders gute Freunde, also Männer?»

Frau Hauser legte den Kopf auf die Seite. «Auch nicht, keine Freunde ausser dem Ruedi.»

«Ruedi, war das sein Freund?»

«Die beiden waren immer zusammen. Sie gingen durch dick und dünn. Ruedi war der Jüngere. Bernhard war sein Schutzengel. Wenn andere Buben Ruedi verprügeln wollten, ist Bernhard auf sie losgegangen, gleich, ob sie älter und stärker waren oder nicht.»

«Die beiden haben also zusammengehalten? Wie ist Ruedis Familienname, und wo lebt er?»

«Der Ruedi ist damals weit fortgegangen.»

«Damals?»

«Kurz bevor die Polizei Bernhard holte, ist er weggegangen.»

«Wissen Sie, wohin?»

«Irgendwo ins Deutsche.» Frau Hauser klopfte sich mit dem Knöchel an die Schläfe. «Ich kann mich nicht mehr erinnern. Das Oberstübchen, wissen Sie, es will nicht mehr so recht.»

«Er ging nach Deutschland?» Karin überlegte, wie sie Frau Hauser auf die Sprünge helfen konnte, ohne dass sie damit das Gegenteil erreichte.

«Ich kann es Ihnen zeigen», sagte Frau Hauser unvermittelt.
«Wie meinen Sie das?»
«Die Papiere.»
«Papiere? Sie haben Fotos?»
«Auch. Wir müssen in mein Zimmer.» Frau Hauser musterte Karin. «Sie sind kräftig. Sie können den Rollstuhl schieben, dann geht's schneller als mit dem Rollator.»

Ein paar Minuten später schob Karin Frau Hauser durch die Türe ihres geräumigen Zimmers. Es war eine Suite, unterteilt in einen Wohn- und einen Schlafraum. Sie verfügte über ein eigenes Bad und eine Küchennische. Einige Möbelstücke hatte Frau Hauser wohl mitgebracht. Sie machten einen wertvollen Eindruck, vor allem der uralte Sekretär, in dem Frau Hauser lange nach etwas suchte. Schliesslich streckte sie triumphierend einen roten Ringhefter in die Höhe. «Gefunden!» Sie schlug den Hefter auf und hielt nach kurzem Blättern einen Faltprospekt in den Händen. «Dorthin ging er, der Ruedi, in Deutschland.»

Erstaunt blickte Karin auf die Titelseite. «Sanatorium ‹Taunusblick› in Königstein. Das ist eine private Heilanstalt. War Ruedi denn krank?»

Der Anblick der Papiere schien einen bösen Zauber zu beschwören. Eine dunkle Wolke legte sich über Frau Hausers Gesicht. «Ruedi hatte dieses Problem. Erst mit seinen Nerven und dann mit seinem Kopf. Deshalb musste er fort.»

«Er war auch krank?», fragte Karin. «Litt er am Gleichen wie Bernhard?»

Frau Hauser sah Karin unverwandt an. «Bernhard war nicht krank. Nur sein Bruder.»

Karin schluckte leer. «Sein Bruder?»

«Ruedi war Bernhards jüngerer Bruder. Bernhard hat sich immer um ihn gekümmert, bis es nicht mehr ging mit ihm, wegen der Dummheiten. Das habe ich Ihnen vorhin gesagt.»

«Was ist mit Ruedi passiert?»

«Zu viele Dummheiten, zu viele», sagte Frau Hauser.

«Was für Dummheiten?»

«Er hat sie gequält, die Buben. Alle, die schwächer waren – und krank. Schlimme Sachen, schlimme …»

Frau Hauser lehnte ihren Kopf zurück und starrte ins Nichts. «Bernhard hat Ruedi in Schutz genommen. Er wollte nicht, dass er Probleme bekommt. Er hat Ruedi nach Deutschland geschickt.» Frau Hauser wurde still.

Karin steckte den Faltprospekt des Sanatoriums zurück in den Hefter und klappte den Deckel zu. Sie streichelte ihre Hände. «Danke, Frau Hauser, Sie haben uns sehr weitergeholfen. Darf ich mir den Ordner ausleihen? Ich bringe ihn ganz bestimmt zurück.»

Frau Hauser nickte.

Karin ging zur Tür.

«Bringst du mir bitte einen Hagebuttentee, Marianne?», tönte es vom Sessel her.

«Das mache ich sehr gerne, Frau Hauser», sagte Karin, bevor sie die Tür von aussen schloss.

***

Um den verpassten Schwimmgang ansatzweise zu kompensieren, absolvierten sie die Strecke vom Bahnhof ins Bürgerspital zu Fuss. Pia joggte die Wassergasse bis zum Spital hinauf. Manu gelang es, bis etwa zur Mitte des Anstiegs Schritt zu halten, bevor sie aufgab.

Ausser Atem trudelte sie ein paar Minuten nach Pia beim Haupteingang des Bürgerspitals ein. «Du bist echt ein Tier.»

«Du hast gesagt, wir sollen uns beeilen.»

«Beeilen, nicht umbringen.» Manu zeigte in die Richtung des Spitalrestaurants. «Lass uns dort nachsehen.»

Der grosse Saal der Cafeteria war beinahe leer. Eine Frau sass alleine an einem Tisch und war in den Untiefen ihres Smartphones versunken. Sie bemerkte Pia und Manu nicht gleich.

«Hallo, Marietta», sagte Manu.

Die Frau hob erstaunt den Kopf. Sie war etwas über vierzig mit einer Figur, die dem Klischee einer italienischen Vollblutmatrone entsprach. Trotz Müdigkeit strahlte ihr rundes, von Lachfalten durchzogenes Gesicht Lebensfreude aus.

«Manuela, *cara mia*!» Sie schnellte von ihrem Stuhl hoch, um Manu zu umarmen. «Was machst du denn hier? Wie lange ist es her, seit ich dich das letzte Mal gesehen habe?» Mitgefühl verschleierte ihre Freude. «Das war an der Beerdigung deiner lieben Mutter. Die Arme, ich vermisse sie heute noch. Sie war die beste Chirurgin, die es gab, und eine wundervolle Chefin. Wie geht es dir?»

«Gut, ich vermisse mein Mami auch. Ich habe jetzt eine neue Familie.» Sie zeigte auf Pia. «Das ist Pia Zenklusen. Sie ist wie eine Schwester zu mir. Ich wohne bei ihr und ihrem Vater.»

Pia blieb die Luft weg, als Marietta ihre kräftigen Arme überschwänglich um sie schlang und sie an sich drückte. «Wie schön, dass du dich um Manuela kümmerst nach diesem schlimmen … ich meine, nach diesem Vorfall. Du hast dir eine *bellissima sorella* ausgesucht, Manuela, *cara*.» Sie rauschte davon, um Getränke und, ungeachtet der Proteste, etwas Essbares zu holen.

«Ich will nichts essen», sagte Pia zu Manu. Sie sah zu, wie Marietta am Buffet Gebäck auf einen Teller lud. «Kannst du mir endlich mal sagen, wer das ist und weshalb wir hier sind?»

«Marietta Tosato ist Pflegefachfrau. Sie hat damals mit meiner Mutter gearbeitet. Nachdem Mami … also nachdem das passiert ist, hat sich Marietta auf die Notfallstation versetzen lassen. Das hat sie mir jedenfalls bei der Beerdigung gesagt. Sie war immer lieb zu mir. Wenn ich nicht zu euch gekommen wäre, hätte sie mich aufgenommen.» Manu machte ein nachdenkliches Gesicht. «Dann würde ich vielleicht jetzt so aussehen wie sie.»

«Das kriegst du auch ohne fremde Hilfe hin, wenn du nicht aufpasst. Was willst du von ihr?»

«Etwas herausfinden.»

Bevor Manu es erklären konnte, kam Marietta mit einem schwer beladenen Tablett zurück. Sie hatte Frühstück mindestens für sechs besorgt. «Ihr beide seid so dünn», sagte sie. «Ihr müsst essen, vor allem deine Freundin, Manuela. Sie sieht aus wie eine Bohnenstange, eine schöne Bohnenstange – mit Kurven.»

Mit ergebenem Lächeln nahm Pia ein Brötchen. Um Diskussionen um ihre Ernährung zu vermeiden, begann sie, daran zu knabbern.

Marietta bejahte Manus Frage, ob sie weiterhin auf der Notfallstation arbeitete. «Bald schon ein Jahr. Nach dem Tod der *dottoressa* blieb ich nicht in der Chirurgie. Ich wollte nicht mehr in diesem Operationssaal arbeiten, wo sie in ihrem Blut gelegen hat.» Sie bemerkte Manus betroffenen Ausdruck und hielt sich die Hand vor den Mund. «*Scusi*, Manuela, ich wollte nicht …»

«Schon gut, Marietta. Eigentlich wollten wir dich fragen, ob du Montagnacht Dienst auf dem Notfall hattest.»

«Montag? Warte mal – ja richtig, da hatte ich Nachtdienst.»

Manus Augen leuchteten hoffnungsvoll. «Kannst du dich an eine Patientin erinnern, die mit einer Schnittwunde am Arm zu euch kam?» Sie beschrieb Nadal.

Marietta überlegte etwas länger. «Doch, ja, ich erinnere mich an sie. Eine sehr schöne junge Frau. Es war ein Mann bei ihr. Sah auch gut aus.»

«Was ist dann passiert?»

Marietta setzte eine strenge Miene auf. «Manuela, *cara*, das darf ich dir nicht sagen – Arztgeheimnis. Oder bist du eine Angehörige von dieser Frau.»

«Sie heisst Nadal Mousavi. Pia ist die Verlobte von ihrem Bruder.» Manu verzog keine Miene, obwohl Pias Fusstritt in die Wade geschmerzt haben musste. «Ich bin ja so was wie Pias Schwester. Wir sind alle eine Familie. Ausserdem», Manu beugte sich vor, sodass ihre Nasenspitze diejenige von Marietta beinahe berührte, «es geht um Leben und Tod, weisst du.»

Marietta sah Pia verklärt an. «*Una fidanzata, Dio mio.* Ihr seid wirklich wie *una famiglia*?»

«*Certamente.*» Manu schubste Pia an, worauf diese verschämt lächelte.

«*Bene*, in diesem Fall solltet ihr eurer Schwester sagen, dass sie sich bei der Oberärztin melden soll.»

«Weshalb?»

«Wir haben einen Bluttest mit ihr gemacht. Es gab eine Komplikation.»

Pia und Manu sahen sich betroffen an. «Was für eine Komplikation?»

«Das kann ich euch nicht sagen. Sie soll das mit der Oberärztin besprechen. Ich habe ihr nur das Blut abgenommen.»

«Können wir mit der Ärztin reden?», fragte Manu. «Am besten auf der Station, jetzt gleich.»

«Jetzt?» Marietta dachte nach. «Meine Schicht ist zwar zu Ende. Aber wenn ihr sagt, dass es um Leben und Tod geht, dann kommt.»

«Was soll das, Manu?», zischte Pia. Sie warteten auf Marietta, die das Tablett wegräumte. «Wir können nicht einfach eine Ärztin wegen Nadal ausfragen.»

«Warum nicht, wenn sie es uns freiwillig sagt. Wir sind eine Familie. Komm schon, *bellissima sorella.*»

Dr. Sandra Obermüller musterte die beiden skeptisch. Marietta hatte sie tatsächlich als Nadals Schwestern vorgestellt.

«Sie sind wirklich Schwestern der Patientin Mousavi?»

«Quasi», antwortete Manu.

«Quasi?»

«Es ist so –», begann Manu.

«Stopp, Manu.» Zeit, die Angelegenheit zu schildern, wie sie war. Pia erklärte der Stationsärztin die Umstände in der Hoffnung, die Ermittlungen ihres Vaters nicht zu torpedieren. Es war riskant, Nadals Untersuchungshaft zu erwähnen.

Dr. Obermüller hörte aufmerksam zu, ohne sie zu unterbrechen. «Das tönt sehr abenteuerlich», sagte sie. «Trotzdem darf ich Ihnen nicht so einfach Auskunft über Frau Mousavi geben.»

«Hören Sie», sagte Pia. «Ich bin die Freundin von Rafik Mousavi, dem Bruder von Frau Mousavi, und –»

«Die beiden sind verlobt», rief Marietta dazwischen.

Pia brauchte einen Moment, um den Faden wiederzufinden.

«Wie auch immer, Sie wissen vielleicht, wie das in orientalischen Familien ist. Rafik ist Nadals jüngerer Bruder und ihr Beschützer. Er befindet sich zurzeit im Ausland und kann nicht für sie reden. Deshalb hat er mich gebeten, für ihn einzuspringen. Ich bitte Sie, helfen Sie uns.»

«Ich verstehe Sie ja, aber …» Die Ärztin war ratlos.

Pia zog einen letzten Trumpf aus dem Ärmel. «Mein Vater arbeitet bei der Polizei. Ich kann ihn anrufen, dann ist er innert Kürze mit einem Beschluss hier, und Sie müssen die Auskunft ihm geben. Das kostet Zeit und Aufwand. Damit ist keinem gedient, vor allem nicht Nadal.»

Pia erwiderte den prüfenden Blick der Ärztin. Sie hielt innerlich den Atem an. Entweder es klappte, oder sie würde ihrem Vater einiges zu beichten haben, wovor ihr jetzt schon graute.

«Also gut», sagte die Ärztin. «Sie haben mich überzeugt, dass Ihnen am Wohl von Frau Mousavi gelegen ist.» Sie bot Pia und Manu an, Platz zu nehmen. Marietta verabschiedete sich.

«Das Ganze ist kompliziert und auch etwas peinlich für uns», begann Dr. Obermüller. «Ich habe Frau Mousavi am Montag nicht selber untersucht. Laut dem Patientenbericht kam sie wegen einer Schnittwunde zu uns. Dem behandelnden Assistenzarzt fiel auf, dass die Wunde stark und lange blutete. Normalerweise setzt die Gerinnung bei solchen Verletzungen relativ schnell ein. Das war bei Frau Mousavi nicht der Fall. Er ordnete mit ihrem Einverständnis eine Blutentnahme an, um unter anderem die Gerinnung untersuchen zu lassen.»

«Heisst das, dass Frau Mousavi an der Bluterkrankheit leidet?», fragte Pia besorgt. «Ist das nicht eine Aristokratenkrankheit?»

«Hämophilie war früher tatsächlich stark in den europäischen Adelshäusern verbreitet.»

«Ich dachte, die Krankheit vererbe sich ausschliesslich auf Männer», sagte Manu. «Ich habe so was mal von meiner Mutter aufgeschnappt.»

«Männliche Nachkommen sind am häufigsten davon betroffen. Aber es gibt eine Inzidenz bei Frauen.»

«Und Nadal?», fragte Pia.

«Das können wir ohne weitere Untersuchung nicht genau sagen. Aufgrund ihrer Schilderungen und der Gerinnung vermuten wir, dass sie unter einer milden Ausprägung des Willebrand-Jürgens-Syndroms leiden könnte, der häufigsten angeborenen Krankheit mit Blutungsneigung, die auch Frauen befällt.»

«Was heisst das für Nadal?»

«Es besteht berechtigte Hoffnung, dass die Krankheit ihr Leben nicht stark beeinträchtigt. Viele Menschen leben damit, ohne sich dessen bewusst zu sein. Wir möchten sichergehen und einige Tests machen. Deshalb sollte sie so rasch wie möglich zu einer weiteren Blutentnahme kommen.»

«Ich dachte, Sie haben ihr Blut schon.»

Dr. Obermüller sah verlegen zu Boden. «Sie müssen verstehen, dass mir das peinlich ist. Bei der letzten Entnahme scheint etwas schiefgelaufen zu sein.»

«Wie, schiefgelaufen?», fragte Pia.

«Bei einer Entnahme wird Blut in verschiedene Röhrchen gefüllt. Der Vorgang ist streng geregelt. Üblicherweise werden fünf farblich verschieden gekennzeichnete Röhrchen abgefüllt, die unterschiedlichen Analysezwecken dienen. Bei Frau Mousavi haben wir festgestellt, dass nur vier Röhrchen vorhanden waren. Dasjenige für die Blutbild- und Blutgruppenbestimmung fehlt.»

«Es wurde vergessen?»

«Marietta schwört auf sämtliche Bibeln, fünf Röhrchen abgefüllt zu haben. Sie ist eine erfahrene und zuverlässige Pflegefachfrau.»

«Wenn Marietta das sagt, dann ist es so», bemerkte Manu. «Meine Mutter hat nichts auf sie kommen lassen. Umgekehrt auch nicht.»

«Nadal soll halt ihr Blut für das eine Röhrchen noch mal abgeben», sagte Pia etwas ratlos. Sie wusste nicht genau, was sie mit diesen Informationen anfangen sollte.

«Es ist besser, wenn wir die Entnahme vollständig wiederholen. Wenn sie in Untersuchungshaft ist, können wir das gleich im Untersuchungsgefängnis vornehmen. Das ist ja hier um die Ecke.»

Pia und Manu spazierten zurück Richtung Stadt. Seit sie aus dem Spital heraus waren, hatte Pia kein Wort gesagt. «Hast du was?», fragte Manu. «Ist doch gut gelaufen. Wir wissen, was am Montag passiert ist.»
«Was soll uns das bringen?», fragte Pia abwesend.
Manu blieb stehen und tippte mit dem Zeigefinger an Pias Stirn. «Jemand zu Hause da oben? Normalerweise bin ich diejenige, die schwer von Begriff ist.»
«Ja, entschuldige. Ich bin heute nicht ganz bei mir wegen Rafik.»
«Wieso? Der kommt am Montag wieder. Bist du etwa schon im sexuellen Notstand? Das wäre mal was Neues.»
«Red keinen Stuss. Es ist was anderes.» Pia winkte ab. «Lange Geschichte, erzähle ich dir ein andermal. Was ziehst du denn für Schlüsse aus dieser Blutgeschichte?»
«Findest du es nicht komisch, dass im Spital ein Röhrchen mit Nadals Blutprobe verschwindet? Und am nächsten Tag taucht ein Pullover mit Spuren von Nadals Blut auf. Dominik sagt doch immer –»
«Er glaubt nicht an Zufälle.» Pia umarmte Manu. «Gutes Mädchen.»
«Hast du je daran gezweifelt?»
Pia zweifelte nie an Manu, die über sich hinauswachsen konnte, wenn es die Umstände erforderten. «Wenn das Verschwinden von Nadals Blut aus dem Spital kein Zufall war, heisst es auch, dass jemand es dort entwendet hat. Ich weiss auch schon, wo wir anfangen müssen zu suchen.»

***

Jäggi presste den Telefonhörer an sein Ohr. Er bedeutete Dornach, Platz zu nehmen. Der versuchte aus den Worten und der

Mimik seines Chefs zu erraten, was besprochen wurde, vor allem mit wem.

«Ja gut», sagte Jäggi. «Einverstanden, wir machen das so.» Er hängte ohne Abschiedsgruss auf und sah Dornach grimmig an.

«Und?», fragte Dornach.

Jäggi zeigte auf seinen Tischapparat. «Das waren Hofmann und der Bundesanwalt gleichzeitig. Sie wollten von mir eine Beurteilung der Situation, weil Châtelain für die nächsten Tage ausfällt.»

«Ja?»

«Der Bundesanwalt will, dass du die Leitung des Falles übernimmst. Du hast die Auflage, ständig an ihn zu rapportieren oder an seinen Delegierten.»

«An Hofmann? Du weisst, wie gut wir beide es zusammen können, Urs.»

Jäggi seufzte. «Einmal wirst du es lernen müssen, Dominik, und er auch. Für diesmal berichtest du weiterhin direkt an Frau Casagrande.»

«Was? Ich dachte, die ist auch krankgeschrieben.»

Jäggi schmunzelte. «Sie hat mit dem Arzt verhandelt. Er schreibt sie nur zu fünfzig Prozent krank, wenn sie ihm dafür verspricht, ihr Büro nicht zu verlassen oder nur dann, wenn sie zu uns herüberkommt.»

«Und die anderen fünfzig Prozent?»

«Musst du zu ihr nach Hause, wenn du etwas von ihr willst. Ist ja ein Katzensprung von hier.»

«Wie hast du es geschafft, Hofmann zu überzeugen, die Leitung der Ermittlungen an mich zu übertragen?»

Jäggi hob die Hände. «Ich habe nichts gemacht, nur die Lage geschildert. Dafür musst du dich bei Frau Casagrande bedanken. Sie war bei der Telefonkonferenz dabei. Habe ich das nicht erwähnt?»

«Hast du nicht.»

«Sorry.» Er sah auf seine Uhr. «Du solltest zurück in dein Büro. Sie wird schon auf dich warten.»

Zwei Heftpflaster überdeckten die Schrammen in Casagrandes Gesicht. Das blaue Auge war notdürftig mit Abdeckcrème kaschiert, der ausgeschlagene Zahn provisorisch ersetzt. «Die definitive Krone setzt der Zahnarzt nächste Woche ein», sagte sie.

«Bist du sicher, dass du wieder fit bist?», fragte Dornach. «Du solltest eigentlich zu Hause sein.»

«Einerlei, ob ich hier oder zu Hause herumhänge. Der Unterschied ist, dass es hier den besseren Kaffee gibt.»

«René Howald ist übrigens vom Haken», sagte Dornach. Er stellte ihr einen Espresso hin und schilderte ihr dann die Einvernahme des Ehepaares Howald. «Maja hat seine Alibis vom Dienstag und auch diejenigen von vor neun Jahren überprüft. Die Verkäuferin von damals arbeitet immer noch in diesem Schmuckgeschäft und kann sich gut an Vater und Sohn erinnern. Howald sagt die Wahrheit. – Bleibt die Sache von damals mit diesem Kindesmissbrauch.»

«Das heisst, wir sind im Fall Jonas Scheurer nicht vorangekommen?»

Er machte eine bedauernde Geste. «Bis jetzt leider nicht. Karin hat die Mutter von Bernhard Hauser in einer privaten Altersresidenz im Emmental aufgespürt und befragt. Sie ist zurück und will mit mir darüber reden. Vielleicht bringt uns das weiter.»

«Hoffen wir's.» Casagrande schaute von Dornach weg und begann, ihre Fingernägel zu prüfen. «Und was macht die Cranach so?» Es war deutlich, dass sie gleichmütig klingen wollte.

«Die nimmt mit Maja alles unter die Lupe, was wir aus der Observation der Islamisten und der Oltner Moschee herausholen können.»

«Schön.» Sie trank ihre Tasse aus. «So haben unsere Schäfchen alle ihr Fleckchen Wiese, das sie abgrasen können.» Sie schwankte, weil sie zu hastig aufgestanden war. Dornach wollte sie stützen. Sie wehrte ihn ab. «Geht schon, danke. Ich muss mich an meinen reduzierten Zustand gewöhnen.»

«Soll ich dich nach Hause bringen?»

«Danke, ich gehe zu Fuss. Habe ja den ganzen Nachmittag Zeit.»

«Bist du sicher. Ich könnte –»

«Ich habe gesagt, es geht mir gut. Kümmere dich nicht um mich. Du hast Wichtigeres zu tun.»

Ein kurzes Klopfen liess beide herumfahren. Karin kam herein. «Geht's schon wieder, Angela? Gut, dass du auch da bist. Google und ich haben was gefunden. Das müsst ihr euch ansehen.»

✳✳✳

Pia checkte die Zeit auf dem Display ihres Handys. «Es muss jeden Moment läuten.»

Seit einer Viertelstunde stand sie mit Manu vor dem Stadttheater. Gegenüber lag der Pausenplatz des Schulhauses Kollegium. Die beiden gaben vor, den ausgehängten Spielplan für die nächste Theatersaison eingehend zu studieren.

«Bist du sicher, dass er rauskommt? Kann ja sein, er verbringt die Mittagspause im Schulhaus», sagte Manu.

«Bei dem Wetter? Der geht ganz bestimmt raus.»

In diesem Moment klingelte die Schulglocke. Das Schulhaus verfügte über zwei Ausgänge. Der eine ging über den Pausenplatz auf die Theatergasse. Dort standen Pia und Manu. Der andere war das Hauptportal an der Goldgasse. Um beide im Auge zu behalten, schlenderte Pia zum Tee- und Gewürzladen an der Strassenecke, von wo sie die Goldgasse übersehen konnte. Gleichzeitig hielt sie Blickkontakt mit Manu, die den Pausenplatz im Auge behielt. Die Schüler strömten heraus.

Pia winkte ihrer Freundin frenetisch zu. Manu eilte zu ihr.

«Dort ist er.»

Manu erkannte Tanner. «Irgendwie kann ich mir nicht vorstellen, dass er es ist. Er sieht nett aus.»

«Wie heisst der Spruch schon wieder?», fragte Pia.

«Nett ist die kleine Schwester von scheisse», sagten beide wie aus der Pistole geschossen. Sie kicherten.

«Du glaubst wirklich, dass er das Röhrchen mit Nadals Blut vom Spital hat mitlaufen lassen?»

«Hast du einen besseren Kandidaten? Er ist ausgebildeter Sanitäter und kennt sich mit Spritzen, Verbänden und all dem Zeug aus. Ausserdem, wenn es stimmt, was Nadal gestern erzählt hat, war er einen Moment lang alleine im Behandlungsraum, als Nadal auf die Toilette musste. Er hatte genug Zeit, das Röhrchen einzustecken.»

«Warum sollte er das tun?»

«Weil er Nadal liebt und ihr Held sein will. Oder das Gegenteil ist der Fall, er will ihr eins auswischen, weil sie ihn abgewiesen hat. Ich kann ihn ja mal fragen.» Sie machte Anstalten hinüberzugehen.

«Spinnst du?», zischte Manu. «Ruf gefälligst Dominik an, wenn du einen Verdacht hast.»

Sie beobachteten, wie Tanner die Goldgasse hinauf in Richtung Hauptgasse und ausser Sichtweite schlenderte.

«Ich gehe nachsehen», sagte Pia.

«Was willst du nachsehen?»

«Wenn er das Röhrchen wirklich genommen hat, hat er es eher nicht zu Hause versteckt, so pingelig, wie der ist, sondern irgendwo im Schulhaus. Wenn ich Glück habe, steckt es irgendwo im Abfall, im Chemieraum zum Beispiel. Tanner unterrichtet Chemie.»

Manu hielt Pia zurück. «Das kannst du nicht machen. Wir rufen Dominik an, der kann das besser erledigen.»

«Dominik anrufen?», äffte Pia ihre Freundin nach. «Damit er wieder mal nicht auf mich hört? Nadal hat er einfach einsperren lassen.»

«Pia, bitte. Du machst mir Angst mit deinen ewigen Alleingängen.»

Pia kämpfte mit sich. «Also gut, wir machen es so: Ich gehe rüber. Wenn du Tanner kommen siehst, schickst du mir eine Nachricht aufs Handy. So habe ich genug Zeit, wegzukommen. Wenn ich in fünfzehn Minuten nicht zurück bin, rufst du Paps an. Kann also nichts passieren, ich versprech's.»

Manu seufzte. Gegen Pias Entschlusskraft war kein Kraut gewachsen. «Wehe, wenn doch», sagte sie. «Dann bringe ich dich eigenhändig um.»

«Abgemacht.»

Pia eilte zum Schulhaus hinüber. Manu klopfte das Herz bis zum Hals. Sie überlegte sich, wer von ihnen beiden gefährlicher lebte. Pia mit ihren Eskapaden oder sie selber, weil sie sich ständig wegen ihr zu Tode ängstigte.

ACHTZEHN

Der Projektor warf die relevanten Dokumente aus Frau Hausers Ringhefter an die Wand. Karin begann mit ihrem Briefing über ihren Besuch in der «Aurora Dürsrüti», nachdem Gubler als Letzter Platz genommen hatte. Vorgängig hatte sie geprüft, ob eine polizeiliche Akte über Ruedi Hauser existierte, was nicht der Fall war.

«Man muss sich wirklich fragen, ob wir damals blind, taub oder beides waren», sagte Lüthi.

«Das kommt davon, wenn man sich zu früh auf den naheliegendsten und bequemsten Ansatz konzentriert.» Dornach warf einen Seitenblick zu Casagrande, die keine Miene verzog. «Bernhard Hauser lag so schön auf dem Präsentierteller. Man hatte es zu eilig, den Fall zu den Akten zu legen.»

«Ich tue es ungern und selten, aber ich muss dir teilweise widersprechen, Dominik», sagte Gubler.

«Aha? Wie das?»

«Siehst du gleich. Fangen wir besser ganz am Anfang an.» Er sah zu Karin, die in ihren Ausführungen fortfuhr.

«Ich muss vorausschicken, dass meine Informationen, die wir beim gestrigen Abendessen in Bezug auf Frau Hausers Verhältnisse besprochen haben, nicht ganz korrekt waren.»

Sie blickte in die Runde. Keine Reaktion, Dornach bedeutete ihr weiterzumachen.

«Also, Verena Hauser hat für damalige Verhältnisse relativ spät geheiratet. Mit siebenunddreissig Jahren ehelichte sie den achtzehn Jahre älteren Bauarbeiter Kaspar Hauser aus Schangnau, Kanton Bern. Das Ehepaar zog in das Elternhaus ihrer Familie nach Derendingen. Ein Jahr später kam Bernhard auf die Welt. Beim Folgenden lagen wir ursprünglich falsch. Der Vater von Bernhard war nicht ausgewandert, sondern er starb bei einem Arbeitseinsatz auf einer Baustelle im Ausland, als der Junge zweijährig war. Die Witwe war gezwungen, ihr

Haus zu verkaufen. Sie zog mit dem Kind in eine günstige Mietwohnung nach Gerlafingen. Die Witwenrente reichte hinten und vorne nicht. Da sie keinen Beruf erlernt hatte, hielt sie sich und ihren Sohn mit Gelegenheitsarbeiten über Wasser.»

«Kann mir jemand erklären, wie sich die Frau heute eine teure Altersresidenz leisten kann?», fragte Casagrande.

«Kommt noch», sagte Karin. «Einige Jahre nach dem Tod ihres Mannes lernte Frau Hauser den Vater oder besser den Erzeuger ihres zweiten Sohnes Ruedi kennen. Das ist derjenige, der sich ein paar Wochen nach der Geburt des Kindes aus dem Staub machte. Vermutlich ging er nach Übersee, Mittel- oder Südamerika. Frau Hauser blieb mit zwei Kindern zurück, Bernhard aus erster Ehe und dem neugeborenen Ruedi – und ohne Geld.»

«Das kann nicht sein», sagte Casagrande. «Ein Ruedi Hauser muss irgendwo registriert sein.»

«Ausser er wurde unter einem anderen Namen gemeldet», sagte Karin.

«Wie bitte?»

«Das stimmt schon.» Gubler stellte sich neben Karin. Seine massige Gestalt warf einen grossen Schatten auf die Leinwand. «Frau Hauser wollte aus irgendeinem Grund nicht, dass ihr zweites Kind den Namen ihres verstorbenen Ehemannes trägt. Frau Hauser und Ruedis Erzeuger waren nicht verheiratet. Deshalb hatte sie das Kind mit dessen Einwilligung auf seinen Namen eintragen lassen – Tanner.»

«Tanner? Da klingelt es bei mir.» Dornach legte seine Stirn in Falten.

«Du denkst sicher an Konrad Tanner, den Kollegen und Bewunderer von Nadal Mousavi», sagte Karin.

«Genau.»

«Zeigst du mal die Geburtsurkunde, Google?»

«Achtung, Trommelwirbel», sagte Gubler. Das Bild erschien. Für einige Sekunden beherrschte Stille den Raum.

«Rudolf Konrad Tanner, geboren 1975.»

«Konrad Tanner ist der zweite Sohn von Verena Hauser», sagte Karin. «Er ist der Halbbruder des Bubenfressers.»

***

Glücklicherweise befand sich während der Mittagszeit keine Menschenseele in den Gängen. Pia kannte sich im Gebäude nicht aus. Sie war hier nie zur Schule gegangen. Von ihrem geschichtsbewanderten Grossvater Josef Dornach wusste sie, dass das Kollegium der Jesuiten die Mädchen und Knaben der Stadt unterrichtet hatte, bis gegen Ende des 18. Jahrhunderts der Orden von einem Papst, dessen Name sie vergessen hatte, aufgehoben wurde.

Die gewölbten Korridore und die Treppenhäuser waren sanft renoviert worden. Die ursprünglichen Holzverkleidungen und die Kalksteintreppen hatte man belassen. Die einzige konsequente Konzession an die Neuzeit war ein Lift mit Glastüren. Trotz moderner Zweckmässigkeit war die Aura der altehrwürdigen Klosterschule erhalten geblieben.

Pia befürchtete, den Chemieraum lange suchen zu müssen. Ein Hinweisschild belehrte sie, dass der Raum im Erdgeschoss, gleich neben dem Eingang lag. Das sparte wertvolle Zeit. Wenn Tanner sich darauf beschränkte, etwas über die Gasse zu besorgen, um es in der Schule zu essen, dauerte es nur ein paar Minuten, bis er zurück war. Sie musste damit rechnen, dass er hierherkam, obwohl der Chemieraum nicht sein Klassenzimmer war.

Der Raum war nicht abgeschlossen. Pia fiel ein Stein vom Herzen. Sie sah sich etwas ratlos um. Wo sollte sie beginnen? Sie wühlte im Abfalleimer, gab aber bald enttäuscht auf. Keine Spur von einem Plastikröhrchen. Sie war versucht, sich die Abfallcontainer vorzunehmen, die sie im Hof gesehen hatte. Erst mal wollte sie hier weitermachen. Die Gelegenheit würde sich kaum mehr so günstig anbieten. Die Container konnten warten.

Es war möglich, dass Tanner das Röhrchen in seiner Wohnung oder sonst wo weggeworfen hatte. Daran mochte sie nicht denken. Sie schätzte den nerdigen Lehrer anders ein.

Sie öffnete alle Schubladen, hob Bücher aus den Regalen, um dahinter nachzuschauen, vergebens. Die stickige Luft im Raum brachte sie zum Schwitzen. Am liebsten hätte sie ein Fenster sperrangelweit aufgerissen. Sie musste jedoch damit rechnen, dass Tanner es von aussen bemerkte, wenn er über den Hof ging. Pia lehnte sich an den Korpus, wo die Lehrperson ihre Experimente vor der Klasse durchführte. Atme durch und denk nach, befahl sie sich. «Wo verstecke ich etwas, das von anderen nicht gefunden werden soll?», murmelte sie. Der Gedanke traf sie wie ein Blitz aus heiterem Himmel. Wo verbirgt man einen Baum, den niemand entdecken soll?

«Im Wald», sagte sie laut.

Auf einem Schrank neben dem Korpus standen zwei Halter mit Reagenzgläsern. Hastig prüfte sie die Gläser einzeln. Die Zeit drängte. Alle hatten dieselbe Grösse – zu gross für Röhrchen, die für Blutproben verwendet wurden. Sie schritt die Arbeitsplätze der Schüler ab. Alle waren sauber aufgeräumt.

Blieb der Materialraum. Hinter den verschlossenen Glasschränken standen Flaschen mit Chemikalien. Sie rüttelte an der Tür eines hohen Schrankes. Zu ihrer Überraschung war er nicht abgeschlossen. Ihr Herz machte einen Luftsprung. Weitere Halter mit Reagenzgläsern kamen zum Vorschein, die offenbar seltener benutzt wurden. Sie waren angestaubt und von der gleichen Grösse wie diejenigen im Klassenzimmer. Schweisstropfen bildeten sich auf Pias Stirn. Manu konnte ihr jeden Augenblick eine Warnung schicken. Sie zwang sich, nachzudenken. Was hatte sie übersehen?

Warum ihr ausgerechnet in diesem Moment ihre Mutter in den Sinn kam, war ihr ein Rätsel. *«Un train peut en cacher un autre»*, pflegte Laure Zenklusen Klein-Pia zu sagen, wenn sie zwischendurch bei ihr im Wallis für die Schule lernen musste und zu lange über einer Mathe-Aufgabe brütete. Ein Zug kann einen anderen verbergen. Damit wollte sie ihrer Tochter sagen, nicht nur das Offensichtliche zu beachten, sondern dahinterzuschauen. Pia nahm sich die Halter zuhinterst im Schrank zuerst vor. Sie sah sich jedes der Reagenzien einzeln an. Das gesuchte Röhrchen steckte im zweitletzten Glas der hinteren Reihe. Deckel und Barcode-Etikette klebten noch dran. Pia entzifferte den Namen «Nadal Mousavi». Sie stiess einen stillen Jauchzer aus. Die Staubschicht auf dem Reagenzglas war eine perfekte Tarnung. *«Merci, maman!»* Die Kollegen ihres Vaters würden feststellen können, was das Röhrchen ursprünglich enthalten hatte. Sie betete, dass es für eine DNA-Analyse reichte. Sonst musste die Etikette mit Nadals Namen als Beweis ausreichen. Warum Tanner das Röhrchen nicht einfach irgendwo weggeworfen hatte, war ihr ein Rätsel. Wollte er es als eine Art Fetisch mit Überresten von Nadals Blut behalten?

Trotz der Hitze lief ein eiskalter Schauer ihren Rücken hinab.

Erschrocken sah sie auf die Wanduhr. Wie lange war sie schon hier drin? Sie hatte beim Eintreten nicht auf die Zeit geachtet. Manu hatte sie weder angerufen noch eine Nachricht geschickt, also bestand eigentlich kein Grund zur Sorge. Sie zog ihr Handy aus der Gesässtasche ihrer Shorts. Ihr Herz rutschte beinahe ebendort hinein. Das Display starrte sie bedrohlich schwarz an. Der Akku war leer. Sie sah zum Fenster hinaus und sah Tanner, der gerade durch die Eingangstür ging. Pia eilte geduckt zur Zimmertür und öffnete sie einen Spaltbreit. Tanner kam geradewegs auf sie zu.

***

Der Ringhefter enthielt eine Anzahl Belege und Korrespondenz zwischen dem Sanatorium in Königstein und Frau Hauser, unter anderem die Abschrift eines ärztlichen Gutachtens. Lüthi hatte die Angaben mit den Dokumenten und Informationen abgeglichen, die im Laufe der Ermittlung über die Familie Hauser zusammengekommen waren. «Ich habe mit dem zuständigen Arzt in Königstein gesprochen. Ruedi, also eigentlich

Konrad Tanner, war krank. Er zeigte Symptome einer starken Psychose. Im Kindesalter machte es ihm Spass, andere zu quälen, zuerst Tiere, später Kinder. Mit fünfzehn biss er einen Jüngeren derart heftig in den Arm, dass sich ein Stück Muskelfleisch löste. Daraufhin schlug er den armen Kerl spitalreif. Es dauerte sechs Wochen, bevor das Opfer wieder einigermassen gehen konnte. Der Bub litt unter Epilepsie.»

«Wann war das?», fragte Casagrande. «Wurde es angezeigt?»

«Wurde es, aber nicht gegen Tanner.»

«Sondern?»

«Gegen Bernhard Hauser.»

«Was? Sie haben seinen Bruder vorgeschoben?»

«Das nicht. Bernhard Hauser hat die Schuld auf sich genommen. Das schreibt zumindest seine Mutter.»

«Das mag durchaus stimmen», bestätigte Karin. «Laut Frau Hauser stellte Bernhard sich stets vor seinen Bruder und beschützte ihn. Sie sagt, dass Bernhard Ruedi vergötterte.»

«Manche Leute haben eine gewöhnungsbedürftige Art, ihre Fürsorge zu zeigen», meinte Dornach. «Das erklärt, warum der Bubenfresser ein Stück seiner Opfer verspeiste. Das soll ein Psychologe …» Er wollte den Gedanken gar nicht aussprechen. «Was, wenn …?» Er schüttelte den Kopf. «Das wäre ungeheuerlich.»

Casagrande verstand, was er meinte. «Was, wenn Bernhard Hauser die Verbrechen auf sich genommen hat, die sein Bruder begangen hatte?»

Nach dem ersten Schock über diese mögliche Wendung des Falles betrachtete Dornach die Sache nüchterner. «Tatsache ist, dass Tanner kurz nach der Entführung von Raphael Howald von der Bildfläche verschwand», sagte Lüthi. «Das Sanatorium im Taunus gibt an, dass er rund eine Woche danach dort eintrat.»

«Etwa zu diesem Zeitpunkt wurde Bernhard Hauser festgenommen. Er gab sofort alles zu», sagte Lüthi. «Geradezu unheimlich, wie alles zusammenpasst.»

«Das gibt uns einen Hinweis darauf, warum Hauser nie gesagt hat, wo der Leichnam von Raphael Howald und die der anderen Jungen liegen: Er wusste es nicht. Nur Tanner kennt den Ort, wo er seine Opfer damals verscharrte. Er ist auch der mysteriöse Unbekannte, der die sterblichen Überreste von Raphael Howald vom Schwarzweg auf die Ruine Balm schaffte. Das kann nur er gewesen sein.»

Dornach bemerkte, dass Casagrande ihre Schläfen massierte. «Du siehst blass aus. Willst du dich nicht etwas ausruhen? Wir kommen alleine klar.»

Sie machte eine wegwerfende Geste. «Gleich. Eine letzte Frage: Wie kann es sein, dass Tanner sich nach einem Sanatorium-Aufenthalt ohne Weiteres bei uns eingliedern konnte und sogar einen Job fand? Wurde er ordentlich entlassen?»

«Der behandelnde Arzt in Königstein meinte, dass seine Therapie erfolgreich war», sagte Lüthi. «Er attestierte Tanner, geheilt zu sein, was immer die Psychoklempner darunter verstehen mögen. Tanner ist lebenslänglich auf Medikamente angewiesen, um die Psychose unter Kontrolle zu halten. Ob er das wirklich tut und wer es kontrolliert, wissen die Götter.»

Gut, dass Maja nicht im Raum war, dachte Dornach. Sie hätte es sich nicht nehmen lassen, einen gepfefferten Kommentar über Psychologen von sich zu geben.

«Das Wie und Wo von Tanners Resozialisierung und seiner beruflichen Wiedereingliederung prüfen wir gerade», sagte Lüthi. «Er gilt als überdurchschnittlich intelligent. Vielleicht konnte er sich über ein Konsulat im Ausland neue Papiere verschaffen. Er hatte lediglich seinen zweiten Vornamen zu seinem ersten gemacht. Getürkte Arbeitszeugnisse über mich kriege ich ja noch selber hin. Für den falschen Lebenslauf mit Referenzen würde ich einen wie Google engagieren.»

«Herzlichen Dank, Kollege Lüthi», erwiderte dieser. «Ich bin glücklich, dass man meine Talente derart hoch einschätzt.»

«So was ist teuer», sagte Casagrande mit einem Seitenblick zu Gubler, der leicht seinen buschigen Vollbart hätte ansengen können. «Woher nahmen die Hausers das Geld dafür? Alleine das Sanatorium muss Zehntausende verschlungen haben, ganz zu schweigen von den Kosten für die Emmentaler Luxusresidenz.»

Karin schlug sich die Hand vor die Stirn. «Entschuldigt, das hatte ich komplett vergessen.» Sie erzählte von der Erbschaft. «Es war in Wirklichkeit Tanners Erzeuger gewesen, der Verena Hauser die Million hinterlassen hatte.»

«Es sei Frau Hauser gegönnt», sagte Casagrande schliesslich. «Diesen Herrn Tanner möchte ich hingegen umgehend sprechen. Wenn ihr so weit seid, erwarte ich deinen Anruf, Dominik. Ich geh nach Hause, bevor mich der Onkel Doktor an ein Spitalbett kettet.»

Sobald Casagrande draussen war, bat Dornach Karin, sie zu begleiten. «Ich will nicht, dass sie in ihrem Zustand und bei dieser Hitze alleine geht. Danach meldest du dich bei mir.»

«Mach ich.»

«Und wir kümmern uns um Tanner?», fragte Lüthi.

«Wo steckt er in diesem Moment?»

«Wahrscheinlich an seinem Arbeitsort, im Schulhaus Kollegium.»

«Nichts wie hin.» Dornach zog sein Handy aus der Hosentasche, das zu vibrieren begonnen hatte. Die Absender-ID verwunderte ihn. «Manu?»

«Kannst du kommen, bitte, Dominik?» Angst und Verzweiflung klangen in ihrer Stimme mit. «Es ist wegen Pia, ich weiss nicht, was ich machen soll. Sie hat gesagt, ich soll erst nach einer Viertelstunde anrufen. Es ist erst zehn Minuten her, seit sie weg ist. Ich hab ihr eine Nachricht geschickt, kriege aber keine Zustellungsbestätigung. Ich habe Angst.»

Dieses ungute Gefühl kroch auch in ihm hoch. Es war ein schlechter Berater. «Erzähl der Reihe nach, was los ist.»

∗∗∗

Pia verbarg sich hinter der Türe. Wenn Tanner hereinkam, würde er sie nicht sofort bemerken. Die Tür öffnete sich. Sie hielt den Atem an. Pia konnte keine Schritte hören. Die Tür versperrte ihr die Sicht. Sie wusste nicht, was Tanner im Schilde führte. Mittlerweile rann ihr der Schweiss aus allen Poren. Sie versuchte, die aufsteigende Panik mit kontrollierter Atmung einzudämmen. Es half, die Reflexe von Majas Training begannen überhandzunehmen. Atmen, sich zentrieren, die Beine im Boden verankern. Sie hatten es zusammen geübt: Maja hatte sich mit gespreizten Beinen hingestellt, die Knie leicht angewinkelt, Becken vorgeschoben. Pia musste versuchen, sie wegzustossen. Sogar mit Anlauf war es ihr nicht gelungen. Maja war standhaft geblieben wie eine Eiche im Wind.

Die Tür wurde mit einem Ruck zurückgerissen. Pia sah in Tanners Gesicht. Das Schnappmesser mit der zweischneidigen Klinge in seiner Hand machte ihr klar, dass die Zeit der Theorie in Selbstverteidigung vorüber war.

«Ich habe dich und deine Freundin gesehen, wie ihr das Schulhaus beobachtet habt», sagte er. Seine Stimme klang enttäuscht, nicht wütend. Seine Augen gaben sein inneres Wesen preis. Anstelle eines Menschen sah Pia eine kalte, monströse Fratze. Ihr blieb keine Zeit nachzudenken. Ihr Bewusstsein und ihre Reflexe konzentrierten sich in diesem Augenblick einzig und allein auf Selbstschutz. Der Fusstritt in Tanners Bauch war ein antrainierter Reflex. Er kam für Pia ebenso überraschend wie für ihn. Auch wenn sie ihn nicht präzise geführt hatte, brachte der Schlag Tanner ins Stolpern. Er ging in die Knie und verlor sein Messer, das unter einen Schrank rutschte. Das verschaffte Pia nicht die Zeit, die sie brauchte, um zu fliehen, doch es gab ihr Raum. Sie kam aus ihrer Ecke heraus und hatte sofort mehr Bewegungsfreiheit. Zwischen ihr und dem rettenden Ausgang war der am Boden kauernde Tanner. Sie musste an ihm vorbei, bevor er seine Kräfte mobilisieren konnte.

Sie schaffte es – beinahe. Es gelang ihm, sie an einem Fuss zu packen. Pia fiel der Länge nach auf den Bauch. Tanner war sofort über ihr und drückte ihr Gesicht seitlich auf den staubigen Boden, für Pia eine denkbar ungünstige Position. Hätte Tanner sein Messer noch gehabt, hätte er ihr in einem Schwung die Kehle durchschneiden können.

Pia versuchte sich mit aller Gewalt vom Klammergriff zu befreien. Sie wurde von seinem Gewicht wie von einem Schraubstock zu Boden gepresst. Tanner entwickelte enorme Kräfte. Pia roch Bohnerwachs. Ihr hastiger Atem wirbelte Staubflusen auf. Tanners Gewicht drückte ihr langsam die Luft ab. Ihre Gegenwehr begann zu erschlaffen. Angst und Panik nahmen schleichend überhand. Pia wusste, dass sie nicht nachgeben durfte, wenn sie überleben wollte.

Sie spürte seinen warmen Atem an ihrem Ohr. Eine Fahne von Lammfleisch, Knoblauch und Zwiebeln drang in ihre Nase. Das Adrenalin verdrängte den aufkommenden Brechreiz.

«Was ist mit dir los, Pia. Ich wollte nur mit dir reden.»

Sicher, mit einem Messer in der Hand, du Pfeife.

«Schade», flüsterte er. «Du hast mich bei etwas Wichtigem gestört. Ich muss dich leider ausser Gefecht setzen. Es ist nichts Persönliches.»

Das hatte ihr schon mal jemand gesagt, der es auf sie abgesehen hatte. Diese Idioten machten sie wütend. Pia nahm es grundsätzlich persönlich, wenn man sie umbringen wollte.

Tanner hatte sein Gewicht nach vorne verlagert, um ihr ins Ohr zu flüstern. Damit nahm er den Druck von ihrem Gesäss weg. Ein fataler Fehler – für ihn.

Mit einem wütenden Aufschrei liess Pia ihre Körpermitte hochschnellen. Es reichte, um Tanner aus dem Gleichgewicht zu bringen. In einer oft geübten Bewegung drehte sich Pia unter ihm auf den Rücken. Bevor er reagieren konnte, schossen ihre Finger wie Nadeln in seine Augenhöhlen. Tanner brüllte vor Schmerz auf und rutschte von ihr ab. Sein Kopf knallte gegen eine Kante des Korpus über ihnen. Blitzschnell war Pia auf den Beinen. Ihr Gegner lag benommen am Boden. Getreu Majas Ratschlag wollte Pia nichts dem Zufall überlassen. Ihr letzter Fusstritt war präzise geführt. Er landete mitten in Tanners Gesicht und brach ihm das Nasenbein.

Die Tür wurde krachend aufgestossen. Pia fuhr erschrocken herum. Dornach und Lüthi stürzten mit gezogenen Pistolen in den Raum.

«Pia!», rief Dornach. «Bist du in Ordnung?»
Sie spürte, wie ihre Knie weich wurden. «Dass du es immer so spannend machen musst, Paps.»

***

Jana begegnete Karin im Gang. «Ist Dominik in seinem Büro?»
Karin zeigte mit dem Daumen zu seiner Bürotür. «Ist er, aber du gehst da jetzt besser nicht hinein.»
«Was ist passiert?»
«Pia hat sich mit ihrer Dickköpfigkeit wieder mal etwas geleistet.» Karin schilderte Jana, was sie von den Ereignissen um die Verhaftung von Konrad Tanner wusste.
«Pia hat den Mann ganz allein überwältigt?», fragte Jana.
«Anscheinend, und sie hat grosses Glück gehabt. Es hätte schiefgehen können.»
«Wurde sie verletzt?»
«Das nicht.» Karin kicherte. «Du sollest mal den anderen sehen. Sie hat ihn ganz schön zugerichtet. Gebrochene Nase, Platzwunde am Kopf und Gehirnerschütterung. Maja lässt grüssen.»
«Geh! Ich schau mal bei den beiden rein.»
«Ich hab dich gewarnt.»
Durch die geschlossene Türe hörte Jana, wie Dornach Pia in die Mangel nahm. Jana trat leise ein, um ihn nicht zu unterbrechen. Dornach war zu sehr auf seine Tochter fokussiert, um sie wahrzunehmen. Er sass auf der Kante des Arbeitstisches. Vor ihm auf einem Stuhl sass Pia mit dem Rücken zu Jana. Sie hielt den Kopf gesenkt. Dornach sah auf sie hinunter wie Zeus, der im Begriff war, Blitze zur Erde zu schleudern. «Manchmal glaube ich wirklich, dass du schwer erziehbar bist. Was zum Teufel hast du dir dabei gedacht, in die Schule zu spazieren und in den Chemieraum einzubrechen?»
«Ich bin nicht eingebrochen. Die Tür war nicht verschlossen.»
«Das ist natürlich etwas anderes. Verdammt noch mal, Pia,

du hast die Schubladen und Regale durchwühlt. Du kannst von Glück reden, wenn das niemand anzeigt. Ich müsste dich alleine deswegen schon festnehmen.»

«Na und? Tu's doch. Ich habe ein wichtiges Beweisstück für Nadals Unschuld gefunden. Ihr habt ja nicht mal den Versuch unternommen, danach zu suchen. Warum auch? Nadal kam euch als Sündenbock gelegen. Macht sich in den Medien immer gut, wenn die Polizei hart durchgreift und eine Arabernutte einsperren kann.» Sie hob den Kopf und starrte ihren Vater trotzig an.

«Pass auf, was du sagst, wir hatten Tanner bereits auf dem Radar.»

«Super! Habt euch aber Zeit gelassen.»

Jana räusperte sich. Dornach sah sie überrascht an.

«Störe ich?», fragte sie.

«Gar nicht, du kannst versuchen, dieser Göre Vernunft beizubringen. Ich geb's auf.»

«Die Göre verbitte ich mir», rief Pia. «Ich bin immerhin alt genug, schon ein Jahr lang, falls dir das nicht aufgefallen sein sollte.»

«Ja, ja, leider ist Volljährigkeit kein Qualifikationskriterium für Erwachsensein.»

«Ich glaub's nicht. Wie lange willst du mir das vorhalten? Ich werde nie so sein wie du mit deinem Polizistenhirn.»

Mit einem hilfesuchenden Blick wandte sich Dornach an Jana, die sofort abwehrte. «Was schaust mich so an? Ich bin nicht ihre Mutter. Das müssts ihr unter euch ausmachen bitte.» Sie drehte Pia mitsamt ihrem Stuhl, sodass sie ihr in die Augen sehen konnte. «Hast du diesen Tanner wirklich ganz alleine kampfunfähig gemacht?»

«Ja.»

«Fesch! Du machst Fortschritte.»

Ein triumphierendes Grinsen huschte über Pias Gesicht.

«Oh nein, bitte, Jana», stöhnte Dornach. «Du ermutigst sie auch noch.»

«Sieh es positiv, Dominik. Die letzten Male musste ich die

Kohlen für sie aus dem Feuer holen. Dein Dirndl wird erwachsen und kann sich wehren.»

Dornach setzte sich schwer auf seinen Stuhl. Er rieb sich mit beiden Händen die Müdigkeit aus dem Gesicht. «Hast du was für mich, Jana?»

«Wir bräuchten dich mal im Einsatzraum der Soko. Es hat sich eine Situation ergeben, wie man so schön sagt.»

«Casagrande schon da?»

«Ist gerade gekommen.»

Dornach zeigte auf Pia. «Wir sind noch nicht miteinander fertig, Töchterchen. Wir reden zu Hause weiter.»

«Ja, ja, sicher.»

«Kommst du, Jana?»

«Geh schon mal vor, ich sag schnell ein paar Worte zu Pia.»

Jana nahm Pia in die Arme und drückte sie an sich. «Ich bin froh, dass dir nichts passiert ist.»

«Danke, hat Paps auch gesagt, bevor er mich zusammengestaucht hat.»

«Hat er das wirklich? Ich sag dir jetzt auch was.»

«Was?»

Jana hielt Pia mit kräftigem Griff an den Schultern fest. «Hör mir genau zu, du stures Dirndl: Mittlerweile solltest du vernünftig genug sein. Wenn du noch mal so etwas abziehst, trete ich dir persönlich dermassen in deinen hübschen Hintern, dass du in der Zelle nicht mehr sitzen kannst, wo dich dein Vater auf meine Bitte hin einsperren wird. Hast mich verstanden?»

«Jana!»

«Ob das klar ist?»

Pia nickte betreten.

«Und hör auf, deinen Vater derart anzumachen von wegen Arabernutten einsperren. Was denkst du dir dabei?»

***

Der Einsatzleiter der Sondereinheit Falk von der Kantonspolizei und ein Offizier der Einsatzgruppe Tigris der Bundeskriminalpolizei standen gestikulierend vor einem vergrösserten Strassenplan an der Wand. Casagrande sah Dornach hereinkommen. «Gut, dass du da bist. Wir haben ihn.»

«Wen?»

«Abdul Adil. Er ist in Olten.»

Sie machte Dornach mit dem Tigris-Mann bekannt, einem Tessiner namens Giuseppe Rapelli. Er war kurz zuvor von der Bundespolizeikaserne in Worblaufen nach Solothurn abkommandiert worden. Rapelli zeigte auf das leicht verschwommene Foto eines dunkelhaarigen, vollbärtigen Mannes. «Einer unserer verdeckten Ermittler hat ihn vor zwei Stunden in der Oltner Moschee gesehen. Er ist es, kein Zweifel.»

«Wo Abdul Adil ist, ist Jemina Osmankovic nicht weit.» Jana trat zu ihnen. «Sie ist einer von Adils Leutnants, vermutlich sogar seine inoffizielle Nummer zwei – wahrscheinlich auch seine Geliebte.»

«So was gibt's bei denen?», fragte Dornach.

«Frag mal die Konvertitinnen, die sich von Leuten wie Imam Hamsa für die Terroristencamps rekrutieren liessen. Dort geht es zu wie in allen Bordellen der Welt, mit dem kleinen, feinen Unterschied, dass die Frauen ihre Freier heiraten, bevor sie gezwungen werden, mit ihnen Sex zu haben.» Janas Miene versteinerte sich. Dornach war der Einzige im Raum, der ahnte, welche tragischen Erinnerungen in ihr wachgerufen wurden.

«Barbarisches Pack», sagte Maja. «Was ist das für eine Religion, die aus Menschen Tiere macht.»

Dornach war nicht klar, ob Maja wusste, dass Jana Muslimin war. Er wollte sie bitten, sich zu mässigen. Jana kam ihm zuvor. «Der Islam ist auch meine Religion, Maja. Meine Mutter war Christin. Sie hat konvertiert, um meinen Vater gegen den Willen ihrer Familie heiraten zu können. Vlada hat mir nicht nur die Bibel gelehrt. Sie hat mir auch gezeigt, was der Glaube an Allah bedeutet und was für eine schöne Religion der Islam ist. Wie bei den Christen ist Allah ein Gott voller Liebe und Barmherzigkeit. Die Leute, gegen die wir kämpfen, haben nichts mit seiner Lehre zu tun.»

Maja sah Jana betreten an. «Tut mir leid, Jana. Ich wollte dir nicht zu nahe treten.»

«Kein Ding. Ich will nur sicherstellen, dass wir uns auf unsere eigentlichen Feinde konzentrieren. Das sind nicht einfach alle, die einen Hidschab, Tschador oder eine Burka tragen und in Arabisch beten.» Jana zog ein Foto aus einem Hefter und befestigte es neben demjenigen von Abdul Adil. Es war das Porträt von Jemina Osmankovic.

«Wir müssen diese Frau finden.» Jana erläuterte, was sie Dornach vor einigen Tagen über Osmankovic erzählt hatte. «Ihre Rücksichtslosigkeit hat ihr den Kriegsnamen ‹Saïf Allah›, das ‹Schwert Gottes›, eingebracht.»

«Wir haben keine Kenntnis darüber, ob sie sich zurzeit ebenfalls in Olten aufhält», sagte Rapelli.

«Ich würde sicherheitshalber davon ausgehen. In Genf ist sie uns durch die Lappen gegangen. Ein zweites Mal darf das nicht passieren. Ich brauche sie lebend. Sie kann uns wichtige Informationen liefern.»

«Was für Informationen?», fragte Rapelli.

«Einerseits über das Terrornetzwerk von Abdul Adil. Im Weiteren kennt sie wichtige Fakten zu Kriegsverbrechen während des Bosnienkrieges, vor allem solche, die auf der bosnischen Seite begangen wurden. Jemina war sechzehn Jahre alt, als sie in den muslimischen Milizen mitkämpfte.»

Casagrande schaltete sich ein. «Das ist im Moment nicht die Hauptsache. Wie gehen wir jetzt vor? Die Verbindungsmänner von BKP und NDB vermuten, dass Abdul Adil morgen an der Khutba teilnehmen will, der Freitagspredigt der Muslime.»

«Dann wollt ihr zugreifen?», fragte Dornach skeptisch. «Normalerweise versammeln sich viele Gläubige zum Freitagsgebet. Ist das nicht zu riskant, wenn wir die schwere Kavallerie auffahren?»

«Deshalb warten wir nicht bis morgen», sagte Rapelli. «Wir greifen heute zu.»

«Heute schon? Wann?»

«Während Al-Asr, dem Nachmittagsgebet. Gemäss dem

muslimischen Gebetsplan für die Schweiz beginnt es um siebzehn Uhr fünfundvierzig.»

«Zu diesem Zeitpunkt befinden sich ebenfalls Unbeteiligte in der Moschee.»

«Erheblich weniger als beim Freitagsgebet», erwiderte Rapelli. «Das minimiert das Risiko. Wir müssen schnell zuschlagen, bevor Abdul Adil es schafft, wieder unterzutauchen.»

Dornach sah seine Leute an. Casagrande nickte zustimmend.

«Wir sind bereit», bestätigte Maja, sekundiert vom Einsatzleiter der Falk.

Die Aussicht, dass unbeteiligte Dritte bei der Aktion zu Schaden kommen könnten, machte Dornach zu schaffen. «Jana?»

«Wir müssen die Gelegenheit beim Schopf packen, Dominik. Es muss einen Grund geben, warum sich Adil und Osmankovic hier aufhalten. Möglicherweise planen sie etwas Grosses, einen Angriff, der die Bombe in eurem Amthaus und die Kindsentführung in den Schatten stellen könnte – sofern die beiden etwas damit zu tun haben. In diesem Fall sollten wir ihnen zuvorkommen.»

«Wie ist der Plan?»

Rapelli zeigte es ihm anhand eines vergrösserten Kartenausschnitts auf der Pinnwand. Dornach erkannte die Umgebung des Bahnhofs Olten Hammer, einer ehemaligen Industriezone im Westen der Stadt, auf deren brachliegenden Arealen Wohn- und Gewerbezonen im Entstehen begriffen waren. Südlich der Bahngeleise verlief die Gäustrasse, eine Umfahrungsstrasse, die das Stadtzentrum entlastete. Dahinter lag ein Quartier mit Wohn- und Bürobauten. Das Gebiet war durchzogen mit klingenden Strassennamen wie Autoren-, Erfinder- und Bühnenstrasse. Die Gründerstrasse begrenzte es östlich. Dieser gegenüber lag ein Gewerbegebiet mit Lagerhallen. Dort befand sich der Standort der Oltner Moschee.

«Das Gebiet lässt sich ideal eingrenzen und absperren», sagte Rapelli. Er zeigte auf den östlichen Wohnblock an der Gründerstrasse, direkt gegenüber der Moschee. «Auf dem

Flachdach können sich die Scharfschützen ideal in Stellung bringen.»

Maja erklärte, dass die Gäustrasse sowie die Bahnlinie für die Dauer des Einsatzes für den Verkehr gesperrt werden müssten. Das würde unweigerlich zu einem Verkehrschaos im Oltner Stadtzentrum führen. Die Intercityzüge auf der Jurasüdfuss-linie zwischen Solothurn und Olten mussten auf die weiter südlich verlaufende Wasseramt-Oberaargau-Linie umgeleitet werden.

«Das ist bereits mit der Bundesbahn und der Stadt Olten abgesprochen», liess sich Casagrande vernehmen.

Da der Antiterror-Einsatz in die Zuständigkeit des Bundes fiel, lag die Einsatzleitung bei Rapelli. Maja und Jana sollten ihm assistieren.

Sobald die letzten Details abgestimmt worden waren, leerte sich der Raum bis auf Dornach und Casagrande.

«Kümmerst du dich weiter um Tanner?», fragte sie.

«Unbedingt, sobald seine gebrochene Nase verarztet ist. Wir gehen davon aus, dass er Jonas Scheurer entführt hat und die Tat Nadal Mousavi in die Schuhe schieben wollte. Bleibt uns, das Motiv zu klären.»

«Motiv? Ganz einfach, der Mann ist krank.»

«Schon, aber was hat Nadal damit zu tun? Wir können spe-kulieren, wie wir wollen. Er muss es uns sagen. Karin und Mike kümmern sich derweil um die Verbindungen zu den früheren Fällen.»

«Ich habe die Entlassung von Nadal Mousavi aus der Un-tersuchungshaft veranlasst», sagte Casagrande. «Eines ist mir nicht klar: Wie ist Pia hinter die Geschichte mit den Blutspuren gekommen? Bekomme ich dazu einen Bericht?»

Dornach entging ihr prüfender Blick nicht. Pias Eskapaden waren Casagrande nicht fremd. «Kriegst du, sobald der Junge in Sicherheit ist.»

«Dann lass uns mal Glück wünschen, damit du aus dem Mann das herausbringst, was wir wissen müssen.»

Das brauchten sie mittlerweile dringend. Wenn sie Jonas

Scheurer nicht binnen der kommenden zwölf Stunden befreien konnten, wurde es für ihn gefährlich.

✳✳✳

Majas Funkgerät knackte. «An alle: Sichtkontakt mit Zielperson bestätigt.»

«Unsere Rechnung geht auf», sagte sie zu Jana, die mit einem Feldstecher das Gelände scannte.

«Nicht den Tag vor dem Abend loben, Maja.» Sie griff zum Funkgerät. «Lilo an alle: Sichtkontakt mit Osmankovic bestätigen.»

Von überall kamen Negativmeldungen durch den Äther.

Jana kniff die Lippen zusammen. «Mir wäre lieber, wenn ich wüsste, wo ich sie dort drüben suchen muss.»

Sie hatten den unmarkierten Dienstwagen hinter der Hausecke eines Wohnblocks an der Autorenstrasse parkiert, von wo sie die Moschee und das umliegende Areal im Auge hatten. Sobald der Zugriffsbefehl erfolgte, würden sie innert Sekunden vor Ort sein. Einige Meter hinter ihnen stand ein Kastenwagen mit dem Logo eines Energielieferanten. Das Fahrzeug diente zur Tarnung für den Horchposten und die Einsatzzentrale.

Rapelli forderte Statusmeldungen ein. Der Stosstrupp der Tigris wurde von Falk verstärkt. Uniformierte Polizisten sicherten die umliegenden Gebäude. Die Zufahrten waren abgeriegelt. Die Scharfschützen lagen über Maja und Jana auf dem Dach des Wohnblockes in Stellung.

«Wo steckt Osmankovic, verflucht?», fragte Jana.

Die Antwort blieb aus. Die Zeit für den Zugriff war gekommen. «Alle Eier im Korb», gab Rapelli durch.

Maja öffnete die Beifahrertür für Jana, bevor sie einstieg. «Zeit für ein Omelett.» Der Zugriffsbefehl kam keine fünf Sekunden, nachdem Maja den Motor angelassen hatte.

Ohne Rücksicht auf religiöse Empfindlichkeiten stürmten die Sondereinheiten die Gebetsräume. Die Gläubigen mussten sich flach auf den Boden legen. Der lautstark protestierende Imam Idris Hamsa setzte sich handgreiflich zur Wehr. Zwei Beamte zwangen ihn nieder und fesselten ihn mit Plastikbindern. Maja stellte bei den Männern die Identität fest. Jana tat das Gleiche bei den Frauen.

Abdul Adil versuchte zu fliehen und wurde gestellt. Er liess sich ohne nennenswerte Gegenwehr verhaften. Maja schritt die Reihe der etwa fünfzehn Männer ab, die sich im Gebetsraum befanden. Abdul Adil spuckte sie an, sobald sie bei ihm vorbeiging. Maja wich mit einem Schritt zur Seite aus.

«Hure, du und deine ungläubigen Hunde bringen Unreinheit in diesen heiligen Raum.»

Maja wollte eine scharfe Erwiderung machen. Rapellis warnender Blick hielt sie davon ab.

Idris Hamsa protestierte lauthals. «Sie haben kein Recht, uns ohne Grund zu überfallen und zu beleidigen. Das ist eine Verletzung der Religions- und Kultusfreiheit. Ich werde Sie vor Gericht bringen und dafür sorgen, dass Sie dafür bestraft werden, und wenn ich dafür bis vor den Europäischen Gerichtshof für Menschenrechte gehen muss.»

Ohne ihn zu beachten, ging Maja weiter. Vor dem zweitletzten Mann in der Reihe blieb sie stehen. Er hielt die Augen gesenkt. Maja fixierte ihn. Sie kannte das Gesicht von den Fahndungsbildern. Er hob langsam das Gesicht und sah sie an. «Ergin Ismajli», sagte sie. «Wir müssen dringend mit Ihnen sprechen. Wo ist Ihr Sohn Gezim?»

«Gezim ist nicht hier», sagte er. «Sie dürfen uns nicht festhalten. Wir leben in einem Rechtsstaat.»

«Richtig, im gleichen Rechtsstaat, den Sie und Ihre Mitläufer mit Füssen treten, wie es Ihnen gerade passt, wenn Sie Ihren Töchtern das Recht auf Schulbildung verwehren. Also, wo steckt Ihr Sohn?»

Ismajli starrte sie hasserfüllt an. Maja wappnete sich gegen eine erneute Spuckattacke. Er schielte nach links. Maja folgte seinem Blick zu einer teppichverhangenen Wand, und ein triumphierendes Lächeln huschte über ihre Lippen. «Danke, Herr

Ismajli.» Unter heftigen Verwünschungen des Imams riss sie den Teppich herunter. Eine Tür kam zum Vorschein. Hamsas Geschrei wurde lauter, bis zwei Tigris-Männer ihn hinausbrachten.

Ein kurzer Korridor führte zu einer offen stehenden Stahltüre. Maja zog ihre Pistole und machte ihre Taschenlampe an, bevor sie den Raum betrat. Es war eine Lagerhalle. Die von der Sonne aufgeheizte Luft war stickig. Es roch nach Staub und Dieseltreibstoff. Durch schmutzblinde Oberlichter drang gedämpftes Licht herein. An einer Seitenwand stand ein Motorgabelstapler mit einer Hubeinheit für schwere Lasten. Der Durchgang zwischen zwei Regalreihen war breit genug für zwei dieser Gefährte nebeneinander. Die Regale waren grösstenteils leer. Der Korridor führte zu einem Ausgangstor, durch das ein Lastwagen passte.

Maja hoffte, dass es Gezim nicht gelungen war, ins Freie zu entkommen. Vorsichtig schritt sie den Korridor ab. Es war ihr bewusst, dass sie ein Risiko einging. Neben, hinter oder über ihr konnte sie jederzeit jemand aus dem Halbdunkeln angreifen. Sie griff zum Funkgerät, um Verstärkung anzufordern. Sie kam nicht zum Sprechen. Aus den Augenwinkeln gewahrte sie eine dunkle Silhouette.

Maja richtete die Waffe darauf. «Halt, Polizei!»

Ein Mündungsblitz zwang sie zu einem Hechtsprung hinter eine Metallkiste. Das Projektil schlug in die Wand, etwa dort, wo sie gestanden war. Sie hatte keinen Knall gehört. Der Schütze verwendete einen Schalldämpfer. Maja lugte aus ihrer Deckung hervor. Rasche Schritte entfernten sich Richtung Tor. Sie nahm die Verfolgung auf. Der Schütze rannte auf das Tor zu.

«Polizei! Bleiben Sie stehen oder ich schiesse.»

Der Flüchtende machte keine Anstalten, stehen zu bleiben. Maja gab einen Warnschuss ab. Der Mann stoppte augenblicklich. Er streckte die Hände in die Höhe.

«Keine Bewegung.» Maja ging mit angelegter Waffe auf ihn zu. «Auf den Bauch legen, Hände nach hinten!»

Nachdem sie ihm die Handschellen angelegt hatte, drehte

sie ihn auf den Rücken. «Gezim Ismajli – das Familientreffen ist komplett.»

Er grinste sie böse an. «Freu dich nicht zu früh, Polizistin.»

Maja durchsuchte ihn. Sie fand weder Pistole noch Schalldämpfer. Er musste beides weggeworfen haben. Das Kribbeln im Nacken war ihr Gradmesser für Gefahr. Maja hörte das poppende Geräusch, spürte einen heftigen Schlag, bevor ihr der Boden unter den Füssen weggezogen wurde.

***

Tanner blickte starr geradeaus. Ein Stützverband hielt seine eingerenkte Nase zusammen. Es sah aus wie eine groteske Maske.

Casagrande setzte sich ihm gegenüber und zeigte auf Dornach, der neben ihr am Tisch Platz nahm. «Hauptmann Dornach von der Kantonspolizei. Sie mussten ärztlich behandelt werden, Herr Tanner. Fühlen Sie sich in der Lage, unsere Fragen zu beantworten?» Der Amtsarzt hatte ihr vorher bestätigt, dass dies der Fall war. Casagrande legte Wert darauf, es von dem Befragten zu hören.

Tanner sah sie verwirrt an. «Ich weiss nicht, was passiert ist. Warum werde ich festgehalten?»

«Die Gründe wurden Ihnen genannt. Sie wollen Ihr Anrecht auf Rechtsbeistand nicht wahrnehmen. Bestehen Sie darauf, oder haben Sie es sich inzwischen anders überlegt?»

«Warum benötige ich einen Anwalt? Ich war es, der überfallen wurde. Diese Pia, Nadals Freundin, ist wie eine Furie über mich hergefallen. Sie hat mich beschimpft, geschlagen und wirres Zeug von Blut und einem Pullover geschrien.»

Casagrande verzog keine Miene. «Wir halten fest, dass Sie auf Rechtsbeistand verzichten. Sie werden als Beschuldigter befragt. Alles, was Sie sagen, kann gegen Sie verwendet werden. Ist Ihnen das klar?»

«Ich bin das Opfer.»

Dornach legte das Plastikröhrchen auf den Tisch. «Ist Ihnen dieser Gegenstand bekannt?», fragte Casagrande.

«Nie gesehen. Was ist das?»

«Herr Tanner. Wo waren Sie am Montagabend spät?»

«Ich begleitete Nadal, also Frau Mousavi, in die Notfallstation des Bürgerspitals. Sie hatte sich in meinem Chemieraum an einer Glasscherbe verletzt. Die Schnittwunde war so tief, dass sie genäht werden musste. Ich wollte sie nicht alleine lassen. Es geht ihr im Moment nicht so gut wegen ihrem Ex-Freund, der sie ständig belästigt.»

«Das stimmt mit den Aussagen von Frau Mousavi überein. Sie hat uns auch gesagt, dass Sie der Pflegerin behilflich waren.»

«Ich bin ausgebildeter Sanitäter. Die Frau war allein, und es war viel los. Eine Kollision mit mehreren Autos, glaube ich.»

«Das heisst ja?»

Tanner nickte.

«Die Pflegerin hat ausgesagt, dass nach der Behandlung eine Blutprobe fehlte.» Casagrande zeigte auf das Röhrchen auf dem Tisch. «Sie war da drin.»

«Woher wollen Sie das wissen?»

«Das Röhrchen wurde in Ihrem Chemieraum gefunden. Es wurde oberflächlich ausgespült. Blut ist ein zäher Stoff. Die Rückstände konnten derselben Blutgruppe zugeordnet werden, die auch Frau Mousavi hat. Die DNA-Analyse wird die Übereinstimmung bestätigen.»

«Es ist nicht mein Chemieraum allein. Alle Personen vom Lehrkörper haben einen Schlüssel. Dort findet regelmässig Unterricht statt. Jeder kann dorthinein. Das haben Sie ja gesehen. Oder haben Sie etwa meine Fingerabdrücke auf dem Röhrchen gefunden?» Tanner sah Dornach an.

Haben wir natürlich nicht. Du warst ja so schlau, sie abzuwischen oder Handschuhe zu tragen. «Können Sie sich erklären, wie das Röhrchen in den Raum gelangt ist?»

«Fragen Sie die Furie, die mich zusammengeschlagen hat. Ihre Abdrücke sind sicher drauf.» Das stimmte, und genau das war der Fluch. Tanner hatte bisher nicht mitbekommen, dass Pia Dornachs Tochter war. Unterschiedliche Nachnamen konnten von Vorteil sein.

«Frau Zenklusen wurde befragt», sagte Casagrande. «Sie hat uns versichert, dass sie von Ihnen attackiert wurde. An ihren Armen und im Gesicht haben wir Schürf- und Schnittverletzungen gefunden. Es handelt sich dabei um eindeutige Abwehrspuren. Druckstellen an ihrem Nacken beweisen, dass sie von Ihnen überwältigt und zu Boden gedrückt wurde.»

«Ich habe mich gewehrt. Schauen Sie sich mein Gesicht an. Diese Frau ist gemeingefährlich.»

Tanner sprach ohne Gefühlsregung und sah dabei Casagrande an. Ihr Gesicht war immer noch von Tizianis Angriff gezeichnet. Dornach beobachtete Tanner. Er musste ihre Verletzungen sehen, zeigte aber keine Gefühlsregung. Dieser Mensch war kalt wie ein Fisch. «Sie bestreiten also, dass Sie die Blutprobe im Spital entwendet und den Inhalt auf einem schwarzen Kapuzenpullover verteilt haben?», fragte sie.

«Ein schwarzer Kapuzenpullover? Was ist denn das jetzt? Ich habe nie einen schwarzen Kapuzenpullover besessen.»

«Sie streiten es ab?»

«Natürlich.»

Casagrande stand auf. Sie bedeutete Dornach, mit ihr hinauszugehen. «Ich muss eine rauchen», sagte sie draussen.

Auf dem Trottoir vor dem Haupteingang zündete sie sich eine Zigarillo an. «Bist du sicher, dass das gut ist, in deinem Zustand?», fragte Dornach.

Casagrande tat einen tiefen Zug. «Mein Gesicht hat was abgekriegt, Dominik, nicht meine Lungen.»

Sie standen schweigend da, bis die Zigarillo halb aufgeraucht war. «Wir sollten die Befragung unterbrechen», sagte sie.

«Weshalb?»

«Weil wir in Teufels Küche kommen, wenn wir weiterfahren. Tanner führt uns an der Nase herum. Er weiss, dass wir ihm nichts beweisen können.»

«Bisher nicht», sagte Dornach.

«Ja, verdammt. Sollte er seine Meinung ändern und auf einen Anwalt bestehen, genügt ein Jurastudent im ersten Semester, damit uns das Ganze um die Ohren fliegt. Er wird Pia die

Schuld anhängen, und das mit Aussicht auf Erfolg. Oder er wird behaupten, dass Nadal Mousavi selber das Röhrchen im Chemieraum versteckt hat. Dann ist definitiv Ende Gelände, und die Mousavi wandert wieder ein. Mit dem, was wir haben, kriege ich keine hieb- und stichfeste Anklage gegen Tanner hin. Es tut mir leid, dir das sagen zu müssen, aber Pia hat uns mit ihrem Alleingang einen Bärendienst erwiesen.»

«Das weiss ich selber», brummte Dornach. «Bleibt die leise Hoffnung, dass sie es ein für alle Mal begriffen hat.»

«Sorry, Dominik.»

«Schon gut. Was uns echt leidtun sollte, ist, was passieren wird, wenn wir Jonas Scheurer nicht bald finden, nur weil wir diesen Perversling nicht festnageln können.»

«Habt ihr wirklich keine anderen Anhaltspunkte?»

«Wir arbeiten daran. Das kann dauern. Uns fehlt die Zeit.»

Casagrande rauchte die Zigarillo zu Ende.

«Frau Dr. Casagrande, Herr Dornach?»

Scheurer stand vor ihnen. Er sah blass und müde aus. «Ich musste etwas an die Luft. Wissen Sie schon etwas Neues über meinen Sohn?»

«Kommen Sie», sagte Dornach. Er legte die Hand auf Scheurers Schulter. «Wir gehen in mein Büro.»

***

Maja schlug die Augen auf. Sie lag auf dem Bauch. Der dumpfe Schmerz in ihrem Rücken, etwas oberhalb des Schulterblattes, strahlte bis in ihren Kopf aus. Ihr war schlecht. Stöhnend drehte sie sich um und starrte in die Mündung eines Schalldämpfers. Dahinter sah sie in ein Paar dunkle Augen mit einem grünlichen Glanz. Sie gehörten einer Frau, deren Gesicht von einem Hidschab umrahmt wurde. Ein Seitenblick sagte ihr, dass Gezim verschwunden war.

«Hat man dich nicht gelehrt, dass Alleingänge gefährlich sein können, Polizistin?», fragte die Frau.

«Jemina Osmankovic?»

«So hiess ich einmal. Jetzt nennt man mich ‹Saïf Allah›, das Schwert Gottes. Durch mich wird der Allmächtige dich richten, *kafirah*.» Sie hob die Pistole und zielte auf Majas Stirn.

Majas letzter Gedanke galt Lüthi. Vor dem Einsatz hatte sie keine Zeit mehr gehabt, sich richtig von ihm zu verabschieden.

Der Schuss kam nicht, stattdessen hörte Maja einen dumpfen Schlag. Osmankovic wurde von den Füssen gefegt.

Janas Gesicht schob sich in Majas Blickfeld. «Bist du in Ordnung, Maja?»

«Ich weiss nicht so recht.»

«Haben wir gleich. Ich darf mich erst um unseren Gast kümmern?» Jana legte die Eisenstange ab, mit der sie Osmankovic niedergeschlagen hatte, und untersuchte die Bewusstlose. Sie drehte sie auf den Bauch und fesselte sie mit einem Kabelbinder. «Wenn's recht ist, verschieben wir das Richten auf ein andermal, ja?»

Jana half Maja, sich aufzusetzen und die kugelsichere Weste auszuziehen. «Wie kommt's, dass ihr in eurer Truppe mehr Glück als Verstand habts?», fragte sie, nachdem sie die deformierte Kugel aus der Weste gepult und Maja gezeigt hatte. «Ist dein Funkgerät defekt, oder was?»

«Nein, dafür wohl deine Pistole, oder warum hast du sie nicht erschossen?»

«Weil irgendwann Schluss sein sollte mit Erschiessen, wenn es sich vermeiden lässt. Wie fühlst du dich?»

«Mir ist schlecht.» Maja legte sich auf die Seite und übergab sich.

Jana zog eine Schachtel mit dunkelgrünen Pillen und eine Wasserflasche aus einer Tasche des Overalls, den sie von Falk geborgt hatte.

«Was ist das?», fragte Maja und wischte sich mit einem skeptischen Blick auf die Pillen den Mund ab.

«Spirulina, einfach ein paar einwerfen und mit Wasser nachspülen.» Maja tat wie geheissen. Sie verzog beim Schlucken das Gesicht. Der Meeralgengeschmack war ihr zuwider. Jana forderte derweil über Funk eine Ambulanz und Verstärkung an.

«Danke, Jana, ohne dich hätte sie mich erwischt.»

«Passt schon, war ich dir seit dem letzten Jahr schuldig. Kannst du aufstehen?»

Maja nickte. «Osmankovic hat mich *kafirah* genannt. Was heisst das?»

«*Kafir* oder *kuffar* sind Ungläubige, die Allah verleugnen und deshalb von den Gläubigen versklavt oder getötet werden dürfen.»

«Wirklich zuvorkommend. Der Islam wird mir immer sympathischer.»

«Ich kann dir gerne ein paar entsprechende Stellen aus der Bibel zitieren, wenn du willst», hielt Jana dagegen. «In Bezug auf Intoleranz gegenüber Andersgläubigen können die Christen den Muslimen das Wasser reichen.»

Maja zeigte auf die reglose Osmankovic. «Was ist mit unserem Schwert Gottes?»

«Ist grad a bisserl stumpf geworden, wahrscheinlich eine gehörige Gehirnerschütterung.»

Das Hallentor wurde von unsichtbarer Hand zur Seite geschoben. Ein Ambulanzfahrzeug mit Geleitschutz von Falk-Leuten fuhr herein.

«Gezim Ismajli? Ich hatte ihn, bevor mich die Osmankovic niederschoss. Dann war er weg.»

«Wir haben ihn nicht erwischt, aber das wird schon.» Jana winkte die Sanitäter heran. «Ich sehe mal nach, welche Schätze wir hier finden.» Sie zeigte zu den Regalen.

Kurz darauf stand Maja mit dem Arm in einer Schlinge vor einer Reihe Holzkisten, die Jana zuhinterst im Raum von den obersten Regalen hatte herunterholen lassen.

«Schlimm?», fragte Jana mit einem Seitenblick auf Majas Schulter.

«Der Arzt sagt, ich soll die nächsten Stunden meinen Arm wenig bis gar nicht bewegen.» Maja starrte wie gebannt auf den Inhalt der Kisten.

Rapelli trat zu ihnen. «Ganz schönes Arsenal, was?»

«Kann man sagen.» Maja ging in die Hocke. «SIG Sauer P226, SG550 Sturmgewehre.» Sie prüfte eine Kiste Handgranaten. «Sind das etwa die HG85, die vor ein paar Monaten aus dem Munitionsdepot auf dem Waffenplatz Thun verschwunden sind?»

«Drei Stück fehlen», sagte Rapelli. «Es wurden fünfzig Stück gestohlen, jetzt sind es nur siebenundvierzig.»

«Sie wurden schon eingesetzt?»

«Oder werden es noch», sagte Jana. «Vielleicht kann Osmankovic uns später etwas dazu sagen.» Sie zeigte auf die Kisten mit den Pistolen. «Davon fehlt meiner Meinung nach auch eine. Und prüft mal die Seriennummern der Sturmgewehre. Ich verwette ein Jahressalär, dass diese Waffen von Amtes wegen in einer Polizei-Waffenkammer in Saudi-Arabien oder in einem der Golfstaaten sein sollten. Sieh dir mal die Etikette auf der Kiste an.»

«‹Gloria Defense Brokers›», sagte Maja. «Die Tochtergesellschaft der ‹Al Saïd›-Holding, die dem Bruder von Abdul Adil gehört.»

«Eine Firma, die Rüstungsgeschäfte zwischen eurer Bundesregierung und den Saudis vermittelt hat. Ich schätze, das wird bei ein paar von euren Parlamentariern und Lobbyisten für rote Köpfe sorgen.»

«Vorläufig ist es das verschwundene Material, das mir Sorgen macht», sagte Maja. «Habt ihr sonst etwas gefunden?»

«Ein paar Kilo Heroin und Semtex Plastiksprengstoff», sagte Rapelli. «Es könnte sich um dasselbe Material handeln, das in der Briefbombe im Amthaus verwendet wurde.»

«Also stecken Abdul Adil und Osmankovic hinter dem Anschlag.»

«Möglich, allerdings ist Semtex Massenware, die leicht erhältlich ist, wenn man die Quellen kennt.»

«Fehlt davon etwas?»

«Die Verpackungen sind unversehrt, soweit wir das beurteilen können», sagte Rapelli.

Ein Tigris-Mann kam im Laufschritt auf die drei zu. «Wir haben noch was gefunden. Das müsst ihr euch ansehen.»

Er führte sie in einen Nebenraum, der versteckt hinter den Regalen lag und durch eine Stahltür zugänglich war. Vier leere, mit Maschen- und Stacheldraht abgegrenzte Zellen waren darin eingerichtet worden. In einer davon lag ein pinkfarbener Turnschuh.

«Muss man dreimal raten, um herauszufinden, für wen oder was das ist?» Jana presste die Lippen zusammen.

«Jungfrauenvorschuss für Gotteskrieger oder Nachschub für unsere Bordelle?» Maja kickte gegen eine Drahttür.

«Für die armen Geschöpfe, die mal hier drin waren, macht das keinen Unterschied», sagte Jana grimmig. Rasch wandte sie sich ab und eilte hinaus.

NEUNZEHN

Dornach fühlte sich machtlos, als er mit ansehen musste, wie Scheurer in Tränen ausbrach. Er hatte ihm erklärt, dass sie nach wie vor nichts über den Verbleib seines Sohnes in Erfahrung bringen konnten. Es gab auch keinen Anhaltspunkt für einen Zusammenhang zwischen dem Bombenanschlag und Jonas' Entführung. Es wäre billig gewesen, ihn mit Floskeln abzuspeisen. Der Richter wusste, dass die Polizei alles daransetzte, seinen Sohn wiederzufinden. Dornach brannte eine Frage auf der Zunge, sobald sich Scheurer beruhigt hatte. «Wo ist Ihre Frau, Herr Scheurer? Macht sie sich keine Sorgen um Jonas?»

Der Richter fiel noch mehr in sich zusammen. «Sie hat mich verlassen.»

«Wann? Jetzt?»

«Schon vor Wochen. In unserer Ehe kriselte es schon lange. Sie ist gesundheitlich angeschlagen und leidet unter Depressionsschüben.»

«Weiss sie Bescheid, was mit Jonas passiert ist?» Dornach konnte sich nicht vorstellen, dass eine Mutter ihr Kind im Stich liess, egal, wie zerrüttet ihre Ehe mit dessen Vater sein mochte. Laure hatte ihm die Hölle heissgemacht, nachdem Pia im vergangenen Jahr angeschossen worden war.

«Sie ist in Schweden bei ihren Eltern. Ihr Vater ist Psychiater. Er behandelt sie selber. Ich habe mit ihr am Telefon gesprochen, weiss aber nicht, ob sie verstanden hat, was mit Jonas passiert ist. Sie machte einen apathischen Eindruck.»

«Weshalb haben Sie mir das nicht beim ersten Mal gesagt?»

«Spielt das denn eine Rolle?»

«Das zu beurteilen ist unsere Sache. Als Richter sollten Sie das wissen.»

Scheurer stand auf. «Das tut mir aufrichtig leid, Herr Dornach. Es lag nicht in meiner Absicht, Ihre Arbeit zu beeinträchtigen. Für mich zählt einzig, dass Sie meinen Sohn finden.

Jonas ist alles, was mir an Familie bleibt.» Er reichte Dornach die Hand. «Ich zähle auf Sie.»

«Wir tun unser Bestes.» Dornach hoffte aufs Innigste, dass es ausreichte.

Wenig später legte Karin ihm einen Bericht der Kriminaltechnik auf seinen Tisch.

«Hat Maja etwas angestellt?», fragte sie.

«Sie hat sich in Olten von dieser bosnischen Terroristin überrumpeln lassen. Jana hat sie rausgehauen. Warum fragst du?»

«Sie und Mike hatten sich vorhin am Telefon ganz schön in der Wolle. Er schrie sie an wegen Alleingängen. Ich konnte sogar hören, wie sie zurückbrüllte. Maja sagte ihm so was wie, dass er sie mal könne.»

Dornach seufzte. «Was sich liebt … Was liegt an?»

«Das da.» Karin zeigte auf den Bericht. «Kleines Geschenk für dich. Sebi musste weg, sonst hätte er es dir selber erklärt.»

Dornach überflog das Dokument. Er sah Karin mit grossen Augen an. «Ist das sicher?»

«Ich habe Zusatzrecherche betrieben.» Sie legte ihm ein anderes Blatt hin. Dornach las es sorgfältig durch. Er stand auf und umarmte Karin. «Du bist eine echte Lebensretterin. Wo ist Tanner?»

«Im Keller. Wir wollten ihn ins Untersuchungsgefängnis bringen lassen. Angela meinte, er solle ruhig noch etwas bei uns schmoren, weil unsere Wartezellen im Keller so schön ungemütlich sind.»

Dornach sagte ihr, was er für die Befragung brauchte, und bat sie, das Protokoll aufzunehmen.

«Sie wollen immer noch keinen Anwalt, Herr Tanner?», fragte Dornach.

«Was ich brauche, ist ein Bett. Sie können mich nicht hier festhalten. Ich werde Sie verklagen.»

«Der Beschuldigte verzichtet nach wie vor auf Rechtsbeistand», sagte Dornach ungerührt zu Karin. Er legte den Kapuzenpullover vor Tanner auf den Tisch. «Erinnern Sie sich an das Teil?»

«Was soll die Frage? Ich habe Ihnen heute Nachmittag schon gesagt, dass ich den Pullover bis vorhin nie gesehen habe.»

«Merinowolle. Muss ganz schön teuer gewesen sein, vielleicht etwas warm für die Jahreszeit.»

«Mag sein.»

«Sieht neu aus, wurde wohl erst kürzlich gekauft.» Dornach drehte die Etikette heraus. «Exklusive Marke, woher haben Sie den?»

Tanner machte eine müde Handbewegung.

«Sie beharren darauf, dass Ihnen dieser Kapuzenpullover nicht gehört?»

«Ich habe Ihnen nichts mehr zu sagen.»

«Dann sage ich es Ihnen: Bei der Durchsuchung der Kleider- und Wäscheschränke in Ihrer Wohnung hat unsere Kriminaltechnik Faserspuren gefunden, schwarze Merinofasern. Leider konnten sie das dazu passende Kleidungsstück nicht finden. Wie auch? Wir hatten es schon.» Dornach schob den Pullover zu Tanner hinüber. «Sehen Sie ihn sich genau an. Es könnte Ihrem Erinnerungsvermögen behilflich sein.»

Tanner würdigte den Pullover keines Blickes. «Wenn ich recht darüber nachdenke, habe ich mir vor Monaten mal so ein Teil gekauft. Kurz darauf habe ich es wohl verschenkt, keine Ahnung mehr, an wen.»

«Wenn Sie etwas länger darüber nachdenken, fällt Ihnen vielleicht ein, dass Sie am 16. Februar dieses Jahres um vierzehn Uhr zweiundfünfzig im Herrenmodegeschäft Küng am Dornacherplatz einen solchen Pullover mit Ihrer Kreditkarte bezahlt haben.» Dornach schob ihm ein Blatt Papier hin. «Das ist ein Auszug Ihrer Kreditkartenabrechnung.»

Tanner wollte antworten. Dornach liess ihn nicht zu Wort kommen. «Wenn Sie mir jetzt erzählen, dass man Ihre Kreditkarte gestohlen hat, lasse ich Sie die ganze Nacht in unserem Keller schmoren», sagte er mit einer Schärfe, die Karin aufblicken liess. «Der letzte Satz kommt selbstverständlich nicht ins Protokoll.»

«Ich habe nichts gehört», sagte Karin.

«Ich habe meine Meinung geändert.» Tanner verschränkte die Arme hinter dem Kopf. «Ab sofort sage ich nichts mehr ohne Anwalt.»

Dornach presste vor Wut die Lippen zusammen. «Sagen Sie uns wenigstens, wohin Sie Jonas Scheurer gebracht haben. Er ist krank und braucht dringend Medikamente.»

Tanner schaute ihn aus ehrlich betroffenen Augen an. Er verzog seinen Mund zu einem schmallippigen Lächeln. «Der arme Bub, so hübsch und so krank. Glauben Sie im Ernst, dass er länger mit diesem Makel leben sollte?»

«Was haben Sie mit ihm gemacht?»

«Ich konnte ihm nicht die gleiche Gnade zukommen lassen wie den anderen. Indem ich ein Stück von ihnen in mir aufgenommen hatte, konnte ihre Seele Frieden finden. Bei Jonas war es nicht mehr möglich.»

«Was ist damals mit Raphael Howald geschehen?»

Es musste die Überheblichkeit des Psychopathen sein, die Tanner zu einer sofortigen Antwort veranlasste. «Ich habe ihn an diesem Tag gesehen, mit der Plastiktüte vom Schmuckgeschäft. Er ist ohne Weiteres bei mir eingestiegen, als ich ihm anbot, ihn nach Hause zu fahren.»

«Wie ist er gestorben?»

«Nachdem ich ein Stück aus seinem Arm geschnitten hatte, bekam er einen Anfall. Ich habe ihn erlöst, indem ich ihn mit einem Kissen erstickte.»

«Und die anderen Jungen, Mario und Jean-Marc?»

«Wenn Sie die beiden noch nicht gefunden haben, liegen sie wohl noch dort, wo ich sie hingelegt habe», sagte Tanner in einem Tonfall, als wollte er Dornach sagen, er könnte seine ausgelesene Zeitung lesen, wenn er wollte.

Dornach empfand nur Abscheu. Für einen Moment hatte er vergessen, dass sie es mit dem Bubenfresser zu tun hatten.

Jana und Maja warteten, bis Dornach das Telefongespräch beendete.

Er legte den Hörer auf. «Das war Pia. Nadal wurde aus der Untersuchungshaft entlassen. Sie bleibt über Nacht bei uns. Pia will nicht, dass sie alleine in ihrer Wohnung herumhockt. Morgen begleitet sie sie ins Spital. Dort wollen sie Nadal noch einmal Blut abnehmen.» Er zeigte auf Majas Schlinge. «Wie geht es dir damit?»

«Morgen kommt sie weg. Bis dahin kann ich ganz gemeine Fusskicks austeilen, wenn's sein muss.»

«Wegen deinem Alleingang muss ich dir nichts mehr sagen. Das hat Mike getan, wie ich gehört habe.»

«Der kann mich mal», sagte Maja wütend. «Bis am Sonntag soll er schlafen, wo er will, von mir aus unter einer Brücke, sicher nicht in meinem Bett.»

«Etwas Neues von der verschwundenen Waffe und den Handgranaten?», fragte Dornach. Die Einsatzkräfte suchten noch immer das ganze Gelände um die Moschee, so gut es in der Dunkelheit ging, ab. Beim ersten Tageslicht sollte es erneut durchkämmt werden. «Was wollten die überhaupt mit dem Zeug? Einen Krieg anfangen?»

«Der hat bereits vor Jahren angefangen», antwortete Jana trocken. «Wir stecken mittendrin.»

«Schaut euch mal den Videoclip an, den die Spinner vom Hamdala-Rat auf YouTube geschaltet haben. Die machen auf Dschihad in der Schweiz», rief Maja empört. «Man könnte meinen, wir befinden uns im Mittelalter.»

«Ich weiss nicht. Mit einer Walther PPK und drei Handgranaten werden sie das Rütli wohl kaum einnehmen und dort ein Minarett errichten können», meinte Dornach.

«Schaden anrichten können sie schon», warf Jana ein. «Die Pistolen in der Kiste waren alle mit einem vollen Magazin versehen. Wir müssen davon ausgehen, dass Gezim damit fünfzehn Neun-Millimeter-Patronen verschiessen kann. Glücklicherweise sind die Reservemagazine und die Munition ansonsten vollständig.»

«Falls Gezim tatsächlich im Besitz der Waffe und der Handgranaten ist.»

«Ziemlich sicher ist er es», sagte Maja. «Er war neben Osmankovic der Einzige, der sich in der Halle aufgehalten hat. Er muss sich die Pistole und die Granaten gekrallt haben, nachdem Osmankovic mich ausser Gefecht gesetzt hatte.»

Dornach blieb skeptisch. «Mal angenommen, dass es so war. Was will er damit? Seinen privaten Dschihad aufziehen?»

«Fragt euch eher, wo er das tun könnte», bemerkte Jana.

«Ich denke mal laut», sagte Maja. «Gezim geht durch die Gehirnwäsche der Islamisten. Er radikalisiert sich und verliert deswegen seine Freundin. Es geht immer mehr bergab mit ihm, bis er ausser diesen Spinnern alle und alles gegen sich hat. In etwa so muss es sich für ihn anfühlen.»

«Er will es der Welt zeigen», sagte Jana.

«Sieht so aus. Wahrscheinlich fängt er damit bei Nadal an. Die Frage ist, wie und wo?»

Ein Ruck ging durch Dornach. «Nadal Mousavi schläft heute bei uns zu Hause.»

«Gezim weiss das nicht, oder?», fragte Maja erschrocken.

«Ich muss Pia warnen.» Dornach griff zum Telefon.

❊❊❊

Ein klirrendes Geräusch weckte Pia. «Geht's auch leiser, Paps?», murmelte sie im Halbschlaf. Sie drehte sich auf die andere Seite. Plötzlich war sie hellwach. Nadal hatte neben ihr gelegen. Der Platz war leer. Erneut drang ein Geräusch von unten zu ihr. Die Haustüre fiel ins Schloss. War Nadal nach draussen gegangen? Pias antiquierter Wecker zeigte, dass es kurz nach ein Uhr war. Was wollte Nadal um diese Zeit im Dunkeln? Pia stand auf. Sie schaute zur Tür des Badezimmers. Unter dem Türspalt drang kein Licht hervor. Sie klopfte. «Nadal?» Keine Antwort. Pia öffnete die Tür. Niemand.

Sie streifte ihr extralanges T-Shirt über das bauchfreie Tanktop und die knappen Boxershorts. Im Korridor hörte sie Stimmen, die von unten kamen. Eine war Nadals. Die andere gehörte einem Mann. Das war nicht Dornachs sonorer Bariton. Ausserdem pflegte ihr Vater zu Hause nicht zu flüstern. In Pias Magen machte sich ein beklemmendes Gefühl breit. Sie schlich zurück ins Zimmer und nahm den Spazierstock ihres Grossvaters aus ihrem Schrank. Sie hatte die altertümliche Gehhilfe bei einem Streifzug durch den Dachboden entdeckt. Die aufgenagelten bunten Metallplaketten gefielen ihr. In früheren Zeiten konnte man diese in Kiosken und Souvenirläden überall in der Schweiz kaufen. Sie wurden als Trophäen auf den Stock genagelt oder geklebt.

Jederzeit zum Zuschlagen bereit, schlich Pia die Treppe hinunter. Die Stimmen kamen aus der Küche. Dort brannte kein Licht. Nadals Stimme war nun deutlich zu erkennen. «Du musst dich stellen. Es hat keinen Zweck.»

«Ich gehe nicht ohne dich. Du kommst mit mir, du hast ja gesehen, was die *kuffar* mit dir gemacht haben. Allah wird sie bestrafen.»

Pia tastete die Wand entlang, bis sie den Schalter fand. Das aufflammende Licht liess Nadal und Gezim herumfahren.

«Was willst du hier, Gezim? Nadal hat dir gesagt, dass du sie in Ruhe lassen sollst.» Pia ging vorsichtig auf ihn zu, darauf bedacht, den Esstisch zwischen sich und ihm zu haben. «Geh weg von ihm, Nadal.»

«Aber Pia, ich –»

«Weg von ihm, jetzt!»

Erschrocken über die Schärfe in Pias Stimme trat Nadal zwei Schritte zur Seite. Gezim packte sie am Arm. Pia schlug mit dem Stock heftig auf den Tisch, um seine Aufmerksamkeit auf sich zu lenken. «Lass sie!»

Gezim näherte sich Pia. Hass lag in seinen Augen. «Du ungläubige Teufelin, du bist die Erste, die ich in die Hölle schicken werde. Allah wird es mir lohnen.» Er griff hinter sich und zog ein Schnappmesser hervor. Eine lange, schmale Klinge sprang heraus.

Nadal schrie auf.

Pia liess ihn nicht an sich herankommen. Mit einem kurzen, kräftig geführten Schwung mit dem Stock schlug sie ihm das Messer aus der Hand. Der Zug überraschte Gezim für den Bruchteil einer Sekunde. Pia nützte sie, indem sie mit beiden Händen ausholte und ihm einen schmerzhaften Schlag in die Seite versetzte. Er war nicht kräftig genug, dass Gezim zu Boden ging. Er taumelte lediglich.

Die beiden umkreisten einander, bis Pia die Küchenkombination im Rücken hatte, hinter der sich Nadal verschanzte. Gezim stand vor der offenen Küchentür. Er musste einsehen, dass er ihr nicht beikam, und nutzte die Gelegenheit des offenen Fluchtweges, um sich Richtung Grand Salon und Gartenterrasse davonzumachen. Pia vergewisserte sich, dass Nadal nichts fehlte. Sie hetzte Gezim auf die Terrasse nach und blickte suchend über den weitläufigen Garten. Gezim war im Schutz der Bäume und Sträucher entkommen. Es war zu riskant, ihn in der Dunkelheit zu verfolgen. Pia verriegelte die Terrassentür und ging zurück in die Küche. Manu kam die Treppe herunter. «Was veranstaltet ihr hier für einen Krach?», fragte sie verschlafen. «Wenn ihr Party machen wollt, sagt gefälligst vorher Bescheid.» Durch das Küchenfenster drang reflektierendes Blaulicht herein.

«Die Musik ist auch schon da», sagte Pia.

***

Dornach hatte mehrmals vergebens versucht, Pia auf dem Handy zu erreichen. Also war er kurzerhand zusammen mit Maja und Jana zur Villa gefahren. Vom Auto aus hatte er Verstärkung angefordert. Eine Patrouille, die im Wengistein-Quartier unterwegs war, traf gleichzeitig mit ihnen ein.

Dornach fiel ein Stein vom Herzen, als Pia ihm entgegenkam. Sie berichtete, was geschehen war. Maja schwärmte mit Jana und den beiden Polizisten sofort aus, um nach Gezim zu suchen.

«Ich habe dich angerufen. Warum hast du nicht geantwortet?», fragte Dornach vorwurfsvoll.

«Weil ich es vielleicht nicht gehört habe», motzte Pia zurück. «Das Handy liegt auf meinem Nachttischchen.»

Dornach nahm sie in den Arm. «Manchmal machst du mir Angst, weisst du das? Erst machst du einen Mordverdächtigen unschädlich, jetzt schlägst du einen mutmasslichen Terroristen in die Flucht. Manchmal frage ich mich, ob du einfach unverschämtes Glück hast oder ob du in einem früheren Leben mal Emma Peel warst.»

«Emma Peel? Wer soll das sein?», fragte Pia irritiert. «Egal, du hast mir den Kurs mit Maja aufgebrummt. Ich lerne halt schnell. Ausserdem kann ich nichts dafür, wenn Nadals Ex-Typ plötzlich und ungebeten in unserer Küche steht.»

«Ist ja schon gut. Tu mir einen Gefallen: kein Wort davon zu deiner Mutter.»

«Du kannst ja auch nichts dafür, Paps.» Pia gab ihm einen Kuss auf die Wange. Sie verzog das Gesicht. «Rasieren dürftest du dich mal wieder.»

Maja und Jana kamen von einer erfolglosen Suche zurück. In der Küche hielten sie Kriegsrat. Nadal schilderte eingehend, was Gezim von ihr gewollt hatte.

«Er verlangte, dass ich mit ihm weggehe», erklärte sie. «Ich wollte nicht. Er wäre ausgerastet, wenn Pia nicht dazwischengekommen wäre.»

Jana fragte, ob Gezim sie mit einer Waffe bedroht hatte. Nadal verneinte.

«Ausser dem Messer habe ich keine Waffe gesehen. Er hat es gegen Pia verwendet, nicht gegen mich.»

«Was genau hat er zu dir gesagt?», fragte Jana.

«Wirres Zeug, den Blödsinn halt, den Imam Hamsa an seinen Freitagspredigten immer von sich gibt.»

«Gingst du regelmässig zu diesen Freitagspredigten?»

«Nur, wenn es die Arbeit zuliess und wenn der alte Imam in Olten predigte. Nachdem Idris Hamsa angefangen hat, bin ich nach dem zweiten Mal nicht mehr hingegangen.»

«Gezim besuchte die Moschee regelmässig?», fragte Dornach.

«Er wurde immer fanatischer. Er wollte mich zwingen, einen Nikab zu tragen wie Hamsas Frau. Dr. Weingarten hat mir deswegen sogar einmal vor dem Schulhaus abgepasst und wollte mit mir reden. Sie sagte, die muslimischen Frauen müssen sich zusammentun und überall, wo sie können, dafür sorgen, dass die dekadenten Sitten ausgerottet werden. Im Sommer haben sich ein paar der Frauen getroffen, um in den Schwimmbädern Krach zu schlagen.»

«Davon hatten wir letzte Woche eine Kostprobe», sagte Manu.

«Ich habe mich geweigert mitzumachen. Laut Dr. Weingarten bin ich zur ewigen Hölle verdammt», fuhr Nadal fort. «Ich leide lieber in tausend Höllen, bevor ich im Paradies mit einem Gott leben will, der so etwas zulässt.»

«Deshalb verstehe ich nicht, warum du die Weingarten als Anwältin wolltest», sagte Pia.

Nadal machte eine ratlose Geste. «Ich bekam Panik, als ich verhaftet wurde. Dr. Weingarten ist die einzige Anwältin, die ich kenne, und sie ist gut.»

«Was hat Gezim sonst zu Ihnen gesagt, Nadal?», fragte Dornach.

«Er will die Menschen dafür bestrafen, dass die Moschee überfallen und ich eingesperrt wurde. Er sagte, er wolle Feuer auf die Stadt regnen lassen.»

«Hat er das so gesagt?»

Nadal nickte. «Ich habe ihm erklärt, dass mir nichts passiert sei und man mich im Gefängnis gut behandelt hat. Ich habe ihn angefleht, sich zu stellen und … das ist alles Wahnsinn.» Sie vergrub ihren Kopf in den Händen und begann zu schluchzen.

Pia half ihr aufzustehen. «Sie ist komplett am Ende. Ich gehe mit ihr nach oben. Ruft uns, wenn ihr was braucht.» Sie und Manu nahmen Nadal in die Mitte.

«Kümmern wir uns um die Hamdala?», fragte Maja.

«Die überlassen wir den Kollegen von der BKP. Sollen die sich mit Hamsa, Abdul Adil und seiner schiesswütigen Freundin herumschlagen. Wir müssen verhindern, dass Gezim mit der Waffe und den Handgranaten einen Blödsinn anstellt.»

«Er will Feuer über der Stadt regnen lassen», sagte Maja.

«Dazu braucht es mehr als eine Pistole und drei Handgranaten.»

Dornach sah Jana an. «Was meinst du, wie ist diese Drohung zu nehmen?»

«So wörtlich wie möglich. Wir müssen davon ausgehen, dass Gezim Ismajli von Hamsa und der Hamdala indoktriniert wurde. Spätestens seit heute Abend ist er ein Gotteskrieger. Eine Handgranate kann verheerend sein, wenn sie in eine Menschenansammlung geworfen wird. Wenn er sich drei Stück um den Körper schnallt und detonieren lässt, kann er ein Dutzend oder mehr Menschen mit in den Tod reissen.»

Ein Gedanke durchfuhr Dornach. «Das Märetfescht. Was, wenn er versucht, die Granaten während des Festes zur Explosion zu bringen?»

«Das ist schon … morgen …» Maja sah auf die Uhr. «Korrektur: heute Abend. Seit gestern wird die Altstadt vorbereitet.»

«Zurück in die Schanzmühle», sagte Dornach. «Wir müssen einen Krisenstab auf die Beine stellen.»

ZWANZIG

Ohne Rücksicht auf die Uhrzeit weckte Dornach Jäggi, der auf der Stelle den Polizeikommandanten aus dem Bett holte. Dieser alarmierte seinen Gegenpart von der Stadtpolizei und den Stadtpräsidenten. Für halb sieben Uhr wurde eine Krisensitzung mit Vertretern beider Polizeikorps, der Stadt und des städtischen Gewerbeverbands, dem Veranstalter des Märetfeschtes, anberaumt.

In dieser Bedrohungslage war die Stadtpolizei auf die Hilfe der kantonalen Kollegen angewiesen. Diese konnten unter Umständen auf die Unterstützung des Polizeikonkordates Nordwestschweiz zurückgreifen, dem neben Solothurn die Polizeikorps der Kantone Bern, Aargau und beider Basel angehörten.

Dornach hätte das Märetfescht am liebsten einfach abgesagt. In seinen Augen war es ein amtlich bewilligtes, von ohrenbetäubender Musik untermaltes Massenbesäufnis, das jeweils am letzten Juniwochenende von Freitagabend bis Sonntagvormittag über die Bühne ging. Es war aber auch Symbol für ein multikulturelles Solothurn mit einem vielfältigen Angebot an Speisen, Musik und Bräuchen aus aller Welt. Die rare Spezies des klugen Trinkers konnte den Magen vor der Tour durch Bierzelte und Strassenbars mit Spezialitäten aus jedem Kontinent gegen die Alkoholexzesse imprägnieren.

Schon ohne Terrorbedrohung hatte die Stadtpolizei während der drei Tage genug damit zu tun, Schlägereien zu verhindern, Schnapsleichen zu bergen und dem gesetzlichen Alkoholausschankverbot an Minderjährige Geltung zu verschaffen.

Nachdem er den Diskussionen eine Zeit lang beigewohnt hatte, verliess Dornach den Raum. Die Sicherheit der Stadt war jetzt in den Händen der Sicherheitsabteilung der Kantonspolizei. Bei ihm stand die Sorge um Jonas Scheurer im Vordergrund. Lüthi und Karin hatten die Nacht durchgearbeitet. Falls sie etwas zutage gefördert hatten, wäre jetzt ein idealer Zeitpunkt, es ihm zu sagen.

«Du kommst wie gerufen, Dominik», begrüsste ihn Lüthi, als dieser mit je einer Tüte Gipfeli und Sandwiches auftauchte. «Kann sein, dass wir was haben.»

«Ich könnte eine gute Nachricht vertragen.» Dornach rümpfte die Nase. Im Raum roch es muffig nach verbrauchter Luft, vermischt mit dem säuerlich bitteren Duft von abgestandenem Automatenkaffee. «Wollt ihr nicht mal lüften, solange es draussen einigermassen kühl ist?»

Karin riss die Fenster auf.

«Du hast Sorgen», sagte Lüthi. Er nickte Gubler zu. «Fang an, damit unser Chef auf andere Gedanken kommt.»

«Wir haben in den Papieren von Frau Hauser gegraben. Karin hat ja bereits herausgefunden, dass die Familie bis zum Tod des Ehemannes in ihrem Haus in Derendingen gelebt hat. Nach dem Tod ihres Mannes war die Witwe gezwungen, das Anwesen zu verkaufen und in eine günstigere Wohnung nach Gerlafingen zu ziehen.»

Lüthi machte weiter. «Irgendwann heute Morgen haben wir nicht mehr gewusst, wo wir weitersuchen sollen. Dann haben wir uns über dieses Haus erkundigt.»

«Ihr habt euch erkundigt? Mitten in der Nacht? Wie denn?»

«Internet», sagte Karin zwischen zwei Bissen. «Da lässt sich viel drin finden. Ausserdem hat Google ein bisschen gespielt und dann –»

Dornach hob die Hand. «Schon gut, fahrt fort.»

«Alles halb so schlimm», beschwichtigte Gubler. «Ich habe über meinen … ähm … Zugang zum Grundbuchamt herausgefunden, wer das Haus damals gekauft hat. Das ist nicht weiter wichtig, bis auf die Tatsache, dass diese Familie nach drei Jahren ins Ausland gezogen ist.»

«Und das Haus?»

«War nicht mehr marktfähig, da zu baufällig. Es steht bis heute leer.»

«Und?», fragte Dornach. «Ist das alles?»

«Google hat vergessen, die Unmenge von Elektrizität zu erwähnen, welche die Liegenschaft bis heute verbraucht, obwohl sie baufällig und verlassen ist», sagte Lüthi. «Der Energiekonsum lässt auf ein Klimagerät oder etwas Ähnliches schliessen. Die AEK stellt regelmässig Stromrechnungen aus, die pünktlich bezahlt werden.»

«Von wem?»

«Dreimal darfst du raten.»

«Nicht wahr!»

«Tanner, genau. Pünktlich abgebucht von seinem Konto bei PostFinance. Der traut sich was, würde ich sagen.»

«Und das habt ihr alles im Internet gefunden?»

Lüthi und Karin sahen Gubler an. «Was denn?», fragte dieser mit vollem Mund. Er zeigte auf seinen Computer. «Ist alles im Netz, man muss nur wissen, wo suchen.»

«Wo steht diese Liegenschaft?», fragte Dornach.

«Du wirst es nicht glauben», sagte Lüthi. «Am Emmenholzweg in Derendingen, in unmittelbarer Nähe des Ortes, wo Tanner die Leiche von Raphael Howald verscharrt hatte.»

«Nichts wie hin.»

Der Emmenholzweg begann da, wo der Schwarzweg bei den ersten Häusern des Ortes endete. Es war ein idyllisches Strässchen zwischen der baumbewachsenen Emmenböschung und einer Reihe von Arbeiterhäuschen aus der längst vergangenen Hochblüte der Solothurner Grossindustrie. Das Wohnhaus der Familie Hauser hob sich unschön von den Nachbargebäuden ab. Die Farbe blätterte von der Holzverkleidung der halb verfallenen Fassade. Die Kinder des Quartieres hatten die blinden Fensterscheiben für Zielübungen im Steinwurf benutzt.

Im Gegensatz zur Eingangstüre, die nach einem halbherzigen Stoss mit dem Rammbock in ihre morschen Einzelteile zerfiel, erforderte das Öffnen der zentimeterdicken, mit massiven Vorhängeschlössern gesicherten Metallkette an der stählernen Kellertür neueren Datums mehr Anstrengung.

Sie fanden den geschwächten Jonas Scheurer in Decken

gewickelt auf einer abgewetzten Matratze liegend. Das trieb Tränen der Erleichterung nicht nur in Karins Augen. Der vorsorglich mitgebrachte Arzt bescheinigte, dass dem Buben mit Ausnahme einer Dehydratation nichts fehlte. Eine Schnittwunde am Arm war die einzige äussere Verletzung. Der Bubenfresser hatte sein makabres Ritual an ihm nicht vollzogen. Die Insulinpumpe war kurz vor dem Zeitpunkt des Auffindens ausgefallen.

Mit Hilfe eines Handybildes identifizierte Jonas Konrad Tanner als seinen Entführer. Er hatte ihm auf dem Weissenstein vom Waldrand aus zugewinkt. Da Jonas den Lehrer kannte, war er ihm gefolgt. Tanner wollte ihm etwas zeigen. Auf Dornachs Frage, was Tanner ihm angetan habe, erzählte Jonas, er hätte plötzlich einen Stich am Hals gespürt wie von einer Spritze. Darauf konnte er sich an nichts mehr erinnern, bis er in einem Keller aufwachte. Sein Arm hatte geschmerzt. Er hatte das Pflaster auf der Schnittwunde entdeckt. Dornach vermutete, dass Tanner Jonas' Blut aus dieser Wunde zusammen mit demjenigen von Nadal Mousavi auf den Kapuzenpullover appliziert hatte.

Der Arzt hatte keine Bedenken, Jonas in die Obhut seines Vaters zu entlassen. Dornachs Handy klingelte mitten im Gespräch mit dem Oberrichter. Es war das Bürgerspital. Jasmin Blankart sollte innerhalb der nächsten Stunden aufwachen, was Dornach Scheurer nicht vorenthielt.

Casagrande bewilligte sofort die Mittel für zusätzliche Hilfskräfte zum Durchkämmen der Uferbewaldung beidseits der Emme zwischen Biberist und Derendingen, um die sterblichen Überreste von Mario Gunzinger und Jean-Marc Huber zu bergen. Die Aktion war wegen der Suche nach Jonas Scheurer und des Grosseinsatzes vom Vorabend in Olten eingestellt worden.

«Ihr müsst sie finden, bevor die Bauarbeiten für die Renaturierung der Emme beginnen», sagte sie, ehe sie Dornachs Büro verliess. «Es darf nicht sein, dass Bagger bei uns Kinderskelette ausgraben.»

Dornach sah ihr beim Hinausgehen nach. Es gab sie noch, die alte Casagrande. Und doch spürte er eine Distanz zu ihr, die zuvor nicht da gewesen war.

Es blieb ihm keine Zeit, über Befindlichkeiten zu grübeln. Jäggi kam herein. «Das Märetfescht wird wie vorgesehen durchgeführt», sagte er ohne Umschweife. «Die Bedrohungslage ist vage. Die Organisatoren und die Leute von der Stadt meinen, wir wüssten, wonach wir suchen.»

«Ja, nach der Nadel im Heuhaufen.»

«Diese Worte habe ich auch gebraucht. Der Gewerbepräsident meint, wir hätten ja bis heute Abend Zeit, Gezim Ismajli zu finden. Wir sollten bedenken, dass das Märetfescht eine wichtige Einnahmequelle für verschiedene Vereine und Fasnachtszünfte der Stadt ist. Wenn es abgesagt wird, können wir auch gleich die kommende Fasnacht begraben.»

«Man könnte es zumindest verschieben.»

«Auf wann? Bald fangen die Sommerferien an, die bis Mitte August dauern. Im September läuft die Herbstmesse. Ab Oktober wird's zu kühl für ein Strassenfest. Der Stadtpräsident meinte, wir dürfen uns von Terroristen nicht unseren Lebensstil aufzwingen lassen. Damit hat er nicht unrecht.»

«Das kann ins Auge gehen, das ist denen schon klar, oder? Wer sagt uns, dass Gezim im Alleingang handelt? Was, wenn er zusammen mit einer anderen, auswärtigen Zelle einen Anschlag plant? Wenn etwas passiert, ist die Hölle los.»

«Du kennst die Devise unserer Lohnherren, Dominik. Wenn's gut geht, ist es ihr Erfolg. Wenn's schiefläuft, sind wir die Sündenböcke.» Er seufzte. «Sei es, wie es will. Wir aktivieren das Sicherheitsdispositiv.»

Das Ritual der Zubereitung einer Tasse frisch gebrauten Kaffees half Dornach beim Denken. Vom Mahlen der Bohnen im richtigen Feinheitsgrad über das Befüllen des Kolbens mit dem Pulver bis zum sanft gurgelnden Geräusch, wenn das Wasser mit dampfendem Hochdruck durch das Pulver gepresst wurde, war die Zubereitung für ihn reine Entschleunigung. Das Aroma mit der rauchig bitteren Karamellnote liess die Seele, wenn auch nur für einen kurzen Moment, zur Ruhe kommen und den Kopf klar werden.

Er trank den Espresso in kleinen Schlucken. Sein Blick wanderte zum Sitzungstisch. Ein Schulrucksack lag auf der Sitzfläche eines Stuhls. An der Lasche der Seitentasche baumelte ein Plüschmurmeltier mit Sennenkappe und einem roten Sennenkittel mit einem Muster aus Schweizerkreuzen. Er gehörte Jonas Scheurer. Dornach hatte den Rucksack im Keller gefunden und mitgenommen. Er wollte ihn dem Vater mitgeben und hatte es vergessen. Er würde am Abend bei ihm vorbeischauen, sofern es heute so etwas wie einen Abend geben würde.

Um ihn nicht zu vergessen, legte Dornach den Rucksack auf seinen Arbeitstisch. Der Deckel war offen. Es musste ein Polizistenreflex sein, der ihn hineinschauen liess. Der Inhalt bestand aus einer angebrochenen Tafel Schokolade, einem Röhrchen Traubenzucker und einem Fotoalbum im Postkartenformat mit buntem Deckel. Zuletzt zog er einen originalverpackten Insulinpen hervor, den er gleich wieder hineinlegte. Er blätterte im Album.

Es zeigte Bilder von Jonas, meist mit seinem Vater und, etwas seltener, mit der Mutter. Beim zweitletzten Foto stutzte Dornach. Er blinzelte kurz, um sicherzugehen, dass ihm seine Augen keinen Streich spielten. Es war das einzige Bild, auf dem Jonas nicht drauf war.

Dornach legte das Album zur Seite. Er durchsuchte den Aktenstapel auf seinem Pult, bis er das dünne Dossier fand. Es enthielt die zerrissenen Fotos aus Jasmin Blankarts Wohnung. Die Kriminaltechniker hatten es geschafft, das eine oder andere Bild aus den Schnipseln wiederherzustellen. Das Foto, das Dornach heraussuchte, war unvollständig. Der Kopf von Jasmin Blankart lachte dem Betrachter vor dem Hintergrund eines der berühmtesten Glockentürme der Welt entgegen: dem Campanile auf dem Markusplatz von Venedig.

Dornach verglich es mit dem Foto in Jonas' Album. Die Aufnahme war in Bezug auf Blankarts Kopf identisch. Es war die Person neben ihr, die dafür sorgte, dass Dornach für einen Moment die Luft anhielt.

Er konnte nur spekulieren, weshalb Jasmin Blankart Papierabzüge von ihren Selfies gemacht hatte und wie einer davon in den Besitz von Scheurers Sohn kam. Steckte romantische Sentimentalität oder berechnende Absicht dahinter?

Karin, deren Italienisch ausreichte, um sich am Telefon zu unterhalten, hängte den Hörer auf. «Das war die Questura der Polizia di Stato in Venedig. Gemäss Melderegister hat Scheurer die Neujahrsfeiertage im Hotel Gritti Palace am Campo Santa Maria del Giglio verbracht – in Begleitung seiner Frau.»

«Seiner Frau?»

«Der Meldezettel lautet auf Signora und Signore Scheurer. Die Questura faxt mir umgehend eine Kopie.»

«Er hat Blankart als seine Frau ausgegeben? Wie soll das gehen. Sie musste sicher ihren Pass zeigen.»

Karin lächelte verschmitzt. «Ach, Dominik, die Italiener und *amore*. Vielleicht hat Scheurer dem Rezeptionisten eine rührselige Geschichte erzählt, oder der hat sich das Foto auf der Identitätskarte nicht richtig angeschaut. Kann auch sein, dass sie sich zu dritt vergnügen wollten.»

«Dein Arbeitsumfeld übt in letzter Zeit einen schlechten Einfluss auf dich aus. Früher hattest du keine solchen Ideen.»

«Was denkst du eigentlich von mir?», fragte sie empört. «Ich bin sechsundzwanzig und schon lange nicht mehr die Unschuld vom Land, für die mich hier jeder hält.»

«Entschuldige, ich wollte dir nicht zu nahe treten.»

«Schon gut.» Sie blätterte in ihren Notizen. «Maja hat mit Hilfe der Seriennummer der Chopard-Uhr beim Hersteller die Händlerinformation in Erfahrung gebracht. Sie wurde in die Chopard Boutique am Markusplatz in Venedig geliefert und dort am 28. Dezember letzten Jahres verkauft. Der Laden ist videoüberwacht. Sie geben die Bilder nur gegen eine richterliche Bewilligung heraus.»

«Das dauert mir zu lange. Wir fragen Scheurer selber. Wenn

er sperrt, soll Angela uns eine Verfügung beschaffen, damit wir an seine Kreditkartenabrechnungen kommen.»

Karin griff zum Hörer. «Ich rufe das Hotel in Venedig an, ob mir jemand eine Beschreibung liefern kann.» Sie wollte die Nummer wählen, aber ihr Zeigefinger blieb in der Luft stehen. «Übrigens, das Bürgerspital hat angerufen. Jasmin Blankart ist vor einer Stunde erwacht.»

Ein Stromstoss ging durch Dornach. Karin sah erstaunt in seine geweiteten Augen. «Habe ich was Falsches gesagt?»

«Du nicht, aber ich», sagte er. «Ich habe heute Morgen Scheurer gesagt, dass Blankart demnächst aus dem Koma erwachen wird.» Ohne Karins Reaktion abzuwarten, rannte er aus dem Büro.

Karins Anruf erreichte ihn im Auto beim Überqueren der Rötibrücke. «Scheurer ist weder in seinem Büro im Amthaus noch zu Hause. Die Kinderbetreuerin von Jonas sagt, dass er einen Spitalbesuch machen wollte.»

«Wann war das?»

«Vor einer halben Stunde.»

Dornach gab Gas.

Keine zwei Minuten später hielt er mit quietschenden Reifen vor dem Haupteingang des Spitals. Er liess den Wagen mit blinkendem Blaulicht stehen und rannte zu den Aufzügen.

Auf dem Korridor der Intensivstation herrschte Totenstille. Kein Mensch war zu sehen. Dornach machte sich Vorwürfe, keinen Beamten zum Schutz der Patientin abgestellt zu haben. Nach Laubschers Festnahme hatte er die Notwendigkeit nicht mehr gesehen. Der Vorhang des Sichtfensters von Blankarts Zimmer war zugezogen. Vorsichtig drückte er die Türklinke hinunter.

Blankart lag reglos mit geschlossenen Augen im Bett. Die regelmässigen Tonfrequenzen des Herzmonitors hallten im Raum wider. Eine warme Welle der Erleichterung durchflutete Dornach. Ein anderes Geräusch liess ihn innehalten. Es ging weder von der schlafenden Frau noch von den Geräten aus. Es war ein Schluchzen. Dornach umrundete das Bett. Scheurer sass weinend, mit angewinkelten Beinen auf dem Boden.

«Ich wollte es nicht», sagte er mit tränenerstickter Stimme. «Es tut mir so leid.»

Dornach streckte seine Hand aus, um ihm aufzuhelfen.

«Kommen Sie, Herr Scheurer, wir sollten reden.»

Sie sassen am hintersten Tisch im Spitalrestaurant. Scheurer trank einen Schluck Wasser aus der Flasche, die ihm Dornach hinstellte.

«Jasmin hat mich erpresst.»

«Womit?»

«Mit unserem Verhältnis. Einige Zeit ging es gut. Wir waren beide glücklich, so wie es lief. Jasmin liebte mich aufrichtig, trotz unseres Altersunterschieds.»

Dornach sagte nichts. Was wussten Männer schon über die Gefühle von Frauen? Bestenfalls war Jasmin Blankart eine Pragmatikerin wie manche ihrer jungen Geschlechtsgenossinnen, die sich mit älteren Partnern einliessen, weil sie sich davon eine gesicherte Existenz versprachen. Er wollte nicht ausschliessen, dass Liebe im Spiel war. Dornach hatte mit Pia nie über das Thema gesprochen. Wenn Charakter und Temperament seiner Tochter ein Gradmesser für die jungen Menschen von heute waren, entsprachen junge gerontophile Frauen eher einem sexistisch geprägten männlichen Wunschdenken. Scheurer war ebenso wenig dagegen gefeit wie einige seiner Alters- und Geschlechtsgenossen. Eine tröstliche Erkenntnis, die belegte, dass Richter auch nur Menschen waren.

«Wann wurde das Glück getrübt?»

«Es begann nach der Reise nach Venedig. Vielleicht war es mein Fehler, dass ich Jasmin damit zu sehr verwöhnte. Ich habe ihr eine wertvolle Uhr gekauft, um sie von ihren Ideen abzulenken. Sie wollte mehr und sprach von zusammenziehen und heiraten. Ich wollte das nicht.»

«Warum nicht? Ihre jetzige Ehe befindet sich offenbar in

einer Sinnkrise. Ihre Frau hat Sie verlassen. Was hielt Sie von einer dauerhaften Beziehung zu Frau Blankart ab?»

Scheurer lächelte schmerzlich. «Sie sind Solothurner wie ich, Herr Dornach. Können Sie sich vorstellen, wie sich die Leute die Mäuler zerreissen, wenn ein Oberrichter sich eine fast dreissig Jahre Jüngere anlacht und obendrein seine kranke, depressive Frau im Stich lässt? Sogar wenn Letzteres nicht zuträfe, würde man es so sehen. Das mag in einer anonymen Grossstadt wie Zürich möglich sein, aber nicht hier. Die tatsächlichen Hintergründe spielen keine Rolle. Wo sollten die Waschweiber in den Stadtcafés sonst ihren Gesprächsstoff hernehmen? – Ich wäre als Oberrichter unten durch gewesen, wenn mein Verhältnis zu Jasmin publik geworden wäre.»

Dornach stimmte mit ihm überein, dass die soziale Kontrolle in Solothurn im Gegensatz zur Grossstadt effizienter war. Er bezweifelte, dass es so krass herausgekommen wäre, wie Scheurer befürchtete. Die Solothurner mochten ihren Tratsch lieben. Letztendlich aber waren sie tolerant und weltoffen.

«Frau Blankart hat sie unter Druck gesetzt. Da wussten Sie keinen anderen Ausweg: Sie wollten sie aus dem Weg räumen?»

«Jasmin hat mir ein Ultimatum gestellt. Entweder ich lasse sie bei mir einziehen, oder sie macht unser Verhältnis publik. Sie wissen, was die sozialen Medien mit einem Menschen machen können.»

«Warum eine Bombe in einem öffentlichen Gebäude wie dem Amthaus? Unschuldige hätten verletzt werden oder sterben können.»

«Die Idee kam mir im Vorfeld des Prozess gegen Ergin Ismajli. Ich rechnete damit, dass ein hartes Urteil gegen ihn Proteste und Drohungen provozieren würde. In diesem Stimmungsumfeld war es einfach, den Verdacht auf die Islamisten zu lenken.»

«Der islamistische Drohbrief an Sie stammte von Ihnen?»

Scheurer nickte.

«Sie haben eine religiöse Hexenjagd gegen Unbeteiligte in Kauf genommen, um Ihre unbequeme Geliebte aus dem Weg zu räumen?» Dornachs Achtung gegenüber diesem Mann sank mit jeder Sekunde. «Wie kamen Sie an die Bombe?»

«Plastiksprengstoff ist heutzutage auf dem Schwarzmarkt leicht zu beschaffen, auch online.»

«Das Darknet.» Dornach dachte daran, was ihm Gubler darüber erzählt hatte. «Haben Sie die Bombe selber gebaut?»

«Ich war in der Armee Offizier der Genietruppen, mit Spezialistenausbildung im Sprengdienst.»

«Wie ist es Ihnen gelungen, Frau Blankarts Ex-Freund dazu zu bringen, die Briefbombe ins Amthaus zu bringen?»

«Ich habe ihn anonym kontaktiert und ihm gesagt, dass ich jemanden brauche, der eine Sendung im Amthaus abliefert, für zweitausend Franken.»

«Er ist so einfach darauf eingegangen?»

«Er hätte es für weniger gemacht. Aber das war es wert.»

Zweitausend Franken für das Leben einer Unschuldigen.

Scheurer musste die Missbilligung in Dornachs Gedanken spüren. «Ich weiss, was Sie über mich denken. Ich war ratlos und habe keinen Ausweg gesehen, obwohl ich Jasmin liebte und es noch tue. Ich …» Seine Stimme begann zu zittern. «Nach Jonas' Verschwinden habe ich am eigenen Leib das Leiden eines Opfers erfahren, obwohl ich mit vielen von ihnen zu tun gehabt habe. Ich werde ein vollumfängliches Geständnis ablegen und die volle Verantwortung für das übernehmen, was ich Jasmin und allen anderen Menschen angetan habe.»

Dornach überlegte, was Scheurer sonst alles ausgelöst hatte. Seine Tat hatte Hass und Ressentiments provoziert. Die Konsequenzen waren nicht absehbar. Scheurer hatte mit dem Feuer gespielt, ohne die Gefahr eines Grossbrandes zu sehen.

«Gehen wir.» Dornach nickte den beiden uniformierten Polizisten zu, die bereitstanden, den Oberrichter abzuführen.

EINUNDZWANZIG

Casagrande informierte Dornach, dass Tanner sich zu Jonas'
Entführung geäussert hatte. «Er wollte sich an Scheurer rächen.
Er ist felsenfest davon überzeugt, dass er seinen Bruder auf dem
Gewissen hat. Das passt perfekt ins Muster von Psychopathen.
Sie begehen ihre Verbrechen nicht einfach so. Entweder ist es
Gott, der ihnen den Befehl dazu gibt. Und wenn nicht, sind es
die armen Opfer, die selber schuld sind, weil sie die Untat durch
ihr Verhalten provozieren.»

«Und unsere Psychologen erklären uns, dass die armen Täter
nichts dafürkönnen, weil ihre Umwelt so schlecht ist», sagte
Dornach sarkastisch. «Maja hat manchmal eben doch recht:
Unsere Richter lassen mit Hilfe der Psychofritzen die Idioten
laufen, und wir dürfen das Gesindel mühsam wieder einfangen.»

Casagrande winkte ab. «Erzähl mir lieber, wie es mit Scheurer lief.»

Mit finsterer Miene hörte sie zu. Sie würde den Oberrichter
im Untersuchungsgefängnis befragen. «Zuerst brauche ich etwas Abstand, sonst springe ich dem Idioten mit dem Hintern
ins Gesicht.»

Dornach zog die Augenbrauen hoch. «Na, na, Angie, du
nimmst nicht etwa auch Majas Jargon an?»

«Ist doch wahr. Sieh dich mal draussen um. Die Stadt ver-
wandelt sich in eine Festung. Jetzt stellt sich heraus, dass wir
das zum grössten Teil einem zu verdanken haben, der es besser
wissen sollte, aber seinen Hosenschlitz im falschen Moment
nicht zubehalten konnte. Ich frage mich langsam, was mit euch
Kerlen eigentlich los ist, verdammt noch mal.»

«Ich möchte dich schon bitten zu differenzieren. Ich habe
die Bombe nicht gelegt, und ich pflege meine Liebesverhältnisse
ausserhalb des Kollegenkreises.»

Das vermochte ihre Stimmung nicht zu heben. Sie ging mit

verschränkten Armen zum Fenster. Er stellte sich neben sie. Anstelle ihrer ansonsten vertraulichen Nähe hielt er mindestens einen Meter Sicherheitsabstand.

«Ich habe nichts von der Fahndung nach Franco gehört», sagte sie. «Du?»

«Tut mir leid, nein. Der geht uns früher oder später sicher ins Netz, mach dir keine Sorgen.»

Sie wischte mit den Fingerspitzen ein imaginäres Stäubchen vom Fenstersims. «Wenn nicht, ist es auch egal. Ich will kein Opfer sein. Er soll mich einfach in Ruhe lassen.»

«Willst du nicht ein paar Tage ausspannen? Der Amthaus-Fall ist geklärt, Jonas Scheurer ist wohlauf. Um die Sicherheit der Stadt kümmern wir uns.»

«Ines hat sich eine neue Ferienwohnung im Engadin gekauft.»

«Ah ja?»

«Das Apartment ihrer Eltern in Silvaplana ist mehr und mehr ausgemietet. Sie wollte etwas für sich alleine und hat sich ein Studio in einem umgebauten Engadinerhaus in Celerina zugelegt. Sie meint, ich kann jederzeit ein paar Tage dorthin.»

«Dann tu das. Du brauchst ja nicht alleine zu gehen. Châtelain kann sich vielleicht auch ein paar Tage –»

Sie fuhr herum. «Wie kommst du auf Châtelain?»

«Ich dachte, ihr beide –»

«Ich weiss, was du dachtest, Dominik. Und nein, ich pflege nicht wie ein Schmetterling von einer Blüte zur anderen zu springen wie gewisse andere.»

«Ist ja gut, tut mir leid, Angie, wirklich. Ich mache mir einfach Sorgen um dich.»

«Danke, ich komme klar.»

Eine gefühlte Ewigkeit standen beide schweigend nebeneinander und starrten in den Vorhof des Franziskanerhofes.

«Er ist verheiratet», sagte sie.

«Wer?»

«Châtelain.»

«Ach? Ich dachte, so wie der sich dir gegenüber benommen hat, müsste er ledig sein.»

«Ich habe seine Frau heute Morgen gesehen.»

Dornach setzte sich auf den Fenstersims und wartete, bis sie weitererzählte.

«Ich besuchte ihn im Spital, wollte sehen, wie es ihm geht, und mit ihm reden. Ich dachte eigentlich auch, dass er und ich …» Sie wischte sich mit einer fahrigen Bewegung über die Augen. «Als ich ins Zimmer kam, lag eine Blondine fast auf ihm drauf und knutschte ihn ab.»

«Seine Frau?»

«So hat er sie mir vorgestellt.»

«Und du?»

«Was, ich?»

«Hast du mit ihm geredet, oder hast du …?»

«Ihm die Augen ausgekratzt, meinst du? Ja, habe ich, was denkst du denn, und ihr auch – in Gedanken.» Sie verwarf die Hände. «Ich habe beide freundlich gegrüsst, ihm gute Besserung gewünscht und bin gegangen, in der Hoffnung, dass ich den Dreckskerl nie mehr sehe.»

Sie baute sich vor ihm auf. «Was siehst du in mir, Dominik?»

Dornach schluckte leer. Er wollte darauf keine Antwort geben. Diese Option liess sie ihm nicht, und er versuchte, auf Zeit zu spielen. «Ich verstehe nicht ganz, was du meinst.»

«*Madonna*, Dominik. Was gibt es da nicht zu verstehen? Was siehst du in mir? Eine alternde Staatsbeamtin mit Torschlusspanik, eine männerfressende Furie oder was? Sag's einfach.»

«Weder das eine noch das andere. Du bist eine schöne Frau. Vor allem bist du meine Freundin, die im Moment irgendwie nicht da ist und die ich anfange zu vermissen.»

Sie lachte hart. «Du lässt dich nicht festnageln, was?»

Dornach nahm ihre Hand. «Komm!»

«Wohin? Ich habe zu tun.»

«Hast du nicht. Du bist zu fünfzig Prozent krankgeschrieben. Wir genehmigen uns einen Apéro.»

«Um diese Zeit?»

«Es ist nach elf Uhr, genau richtig. Du brauchst jemanden

zum Reden und etwas, das deine Zunge löst. Vergiss deine Tasche nicht.»

***

Jäggi bat Dornach, an der Sitzung des Krisenstabes am Nachmittag teilzunehmen. Der Gewerbepräsident berichtete, dass die ersten Marktstände in Betrieb waren. Die Vertreter von Gemeinde, Gewerbe und Vereinen schauten erwartungsvoll auf die Repräsentanten der Sicherheitsorgane. Die Nachricht dahinter war klar: Wir bezahlen Steuern, und ihr habt gefälligst unsere Sicherheit zu garantieren.

Dornach verblüffte es immer wieder aufs Neue, wenn an sich vernünftige Menschen auf naive Art und Weise selbst dann ein schweizerisches Grundrecht auf Wohlstand und Sicherheit ableiteten, wenn der restliche Kontinent in einem, zumindest in den letzten vier Dekaden, nie gesehenen Ausmass von Terror und Anarchie heimgesucht wurde. Diejenigen, die sich täglich mit Bedrohungsszenarien befassten, hatten dafür eine politisch wenig schillernde Sicht der Dinge: Die Schweizer hatten bisher einfach Schwein gehabt.

Der Chef der Sicherheitsabteilung der Kantonspolizei schilderte den Ablauf der Zugangskontrollen. Von Vorteil war, dass der Perimeter des Festes auf die Altstadt beschränkt war. Diese war weder über breite Boulevards noch Flanierstrassen zugänglich. Das Basel- und das Bieltor bildeten im Osten und Westen einen unüberwindbaren Engpass für Attacken mit grossen Lastwagen wie in Nizza oder Berlin. Dasselbe galt für das Franziskanertor beziehungsweise die Kreuzacker- und Wengibrücke im Norden und Süden. Die Altstadttangenten, wie Röti- und Werkhofstrasse, die Hauptbahnhof-, Berntor- sowie die Bielstrasse ab Gibelin-Kreisel stadteinwärts waren für den nicht öffentlichen Verkehr gesperrt. Seit Mittag wurde über alle nationalen und regionalen Medien auf Verkehrsbehinderungen im Grossraum Solothurn aufmerksam gemacht. Bei den Stadttoren wurden grosszügig angelegte Warteräume eingerichtet, um Menschenansammlungen zu vermeiden. Dasselbe galt für die Fussgängerzugänge über die Kreuzacker- und die Wengibrücke. Der Fussgängersteg unter der Rötibrücke wurde wegen der engen Platzverhältnisse an den Brückenköpfen zugemacht.

Der Chef der Sicherheitsabteilung erinnerte an die Bombenattacke an einem Popkonzert in Manchester, dem Dutzende Jugendliche zum Opfer gefallen waren. Ein Selbstmordattentäter hatte inmitten einer wartenden Menschenmenge in der Lobby der Konzerthalle eine Splitterbombe gezündet. «Es nützt nichts, wenn wir die Altstadt sichern, wenn ein Täter Handgranaten in eine Gruppe wartender Menschen werfen kann.»

Ab Freitagabend bis Sonntagnachmittag waren Zu- und Durchfahrten in der Altstadt für sämtliche Motorfahrzeuge einschliesslich derjenigen der Stand- und Gewerbetreibenden zwischen sechs Uhr abends und sechs Uhr dreissig morgens untersagt. Die Betreiber hatten dafür zu sorgen, dass ihr Nachschub, vor allem an Esswaren und Getränken, gesichert war.

Gemischte Patrouillen von mindestens zwei Beamten der Stadt- und Kantonspolizei sorgten für die allgemeine Sicherheit und Ordnung. Zum ersten Mal setzte die Polizei Bodykameras ein, die direkt in die Kommandozentrale in der Schanzmühle übermittelten. Jede Patrouille war mit mindestens einer solchen Kamera ausgerüstet. Interventionsteams der Sondereinheit Falk, verstärkt durch Spezialeinheiten der Konkordatskantone, waren in Alarmbereitschaft. Noch während die Konferenz im Gang war, wurden Scharfschützenteams an neuralgischen Punkten in Stellung gebracht. Mit Nachtsichtkameras ausgerüstete Drohnen kreisten über der Stadt. Auf dem Turm der St. Ursen-Kathedrale standen neben Scharfschützen Beobachtungsposten, welche Hauptgasse und Marktplatz mit Infrarotsichtgeräten überwachten.

«Das wird das teuerste Märetfescht aller Zeiten», flüsterte Jäggi Dornach zu.

«Ich warte auf den Ersten, der sagt, dass wir aus einer Mücke einen Elefanten machen», raunte dieser zurück.

Die Bemerkung liess nicht auf sich warten: Der Gewerbevertreter verlieh der Einschätzung Ausdruck, dass man mit Kanonen auf Spatzen schiessen wollte, und fragte, wer das bezahlen sollte.

«Sie alle natürlich, das heisst der Steuerzahler, ausser wir erwischen den oder die Terroristen. In diesem Fall bekommen sie eine Rechnung mit Einzahlungsschein», sagte der Chef der Sicherheitsabteilung mit schlecht verhehlter Genugtuung. Es beeindruckte ihn wenig, dass der Gewerbevertreter die Antwort nicht amüsant fand.

Dornach erntete mit seinem Rapport über den Stand der bisher erfolglosen Fahndung nach Gezim Ismajli ebenso wenig Beifall. «Der Sicherheitsring um die Stadt ist dicht, was nicht heissen will, dass sich der oder die Attentäter nicht bereits irgendwo in der Altstadt verschanzt haben.»

Damit war die Sitzung geschlossen. Dornach hatte das Gefühl, dass der Stadtpräsident der Einzige im Raum gewesen war, der seine Dankbezeugung ehrlich meinte.

**

Weder Pia noch Manu wollten es sich nehmen lassen, am Märetfescht dabei zu sein, obwohl sie die Risiken kannten. Pia hatte darauf bestanden, dass Nadal sie begleitete, damit sie auf andere Gedanken kam.

Pia wusste von ihrem Vater, was vorgekehrt worden war. Dornach war nicht glücklich, dass Pia sich in das Getümmel stürzen wollte. Verbieten hatte bei ihr keinen Zweck.

Auf dem Klosterplatz hatten die Organisatoren eine grosse Tanzfläche unter einem Zeltdach aufgestellt. Die drei Freundinnen ergatterten Sitzplätze beim Stand vom Srignags House, Pias Lieblingsinder. Bei Tandoori Chicken, Masala-Fischcurry und Shahi mit Nüssen, Rahm und Safran fand Nadal ihr Lächeln wieder. Manu hatte ein paar Jungs beim Tanzzelt erspäht, die ihr gefielen, darunter ein Verflossener, dem sie noch nachtrauerte. Sobald sie gegessen hatten, nahm sie Nadal bei der Hand. «Wir gehen tanzen. Kommst du mit, Pia?»

Pia verspürte keine Lust, aufs Geratewohl zu flirten. Stattdessen holte sie sich eine zweite Portion Curry und ein dazu passendes Kingfisher-Bier. Sie beobachtete das Treiben um sie herum von ihrem Platz aus.

Der DJ hatte den Latino-Hit der Saison aufgelegt. Manu und Nadal waren von Interessenten umringt, denen sie vorerst die kalte Schulter zeigten. Um diese Uhrzeit ging es noch gesittet zu. Der Zeitpunkt, an dem der kumulierte Alkoholkonsum die kritische Masse erreichen würde, war nach Mitternacht. Bis dahin waren es noch zwei Stunden.

Pia erschrak, als ihr jemand auf die Schulter tippte. «Hoi, Pia.»

Trixli mit ihrem Pyrenäenberghund Romulus stand vor ihr. Romulus drückte seine Wiedersehensfreude aus, indem er die Vorderläufe auf Pias Knie stellte, wofür er von ihr herzlich geknuddelt wurde. Manche hätten zweimal überlegt, den Hund der Randständigen anzufassen. Pia wusste, das Trixli grossen Wert auf ihre persönliche Hygiene und die ihres Hundes legte. Es war lange her, seit Pia ihr das letzte Mal begegnet war. Trixli hatte sich rargemacht seit einem Zwischenfall, bei dem Romulus Rafik angesprungen hatte.

«Trixli, ich hab dich schon ewig vermisst und vor allem den hier.» Sie knuddelte Romulus erneut. Je mehr sie sein langes helles, fast weisses Fell streichelte, desto mehr schmiegte er sich an sie. «Wie schlägst du dich durch?»

«Och, ganz gut», sagte diese, ermutigt durch Pias freudige Begrüssung. «Ich … ich wusste nicht, ob du überhaupt mit mir sprichst, wegen damals im November.»

Pia winkte ab. «Schon gut, denk nicht mehr daran. Du wurdest nur benutzt.»

«Der komische Typ hat mir zweihundert Franken gegeben. Er sagte, es sei nur Spass. Hätte ich dummes Huhn eigentlich merken müssen. Zwei Lappen nur für einen Spass, so ein Blödsinn.»

«Willst du etwas essen und ein Bier?»

Trixli begnügte sich mit dem Bier und erbat anstelle des Essens eine Wurst für Romulus. Pia besorgte das Bier. Dann kaufte sie für den Hund einen riesigen St. Galler Schüblig. Romulus leckte ihr dankbar die Hand, bevor er die Wurst mit ein paar Bissen verschlang.

«Willst du wirklich nichts essen, Trixli?»

«Danke, die vom Trüssel-Stand haben mir ein grosses Stück Käsewähe spendiert.» Sie kniff sich mit beiden Händen in die Seite. «Ich muss schliesslich schauen, dass ich fit bleibe für meinen nächsten Verlobten.» Sie kicherte über ihren eigenen Witz.

Um Trixli rankten sich die eigenartigsten Legenden. Sie soll eine wunderschöne Frau gewesen sein, die wegen eines Mannes auf Abwege geraten war. Sie hatte lange in Indien gelebt, wo sie angeblich mit einem steinreichen adligen Inder verlobt gewesen war. Nach eigener Schilderung war ihr das Palastleben bald auf den Wecker gegangen, und sie war nach Solothurn zurückgekehrt.

«Hoffst du auf einen neuen Maharadscha?», fragte Pia scherzhaft.

«Ach, weisst du. Ich wohne in der schönsten Stadt der Welt mit dem besten Hund und den liebsten Leuten, die immer etwas für mich übrig haben. Was soll ich mit einem Palast irgendwo in Indien?» Sie setzte die Flasche ab. «Danke fürs Bier und die Wurst. Ich muss gehen und nachschauen, ob der eigenartige Kerl von heute Nachmittag noch da ist.»

«Was für ein eigenartiger Kerl?»

«So ein junger, hat sich einfach auf dem Plätzchen breitgemacht, wo ich mein Zeug deponiere. Weiss nicht, wo der herkommt. Hab ihn nie vorher gesehen.»

«Wie sieht er aus?»

«Dunkelhaarig, hat so einen flaumigen Vollbart. Bei dem braucht's nur eine rechte Bise, und schon ist die Rasur perfekt.»

Pia stand so schnell auf, dass Romulus an ihr hochsprang, weil er wohl dachte, dass sie mit ihm spielen wollte. Trixli wich erschrocken einen Schritt zurück.

«Hatte er etwas bei sich? Eine Tasche oder so was?»

«Nur einen langen Anorak. Ich dachte, der spinnt ja, bei der Hitze. Ich hab ihm gesagt, er soll ihn ausziehen, da hat er ihn sich enger um den Leib gepresst.»

«Wann und wo hast du ihn zuletzt gesehen?»

«Heute Nachmittag, dort, wo ich mein Zeug lagere, wenn das Wetter trocken ist.» Sie zeigte auf ihre sommerlich leichte Kleidung. Sie trug ein T-Shirt und einen langen Sommerrock mit buntem Blumenmuster. «Ich hab ihm gesagt, dass er weg sein muss, wenn ich zurückkomme, sonst jage ich ihm Romulus auf den Hals. Der kann nämlich auch anders, wenn es sein muss, gell, Romulus.»

Der Hund sah seine Herrin treuherzig an und bellte einmal, was ihm eine Streicheleinheit einbrachte.

«Wo lagerst du deine Sachen?»

«Im Majorsgang.»

Pia konnte sich nicht erinnern, je etwas von einem «Majorsgang» gehört zu haben. «Wo ist das?»

«Auf der Schanze, beim Riedholzturm. Das ist eine Art unterirdische Rampe, wo die Soldaten, die damals die Stadt verteidigten, sich zwischen der ersten und der zweiten Schanzenstufe verschieben konnten. So hat man mir's jedenfalls erklärt.»

Pia kannte den Ort. Vor Jahren hatte sie im Schutz der Dunkelheit vor dem Eingang zu diesem Tunnel ihren ersten Jungen geküsst. «Ich wusste gar nicht, dass man das den Majorsgang nennt. Dort hast du dein Zeugs? Ist der Zugang nicht verriegelt?»

«Ich habe ein Arrangement mit einem … ähm … alten Bekannten, der einen Schlüssel hat. Den hat er mir mal gegeben, und ich habe eine Kopie davon gemacht. Am Nachmittag habe ich den anderen dort angetroffen. Weiss der Teufel, wie er dort reingekommen ist. Kann auch sein, dass ich vergessen habe, abzuschliessen. Ich gehe nachsehen, ob er dort ist.»

«Ich komme mit.» Sie stand auf.

«Pia, wohin willst du?», rief Manu, die mit Nadal zum Tisch

zurückkam. Pia erzählte es ihr. Manu stellte sich ihr in den Weg.
«Du gehst da sicher nicht hin.»

«Warum nicht, vielleicht ist es Gezim, und dann können
wir –»

Manu hielt ihr die geballte Faust vor die Nase. «Du kannst
dir auch gleich von mir eine einfangen, falls du vom letzten Mal
nicht genug hast.»

Seit ihr Manu aus Wut und Angst über ein glimpflich abge-
laufenes Abenteuer eine kräftige Ohrfeige verpasst hatte, die
noch eine Stunde danach auf der Wange brannte, schätzte Pia
die Schlagkraft ihrer Freundin vorsichtiger ein.

«Okay, okay, ist ja schon gut.» Mit einem demonstrativen
Seufzer und einer dramatischen Geste zückte sie ihr Handy.

* * *

Lüthi, Maja und Karin hatten sich freiwillig zum Patrouillen-
dienst in Zivil gemeldet. Dornach hätte Jana gerne bei sich in
der Kommandozentrale gehabt. Sie hatte jedoch keine Lust, im
Dunkeln auf Bildschirme zu starren, und bildete ein Team mit
Maja. Lüthi streifte mit Karin durch die Stadt.

Die grössten Menschenansammlungen waren auf den Plät-
zen, wo neben Bar- und Restaurationsbetrieben Konzertbüh-
nen aufgebaut waren. Insbesondere auf dem Markt-, Kronen-
und Klosterplatz ging es hoch zu und her. Die Quais beidseitig
der Aare waren ebenfalls überbevölkert.

Die Festbar eines Sternerestaurants am Friedhofplatz bot
frische Austern, Lachs und Cüpli an. Jana stillte ihren Hunger
mit einem halben Dutzend Marennes-Olérons-Austern und
Balik-Räucherlachs. Sie trank Mineralwasser. Maja, die Fisch
nur entweder filetiert oder in Stäbchenform und in Paniermehl
gebraten zu sich nahm, verzehrte einen Hamburger.

Sie zeigte auf den Dachaufbau eines der Stadthäuser, wo
Casagrandes Wohnung lag. Dort war ein Scharfschützenteam
postiert. «Möchtest du nicht lieber dort oben liegen?»

«Nicht, wenn ich ständig Unschuldige im Visier habe, wie

die da oben. Ich ziele lieber auf jemanden, der dieses Privileg verdient.»

«Wäre auch nichts für mich. Am liebsten schaue ich meinem Gegner in die Augen.» Maja schob ihre Tüte Pommes frites zu Jana, damit sie sich bedienen konnte. «Ich bin zufrieden, wenn ich einem Täter Handschellen anlegen kann. Ihn aus der Ferne zu erschiessen wäre nicht mein Ding.»

«Meines prinzipiell auch nicht.» Jana schob eine Fritte in den Mund. «Die Leute da oben sind der letzte Ausweg. Wenn sie aktiv werden, heisst das, dass alles andere versagt hat.»

«Hoffen wir, dass es nicht so weit kommt.» Maja wischte die Hände an der Serviette ab. Ihr Handy vibrierte. Das Klingeln versank im Umgebungslärm und der Musik aus den mannshohen Lautsprecherboxen.

«Es ist Pia», sagte sie, bevor sie antwortete.

Majas Mimik versteinerte sich, während sie zuhörte. «Pia, du bewegst dich nicht von der Stelle, hörst du, wir kommen zu euch.» Sie legte auf. «Pia hat eine Spur von Gezim, wir müssen auf die Schanze, zum Riedholzturm.»

Die dröhnenden Bässe der Liveband in der Altstadt wurden auf der Schanze durch die dicken Mauern des bulligen Riedholzturmes gedämpft. Maja und Jana drangen auf der abschüssigen Rampe mit angelegten Pistolen und Taschenlampen in den Majorsgang vor. Lüthi und Karin blieben zurück, um nötigenfalls eingreifen zu können. Verstärkung war angefordert und unterwegs.

Jana öffnete die Gittertür mit einem Schlüssel, den ihr Pia gegeben hatte. Sie hatte ihn von einer Randständigen, die Jana nicht zu Gesicht bekommen hatte, weil sie sich vor dem Eintreffen der Polizisten aus dem Staub gemacht hatte. Maja und Jana durchsuchten den Gang.

«Hab was!» Maja hielt einen in einen öligen Lappen gewickelten Gegenstand in die Höhe. Es war die Walther PPK. «Da liegen zwei Handgranaten. Wenn er keine anderen Waffen hat mitgehen lassen, bleibt ihm nur eine Handgranate.»

«Nur ist gut», schnaubte Karin. «Selbst damit kann er ein Desaster anrichten.»

«Immerhin», sagte Jana. «Aber etwas ist merkwürdig.»

«Was?», fragte Maja.

«Er lässt alles hier und nimmt nur eine Handgranate mit. Ich dachte mir, dass er zuerst um sich schiesst, bevor er sich und andere in die Luft jagt. Warum lässt er fast alles zurück?»

«Weil er nicht damit umgehen kann», gab Maja zu bedenken.

«Möglich.» Jana war nicht ganz glücklich mit dieser Vermutung.

Auf der Schanze wartete Pia mit Manu und Nadal. «Er hat eine Handgranate bei sich», sagte Jana.

Lüthi informierte die Kommandozentrale.

«Was machen wir jetzt?», fragte Pia.

«Wir machen gar nichts», sagte Jana barsch. «Du und deine Freunde, ihr geht nach Hause, klar?»

«Wir könnten ausschwärmen und suchen helfen.»

Jana packte Pia am Nacken. Ihr Blick war hart.

«Au! Das tut weh», rief Pia.

«Soll es auch. Wenn ich am richtigen Ort zudrücke, machst du ein schönes Schläfchen. Ich habe keine Zeit, unbedachte Gören zu hüten, die womöglich andere in Gefahr bringen.» Sie winkte zwei uniformierten Polizisten zu. «Ihr eskortierts bitte die junge Dame und ihre Freunde nach Hause und sorgts dafür, dass sie die Villa nicht verlassen.»

«Jana, warum?», stotterte Pia.

«Pia, tu mir den Gefallen und geh nach Hause. Wir wissen nicht, wie das heute Abend ausgeht. Ich will, dass ihr in Sicherheit seid, nur schon wegen deinem Vater.»

Kaum hatten die drei Freundinnen sich keine zehn Meter entfernt, rannte eine Frau gefolgt von einem Hund vom Bastionweg her auf sie zu. Jana zog gleichzeitig mit ihren Kollegen die Waffe. «Polizei, bleiben Sie stehen oder wir schiessen.»

Eine unbedachte Bewegung konnte eine Katastrophe auslösen.

Trixli erstarrte auf der Stelle zur Salzsäule. Sie reckte die

Hände in die Höhe. Romulus bellte wie verrückt. «Pia! Ich suche Pia.»

«Identifizieren Sie sich», sagte Jana barsch.

«Trixli.» Pia rannte zu ihr. «Was ist los?»

«Da drüben!» Ausser Atem zeigte Trixli in die allgemeine Richtung der Hauptgasse. «Dort spielt einer verrückt.»

«Wo?»

«Auf dem Marktplatz vor dem Brunnen. Der Typ, der bei meinen Sachen war. Er hat so ein komisches rundes Ding in der Hand und droht, alles damit in die Luft zu jagen.»

In den Funkgeräten knackte es. «Einzelne Person, männlich, bedroht Menschen mit Wurfgegenstand, vermutlich scharfe Handgranate. Standort: Marktplatz, St. Ursen-Brunnen. Alle verfügbaren Kräfte sofort verschieben, Perimeter bilden, Evakuation unterstützen und sichern.»

Jana rannte los. «Lilo für Kommando.»

«Kommando hört.»

«Ist sichtbar, ob er die Granate entsichert hat?»

«Negativ, zu dunkel.»

«Kein Schiessbefehl, bevor ich nicht mit ihm geredet habe.»

«Bitte erklären. Wir schalten ihn aus, sobald wir können.»

«Ich wiederhole: nicht schiessen. Ich kann ihn vielleicht zur Vernunft bringen.»

Geführt von Maja rannte sie durch den Mauerdurchbruch beim Riedholzplatz Richtung Hauptgasse. Auf dem Kronenplatz kamen ihr flüchtende und schreiende Menschen entgegen. Einige kollidierten mit den Standaufbauten. Sie stolperten über Auslagen und Aushängeschilder. Wie eine Schwimmerin gegen den Strom kämpfte sich Jana die letzten Meter zum Brunnen vor. Unterwegs half sie einer Frau mit Kind auf die Füsse, bevor sie überrannt wurden.

Der Platz vor der Ostseite des Brunnens hatte sich geleert. Überall standen Buffettheken und Kühlschränke herum. Die überdachte Festwirtschaft auf der Nordseite des Marktplatzes zur Gurzelngasse war geräumt. Vereinzelt rannten Menschen Richtung Bieltor.

Gezim Ismajli hielt eine Handgranate in der Hand. Jana kniff die Augen zusammen. Sie erkannte, dass er den Sicherungsstift herausgezogen hatte. Wenn er den Bügel der Granate losliess, würde sie nach etwa fünf Sekunden explodieren. Gezim zitterte. Er hatte Angst und murmelte unablässig etwas, das Jana erst beim Näherkommen verstehen konnte: «Allahu Akbar, Allahu Akbar.»

«Gezim!», sagte Jana ruhig. Ihre Waffe war auf ihn gerichtet. «Wo ist der Sicherungsstift?»

Die Frage irritierte ihn. «Wie?»

«Der Sicherungsstift der Granate, wo hast du ihn?»

«Weggeschmissen.»

Keine Chance, die Granate wieder zu sichern.

«Wir werden sterben, alle, heute Abend. Allah will es so.»

«Sieh dich um, Gezim.» Jana steckte die Waffe ein. Sie hob beide Hände, sodass er sie sehen konnte. Sie ging auf ihn zu. «Wir sind allein. Nur wir zwei. Denkst du, dass es Allahs Wille ist?»

«Allah ist gross.»

«Ja, Gezim. Allah ist gross. Sieh mich an: Ich bin Muslimin. Allah ist auch mein Gott, der mich liebt, wie er in seiner Unendlichkeit alle Menschen liebt, auch die Ungläubigen. Wenn du uns tötest, tötest du ihn.»

Er blinzelte. Sie war ihm so nahe, dass sie das Flackern in seinen Augen sehen konnte.

«Gezim!», rief eine Stimme hinter Jana.

Sie fuhr herum. Nadal rannte auf sie zu, gefolgt von Pia und Manu. «Bleibt zurück, macht, dass ihr fortkommt», rief sie.

«Nadal?» Gezim erwachte wie aus einer Trance.

«Gezim, was tust du?», fragte Nadal.

Gezim sah sie an. Seine Augen wurden weich. «Es ist unser Schicksal», sagte er. «Allah wollte es so. Wir kommen ins Paradies.» Er liess den Bügel los, behielt die Granate aber in der Hand.

«Nein!» Jana sah nur eine Chance: Sie rannte auf Gezim zu. Sie war fast bei ihm, als sie einen Schatten sah. Er fiel Gezim an, der von der Wucht des Aufpralls zu Boden geschleudert wurde. Die Granate rutschte aus seiner Hand.

Jana machte einen Satz nach vorne.

Bevor die Granate auf dem Belag der Hauptgasse aufschlug, kriegte Jana sie zu fassen. Sie schaffte es, ihren Körper einzurollen, um sofort auf die Füsse zu kommen. «Handgranate – alles runter!», rief sie. Gleichzeitig holte sie aus und warf den Sprengkörper in das knapp zwei Meter entfernte Brunnenbecken. Dann liess sie sich flach auf den Bauch fallen.

Keine zwei Sekunden nach dem Wurf erschütterte ein dumpfer Knall die Gasse. Eine Wasserfontäne schoss aus dem Brunnen. Jana spürte den Sprühregen, der auf sie niederprasselte, gefolgt von einem dumpfen Schlag. Ihr wurde schwarz vor Augen.

Das Erste, was ihr Bewusstsein wahrnahm, war ein hechelndes Geräusch. Heisser, süsslich würziger Atem mit einem Hauch von Brühwurst strich über ihr Gesicht. Sie spürte etwas Warmes und Feuchtes, das ihre Wangen leckte. Jana schlug die Augen auf. Sie starrte in ein weiss behaartes Gesicht mit einem Paar schwarzer Knopfaugen und einer Hundeschnauze.

«Romulus, aus!», rief eine Stimme. Die Frau, die sie vorhin gewarnt hatte, Trixli, lief auf sie zu. «Keine Angst, Frau Polizist. Romulus tut eigentlich niemandem was.»

Eigentlich? Jana wischte mit dem Ärmel die Hundespucke aus dem Gesicht. Sie sah zum Brunnen hinüber. Aus einem Riss im Becken rann Wasser auf das Pflaster der Gasse. Die Säule mit der Ritterstatue des heiligen Ursus war entzweigebrochen.

«Ihr Hund heisst Romulus?», fragte Jana.

Die Frau sah sie unsicher an. «Ja, tut mir leid, er wollte helfen. Diese Explosion und der kaputte Brunnen … Also das können sie Romulus nicht anhängen.»

Jana musste lachen. Der Schock der Explosion fiel nur allmählich von ihr ab. «Wenn man Ihrem Hund etwas anhängt, dann eine Medaille. Und von mir kriegt er eine riesengrosse Wurst.» Sie strich dem Tier über den Kopf. «Du bist ein richtiger Held.» Romulus schien ebenfalls dieser Meinung zu sein, was er zweimal bellend kundtat.

«Schon gut.» Trixli war erleichtert. «Dank Romulus konnte ich meine Dummheit vom letzten Jahr wiedergutmachen. Damals haben wir nämlich –»

«Jana!» Pia fiel ihr um den Hals. «Gott sei Dank, dir geht es gut. Ich hatte solche Angst um dich. Bist du noch ganz normal, sag mal.»

Jana sagte nichts. Nach dem Lachanfall kämpfte sie mit den Tränen. Sie sah zum benommenen Gezim hinab, der von Lüthi und Karin betreut wurde. «Wie geht's ihm?»

Karin hob den Daumen, bevor sie Gezim aufhalf und fortbrachte. Jana atmete auf. Sie wandte sich Pia zu. «Was hast du gesagt?»

«Dass du spinnst.»

«Sagt diejenige, die sich letztes Jahr unverfroren in die Schusslinie eines Killers gestellt hat.»

Dornach kam zu ihnen. «Für einmal hat Pia recht. Du bist nicht ganz bei Trost, Jana. Was hattest du dir dabei gedacht, mit dem Jungen zu verhandeln. Das hätte schiefgehen können.»

«Ich musste es versuchen. Wäre er wirklich ein fanatischer Terrorist gewesen, hätte er die Granaten schon lange gezündet, bevor wir gekommen sind. Was auch immer es war, etwas hat ihn abgehalten.»

«Ich kann mir denken, was.» Pia zeigte zu Nadal, die Gezim auf dem Weg zum Einsatzwagen begleitete.

«Die Liebe, natürlich.» Jana seufzte. Sie tastete vorsichtig ihren schmerzenden Hinterkopf ab. «Etwas hat mich vorhin am Kopf getroffen. Gibt wohl eine Beule.»

«Das da wahrscheinlich», sagte Dornach. Er hob eine Bierflasche auf. «‹Die Kraft des positiven Trinkens›», zitierte er die Aufschrift der Etikette.

«Geh bitte. Und davon hab ich einen Brummschädel? Dabei kann ich Bier nicht ausstehen.»

«Der Brummschädel wäre gar nichts, wenn dich das da getroffen hätte.» Dornach zeigte auf die Stelle, wo Jana zu Boden gegangen war. Knapp einen Meter daneben lag das obere Stück der Brunnensäule mit einem Fragment der Statue des heiligen Ursus.

ZWEIUNDZWANZIG

Dornach wendete die Lammkoteletts auf dem Grill. Sie waren für Nadal bestimmt. Die Würste, die daneben über der Glut brutzelten, waren bald so weit. Auf einem zweiten Grill lagen Auberginenscheiben, Maiskolben und gefüllte Tomaten in einer Alu-Schale. Er hätte auf das Gemüse verzichtet, Pia hatte insistiert. Jana stand mit einem Glas Weisswein neben ihm. Da er beide Hände voll zu tun hatte, führte sie ihm zwischendurch ihr Glas an den Mund.

Es war Samstagabend. Dornach hatte das Team zu einer Grillparty zur Feier des glimpflichen Ausgangs des gestrigen Tages im Garten seiner Villa eingeladen. Pia und Manu hatten eingekauft. Obwohl alles gut gegangen war, gelang es ihm nicht, richtig zu entspannen.

«Mich beschäftigt die ganze Zeit, warum du die Scharfschützen zurückgehalten hast?», fragte er. «Sie hatten Gezim im Visier.»

Jana zeigte auf eine Bratwurst, die gewendet werden musste. «Hätten sie ihn erschossen, bevor ich bei ihm war, hätte ich die Granate nicht abfangen können. Was dann?»

Sie brauchten es nicht auszusprechen. Es hätte Tote gegeben.

«Du hast die Anweisung gegeben, ohne ihn zu sehen.»

«Glaub mir, Dominik. Ich habe einige Terroristen erlebt. Sie sind blind vor Hass und Fanatismus, der ihnen eingeimpft wurde. Gezim war blind, aber es war kein Hass. Gezim war geblendet und gleichzeitig frustriert wegen der Liebe zu seiner Nadal, die ihn zurückgewiesen hat. Wäre er ein echter Terrorist gewesen, hätte es schon lange vorher geknallt.»

«Trotzdem zündete er am Ende die Granate.»

«Ja, sie hätte nur uns beide zerrissen.»

Dornach konnte dieser Schlussfolgerung nichts Positives abgewinnen.

«Gezim hat Nadal gesehen», mutmasste Jana weiter. «Wahrscheinlich ist ihm die Ausweglosigkeit klargeworden, und er wollte Schluss machen.»

Dornach legte die Grillzange ab. «Was hättest du getan, wenn Gezim die Granate nicht fallen gelassen hätte? Sie ihm aus der Hand gerungen?»

«Das hätte nicht gereicht – fünf Sekunden.»

«Du hättest dich auf ihn und die Granate geworfen. Und dann?»

Sie hielt den Blick auf den Grill gesenkt. Dornach fasste sie am Kinn und drückte ihren Kopf nach oben, bis sie ihn ansah. Er blickte in einen indigoblauen Graben. «Du hättest dich geopfert, nicht wahr?»

«Das Fleisch verbrennt», sagte Jana. Sie ergriff die Zange und wendete einige Würste, die zu rauchen begannen.

«Nicht wahr?», insistierte Dornach.

«Ich hätte das getan, was ich hätte tun müssen. Es war meine Verantwortung.»

Dornach überkam das unbändige Gefühl, sie in die Arme zu schliessen und nicht mehr loszulassen. Ihr Körper zitterte unter seiner Umarmung, bevor sie sich losmachte. Sie gab ihm die Zange zurück. «Kümmere dich um das Fleisch für deine Gäste.»

«Warum?», fragte Dornach.

Sie leerte ihr Weinglas bis auf einen letzten Schluck, den sie ihm überliess. «Ich musste mir etwas beweisen.»

«Was denn um Himmels willen?»

«Vlada hat mir stets von der Liebe Gottes und seinen Engeln erzählt. Ich musste mich gestern überzeugen, dass unser Gott nicht dem Bild des blutrünstigen Ungeheuers entspricht, das christliche und islamische Fanatiker von ihm zeichnen.»

«Bist du zufrieden?»

Sie zuckte mit den Achseln.

Bei der Terrassentreppe standen die Kollegen. Sie waren vom Alkohol angeheitert und unterhielten sich entspannt. Casagrande, Karin und Jäggi tranken Weisswein. Maja und die Männer hielten sich an Bierflaschen fest. Casagrande löste sich von der Gruppe und kam mit einer Flasche Bier in der einen Hand und einem Glas Weisswein in der anderen auf sie zu.

«Angela kommt», sagte Jana. «Ich lass euch allein und schaue mal, was die Mädels in der Küche anstellen.» Dornach sah ihr nach. Jana und Angela nickten sich beim Vorbeigehen kurz zu.

Dornach hatte eine Hand frei. Casagrande hielt ihm das Bier hin. «Ich wusste gar nicht, dass du so meisterhaft mit dem Grill umgehen kannst.» Sie musterte ihn von Kopf bis Fuss. Er trug eine dunkle Grillschürze auf der in schwungvollen goldenen Lettern «Domaine du Chef» gedruckt war. Darunter trug er ein crèmefarbiges Poloshirt und Khakibermudas. «Kleidsam.»

«Die Schürze?»

«Hemd und Hose. Sieht man selten an dir.» Sie warf einen prüfenden Blick auf seine nackten Beine und die Füsse, die in Ledermokassins steckten. «Deine Beine könnten etwas Sonne vertragen, dann wären sie unschlagbar sexy.»

«Ich kann schlecht in Shorts bei der Arbeit auftauchen.»

«Schade eigentlich.»

Sie trank einen Schluck aus ihrem Glas, bevor sie das Thema wechselte. «Ist Sebi Tschanz noch nicht gekommen?»

«Er hat angerufen, dass es später wird. Er kümmert sich mit Rasmus Andriessen um den Abtransport der beiden Skelette, die sie heute Nachmittag in Derendingen gefunden haben.»

«Wann wissen wir, ob es sich um die beiden vermissten Buben handelt?»

«Sebi und Rasmus setzen Himmel und Hölle in Bewegung, dass wir spätestens am Dienstag die DNA-Auswertung haben.»

Casagrande nahm Dornach die Grillzange aus der Hand und wendete ein Kotelett. Es würde eine Erlösung sein, den ‹Bubenfresser›-Fall endgültig abschliessen zu können.

«Hat Tanner noch etwas gesagt.»

Sie gab Dornach die Zange zurück. «Ich habe ihn informiert, dass wir die beiden anderen Buben gefunden haben. Er hat geweint.»

«Um die Buben?»

«Nein, um Jonas. Es sei traurig, dass er die Gnade der Erlösung, die Raphael, Mario und Jean-Marc widerfahren sei, nie erleben dürfe.»

«Hat er endlich verraten, weshalb er Raphaels sterbliche Überreste in die Burgruine geschafft hat?»

«Er meinte, dass er sich damit bei dem Jungen entschuldigen wollte. Raphael hatte Schlösser und Burgen geliebt.»

«Wahnsinn. Ich hoffe nur, dass sich zwei Gutachter finden lassen, die es fertigbringen, über ihren Schatten zu springen und dieses Scheusal bis zum Ende seiner Tage wegsperren zu lassen.»

«Du weisst ja, wie schwer sich unsere Richter damit tun, unabhängig von den Einflüsterungen der Psychologen zu urteilen. Unsere Justiz hat ein Problem damit, anzuerkennen, dass es Leute gibt, denen man nie und nimmer eine zweite Chance geben dürfte.» Casagrande hatte ihr Glas geleert. Sie nahm einen Schluck aus Dornachs Flasche.

Pia und Jana kamen mit Salatschüsseln in der Hand auf die Terrasse, um sie auf den dafür vorbereiteten Tisch zu stellen. Jana winkte strahlend zu ihnen herüber. Dornach winkte zurück. Casagrande bediente sich wieder aus seiner Flasche.

Jana half Pia, Schüsseln und Platten mit Beilagen herzurichten. «Eines muss man Jana lassen», sagte Casagrande, die ihr dabei zusah. «Sie ist ein Teufelsweib.» Sie gab Dornach die Flasche zurück. «Das soll nicht heissen, dass ich mich je darüber hinaus für sie erwärme.»

«Damit wird sie leben müssen.»

Vom Haus her tönte der Dreiklang der Türklingel.

«Ich gehe nachsehen», rief Pia.

In diesem Augenblick klingelte Dornachs Handy. Der Name des Anrufers versetzte ihn in Erstaunen. Horacek. «Stephan, wie geht es Ihnen? Schade, dass Sie nicht hier sind. Wir machen gerade –»

«Ist Jana da?» Dornach hatte ihren Assistenten nie so aufgeregt sprechen hören. «Ich kann sie nicht erreichen.» Er sah hinüber zum Tisch, wo er Jana gesehen hatte. Sie war weg.

«Sie hat ihr Handy wohl irgendwo abgelegt und nicht gehört. Soll ich –»

«Nein! Suchen Sie sie und sagen Sie ihr, sie soll auf der Stelle weggehen und untertauchen.»

«Wie? Ich verstehe nicht.»

«Keine Zeit für Erklärungen», sagte Horacek. «Sie muss verschwinden, sofort. Ich komme zu Ihnen, sobald ich kann.»

«Paps?» Dornach drehte sich um. Pia stand da und sah ihn entgeistert an. Hinter ihr trat Martin Hofmann mit drei uniformierten Polizisten hervor und kam auf ihn zu. «Guten Abend, Dominik.»

«Martin, darf ich fragen, was das Aufgebot soll?»

Hofmann hielt ihm ein Papier hin. «Ich habe hier einen internationalen Haftbefehl – gegen die stellvertretende Direktorin Cranach, wo ist sie?»

«Wie bitte?»

«Sie wird im Zusammenhang mit der Ermordung von Slavko Vukovic im September letzten Jahres in Den Haag gesucht.»

Dornach gab Hofmann das Papier zurück. «Sie soll Vukovic erschossen haben? Das ist lächerlich. Frau Cranach hatte sich damals knapp von der schweren Schussverletzung erholt, die Vukovic ihr im Frühling zugefügt hatte. Das müsstest du wissen.»

Hofmann verzog keine Miene. «Der Haftbefehl ist formell. Wo ist Frau Cranach?»

«Ich bin hier.» Jana trat hervor. Dornach wollte sich ihr in den Weg stellen. Sie hielt ihn mit einer Handbewegung zurück. «Lass gut sein, Dominik. Es wird Zeit, es abzuschliessen.»

Sie wandte sich an Hofmann. «Ich stehe Ihnen zur Verfügung, Herr Leitender Staatsanwalt.»

Er zeigte ihr den Haftbefehl. «Sie sind verhaftet, Frau Cranach. Wir bringen Sie ins Untersuchungsgefängnis Solothurn, bis die Auslieferungsformalitäten geklärt sind.»

Jana las das Dokument gründlich durch und gab es Hofmann zurück. «Gehen wir.»

Hofmann winkte einen Polizisten heran, der Jana in Handschellen legte.

Dornach wollte etwas sagen. Jana bedeutete ihm zu schweigen. «Danke für alles.»

Die Gruppe machte sich daran, das Grundstück über die Terrasse zu verlassen. Pia stellte sich ihnen in den Weg. Ihr Gesichtsausdruck verriet ihre Entschlossenheit, es mit den drei Polizisten gleichzeitig aufzunehmen. Maja legte ihr den Arm um die Schultern und zog sie zur Seite.

«Jana!» Pia wand sich aus Majas Griff. «Was soll das?», rief sie den Umstehenden zu. «Ihr könnt doch nicht zulassen, dass man sie wie eine Verbrecherin abführt. Sie hat niemandem etwas getan.»

«Gehen Sie aus dem Weg, Frau Zenklusen, oder ich lasse Sie wegen Behinderung einer Amtshandlung festnehmen», sagte Hofmann.

«Lass, Pia.» Jana nahm ihre Hand. «Sie tun ihre Arbeit. Es wird alles gut.»

Maja ergriff Pias Arm erneut. «Komm, Pia, das hat keinen Zweck.»

«Du bist unschuldig.» Pia sah Jana unter Tränen bittend an. Jana lächelte. «Niemand ist unschuldig, Pia.»

Maja zog sie von Jana weg. «Das wird sich alles aufklären. Komm.» Sie führte Pia zu Dornach.

Casagrande trat zu Hofmann. «Musste das ausgerechnet hier und jetzt durchgezogen werden?»

Hofmanns wässrige hellblaue Augen sahen Casagrande unverwandt an. «Ich verstehe nicht, Angela. Du selber hast mit deiner Information die Mühle in Bewegung gesetzt. Mir sind die Hände gebunden.»

Casagrande starrte ihn fassungslos an.

Hofmann bedeutete den Beamten weiterzugehen. «Wir finden allein hinaus. Schönen Abend allerseits.»

Sobald die Gruppe durch die Terrassentür verschwunden war, richteten sich alle Blicke auf Casagrande. Dornach war der Erste, der die Worte fand. «Du hast Informationen weitergegeben, die zu Janas Verhaftung führten? Ohne mir – uns etwas zu sagen?»

«Ich musste es tun, Dominik. Lass mich erklären, ich –»

Pia hatte sich aus Majas Griff befreit und ging auf Casagrande los. «Du hinterhältige, eifersüchtige Hexe», schrie sie. Bevor jemand sie daran hindern konnte, hatte sie Casagrande mit der flachen Hand ins Gesicht geschlagen und sie angespuckt. Sie hätte ihr eine zweite Ohrfeige verabreicht, wenn Dornach und Maja sie nicht daran gehindert hätten. Pia wand sich wie eine Wahnsinnige. «Verschwinde, geh mir aus den Augen, oder ich bringe dich um», brüllte sie.

Casagrande wischte mit dem Handrücken die Spucke aus ihrem Gesicht. «Es tut mir leid», sagte sie leise zu Dornach. «Ich gehe besser.»

«Lass dich nie mehr hier blicken, du hinterfotzige Hyäne», rief Pia ihr nach. Sobald Casagrande weg war, ging sie hemmungslos schluchzend auf die Knie. Karin und Manu halfen ihr aufzustehen und brachten sie ins Haus.

«Und was war das jetzt?», fragte Maja.

Dornach wusste keine Antwort. Er musste es selber erst begreifen.

Dornach klopfte sanft an Pias Tür. Er erhielt keine Antwort. Die Kollegen hatten sich verabschiedet. Nadal war nach Hause gegangen. Manu hatte sich in ihr Zimmer zurückgezogen, nachdem sie lange bei Pia geblieben war.

Er drückte die Türklinke hinunter. Sie wurde ihm aus der Hand gerissen. Pia stand mit einem gepackten Rucksack und einer Reisetasche vor ihm.

«Was hast du vor?», fragte er.

«Was, glaubst du, könnte ich wohl vorhaben?»

«Wohin willst du?»

«Zu Rafik.»

«Zu Rafik? Ist das Zimmer in seiner WG nicht etwas klein für zwei?»

«Spielt keine Rolle, Hauptsache, ich komme raus hier. Es ist eh nur für zwei oder drei Wochen.»

«Und dann?»

«Gehe ich mit ihm in den Irak, nach Bagdad.» Sie schilderte ihm kurz das UNO-Projekt. «Dort kann ich wenigstens etwas bewegen. Wenn du mehr wissen willst, hast du ja meine Nummer.»

Dornach schluckte. Er kannte seine Tochter gut genug, um zu wissen, dass sie in solchen Momenten keinen Spass machte. «Sollten wir nicht erst einmal darüber reden?»

«Es gibt nichts mehr zu bereden, Paps. Stattdessen solltest du dafür sorgen, dass Jana wieder freikommt.»

«Ich werde mein Bestes tun, das verspreche ich dir. Es wird nicht so leicht sein.»

Pia liess ihre Reisetasche zu Boden gleiten. Sie tippte mit dem Zeigefinger auf seine Brust. «Oh doch, das ist es. Ohne Jana würden wir beide nicht hier stehen. Die Stadt hätte heute Tote zu beklagen. Wie kannst du zulassen, dass man sie behandelt wie eine Schwerverbrecherin, verraten von dieser ... dieser ...»

Pia verzog das Gesicht, als müsste sie etwas Ekelerregendes hinunterschlucken.

«Angela hatte Jana nicht verraten. Sie hat ihre Pflicht getan. Jana wurde gesucht.»

«Ja klar, alle tun immer nur ihre Pflicht.» Pia nahm ihre Tasche auf. «Ich habe es satt, Paps. Du und deine Kollegen, euch geht es nur um Recht und Gesetz. Gerechtigkeit ist für euch ein Fremdwort, und die Menschen bleiben auf der Strecke. Dieser Vukovic hat so viele unschuldige Menschen, Frauen und Kinder auf dem Gewissen, dass tausend Todesstrafen nicht ausreichen, um den Opfern Gerechtigkeit widerfahren zu lassen. Mich wollte er auch umbringen lassen. Jana soll ihn getötet haben? Na und? Was soll daran so falsch sein, dass sie dafür büssen muss?»

Dornach antwortete nicht. Wie sollte er es ihr erklären? Es gab Momente, in denen es sogar ihm schwerfiel, daran zu glauben. Wie konnte er Pia in diesem Moment klarmachen, dass es einen Punkt gab, an dem die Spirale der Gewalt gebrochen werden musste, auch wenn es schmerzte. Dafür war er Polizist geworden. Er hatte einen Eid geschworen, die Gesetze des Landes und die Rechte aller Menschen zu schützen, einschliesslich derjenigen, die es nicht verdienten. Das Recht war ein dünner

Faden. Wenn er riss, würde die zivilisierte Welt im Chaos versinken.

«Ich brauche keine Antwort von dir, Paps.» Pia umarmte ihn. Sie drückte ihm drei flüchtige Küsse auf beide Wangen. «Mach's gut. Tut mir leid für dich. Ich muss weg von hier und etwas tun, womit ich die Katastrophen und das Elend, das eure sogenannte Vernunft des Westens angerichtet hat, wenn auch nur zu einem winzigen Teil rückgängig machen kann.» Sie liess Dornach stehen.

«Es ist noch nicht vorbei, Pia», rief er ihr nach.

Bevor sie die erste Treppenstufe nahm, drehte sie sich ein letztes Mal zu ihm um. «Wenn du das denkst, tu was dafür.»

Dornach hörte, wie die Haustür ins Schloss fiel. Es war wie ein Donnerschlag, der das Haus bis in seine Grundfesten erschütterte.

Dann war es still.

Glossar

AEK (AEK Energie AG) – (= Aare-Emmen-Kanal) grösster Energieversorger der Region Solothurn

allegra (rätoromanisch) – Begrüssung

Apéro – Aperitif

Badi – Freibad

Balmfluechöpfli – Balmfluhköpflein (1290 m. ü. M.), markanter Kletterberg und Aussichtspunkt oberhalb von Solothurn

Belper Knolle – ausgehärteter Frischkäse mit Knoblauch und Pfefferhülle

Bernbiet (umgangssprachlich) – Berner Kantonsgebiet

Bise – kalter, trockener Nordostwind mit oft hohen Geschwindigkeiten

BKP – Bundeskriminalpolizei

Böölimaa – Kinderschreck (englisch: *bogey man*)

chera (rätoromanisch) – Liebling

Chlöpfer – Synonym für Cervelat

Cüpli – Champagner oder Sekt im Glasausschank

Einzahlungsschein – Zahlschein

Fedpol – Bundesamt für Polizei (Schweiz)

Flue – Felswand

Füdli (Mundart) – Hintern

Gipfeli – Croissant, Hörnchen

Glacé – Speiseeis

Gouvernante – Hausdame (Hotellerie)

Käsewähe – Käsequiche

Lavaux – Weinbaugebiet am Genfersee im Kanton Waadt

Maturafeier – Abiturfeier

NDB – Nachrichtendienst des Bundes

Öufi – elf (11), Solothurner Biermarke

Papeterie – Set Briefumschläge mit passendem Briefpapier

Papieri (umgangssprachlich) – Papierfabrik

Perron – Bahnsteig

Quartier – Wohngebiet

Rütli – Bergwiese am Ufer des Vierwaldstättersees, Geburts-ort der Eidgenossenschaft und nationales Heiligtum der Schweiz

Sackmesser – Taschenmesser

Schachen (umgangssprachlich) – Justizvollzugsanstalt Solo-thurn

Schämpis – salopp für Champagner

Serviertochter – Kellnerin

Sion (französisch) – Sitten, Hauptstadt des Kantons Wallis

Spickel – Zwickel (Kleidung)

Trottoir – Gehsteig

Trutenspeck – Speck aus Putenfleisch

über die Gasse (umgangssprachlich) – zum Mitnehmen

Weggli – Milchbrötchen

welsch – zum Französisch sprechenden Teil der Schweiz ge-hörend

Anmerkungen und Dank

Mein erster Dank gilt einmal mehr meiner Kollegin Petra Ivanov, die mir erneut das Vertrauen erbrachte, ihre Staatsanwältin Regina Flint für einen kleinen Auftritt einzusetzen. Verschiedene Diskussionen und Debatten in den Medien inspirierten mich, die Thematik des islamistischen Extremismus und einer möglichen Terrorgefahr in der Schweiz aufzunehmen, insbesondere ein Gastkommentar von Thomas Kessler zum Thema «Was tun gegen Radikalismus» in der «Solothurner Zeitung» vom 5. September 2017 sowie ein Artikel in der «NZZ am Sonntag» von Lukas Häuptli vom 18. Dezember 2016 mit der Überschrift «Werden aus der Schweiz Terrororganisationen finanziert?». Die im Buch geschilderten Sachverhalte und die Salafisten-Vereinigung «Hamdala» sind frei erfunden.

Dass der Nachrichtendienst des Bundes mit den amerikanischen Geheimdiensten zusammenarbeitet, ist unbestritten. Über das Ausmass dieser Kooperation gibt es keine Transparenz. Die in der Handlung angesprochene widerrechtliche Überstellung von Terrorverdächtigen von den Schweizer Behörden an die CIA ist von mir frei erfunden und in der Realität nicht belegt. Die Intransparenz der Geheimdienste lässt solche Spekulationen zu.

Die Institutionen «Aurora Dürsrüti» in Langnau im Emmental, das Sanatorium «Taunusblick» in Königstein bei Frankfurt am Main sowie der Swingertreff «Pink Flamingo» in der Klus bei Balsthal entsprangen ebenfalls meiner Phantasie.

Ich danke den nachfolgend erwähnten Personen, die mich sowohl im Vorfeld der Niederschrift des Manuskripts als auch bei nachträglichen Recherchen mit wertvollen Informationen und Hinweisen unterstützten. Es sei vorausgeschickt, dass sämtliche im Buch von der Realität abweichenden Beschreibungen einzig und allein mir zuzurechnen sind. In der Handlung beschriebene Amtspersonen und deren allfälliges Fehlverhalten stehen in keinem Bezug zur Realität.

Major Niklaus Büttiker und Astrid Bucher von der Polizei Kanton Solothurn haben meinen beinahe grenzenlosen Durst nach Informationen mit viel Geduld und Verständnis gestillt. Mit der Hilfe von Martin Schneider von der Staatsanwaltschaft des Kantons Solothurn hat die Schilderung von Abläufen und Straftatbeständen Authentizität erhalten.

Unterstützend dazu gab mir Oberrichter Marcel Kamber von der Strafkammer des Solothurner Obergerichts Einblick in den Prozessablauf eines Berufungsverfahrens und in die Organisation des Gerichts.

Dr. med. Antje Rindlisbacher vom Institut für Rechtsmedizin der Universität Bern hat mir, mit der nötigen Nachsicht für den Laien, wertvolle Hinweise zur anthropologischen Forensik, zu Krankheitsbildern und medizinischen Abläufen gegeben.

Informationen zur Bodenbeschaffenheit und Umweltsituation am Schwarzweg entnahm ich einem Bericht des Kantonalen Amtes für Umwelt mit dem Titel «Sanierungsprojekt inkl. Entsorgungskonzept Kehrichtdeponie Schwarzweg Derendingen» vom 8. August 2014. An dieser Stelle danke ich Herrn Gabriel Zenklusen vom Amt für Umwelt im Solothurner Bau- und Justizdepartement für seine ergänzenden Angaben. Aus dramaturgischen Gründen habe ich die Arbeiten am Schwarzweg, die zur Zeit der Niederschrift des Buches bereits fortgeschritten waren, für die Geschichte zeitlich nach hinten verlegt.

Ebenfalls aus dem Bau- und Justizdepartement, von Urs Bertschinger vom Kantonalen Amt für Denkmalpflege und Archäologie, erhielt ich Informationen über Ursprung und Zweck des «Majorsganges» und des Riedholzturmes auf der St. Ursen-Bastion, ergänzt mit Einblicken in das militärische Verteidigungskonzept von Solothurn im 17. Jahrhundert.

Bei Stefanie Ingold und Reto Brotschi vom Schulkreis Schützenmatt fand ich offene Türen für einen Ortstermin in den Schulhäusern Kollegium und Schützenmatt.

Ich danke Michelle Käch für das gewissenhafte Gegenlesen des ersten Manuskripts und ihre zutreffenden Bemerkungen. Dank und Anerkennung empfinde ich für meine Lektorin Irène Kost für ihre schonungslose, jedoch immer wohlwollende Kritik.

Dr. Christel Steinmetz, Stefanie Rahnfeld, Leslie Schmidt, Daria Gaberdan, Sophie Olk, Hannah Naumann und dem ganzen Team vom Emons Verlag in Köln danke ich für ihre Unterstützung und all die sorgfältig erbrachten kleinen und grossen Dienste.

Claire Frachebourg hat meine Vision der Charaktere in Bilder umgesetzt, die ich auf der Webseite, in den sozialen Medien oder für Handouts verwende.

Moralische Unterstützung und Zuspruch mit Witz und Wiener Schmäh erhielt ich von der wunderbaren Barbara Kaudelka, die mich zur Figur der Jana Cranach inspirierte. Merci, Babs, ich bin genauso gespannt wie du, wie es mit meinem Solothurner Team und der heldenhaften Österreicherin weitergeht.

Meine Partnerin und Ehefrau Catherine Frachebourg ist keine Freundin vollmundiger Ehrenbezeugungen. Das Wort Danke drückt meine ganze Wertschätzung für den liebevollen Halt und die Rückendeckung aus, die ich von ihr tagaus, tagein erfahren darf. Sie versteht es virtuos, mir zum richtigen Zeitpunkt einen Spiegel vorzuhalten.

Schliesslich habe ich Ihnen zu danken, liebe Leserinnen und Leser, für Ihre Treue, Unterstützung, den Zuspruch und die unzähligen Rückmeldungen, die über alle Kanäle zu mir gelangen. Ich hoffe, dass dieses Buch Sie wiederum dazu inspirieren kann.

Christof Gasser

Christof Gasser
SOLOTHURN TRÄGT SCHWARZ
Broschur, 352 Seiten
ISBN 978-3-95451-783-1

«Geschliffene Dialoge, rasante Verfolgungsjagden, viel Lokalkolorit, globale Politik – der Krimi hat alles, was man sich als Leser wünscht.»
Schweiz am Sonntag

www.emons-verlag.de

Christof Gasser
SOLOTHURN STREUT ASCHE
Broschur, 320 Seiten
ISBN 978-3-7408-0050-5

«Christof Gasser gelingt es, die Leser an die Protagonisten zu binden und ein nicht zu unterschätzendes Suchtpotenzial zu schaffen. Also genau die Komponenten, die spannende und niveauvolle Gesellschaftskrimis auszeichnen.» Solothurner Woche

www.emons-verlag.de

Christof Gasser
SCHWARZBUBENLAND
Broschur, 272 Seiten
ISBN 978-3-7408-0178-6

Die Suche nach der verschollenen Gattin eines Alt Regierungsrates führt Journalistin Cora Johannis in ein kleines Dorf im Schwarzbubenland, dessen Bewohner sie feindselig empfangen. Kurz nach ihrer Ankunft überschlagen sich die Ereignisse: In der nahen Burgruine kommt eine junge Frau zu Tode, zwei weitere Leichen werden in einer Höhle entdeckt. Als die Kugeln eines Heckenschützen Cora knapp verfehlen, besteht kein Zweifel mehr, dass sie Verbrechern auf der Spur ist, die vor nichts zurückschrecken …

www.emons-verlag.de